Johanna Danninger
Greta Milán

The WEDDING Project

Roman

Montlake Romance

Deutsche Erstveröffentlichung bei
Montlake Romance, Amazon Media EU S.à r.l.
5 Rue Plaetis, L-2338 Luxembourg
März 2018

Umschlaggestaltung: bürosüd° München, www.buerosued.de
Umschlagmotiv: © Steven Taylor / Getty; © ayarosfaii / Shutterstock;
© dianameise / Shutterstock; © Luchenko Yana/ Shutterstock
Lektorat: Gisa Marehn
Korrektorat: Verlag Lutz Garnies, Haar bei München, www.vlg.de
Printed in Germany
By Amazon Distribution GmbH
Amazonstraße 1
04347 Leipzig, Germany

ISBN 978-2-919-80027-8

www.montlake-romance.de

PROLOG

Liebe auf das erste Jawort?
Hochzeit auf den ersten Blick?
Kann das funktionieren?

Welche Formel bestimmt,
ob ein Paar füreinander geschaffen ist?

Ein Team renommierter Wissenschaftler hat nach jahrelangen Studien das zugrunde liegende Muster gefunden und die ultimative Formel für die große Liebe aufgedeckt. Nun ist es an der Zeit, diese Gleichung auf die Probe zu stellen.
Und dafür suchen wir SIE!

Bewerben Sie sich jetzt für die romantischste Doppelblindstudie aller Zeiten:

THE WEDDING PROJECT

1

~ Claire ~

Eine leise Klaviermelodie ertönte, bevor Mariah Carey die ersten Zeilen von *I Want to Know What Love Is* sang. Automatisch wich Claire einen Schritt zurück, doch die Hände in ihrem Rücken kannten kein Erbarmen und schoben sie nach vorn.

»Das ist dein Einsatz«, zischte jemand hinter ihr.

Claire nickte apathisch. Ihre Beine fühlten sich wie Wackelpudding an, als sie auf ihren Bräutigam zuschritt. Ihren Bräutigam, den sie heute zum ersten Mal sah – vorausgesetzt, sie schaffte es bald, den Kopf zu heben.

Im Moment bestand ihre größte Herausforderung nämlich darin, dieses Tüllmonstrum, in das man sie gezwängt hatte, unter Kontrolle zu kriegen und nicht über die meterlangen Stoffbahnen zu stolpern. Die ganze Zeit fragte sie sich, wer den Stylisten mit Geschmacksverirrung, der von diesem Ungetüm hingerissen war, überhaupt eingestellt hatte.

Hätte man ihr die Wahl überlassen, wäre ihr Brautkleid deutlich schlichter ausgefallen, vielleicht etwas in einer schmalen Etuilinie mit hauchzartem Spitzenbesatz, ohne diese ganzen Tüllschichten, die sie wie eine explodierte Schwanenprinzessin aussehen ließen.

Unzählige Nadeln steckten in ihrem Haar, um den gewaltigen Kopfschmuck zu fixieren. Hinzu kamen versilberte Broschen, die auf die Korsage aufgenäht waren und ihr bei jedem Schritt schmerzhaft in die Seiten piksten.

Das einzig Gute an diesem Outfit war, dass es Claire genug ablenkte, um nicht länger darüber nachzudenken, doch noch einen Rückzieher zu machen. Denn mittlerweile war sie sich nicht mehr sicher, ob es so eine gute Idee gewesen war, den Vertrag bei dem Chicagoer Fernsehsender zu unterzeichnen, der ihre Vermählung mit einem Unbekannten inszenierte.

Eigentlich hatte sie sich nur aus einer Laune heraus für die Show *The Wedding Project* beworben. Nicht im Traum hatte sie gedacht, dass man ausgerechnet sie tatsächlich casten würde. Und trotzdem war sie nun hier: auf dem Weg zu einem reich geschmückten Altar inmitten einer Town Hall, die mit all den rosa Luftballons, Herzchen und Blümchen vor Kitsch nur so strotzte. Das Filmstudio hatte offenbar keine Kosten und Mühen gescheut, um ein passendes Ambiente zu kreieren.

Normalerweise hatte Claire nichts gegen Mädchenkram. Im Gegenteil. Sie mochte Blumen und hatte sogar ein winzig kleines Faible für Duftkerzen. Doch seit Claire heute Morgen hier angekommen war, fühlte sie sich, als hätte sie Steine gefrühstückt.

Blieb nur zu hoffen, dass Frank, der Produktionsleiter der Show, Wort hielt und ihr wenigstens einen passablen Kandidaten an die Seite stellte.

Bisher wusste Claire nur, dass ihr zukünftiger Ehemann Jonathan hieß und gut fünf Jahre älter war als sie. Darüber hinaus hatte sie keine Ahnung, was er tat oder woher er kam. Sie kannte weder seinen Nachnamen, noch hatte sie bisher ein Bild von ihm gesehen.

Dafür hatte Frank sich vor Lobeshymnen geradezu selbst übertroffen. Gut aussehend sei er, ihr Bräutigam, charismatisch, witzig, klug und weltgewandt. Bei so vielen positiven Eigenschaften war es wohl nicht weiter verwunderlich, dass Claire gewisse Zweifel an Franks Aufrichtigkeit hegte. Dabei hatte er sich bis zu diesem Moment gar keine Sorgen machen müssen, denn sie war wild entschlossen gewesen, diese Sache hier durchzuziehen. Zumindest bis nun aus der Theorie knallharte Realität werden sollte.

Vorsichtig hob Claire den Kopf und blinzelte gegen das grelle Scheinwerferlicht an, um einen Blick auf ihren Bräutigam zu erhaschen. Als sie endlich etwas erkannte, zuckte sie vor Schreck zusammen.

Unzählige Augenpaare waren auf sie gerichtet und nur ein einziges kam ihr bekannt vor. Frank hatte bei der Setbesichtigung angedeutet, dass ein paar Statisten anwesend sein würden, um die Zeremonie lebendiger wirken zu lassen und das Kamerateam zu tarnen. Aber mit so viel Publikum hatte Claire nicht gerechnet. Anscheinend hatte das Produktionsteam Wert darauf gelegt, möglichst alle Klischees zu bedienen: von den süßen Blumenmädchen bis hin zur heulenden Schwiegermutter.

Beinahe hätte Claire laut aufgelacht, doch als sie den Gesichtsausdruck ihrer Trauzeugin registrierte, verpuffte ihre Erheiterung schlagartig.

Claires beste Freundin Olivia stand in einem eleganten schwarzen Kostüm etwas abseits vom Altar und hielt einen Strauß roter Rosen fest umklammert. Dabei schüttelte sie immer wieder fassungslos den Kopf. Ihre Lippen bewegten sich, als schickte sie ein Stoßgebet in den Himmel. Offenbar gab sie alles, um Claire dazu zu bewegen, doch noch die Hochzeit abzublasen.

Olivia hatte nie ein Geheimnis daraus gemacht, wie absurd sie diese ganze Show fand. Das Konzept sah vor, dass sich zwei Brautpaare am Tag ihrer Trauung zum ersten Mal begegneten. Anschließend sollten sie und das Publikum vor laufender Kamera herausfinden, ob man auf diese Weise die große Liebe finden konnte oder nicht. Weil das an Spannung aber noch nicht ausreichte, hatte man ein Paar aufgrund sorgfältiger statistischer Berechnungen ermittelt und das andere per Zufallsgenerator zusammengewürfelt. Welches Paar nun welches war, blieb selbstverständlich bis zum Showfinale Geheimnis der Produktionsleitung.

Und es kam noch besser: Jedes Paar würde im Anschluss an die Hochzeit in ein Haus ziehen, welches ihnen die Produktionsfirma zur Verfügung stellte. Claire würde mit einer völlig fremden Person ihren Alltag teilen und sämtliche ihrer Macken und Spleens offenbaren, während alle Welt dabei zuschaute.

Zugegeben, so formuliert klang das Ganze wirklich irre. Andererseits war Claire ja gar nicht auf der Suche nach *Mister Right*. Zwar war sie fest davon überzeugt, dass ihr Seelenverwandter irgendwo da draußen in der großen weiten Welt herumspazierte. Aber bis sie ihn endlich gefunden hätte, musste sie eben praktisch denken.

Zehntausend Dollar waren ein verdammt guter Grund, um eine Ehe mit einem Fremden einzugehen. Nahm man die fünfzigtausend Dollar Prämie für das Siegerpaar hinzu, wurde das Ganze gleich noch verlockender. Denn Claire brauchte dringend Geld. So konnte ihr Leben nämlich nicht weitergehen.

Entschlossen straffte sie die Schultern und schenkte Olivia ein beruhigendes Lächeln, ehe sie nach vorn schaute.

Wenige Meter vor ihr erhob sich ein Blumenbogen. Darunter blätterte der Standesbeamte geschäftig in einer Mappe. Schräg vor ihm standen zwei Männer, die Claire ernst entgegenblickten.

Nur bei dem linken, einem hochgewachsenen Kerl mit intelligenten braunen Augen, zuckte der rechte Mundwinkel, als versuchte er krampfhaft, sich das Lachen zu verkneifen. Er war ihr sofort sympathisch.

Hoffnungsvoll lächelte Claire ihn an. Er hob die Hand, um sich an der Nase zu kratzen – oder um sein Grinsen zu verbergen. Dabei fiel ihr der Platinring an seinem Ringfinger auf. Das musste wohl der zweite Trauzeuge sein.

Demnach war der Kandidat daneben ihr Bräutigam.

Aufregung durchflutete sie, als sie ihn neugierig betrachtete.

Jonathan hatte an den Seiten kürzer geschnittenes dunkles Haar. Er war groß, überragte sie wahrscheinlich um einen Kopf, wenn sie unmittelbar neben ihm stand. Um die breiten Schultern spannte sich der schwarze Stoff seines Jacketts. Obwohl er nicht aufgepumpt wirkte, zählte er trotzdem garantiert zu den Typen, die ihre Freizeit am liebsten im Fitnessstudio verbrachten.

Natürlich konnte Claire nicht abstreiten, dass der athletische Körperbau ihrem Zukünftigen eine gewisse Attraktivität verlieh, doch ihre Freude darüber währte nur so lange, bis sich ihre Blicke zum ersten Mal kreuzten.

Jonathans Augen waren eiskalt. Nicht wegen des hellen Blautons, sondern aufgrund der Härte, die sie ausstrahlten. Die Lippen zu einem schmalen Strich zusammengepresst, musterte er sie durchdringend. Mit einem Mal war sie froh über die vielen Stoffschichten, in denen sie steckte, erst recht, als er gekonnt eine Braue nach oben zog. Dabei wirkte er so unerträglich arrogant, wie sie es bisher nur selten bei ihren Mitmenschen erlebt hatte.

Das sollte der Mann ihrer Träume sein?

War Frank übergeschnappt?

Hastig konzentrierte sie sich auf den Boden, bevor Olivias Gebete doch noch erhört wurden. Inzwischen war Mariah beim Refrain angelangt und schmetterte mit dem Gospelchor um die Wette.

Im Stillen sprach Claire sich selbst Mut zu. Sie würde lächeln und Ja sagen, wie sie es vertraglich zugesichert hatte. Dann würde sie ein paar Wochen lang mit Jonathan freundschaftlich zusammenleben – sofern das mit ihm überhaupt möglich war – und am Ende der Dreharbeiten kassierte sie eine fette Gage, die all ihre Probleme mit einem Schlag löste.

Claire atmete tief durch und raffte mit zittrigen Fingern den Rock, um die zwei Stufen zur Bühne hinaufzusteigen. Einen Schritt, und noch einen. Schon stand sie vor dem Traualtar.

Am Rande ihres Sichtfeldes bemerkte Claire, wie Olivia neben sie trat, und spürte eine unermessliche Erleichterung darüber, dass ihre beste Freundin ihr zur Seite stand, obwohl sie dieses ganze Szenario zutiefst verabscheute.

Mittlerweile schlug Claire das Herz bis zum Hals. Schweißperlen hatten sich in ihrem Nacken gebildet und ihre Wangen glühten. Trotzdem straffte sie die Schultern und hob den Kopf mit einer Würde, die der albernen Krone auf ihrem Haupt sicherlich alle Ehre machte.

Egal, was ihr zukünftiger Ehemann für ein Mann war – sie würde lächeln und das Ganze durchziehen.

Für Brian.

~ *Jonathan* ~

Jonathan hatte Mühe, seinen Schock zu verbergen. Entgeistert betrachtete er das weiße Tüllungetüm, das auf ihn zusteuerte. Die Braut hielt den Blick gesenkt und war innerhalb des Stoffbauschens kaum zu erkennen.

Seine Braut …

Das war sie also. Claire, sechsundzwanzig Jahre alt und eventuell laut wissenschaftlicher Formel geradezu wie für ihn geschaffen. John zweifelte ohnehin an der Wirksamkeit dieser Gleichung, doch er war sich sofort sicher, dass er dem Zufallspaar zugeteilt worden war. Nie im Leben würde seine Traumfrau ein solches Kleid tragen.

John sah kurz zu der Trauzeugin hinüber, die nicht minder schockiert zu sein schien wie er selbst. Allerdings hatte die hübsche Blondine schon vor dem Auftritt des Wattebausches ähnlich dreingeschaut.

Eine Art Grunzen ertönte neben ihm. Sein Trauzeuge Steven kämpfte sichtlich gegen einen ausgewachsenen Lachanfall. John unterdrückte den Zwang, ihm den Ellbogen in die Rippen zu rammen, und blickte wieder zu dem Tülldesaster, das beinahe bei ihm angekommen war.

Claire hob den Kopf und sah ihn zum ersten Mal an. Unter der merkwürdigen Haarverzierung war nicht viel von ihrem Gesicht zu erkennen. Soweit ersichtlich, wiesen ihre Züge aber nicht sonderlich viel Extravaganz auf. In der Menge wäre ihm diese Frau sicherlich nicht aufgefallen, zumal sie kaum seinem üblichen Beuteschema entsprach. John hatte eine ausgeprägte Schwäche für Blondinen mit ellenlanger Mähne, die er dem Sender gegenüber auch angegeben hatte. Unter dem gerüschten Schleier lugte jedoch rotbraunes, allenfalls schulterlanges Haar hervor.

Ein weiterer Hinweis darauf, dass er in dieser Doppelblindstudie dem Part des Placebos zugeteilt worden war.

Die Braut stellte sich neben ihn und blickte stur auf den Standesbeamten, der sie beide gutmütig anlächelte. Die Musik verstummte, und schon ergriff der Mann das Wort und begann in heroischer Stimmlage seine Traurede zu schwingen.

John starrte auf den seltsam geblümten Läufer, der den Mittelgang zwischen den Sitzreihen zierte und vor dem weißen Rednerpult mit den albernen Rosengirlanden endete. So viel Kitsch an nur einem Ort war kaum zu ertragen. Die

Szenenbildner des Fernsehsenders mussten echt eine Macke haben.

ICH muss eine Macke haben, korrigierte er sich in Gedanken.

Anders war wohl nicht zu erklären, dass er jetzt hier stand, angestrahlt von grellen Scheinwerfern, im Fokus diverser Kameras, zur einen Seite ein explodiertes Sahnebaiser und zur anderen einen feixenden Steven, der eigentlich sein bester Freund sein sollte.

In eine schöne Scheiße hatte er ihn da reingeritten. Was als harmloser Scherz in einer alkoholumwobenen Nacht begonnen hatte, war plötzlich zu bitterem Ernst geworden. Dabei war John sogar selbst schuld an seinem Dilemma.

Seine Mutter lag ihm schon seit Längerem in den Ohren, was seinen persönlichen Lebensstil anging. Er sollte sich endlich eine passende Frau suchen und heiraten. Das gehörte sich in seinem Alter nun mal.

So als wäre mit einunddreißig Jahren der Zug schon abgefahren …

Zu allem Überfluss hatte Steven mit derselben Leier begonnen. Zwar aus anderen Beweggründen als seine Mutter, aber nervig genug.

Was sein Freund für »beziehungsunfähig« hielt, nannte John eher »freiheitsliebend«. Er hatte schlichtweg keine Lust darauf, sich von einer Frau in den Alltag pfuschen zu lassen. Er wollte keine gemeinsamen Entscheidungen treffen. Er wollte sich nicht rechtfertigen müssen, dies oder jenes zu tun.

Nein, er fühlte sich ausgesprochen wohl in seinem ungezwungenen Singledasein und hatte noch nie den Eindruck gehabt, dass ihm etwas fehlte.

Vor ein paar Wochen, als krönender Abschluss einer feuchtfröhlichen Partynacht, war die leidige Diskussion um sein Singledasein erneut entbrannt. Und das, wo sich John eigentlich nur auf die nächtliche Piste begeben hatte, um sich von einem nervenaufreibenden Familientreffen zu erholen. Nach diversem Hin und Her flimmerte letztlich schicksalsgleich der Teaser von *The Wedding Project* über den Fernsehbildschirm in der Ecke des Pubs, in dem er mit Steven gelandet war.

John zückte genervt sein Smartphone, rief die Website des Senders auf und hielt Steven das Anmeldeformular vor die Nase. »Beziehungsunfähig? Bindungsangst?«, knurrte er. »Ich beweise dir jetzt sofort, dass du falschliegst!«

Leider nahm Steven diesen Beweis begeistert an und konnte sich auch am nächsten Morgen noch bis ins kleinste Detail daran erinnern. John leider ebenfalls. Und leider, leider wurde John nur wenige Tage später zum Casting gerufen.

Irgendwie hatte dann eins zum anderen geführt, und aus einem harmlosen Spruch war plötzlich eine recht eigentümliche, aber durchaus ernst zu nehmende Wette geworden. Zumindest nahm John die Sache ernst. Er nahm alles ernst, was mit Ehre zu tun hatte.

Ein unsanfter Rempler riss ihn aus seinen Gedanken. Steven mahnte ihn zur Aufmerksamkeit, und er erkannte gerade noch, dass der Standesbeamte soeben die berühmten Worte sprach: »Jonathan Bricks, ich frage Sie, ist es Ihr eigener und freier Entschluss, mit der hier anwesenden Claire Davis die Ehe einzugehen, so antworten Sie mit Ja.«

Es war wohl Stevens Grinsen, das John tatsächlich mit einem inbrünstigen »Ja!« antworten ließ. Erst danach wagte er einen erneuten Blick auf seine Braut, die vor Anspannung so sehr zitterte, dass sämtliche Tüllschichten vibrierten. Trotzdem wirkte sie irgendwie entschlossen. Auch als der Standesbeamte die Frage aller Fragen an sie richtete, gab sie ein lautes Ja von sich. Sie nickte sogar bekräftigend, wodurch ihr lächerlicher Kopfschmuck gefährlich ins Wanken geriet.

John unterdrückte ein Seufzen. Diese Frau musste wirklich verzweifelt sein, wenn sie glaubte, durch eine fragwürdige

Fernsehshow die große Liebe zu finden. In ihm regte sich sogar das schlechte Gewissen, sie von vornherein enttäuschen zu müssen. Vielleicht sollte er ihr gleich bei der ersten Gelegenheit erklären, was ihn zu dieser Sache bewogen hatte, und die Dinge klarstellen. Nicht dass sich das arme Ding Hals über Kopf in ihn verknallte. Entgegen der Auffassung seiner Mitmenschen war er nämlich nicht der Herzensbrecher, wie er im Buche stand. Seine Eroberungen wussten stets von vornherein, dass sie nicht mehr als ein nächtliches Abenteuer zu erwarten hatten. Er hatte es auch nie nötig gehabt, den Damen das Blaue vom Himmel herunterzulügen, um zu bekommen, was er wollte.

Steven hielt John fröhlich das Ringkissen hin, damit er die Trauung besiegeln konnte. Ein herzzerreißender Song untermalte den Ringtausch, den sowohl er als auch Claire mit scheuer Berührung ausführten. John rang sich ein Lächeln ab, das seine Angetraute schüchtern erwiderte.

»Sie dürfen die Braut jetzt küssen.«

Bitte was?

John und Claire sahen sich erschrocken an. Die Traugemeinde hielt gespannt den Atem an. Steven gab abermals ein seltsames Geräusch von sich.

Um den Saal und vor allem die anwesenden Kameraleute zu beruhigen, gab John sich schließlich einen Ruck. Er beugte sich zu Claire hinab, die vor Schreck geräuschvoll die Luft einsog. Dann hauchte er ihr einen Kuss auf die Wange.

Die Statisten im Hintergrund jubelten, eine ältere Dame heulte und der Standesbeamte wünschte ihnen feierlich eine wundervolle Ehe.

Grundgütiger … jetzt war er tatsächlich verheiratet!

Unwillkürlich dachte John an seine Eltern und seinen Bruder Samuel. Was sie wohl zu dieser Aktion sagen würden?

Vor allem die eiserne Miene seines Vaters, wenn er erfuhr, dass sich sein wohlerzogener Sohn im Reality-TV zum Affen machte, konnte er sich nur allzu gut vorstellen. Eine interessante Mischung aus Sorge und Genugtuung begleitete diesen Gedanken.

Der Rest der Feierlichkeit zog merkwürdig irreal an John vorbei. Er reagierte eher mechanisch, als er seine Unterschrift auf das Papier setzte und nach einer weiteren Rede des Standesbeamten Claire den Arm anbot, um elegant mit ihr über den hässlichen Teppich nach draußen zu schreiten.

In dem weitläufigen Vorraum wurden sie bereits vom Produktionsleiter Frank erwartet, der freudestrahlend die Arme ausbreitete. Der rundliche Mann mit dem noch runderen Gesicht, das größtenteils von einem struppigen Bart verborgen wurde, schien gänzlich aus dem Häuschen.

»Was für eine fantastische Zeremonie!«, schnarrte er begeistert. »Das wird für unser zweites Brautpaar morgen nicht leicht zu toppen sein!« Er klatschte in die Hände und zupfte anschließend den Kragen seines gemusterten Cowboyhemds zurecht. »Und was für ein traumhaftes Paar ihr seid! Da hat es ja gleich ordentlich geknistert. Großartig!«

Claire und John tauschten einen irritierten Blick, als wären sie sich beide nicht so sicher, welche Zeremonie Frank gerade resümierte. Bisher hatten sie nicht ein Wort miteinander gesprochen, und das einzige Knistern, das John bemerkt hatte, war das der fünfzig Lagen Tüll.

Frank führte die beiden zu einem Stehtisch an der Seite und drückte ihnen je ein Glas Sekt in die Hand. Ein Kameramann gesellte sich dazu und tänzelte geschäftig im Halbkreis um das Brautpaar herum, um ihre Gesichter aus jedem erdenklichen Winkel aufzunehmen.

»Stoßt doch bitte mal auf euch an«, forderte Frank und rieb sich freudig die Hände.

Claire reagierte als Erste und hob mit spitzen Fingern das Glas. Flüchtig klirrten die Sektgläser aneinander, und John wollte bereits einen kräftigen Schluck von dem prickelnden Getränk nehmen, als Frank kopfschüttelnd abwinkte. »Nein, nein, nein. Ein bisschen mehr Augenkontakt bitte!«

Mit gezwungener Ruhe senkte John sein Glas wieder und suchte Claires Augen. Sie war fast einen Kopf kleiner als er und musste das Kinn weit heben, um zu ihm aufblicken zu können. Ihm fiel auf, dass ihre Augen eine recht hübsche Farbe hatten. Grün mit kleinen braunen Sprenkeln darin.

KLIRR!

John konnte den Schwung, mit dem Claire ihr Glas auf seines hatte prallen lassen, gerade noch ausgleichen, ohne sich Sekt über den Anzug zu schütten. Sie kicherte dümmlich über ihre eigene Ungeschicktheit.

»Noch mal!«, rief Frank dazwischen.

Widerwillig wiederholte John die Szene. Claire schmunzelte immer noch über ihren vorangegangenen Fauxpas und schätzte ihre Kraft diesmal besser ein.

Klirr.

»Perfekt!«, erschallte es von Frank. Er murmelte noch etwas von romantischer Musik und Zeitlupe, als Steven sich an ihm vorbeidrängte, um seinem Bräutigam zu gratulieren.

»Glückwunsch, euch beiden!«, rief er frohlockend und reichte Claire freundlich die Hand. »Ich bin Steven.«

»Claire.«

»Sehr erfreut.« Steven ließ einen anerkennenden Blick über die Braut schweifen. »Schickes Kleid. Findest du nicht auch, John?«

John kannte seinen Kumpel gut genug, um das belustigte Blitzen in dessen Augen zu erkennen, das einem Fremden wohl verborgen blieb. Die Kamera war immer noch auf sie gerichtet.

»Ja, sehr schick«, antwortete John gezwungen und kippte sich einen großen Schluck Sekt in die Kehle.

Claire tat es ihm gleich. Eine leichte Röte war auf ihren Wangen erschienen. Anscheinend freute sie sich über das Kompliment für ihr modisches Desaster.

Die Trauzeugin gesellte sich zu ihnen, verzichtete allerdings auf jegliche Glückwünsche. Stattdessen musterte sie John argwöhnisch. Sie machte keinen Hehl daraus, was sie von dieser ganzen Show hielt, darum nahm John ihre Musterung nicht persönlich.

Frank nahm Braut und Trauzeugin ein wenig zur Seite, um die beiden zu interviewen. John atmete tief durch und beobachtete, wie sich die gefakten Hochzeitsgäste im Raum verteilten und fröhlich miteinander plauderten. Er war froh, dass der Sender nicht auf einer echten Hochzeitsgesellschaft bestanden hatte, denn bis auf Steven sollte vorerst keiner erfahren, was er hier eigentlich trieb. Frank hatte ihm schriftlich zugesichert, dass Nachname, Arbeitsverhältnis so wie private Umstände absolut vertraulich behandelt werden. Bis auf das, was er selbst vor der Kamera preisgab, würden keine persönlichen Informationen an die Öffentlichkeit dringen.

Man hatte John gesagt, dass auch Claire keine realen Gäste geladen hatte. Ob sie sich genierte oder ihr soziales Umfeld einfach nur nicht der Rede wert war, konnte er nicht recht einschätzen. John tippte eher auf Letzteres, denn Claire wirkte nicht wie ein Mensch, der sich gerne mit vielen Leuten umgab.

»Na?«, fragte Steven leise. »Wie fühlt man sich so als Ehemann?«

»In erster Linie durstig«, antwortete John gepresst und nutzte die kameralose Minute, um sein Sektglas in einem einzigen Zug zu leeren.

»Musst du dir etwas schönsaufen? Vielleicht das Kleid?«

»So viel Alkohol gibt es hier nicht.«

Steven gluckste amüsiert. »Ach, jetzt sei nicht so. Freu dich lieber darauf, deine Braut nachher auszupacken. Das wird zwar eine Weile dauern, aber mit jeder Schicht wird die Spannung steigen …«

»Das mit Sicherheit«, erwiderte John bestätigend und seufzte. »Bisher habe ich nicht den Hauch einer Ahnung, was sich unter diesem Berg aus Tüll verbergen könnte.«

»Na ja, ihr Gesicht sieht doch schon mal recht nett aus. So schlimm kann der Rest nicht sein.«

»Hoffen wir es.« John schnappte sich ein volles Glas von einem vorbeischwirrenden Kellner und beobachtete Claire unauffällig, wie sie nervös an den Rüschen ihres Rocks herumzupfte, während sie in die Kamera sprach. Abgesehen von dem Kleid, hätte es ihn wirklich schlimmer treffen können. Zumindest optisch gesehen.

Frank und der Kameramann kehrten zu John und Steven zurück. »So, jetzt machen wir noch mit dem Bräutigam ein kleines Interview und dann geht's ab zum romantischen Candle-Light-Dinner!«

~ Das 1. Interview ~

Wie fühlst du dich gerade?

Claire: »Aufgeregt, glücklich, zuversichtlich.«

John: »Entspannt.«

Was ging dir durch den Kopf, als du deine Braut / deinen Bräutigam zum ersten Mal gesehen hast?

Claire: »Ich dachte, dass Jonathan wirklich sehr sympathisch ist, und kann es kaum erwarten, ihn näher kennenzulernen.«

John: »Ich war völlig bezaubert von ihrem Auftritt.«

Wie gefiel dir die Trauungszeremonie?

Claire: »Sie war wahnsinnig romantisch.«

John: »Wirklich sehr mitreißend.«

Wie findest du das Brautkleid?

Claire: »Der Showstylist hat wirklich einen exzellenten Geschmack.«

John: »Ein Traum in Weiß!«

Denkst du, die Wissenschaft hat deinen Traumpartner gefunden?

Claire: »Das hoffe ich zumindest. Deswegen bin ich ja hier.«

John: »Bisher sprechen zumindest alle Anzeichen dafür.«

2

~ Claire ~

»Ich kann einfach nicht fassen, dass du es wirklich getan hast«, knurrte Olivia, während Claire in Gedanken noch bei dem Interview war, das sie soeben gegeben hatte. Eigentlich verabscheute Claire Lügen. Allerdings hätte die Wahrheit wohl nicht gerade dazu beigetragen, das Produktionsteam für sich zu gewinnen. Genau das musste sie jedoch, damit bei dieser wahnwitzigen Aktion ganz sicher nichts schiefging. Abgesehen davon, schadete es vermutlich nicht, Frank und Co. auf ihrer Seite zu wissen, denn sie ahnte bereits, dass ihr frisch angetrauter Gatte die Show erheblich verkomplizieren könnte.

Claire hatte keine Ahnung, warum Jonathan überhaupt bei dieser Sendung mitmachte. Er schien ebenso wenig an das Konzept zu glauben wie sie selbst. Oder war er deshalb so wortkarg, weil er insgeheim von ihr enttäuscht war?

Bei der Vorstellung wurde ihr flau im Magen.

Sie wusste selbst nicht so recht, woher plötzlich das Bedürfnis kam, ihm zumindest zu gefallen. Immerhin hoffte sie inständig, dass er sich während der Dreharbeiten *nicht* in sie verliebte.

Verstohlen betrachtete Claire ihren Ehemann, der sich mit Steven unterhielt und demonstrativ in eine andere Richtung schaute.

Auch Olivia musterte Jonathan forschend. »Wahrscheinlich hat er einen Dachschaden.«

Claire verschluckte sich beinahe an ihrem Champagner. »Wie kommst du denn darauf?« Nicht dass sie das nicht auch schon in Erwägung gezogen hätte.

Olivia zuckte mit den Schultern. »Er sieht nun wirklich nicht so aus, als hätte er so eine Farce nötig, um eine Frau aufzureißen.«

»Stimmt schon«, räumte Claire ein. »Aber vielleicht ist er einfach bloß schüchtern?«

»Das glaubst du doch selbst nicht!«

Claire musste zugeben, dass Jonathan keinesfalls menschenscheu wirkte. Vielmehr umgab ihn sogar eine gewisse Abgeklärtheit, die Claire zutiefst beunruhigte. »Möglicherweise hat er ähnliche … Motive wie ich?«, riet sie und hoffte inständig, dass sie richtiglag. Es würde ihr Zusammenleben jedenfalls erheblich erleichtern, wenn sie dieselben Ziele verfolgten.

»Du meinst die Gage?« Schnaubend verschränkte Olivia die Arme. »Was ist nur aus dieser Welt geworden?«

Ja, das fragte Claire sich auch oft. Doch sie würde jetzt gewiss nicht in trübsinnige Gedanken verfallen. Nicht am Tag ihrer Hochzeit. »Es wird alles gut werden«, sprach sie ihrer Freundin und auch sich selbst Mut zu.

Olivia seufzte. »Ich schaue wirklich nicht gern dabei zu, wie du in dein Unglück rennst.«

»Das tue ich doch gar nicht. Ich habe alles im Griff.«

Der Ausdruck in Olivias Augen verriet, wie sehr sie Claires Worte bezweifelte. Trotzdem presste sie die Lippen zusammen und nickte.

»Meine Damen!«, unterbrach Frank sie plötzlich und schob sich zwischen die beiden. Seine Wangen glühten vor Begeisterung, während er Claire zuzwinkerte. »Wir sind jetzt fertig mit dem zweiten Interview. Ich will nicht zu viel verraten, aber Jonathan ist genau wie du außer sich vor Glück.«

»Tatsächlich?«, platzte Claire ungläubig heraus.

Frank nickte eifrig. »Aber ja, meine Liebe! Er findet dich ganz *bezaubernd* und erst das Kleid … ›Ein Traum in Weiß!‹ Seine Worte, ich schwöre es.«

Verdattert klappte Claire den Mund auf. Das konnte Jonathan doch unmöglich ernst meinen. Oder doch?

Olivia lehnte sich ein Stück zurück und formte »Dachschaden« mit den Lippen. Für eine Trauzeugin war sie gerade wenig hilfreich.

»Ich entführe Ihnen die Braut nur sehr ungern, meine Verehrte«, sagte Frank an Olivia gewandt. »Aber langsam wird es Zeit für das romantische Dinner, das wir für unsere beiden Turteltäubchen geplant haben.«

Olivia verdrehte die Augen, während Claires Herz einen Moment lang ins Stolpern geriet.

»Ich komme sofort«, versprach Claire.

Frank nickte grinsend. »Eine Minute, meine Liebe. Ich sehe auf die Uhr.«

Sowie er außer Hörweite war, zischte Olivia: »Das Ganze ist echt so was von krank.«

»Bitte, Liv. Mach es mir nicht noch schwerer.«

Bei Claires flehendem Tonfall stieß Olivia einen tiefen Seufzer aus. Sie streckte die Arme vor, um Claire an sich zu ziehen. Als sie bemerkte, dass sie regelrecht gegen die Stoffbahnen ankämpfen musste, brach ein hysterisches Lachen aus ihr heraus. »Dieser Fummel ist echt ein Albtraum.«

»Allerdings.« Claire kicherte. »Ich werde den ganzen Tag nicht aufs Klo können.«

»Das geschieht dir ganz recht.« Kopfschüttelnd drückte Olivia die Braut an sich. »Ich kann nicht glauben, dass Jonathan dieses Teil gut findet. Wenn er dir zu nahe kommt, tritt ihm in die Eier. So fest du kannst.«

Vergeblich kämpfte Claire gegen einen dicken Kloß im Hals an. »Versprochen.«

»Und mach dir keine Sorgen.«

»Danke«, krächzte Claire. Sie küsste Olivia auf die Wange. Dann ging sie einige Schritte rückwärts, bis sie genug Platz für ein Wendemanöver hatte, und lief zu Frank, der inzwischen auch Jonathan zu sich zitiert hatte.

Am Rande ihres Sichtfeldes nahm sie eine Bewegung wahr und drehte automatisch den Kopf.

»Nicht in die Kamera gucken, Claire!«, rief Frank. »Schau *nur* deinen Liebsten an.«

Claire zuckte zusammen. Sie musste sich praktisch dazu zwingen, sich auf Jonathan zu konzentrieren.

Überglücklich sah er eigentlich nicht aus. Im Gegenteil. Er verzog keine Miene, als ihre Blicke sich begegneten. Allerdings hielt er ihr in bester Gentleman-Manier den Arm entgegen.

Bei dieser Geste quiekte Frank entzückt auf und signalisierte dem Publikum zu applaudieren. Sofort brandete tosender Beifall auf, während Claire sich neben ihren Mann schob und bei ihm einhakte.

Auf dem Weg nach draußen hatte Jonathan sichtlich Mühe, nicht über Claires Kleid zu stolpern. Sie meinte sogar, ihn leise fluchen zu hören, weshalb ihr ein unkontrolliertes Kichern entfuhr. So viel zum *Traum in Weiß*.

Vor der Town Hall hatten sich unzählige Schaulustige versammelt, weshalb Claire vor Scham knallrot anlief. Für Anfang Mai war es recht warm. Der Himmel war nahezu wolkenlos, eigentlich ein perfekter Tag, um zu heiraten. Wären die vielen Kameras nicht gewesen …

Sie hielten aus jedem Blickwinkel fest, wie Claire grandios dabei scheiterte, sich möglichst grazil auf den Rücksitz der wartenden Limousine sinken zu lassen. Sie plumpste ungelenk auf ihren Platz und raffte mit schief gelegtem Kopf die Tüllschichten zusammen. Als es kein Ende nahm, eilte Frank ihr schließlich zu Hilfe und stopfte alles mit raschen Handgriffen ins Wageninnere, ehe er die Tür schwungvoll zuwarf.

Unterdessen war Jonathan auf der anderen Seite eingestiegen und schob den Stoffberg seinerseits von sich.

»Entschuldigung«, murmelte Claire und raffte ihr Kleid zusammen, bis sie nur noch Weiß sah.

Jonathan erwiderte nichts. Also drückte Claire den Stoff etwas nach unten, um ihn anzusehen. Er lächelte gequält, bevor er sich dem Fenster zuwandte. Dabei krallte er die Finger fest um den Griff, als müsste er sich davon abhalten, jeden Moment die Tür aufzustoßen und sich aus dem fahrenden Wagen zu stürzen. Von seinem Körper ging so viel Anspannung aus, dass Claire das Gefühl hatte, die Tüllmassen würden sich elektrostatisch aufladen.

Plötzlich wurde ihr bewusst, dass sie zum ersten Mal allein mit Jonathan war. Es war ein idealer Moment, um ihm auf den Zahn zu fühlen und herauszufinden, warum er bei der Show mitmachte. Andererseits sah er nicht aus, als wäre er zu einem klärenden Gespräch aufgelegt. Generell schien er nicht der Typ zu sein, der sich vorschnell in die Karten gucken ließ. Claire musste offenbar etwas Fingerspitzengefühl an den Tag legen, um Antworten zu kriegen. Also verlagerte sie sich fürs Erste auf Small Talk.

»Was für ein hübscher Wagen, findest du nicht?«, sagte sie, um die peinliche Stille zu überbrücken.

Jonathan ließ seinen Blick durch den Innenraum schweifen, als wüsste er nicht recht, was daran hübsch sein sollte. Dann zuckte er kaum merklich mit den Schultern. »Standardausstattung, würde ich sagen.«

»Ich bin ja noch nie in einer Stretchlimousine gefahren«, faselte sie weiter und versuchte, sich nicht allzu sehr über sein herablassendes Getue aufzuregen. »Das wollte ich schon immer mal. Allerdings hätte ich nicht geglaubt, dass ich erst dafür heiraten muss.« Sie kicherte hohl und wollte sich zugleich am liebsten die Hand vors Gesicht schlagen.

Da wurde die Trennwand mit einem Surren heruntergefahren.

Claire atmete erleichtert auf, als Frank den Kopf nach hinten reckte. Dollarzeichen funkelten in seinen Augen.

»Na, das lief doch wie am Schnürchen. Ich sage euch, die Show wird ein voller Erfolg. Ich habe es im Gefühl.« Er ließ den Blick über die beiden schweifen. »Was für ein hinreißendes Paar! Ich kann das Knistern zwischen euch förmlich spüren.«

Es lag Claire auf der Zunge, ihn darauf hinzuweisen, dass hier lediglich das alberne Brautkleid knisterte. Doch sie hielt sich wohlweislich zurück. »Wo fahren wir denn hin?«, erkundigte sie sich freundlich.

»Zu einem zauberhaften Restaurant in Oak Lawn. Es ist nicht weit.« Er zwinkerte ihr zu. »Und dann habt ihr endlich etwas Zeit, euch in Ruhe zu beschnuppern.«

»Fantastisch.« Claire grinste so breit, dass ihr die Wangen schmerzten.

Frank kicherte. »Ich sehe schon, ihr könnt es kaum erwarten, ein bisschen Privatsphäre zu genießen.«

»Genau«, presste Claire hervor.

Gott, dafür kam sie sicher in die Hölle.

Immerhin behielt Frank recht, was die Dauer der Fahrt betraf. Nur wenige Minuten später bogen sie in einen Eichenwald ein und erreichten ein Restaurant, das in vollkommener Idylle lag. Durch die Blätter der hohen Bäume fielen vereinzelte Sonnenstrahlen auf das rote Schindeldach, als hätte jemand ein paar natürliche Scheinwerfer angeknipst.

Vor dem Haus hatte sich bereits ein Kamerateam aufgestellt und filmte, wie das Brautpaar vorfuhr. Eine ältere Frau in einem Geschäftskostüm hielt einen riesigen Blumenstrauß in der Hand und strahlte über das ganze Gesicht. Das musste die Restaurantbesitzerin sein.

»Da wären wir«, meinte Frank zufrieden, stieg aus und eilte um den Wagen, um Claire zu einem eleganteren Auftritt zu verhelfen. Als sie endlich aufrecht stand, zupfte er hastig den Tüll in Position, ehe er Jonathan neben sie schob und zurückwich, um nicht aus Versehen ins Bild zu geraten.

Die ältere Dame trat vor und hielt Claire das Blumenbouquet hin. »Möge Ihnen der strahlende Glanz Ihrer Hochzeit auch im Alltag erhalten bleiben«, sagte sie feierlich. »Ich wünsche Ihnen nur das Beste für eine gemeinsame Zukunft voller Liebe, Glück und Zufriedenheit.« Sie beugte sich ein Stück nach vorn und zwinkerte Claire verschwörerisch zu. »Und natürlich ganz viele Kinder.«

»Danke«, erwiderte Claire schrill und nahm die Blumen entgegen.

Die Frau schüttelte Jonathans Hand und bat die beiden dann, ihr zu folgen. Sie führte das Brautpaar in das Restaurant, wo Claire sich, umringt vom Kamerateam, eine schmale Treppe hochkämpfte. Oben klappte ihr erneut die Kinnlade runter. Ein Meer von Kerzen tauchte den abgedunkelten Raum in warmes Licht. Nur ein einziger Tisch stand in der Mitte. Er war mit wunderschönen Blumen, edlem Besteck und Kristallgläsern eingedeckt.

»Ist alles zu Ihrer Zufriedenheit?«, erkundigte sich die Restaurantbesitzerin bei Frank.

Dieser nickte eifrig. »Ganz ausgezeichnet.« Er nahm Claire die Blumen ab und wies das Brautpaar an, nun Platz zu nehmen.

Claire und Jonathan setzten sich einander gegenüber, während ein Kameramann unermüdlich jede ihrer Regungen aufzeichnete.

Neben dem Tisch baute ein Crewmitglied ein Stativ auf und befestigte darauf eine weitere Kamera. Dann schaute der Kameramann durch die Linse, nahm einige Einstellungen vor und betätigte zum Schluss die Aufnahmetaste. Ein rotes Lämpchen leuchtete auf, wie eine allgegenwärtige Erinnerung daran, dass alles, was an diesem Tisch geschah, schon bald mit dem Publikum geteilt wurde.

»Ich hoffe, Sie verbringen eine wunderbare Zeit im *Fairyfood*, Ihrem Gourmetrestaurant im Herzen von Oak Lawn«, verkündete die Inhaberin prompt und erinnerte Claire dabei so sehr an die Schleichwerbung in der *Truman Show*, dass sie fast lachen musste.

Auch Jonathan hob eine Braue, kommentierte den Auftritt jedoch nicht weiter, sondern betrachtete schweigend den jungen Mann im Frack, der neben der Restaurantbesitzerin erschien.

»Meinen herzlichen Glückwunsch«, sagte er mit einer förmlichen Verbeugung zur Begrüßung. »Mein Name ist Maurice und ich werde Sie heute bedienen.«

Frank ließ sich auf einen der Stühle im Schatten sinken und nickte Claire ermutigend zu. »Wir wären so weit.«

Claire holte tief Luft. Dann setzte sie ein breites Lächeln auf und wandte sich mit gemischten Gefühlen ihrem Ehemann zu.

~ *Jonathan* ~

Die Restaurantbesitzerin schlich gemeinsam mit der Filmcrew aus dem Raum. Zurück blieben nur Frank, die Kamera, der Kellner und das frischgebackene Ehepaar.

Der Schein der unzähligen Kerzen ließ Claires Augen leuchten. Durch das weiße Gebilde auf ihrem Kopf verlieh ihr dieser Effekt einen leichten Gruselfaktor. Zu Johns Erleichterung schob sich der Arm des Kellners in sein Blickfeld, bevor er den letzten Gedanken weiterspinnen konnte.

Maurice reichte Claire ein schmales Holzbrett, auf das ein Blatt Papier gepinnt war.

»Wir servieren Ihnen heute ein exklusives Fünf-Gänge-Menü«, erklärte er und übergab John ebenfalls ein Brett. »Die Wahl des Hauptgangs obliegt dabei Ihnen.«

John überflog die verschnörkelten Zeilen auf der pergamentartigen Seite. Nicht nur über die drei Vorschläge für den Hauptgang rümpfte er sofort die Nase. Missmutig legte er die Karte zur Seite.

»Maurice?«

Sofort stand der Kellner parat. »Ja, Sir?«

»Ich bin Vegetarier.«

Die professionelle Miene des Angestellten drohte kurzzeitig zu entgleisen. Nachvollziehbar, denn das gesamte Menü, ausgenommen das Dessert, war für Fleischliebhaber zusammengestellt.

Maurice' Blick huschte kaum merklich zur Kameralinse, bevor er sich demütig vor John verbeugte.

»Ich verstehe, Sir. Das ist natürlich kein Problem. Ich werde sofort mit dem Küchenchef sprechen, Sir.«

Er huschte davon. Aus dem Schatten hinter der Kamera hörte man Frank leise grummeln. Irgendjemanden wollte er wohl später noch gehörig zusammenpfeifen, weil jetzt die ganze Einstellung versaut war.

John kümmerte sich nicht weiter darum. Er amüsierte sich eher über den gedämpften Aufruhr, der aus der Küche zu ihnen herüberwehte. Das vorgeschlagene Menü war gewiss mit Sorgfalt erdacht worden. Immerhin war das Fernsehen hier, und ein guter Geschäftsführer würde diese Chance der Werbung bestimmt nicht verstreichen lassen. Für eine Sekunde hatte John fast Mitleid mit dem Küchenchef, der jetzt wahrscheinlich mit der Restaurantbesitzerin im Dreieck sprang.

Er nahm die kunstvoll gefaltete Serviette von seinem Platzteller und bemerkte, dass Claire ihn über den Rand ihrer Menükarte hinweg musterte. Fragend sah er sie an.

Claire schmunzelte und legte die Karte weg. »Du bist Vegetarier?«

»Ja«, antwortete er knapp, da dieser Umstand doch gerade geklärt worden war.

»Das hätte ich nicht gedacht.«

John unterdrückte ein Stöhnen. Wie viele Hundert Male hatte er diesen Satz inzwischen gehört? Es nervte ihn, sich immer für sein Essverhalten rechtfertigen zu müssen. Bei Frauen wurde eine vegetarische Lebensweise schweigend akzeptiert, doch ein Mann galt gemeinhin als sonderbar, wenn er sich nicht gerne in Hackfleisch suhlte.

Maurice kam zurück an den Tisch geeilt und ersparte ihm somit einen entsprechenden Kommentar.

»Der Chefkoch empfiehlt Ihnen als Hauptgang Tagliatelle an mediterranen Gemüsestreifen mit Trüffelpesto«, erklärte er atemlos. »Und die übrigen Gänge werden selbstverständlich an Ihre Bedürfnisse angepasst, Sir.«

»In Ordnung.« John nickte wohlwollend, obwohl ihm der Begriff *Bedürfnisse* ziemlich gegen den Strich ging.

Dem Kellner schien ein großer Stein vom Herzen zu fallen. Er klaubte die Menükarten auf und wandte sich an Claire. »Was dürfen wir Ihnen als Hauptgang servieren, Madam?«

»Das Rinderfilet, bitte.«

»Englisch, medium oder durch?«

Kurz zögerte sie. Dann straffte sie die Schultern und antwortete: »Englisch.«

Nur mit Mühe unterdrückte John einen angeekelten Laut, während Maurice begeistert grinste. »Eine vorzügliche Wahl, Madam. Welchen Wein darf ich Ihnen dazu anbieten?«

»Weißwein«, erwiderte Claire.

Maurice legte irritiert den Kopf schräg, darum fügte sie mit bestimmtem Lächeln noch hinzu: »Einen lieblichen.«

John hegte den Verdacht, dass Claire nicht oft in gehobenen Restaurants speiste. Daher schien sie wohl auch die Verwunderung des Kellners nicht richtig zu deuten.

Um die Verwirrung zu klären, räusperte sich John und beugte sich ein Stück vor. »Zu Rindfleisch trinkt man normalerweise Rotwein«, erklärte er leise.

Claires Lächeln flackerte kurz. John konnte nicht erkennen, ob ihr der Hinweis nun peinlich war oder ihr einfach sauer aufstieß. Jedenfalls fing sie sich innerhalb eines Sekundenbruchteils wieder, lächelte sogar noch breiter und sagte zu Maurice: »Ich nehme trotzdem den lieblichen Weißwein, bitte.«

»Sehr wohl«, beeilte Maurice sich dienstbeflissen zu sagen, bevor er sich zu John drehte. »Und Ihnen, Sir?«

»Für mich einen trockenen Sauvignon blanc, bevorzugt aus französischem Anbau.«

»Sehr gerne.«

Wieder flitzte Maurice davon.

Claire schob sichtlich nervös das Besteck neben ihrem Platzteller auf und ab. Vielleicht überlegte sie ja gerade, welches Utensil für welchen Gang gedacht war. Obwohl dies spätestens seit dem Film *Pretty Woman* weltweit bekannt sein dürfte.

»Vegetarier, hm?«, nahm sie das Thema zu Johns Missfallen erneut auf. »Du isst also gar kein Fleisch?«

»Nein«, antwortete John gequält.

»Auch keinen Käse?«, hakte sie nach.

Er atmete lautlos durch. »Das sind Veganer.«

»Ach ja!« Sie grinste. »Stimmt.«

Maurice schob einen Servierwagen mit den gewählten Weinen heran und befüllte unter großem Kellnergedöns Claires Glas.

Sie ließ sich davon nicht aus der Ruhe bringen, nickte bloß, ohne den Wein zu probieren, und fragte im Plauderton: »Und warum isst du kein Fleisch?«

John starrte sie an. Merkte sie nicht, dass er keine Lust hatte, dieses Thema breitzutreten? Oder tat sie das mit Absicht? Klar war nur, dass er ihr gewiss nicht vor laufender Kamera erzählen würde, woher seine Einstellung zum Fleischverzehr rührte. Diese hatte er nämlich seinem Vater zu verdanken, der seinen Sohn zum vierzehnten Geburtstag zu einem Jagdausflug zwang, um ihn zum Mann zu machen. John konnte die schmerzerfüllten Laute der Hirschkuh hören, als wäre der Ausflug erst gestern gewesen.

Hastig schüttelte er die grausige Erinnerung ab und zuckte salopp mit den Schultern. »Es schmeckt mir nicht. So einfach ist das.«

Claire betrachtete ihn interessiert. Bevor sie auf die Idee kam weiterzubohren, nahm John eilig sein Weinglas zur Hand und schnupperte dezent an der goldgelben Flüssigkeit. Eigentlich hielten sich seine Weinkenntnisse ziemlich in Grenzen, aber nachdem er sich vorhin als Experte dargestellt hatte, tat er eben weiterhin so, als wäre er einer.

Er wollte gerade zu einem professionellen Testschlückchen ansetzen, als Frank im Hintergrund hüstelte. Sofort ergriff Claire ihr Glas und hob es hoch.

»Worauf stoßen wir an?«, fragte sie.

»Auf …« John überlegte fieberhaft. Wieder erklang Franks Gehüstel. Gezwungenermaßen vollendete John den Toast leicht verkrampft mit: »… uns!«

Die Gläser klirrten aneinander und beide genehmigten sich einen großen Schluck Wein. Und noch einen. Und noch einen, bevor sie gleichzeitig die Gläser wieder abstellten.

Das Ganze wirkte so synchron, dass John tatsächlich grinsen musste. Frank fand den Verlauf des Dinners offensichtlich alles andere als amüsant, denn sogar in dem spärlichen Licht konnte man sehen, dass er nervös hinter der Kamera herumzappelte.

John gab sich einen Ruck. Er hatte sich diesen Mist selbst eingebrockt, also musste er jetzt hier durch. Frank wollte eine Show? Dann sollte er sie auch bekommen.

»Nun, Claire«, begann John schließlich. »Erzähl mir doch mal etwas über dich!«

Zufrieden lehnte er sich zurück. Claire hingegen schien sogar noch nervöser zu werden. Zumindest ließ das vermehrte Rascheln der Tüllschichten darauf schließen.

»Oh, da gibt es eigentlich nicht besonders viel zu erzählen.« Verlegen rieb sie sich über die Schläfe, während sie angestrengt überlegte. »Ich bin sechsundzwanzig, arbeite als Empfangsdame in einem Steuerbüro und war bis gestern noch Single.« Sie warf ihm einen neugierigen Blick zu. »Und du?«

»Ich bin einunddreißig Jahre alt, im Immobilienbereich tätig und war ebenfalls bis gestern Single.« Er kramte ein einnehmendes Lächeln hervor. »Dann haben wir ja schon mal etwas gemeinsam.«

Eine leichte Röte erschien auf ihren Wangen, als sie sein Lächeln erwiderte. John bemerkte, dass es nicht mehr ganz so verkrampft und aufgesetzt wirkte. Automatisch fiel auch von ihm ein Teil der Anspannung ab. Gleichzeitig rieb Frank sich im Hintergrund entzückt die Hände.

Da es allen Beteiligten deutlich besser zu gehen schien, beschloss John, sein Schauspiel auszuweiten. Ein harmloser Flirt konnte ja wohl keinem schaden.

»Und mehr gibt es nicht, das ich über dich wissen sollte?«, fragte er schmunzelnd. »Das kann ich mir nicht vorstellen.«

Claire lachte. Ein Leuchten trat in ihre Augen, das nicht von den vielen Kerzen herrührte. »Na ja. Ich habe eine kleine Schwäche für Kunst. Früher habe ich auch gemalt, aber inzwischen arbeite ich viel … also bleibt dafür keine Zeit mehr.«

John runzelte erstaunt die Stirn. »Ich wusste gar nicht, dass Empfangsdame ein Fulltimejob ist.«

»Ich übernehme ziemlich viele Urlaubsvertretungen«, erklärte sie. »Es ist immer was los.«

»Ah ja?« John wollte noch weiterfragen, doch da traf Maurice mit zwei dampfenden Suppentellern am Tisch ein. Erst da bemerkte John, dass dieses Leuchten schon wieder aus Claires Augen verschwunden und einem verkniffenen Ausdruck gewichen war. War er ihr mit seiner Bemerkung etwa auf den Schlips getreten?

Plötzlich hopste Claire auf und ab. John brauchte einen Moment, um zu erkennen, dass sie Mühe hatte, ihren Stuhl unter all den Rüschen näher an den Tisch zu rücken. Das Ganze sah so komisch aus, dass John beinahe lauthals losgelacht hätte. Um dies zu verhindern, beugte er sich hastig über seine Suppe und probierte davon. Er stellte schnell fest, dass der Koch gehörig an den Gewürzen gespart hatte.

Unterdessen saß Claire wieder still und gab unvermittelt einen verzückten Laut von sich. »Die Suppe schmeckt köstlich, nicht wahr?«

Nicht sicher, ob sie ihn auf den Arm nehmen wollte, blickte John auf. Es schien tatsächlich ihr Ernst zu sein. Ein weiterer Hinweis, dass sie keine Ahnung von gehobener Küche hatte. Er wollte sie nicht gleich wieder verärgern, darum nickte er bestätigend und langte ohne weiteren Kommentar nach Salz und Pfeffer, um die Suppe wenigstens etwas schmackhafter zu machen.

Schweigen breitete sich im Raum aus. Das Kratzen der Löffel auf Porzellan übertönte die viel zu dezente Hintergrundmusik. Claire schlürfte ihre Suppe zwar nicht, aber John hegte grundsätzlich eine erhebliche Abneigung gegen Essgeräusche jeglicher Art.

»Also«, sagte er darum hastig, »Empfangsdame, hm? Welche Ausbildung hast du gemacht?«

Claire versteifte sich kaum merklich. Dann lächelte sie ihn fast schon peinlich berührt an. »Ich hab keine abgeschlossene Ausbildung. An den Job bin ich eher zufällig gelangt. Davor habe ich verschiedene andere Sachen gemacht. Alles nicht der Rede wert.«

Sie winkte ab, während unwillkürlich Panik in John aufwallte. Was genau beinhalteten diese verschiedenen anderen Sachen, die nicht der Rede wert waren? Allein seine Teilnahme bei dieser Show würde das ehrenwerte Haus Bricks zutiefst erschüttern, doch wenn Claire nun auch noch eine Vergangenheit als Stripperin – oder was auch immer – vorzuweisen hätte, die man medienwirksam in der Öffentlichkeit breittreten und diskutieren könnte, dann …

John räusperte sich vernehmlich und zwang sich selbst zur Ruhe. Sobald die Kameras aus wären, würde er Claire danach fragen. Er grinste sie fröhlich an. »Na ja, aber du arbeitest. Könnte also schlimmer sein.«

»Zumindest hast du keine Hausfrau geheiratet, falls dich das beruhigt.«

»Ehrlich gesagt, beruhigt mich das tatsächlich«, scherzte John.

Claire schob ihren leeren Suppenteller von sich und sah John nun beinahe herausfordernd an. »Dann erzähl doch mal von dir, Jonathan.«

»John«, berichtigte er automatisch. Er hasste es, mit seinem vollen Namen angesprochen zu werden.

»Okay, John, ich nehme an, du bist ein Workaholic?«

Bildete er sich das nur ein, oder war da ein lauernder Unterton in ihrer Stimme?

»Definiere Workaholic«, bat er vorsichtshalber.

Claire zuckte mit den Schultern. »Ein Arbeitstier eben.«

»Das liegt wohl im Auge des Betrachters«, antwortete er ausweichend. »Mein Job fordert Verantwortung und Engagement. Da ich ungern auf der faulen Haut liege, arbeite ich eben viel, und das mit Vergnügen.«

»Natürlich.«

Sie lächelte dünn. Irgendwie beschlich John das Gefühl, sie nähme ihn nicht ganz ernst. Dabei hatte sie doch gerade noch getönt, sich für ihren simplen Empfangsdamenjob geradezu aufzuopfern.

Maurice tauschte die leeren Teller in einer fließenden Bewegung gegen die Salate aus und machte sich auf leisen Sohlen wieder vom Acker.

»Und?«, fragte Claire und spießte einen Streifen gebratenes Fleisch auf, der ihren Salat zierte. »Hast du irgendwelche Hobbys?«

John wandte den Blick von dem braunrosa Gebilde ab und konzentrierte sich lieber auf seinen fleischlosen Teller. »Wie gesagt – ich liege ungern auf der faulen Haut.«

»Das impliziert noch lange nicht, dass du Hobbys hast.«

Überrascht sah er wieder auf. Zum einen verwunderte ihn der schnippische Tonfall, und zum anderen hatte er nicht erwartet, dass *impliziert* zu ihrem Wortschatz gehörte.

Ihre Augen verengten sich, als hätte sie seinen letzten Gedanken erraten. John musste unbedingt vorsichtiger werden, wenn er Frank eine stimmige Show liefern wollte.

»Da hast du allerdings recht«, pflichtete er ihr schließlich bei. »Hobbys, tja, im Endeffekt ist Sport wohl mein liebstes Hobby. Laufen, Fahrradfahren, Schwimmen. Eigentlich alles, was man an der frischen Luft so machen kann.«

»Aha.«

Mehr sagte Claire nicht dazu, sondern stocherte in ihrem Salat herum. Die unangenehme Geräuschkulisse aus Schweigen und Geschirrgeklapper kehrte zurück.

»Treibst du auch gerne Sport?«, fragte John, weil ihm auf die Schnelle nichts Besseres einfiel.

Lachend warf Claire den Kopf in den Nacken. »Nach der Arbeit noch im Sportdress in der Gegend herumzuhampeln, fällt mir ja im Traum nicht ein!«

Im Sportdress? Was dachte sie denn, in welchem Outfit er joggen ging?

John hob provokant eine Braue. »Weil du nach deiner Arbeit zu erschöpft bist, nehme ich an?«

Ihr Glucksen verstummte und wurde zu einem zuckersüßen Lächeln, das in krassem Kontrast zu dem Blitzen in ihren Augen stand. »So ist es.«

John hielt ihrem Blick mit nicht minder süßlichem Lächeln stand. Von außen wirkte dieser Augenkontakt anscheinend romantisch, denn Frank gab einen seligen Seufzer von sich. Dabei waren die sprühenden Funken zwischen dem Brautpaar alles andere als romantischer Natur.

Zwei Stunden.

Seit zwei Stunden waren sie nun verheiratet, und schon jetzt war für John klar, dass ihm diese verfluchte Wette so ziemlich alles abverlangen würde, was er an Durchhaltevermögen zu bieten hatte.

Denn eines war sicher: Claire und er konnten sich nicht ausstehen.

Außerdem war sie hundertprozentig das Gegenteil von dem, was eine wissenschaftliche Formel als Traumfrau für ihn errechnen würde.

Davon war er spätestens in dem Moment vollauf überzeugt, als der Kellner Claire das georderte Rinderfilet kredenzte und sie sich voller Genuss einen blutigen Brocken in den Mund schob.

3

~ Claire ~

Was für ein Arschloch!

Claire konnte einfach nicht fassen, dass ihr das Schicksal so einen selbstgefälligen, stocksteifen *Vegetarier* zum Ehemann bestimmt hatte. *Verdammtes Karma!* Das hatte sie nun davon, dass sie in ihrer Verzweiflung zu solchen Mitteln griff. Wie zum Henker sollte sie *zwei Monate* mit ihm aushalten, ohne verrückt zu werden? Und wie sollte sie diesen Wettbewerb überhaupt gewinnen?

Ganz ruhig, Claire. Du schaffst das!

Sie atmete tief durch, während die Limousine auf der Interstate in Richtung Norden fuhr.

Frank hatte ihnen nach dem Dinner erklärt, dass das Produktionsteam für das Paar ein Traumhaus in Buffalo Grove angemietet hatte, um ihnen einen perfekten Start in das Eheleben zu ermöglichen. Allerdings hegte Claire inzwischen massive Zweifel an Franks Geschmack. Wahrscheinlich landeten sie am Ende in einem Etablissement, das gewisse Ähnlichkeiten mit solchen des horizontalen Gewerbes aufwies. Claire sah das Bordeauxrot und die Herzen schon vor sich.

Erschöpft lehnte sie sich zurück und versuchte, den Kopfschmerz zu ignorieren, der sie quälte, seit sie eine verheiratete Frau war. Während des Essens hatte das Pochen in ihrer Schläfe beträchtlich zugenommen. Da konnten selbst der erlesene Wein und das hervorragende Essen nichts mehr retten. Blieb nur zu hoffen, dass der unbequeme Kopfschmuck der Grund dafür war, denn den würde sie in der nächsten Stunde garantiert wieder loswerden. Ihren Ehemann hingegen … leider nicht.

Neben ihr hustete John leise. Das war alles, was er seit zwanzig Minuten zur Kommunikation beitrug. Und Claire hatte es aufgegeben, mit ihm Small Talk zu halten. Schließlich waren die Kameras sowieso aus.

Abgesehen davon war Frank seit ihrer Abfahrt mit irgendeinem Malheur beschäftigt, das mit der Hochzeit des zweiten Paares am nächsten Tag zu tun hatte. Zumindest ließ das Gebrüll, das durch die Trennwand dröhnte, darauf schließen, dass etwas ganz und gar nicht nach Plan lief.

Als sie wenig später in eine Wohnsiedlung einbogen, reckte Claire den Kopf, um etwas zu erkennen. Hier sah es aus wie in den klassischen Vororten. Ein- und Zweifamilienhäuser, die sich nur jemand ab dem gehobenen Mittelstand leisten konnte, reihten sich aneinander. Die Vorgärten waren bunt bepflanzt und gut gepflegt. Sogar die Laubbäume auf der Allee waren akkurat gestutzt.

Am Ende der Straße fuhr die Limousine in eine Einfahrt und hielt vor einem großen Gebäude. Frank ließ die Zwischenscheibe herunter und schaute nach hinten. Er war knallrot im Gesicht, aber sein Grinsen hätte breiter nicht sein können.

»Trautes Heim, Glück allein«, flötete er.

Claire zwang sich zu lächeln, während John die Tür aufstieß und ohne einen Blick zu ihr aus dem Wagen stieg.

Seufzend raffte Claire ihr Kleid zusammen. Sie wollte gerade die Tür öffnen, als John ihr überraschend zu Hilfe kam.

Herausfordernd hielt er ihr die Hand entgegen. Genauso hatte er sie schon beim Dinner angesehen, mit diesem berechnenden Funkeln in den eisblauen Augen. Deshalb zögerte Claire einen Moment, nicht sicher, was er diesmal im Schilde führte. Dann überwand sie sich und ließ sich von ihm helfen, weil sie es allein sowieso niemals herausgeschafft hätte.

»Lächeln«, raunte John ihr zu, sobald sie eine aufrechte Position erreicht hatte. Er deutete kaum merklich hinter sie, und schon war ihr klar, warum er sich plötzlich so zuvorkommend verhielt.

Natürlich hatte sich schon wieder ein Kamerateam versammelt, um die Reaktionen des Paares auf die neue Behausung für das Publikum festzuhalten.

Neugierig nahm Claire die riesige Stadtvilla in Augenschein, die sich vor ihnen erhob. Auch wenn sie nicht unbedingt ihrem persönlichen Geschmack entsprach, war sie zweifellos elegant. Die zahlreichen Fenster in der schneeweißen Fassade deuteten auf lichtdurchflutete Räume hin.

Als sie den Eingangsbereich genauer musterte, musste sie plötzlich die Stirn runzeln. Zwei Türen – eine rot, die andere blau – prangten in der Mitte des Gebäudes.

Du liebe Zeit! Es war ein Doppelhaus, exakt gespiegelt.

»Ist es nicht traumhaft?«, rief Frank und deutete in wilden Gesten auf das Gebäude, als wäre es ansonsten leicht zu übersehen. Von seinem Ärger in den vorangegangenen Minuten war nichts mehr zu spüren. Er zeigte auf die blaue Tür. »Hier wohnt unser Brautpaar Nummer eins.« Dann zeigte er voller Begeisterung auf die rote Tür. »Und hier wird morgen Pärchen Nummer zwei einziehen.« Mit einem Quietschen wandte Frank sich an John. »Ihr werdet Nachbarn sein! Ist das nicht großartig?«

»Fantastisch«, erwiderte dieser tonlos, und Claire stellte erstaunt fest, dass sie nicht zum ersten Mal an diesem Tag einer Meinung waren.

»Wartet, bis ihr die Einrichtung seht.« Frank schloss die Tür auf, schob sie einen Spaltbreit auf und winkte John zu sich, bevor er ihm feierlich den Schlüssel überreichte. »Nun musst du nur noch die Braut über die Schwelle tragen.«

Claire zuckte zusammen. Kurz hoffte sie, dass Frank sich bloß einen Scherz erlaubt hatte. Doch leider trat der bereits den Rückzug an, um Platz für den Kameramann zu machen.

Unwillkürlich wich Claire zurück, während John mit versteinerter Miene zu ihr kam. Nur an seinem Kiefer zuckte ein Muskel, als er leicht in die Knie ging und sie schwungvoll hochhob.

Es kostete Claire sämtliche Selbstbeherrschung, den Schrei zurückzuhalten, der ihr die Kehle heraufschoss. Instinktiv schlang sie die Arme um Johns Nacken und krallte sich an ihm fest.

Wieder vernahm sie ein hingerissenes Seufzen von Frank, welches das Filmteam in der Postproduktion sicher mit einem noch kitschigeren Song übertönen würde.

Plötzlich nahm Claire einen Hauch von Sandelholz wahr, kombiniert mit einer exotischen Frucht, die sie nicht genau benennen konnte.

Oh, wow! Er roch gut – für ein Arschloch.

John setzte sich in Bewegung, und Claire stellte erstaunt fest, dass es ihn keine Anstrengung zu kosten schien, sie in der Gegend herumzuschleppen. Wäre nur dieses entsetzliche Kleid nicht gewesen, das es ihm unmöglich machen musste, den Boden zu sehen.

Im Stillen betete Claire, dass es keine versteckte Stufe oder irgendetwas anderes gab, was ihn zum Stolpern bringen könnte.

Zielsicher hielt John auf die Tür zu und stieß sie mit dem Fuß auf. Claire kniff die Lider zusammen. Sie rechnete fest damit, dass sie gleich mit dem Kopf gegen den Türrahmen knallte, einfach, weil das perfekt zu dem heutigen Tag gepasst hätte.

Es geschah allerdings nichts dergleichen. Claire spürte einen Lufthauch, weil John sich drehte. Dann setzte er sie unerwartet sanft wieder ab.

Blinzelnd öffnete Claire die Augen, leicht benommen von Johns Nähe. Ihr klappte der Unterkiefer hinunter, als sie ihre Umgebung sah.

Sie stand mitten im Wohnzimmer, das so riesig war, dass selbst ihr gewaltiges Kleid winzig darin wirkte. Sogar Frank, John und die beiden Kameramänner hatten noch ausreichend Platz.

Das Licht der untergehenden Sonne fiel durch hohe Fenster herein, die sich über zwei Etagen erstreckten. Rechts befand sich ein breites Sofa, welches offenbar strategisch für gemütliche Kuschelabende ausgewählt war. Davor stand ein kleiner Glastisch. Natürlich gab es auch einen Kamin in der Ecke.

Vor der Glasfassade, die die hübsche Terrasse und den gepflegten Garten atemberaubend in Szene setzte, stand ein Esstisch mit sechs Sitzplätzen. Und links konnte man einen Blick auf die moderne offene Küche erhaschen, die lediglich durch einen halbhohen Tresen vom Rest des Raumes abgetrennt wurde.

»Wie ihr seht, haben wir keine Kosten und Mühen für unsere Turteltäubchen gescheut«, erläuterte Frank eifrig. »Der Außenpool ist selbstverständlich beheizt und der Kühlschrank bereits gut gefüllt.« Er wandte sich zu der offenen Treppe um und stieg hinauf in die obere Etage.

John folgte ihm mit ausdruckslosem Gesicht. Offenbar beeindruckte ihn dieser Ort nicht im Geringsten, was die

Frage aufwarf, in welchen Kreisen sich der noble Herr sonst so bewegte.

Leise schnaubend raffte Claire ihr Kleid und erklomm ebenfalls die Stufen. Auf der Galerie angekommen, warf sie einen Blick über die Schulter und erfreute sich ein weiteres Mal an dem umwerfenden Ausblick.

Dann drehte sie sich um und rannte beinahe in einen der Kameramänner, der jede ihrer Reaktionen einfing. Lächelnd ließ sie ihm den Vortritt und ging durch eine offene Doppeltür.

Ihr stockte der Atem, als sie sah, dass es sich bei dem Gemach, das sie nun betrat, um das Schlafzimmer handelte. Ein unverschämt großes Bett stand auf der linken Seite. Dazu gab es einen eingebauten Kleiderschrank, eine passende Kommode und einen gemütlichen Sessel. Eine weitere Tür führte ins Badezimmer.

Auch hier war alles modern und luxuriös eingerichtet. Vor den Wänden in heller Steinoptik kam die weiße Keramik perfekt zur Geltung. Neben der frei stehenden Badewanne erblickte Claire einen Hocker. Darauf stand ein Sektkübel mit eisgekühltem Champagner und zwei Gläsern.

Entsetzt trat sie den Rückweg an, spürte jedoch gleich eine neue Woge der Panik, als sie die Gepäckstücke entdeckte, die sie zuvor nicht bemerkt hatte. Der pinke Rollkoffer mit den bunten Punkten und der Trolley daneben gehörten definitiv ihr. Die Reisetasche aus braunem Leder offenbar John.

Da wurde ihr bewusst, dass sie kein weiteres Zimmer in der oberen Etage gesehen hatte.

Mittlerweile kurz vor einem hysterischen Anfall, suchte Claire die Umgebung ab, aber abgesehen von einem Geländer fand sie nichts. Gar nichts. Was bedeutete, dass in diesem ganzen verdammten riesigen Haus nur ein einziges Schlafzimmer existierte.

Das durfte doch wohl nicht wahr sein!

»Mehr Räume gibt es nicht?«, hörte Claire ihren Mann in beiläufigem Ton fragen.

Frank lachte, während die beiden aus dem Schlafzimmer kamen. »Ich wüsste nicht, wozu ihr noch mehr braucht.« Er sah erst John, dann Claire vielsagend an. »Ihr seid schließlich verheiratet!«

O Scheiße!

Offensichtlich erwartete der Produktionsleiter allen Ernstes, dass sie sich zu hundert Prozent wie ein Ehepaar verhielten, nicht nur vor laufender Kamera. Claire sah das berechnende Glitzern in Franks Augen. Er schien höchst zufrieden zu sein. Wenn er jedoch meinte, ein pompöses Haus mit einem einzigen Bett reiche aus, damit Claire mit John auf Kuschelkurs ging, hatte er sich geschnitten.

Reality-TV hin oder her – sie würde auf keinen Fall mit John im Bett landen. Stattdessen würde ihr werter Gatte eben mit der Couch vorliebnehmen müssen. So einfach war das.

Im Geiste legte Claire sich ein paar klärende Worte an John zurecht, ehe sie zustimmend nickte, um nicht Franks Unmut auf sich zu ziehen. Sie wandte sich ab und ging wieder hinunter ins Wohnzimmer. Die anderen folgten ihr auf dem Fuße.

»Und?«, fragte Frank. »Denkt ihr, ihr werdet euch wohlfühlen in eurem Nest?«

»Ganz bestimmt«, versicherte Claire ihm strahlend, wohingegen John sich lediglich ein kühles Lächeln abrang und meinte: »Selbstverständlich.«

»Hervorragend.« Frank schaute sich um. »Kameras aus!«, wies er seine Leute an, die folgsam die Geräte sinken ließen. Dann wandte er sich wieder an John. »Morgen Nachmittag um vierzehn Uhr findet die zweite Trauung statt. Da ihr euch mittlerweile kennt, seid ihr herzlich eingeladen, der Zeremonie beizuwohnen.« Er zwinkerte Claire verschwörerisch zu. »Zunächst undercover, versteht sich.«

»In Ordnung«, erwiderte Claire. »Und wie geht es dann weiter?«

Frank zuckte mit den Schultern. »Wir kennen euren Berufsalltag aus dem Fragenkatalog. Insofern werden unsere Besuche größtenteils unangekündigt erfolgen. Die Show lebt schließlich von der Authentizität unserer Paare.« Sein Grinsen wurde breiter. »Wir haben übrigens auch einen Haustürschlüssel, damit ihr möglichst spontan reagiert.«

Mit anderen Worten: Das Produktionsteam konnte jederzeit mit laufender Kamera hereinschneien. *Großartig!*

»Noch irgendwelche Fragen?«, erkundigte Frank sich und warf einen Blick auf seine Armbanduhr.

Claire schüttelte den Kopf, und auch John verneinte, woraufhin das begierige Funkeln in Franks Augen zurückkehrte. »Dann bleibt mir wohl nur noch, euch eine angenehme Hochzeitsnacht zu wünschen. Wir brauchen allerdings noch eine nette Einstellung zum Tagesabschluss. Bitte stellt euch in die Tür und winkt ein letztes Mal in die Kamera.«

Ein Knoten bildete sich in Claires Magen, während sie zittrig lächelte. Frank küsste sie auf die Wange, bevor er Johns Hand schüttelte und ihm viel Spaß beim Auspacken seiner Braut wünschte.

Hallo? Ging es vielleicht noch?

Claire war so verdattert, dass sie den gemurmelten Abschied der Crew kaum registrierte. Auch dass John sie in den Türrahmen schob und ihr einen Arm um die Hüfte legte, bekam sie nur am Rande mit. Mechanisch winkte sie in die Kameralinse. Sekunden später warf ihr Ehemann die Haustür geräuschvoll ins Schloss.

Sowie sie allein waren, setzte John sich in Bewegung. Er marschierte zu den Fenstern und aktivierte die Jalousien, die sich leise surrend herabsenkten. Anschließend steuerte er die Hightechanlage im Wohnzimmer an, nahm die kleine

Fernbedienung und zappte durch die Kanäle, bis entspannte Jazzmusik erklang. Nachdem er die Lautstärke zu seiner Zufriedenheit reguliert hatte, schälte er sich aus seinem Jackett, krempelte die Hemdsärmel hoch und zog sich die Fliege vom Hals.

Dann begann er hektisch, jedes einzelne Dekostück genauestens unter die Lupe zu nehmen. Er untersuchte die aufgestellten Vasen, Kerzenhalter und sogar die Bilder an der Wand. Zu guter Letzt stieg er auf einen Stuhl und begutachtete die geschmackvolle Deckenleuchte im Wohnzimmer.

»Was um Himmels willen tust du da?«, fragte Claire, weil sie allmählich die Geduld verlor.

»Wonach sieht es denn aus?«, knurrte John. »Ich suche nach versteckten Kameras.«

Hatte der gute Mann zu viele Agentenfilme geschaut?

Claire lachte. »Der Sender hat vertraglich zugesichert, nicht ohne unser Wissen im Haus zu filmen«, erklärte sie ihm gelassen. »Abgesehen davon verstoßen sie so ziemlich gegen jedes Gesetz zum Schutz der Privatsphäre, wenn sie sich darüber hinwegsetzen. Also entspann dich.«

Das schien John egal zu sein. »Hilf mir lieber.«

»Wir sind ja schon ein bisschen paranoid, was?«, fragte Claire in zuckersüßem Ton.

John antwortete nicht. Stattdessen inspizierte er nun die Hängeleuchten über dem Esstisch.

Auch gut! Solange er das Haus auseinandernahm, käme er wenigstens nicht auf die Idee, ihr Kleid zu filetieren.

Apropos! Claire wollte endlich aus diesem Fummel raus. Außerdem musste sie so dringend auf die Toilette, dass sie das Gefühl hatte, ihre Blase würde jeden Moment platzen.

Ohne John länger zu beachten, lief sie hinauf ins Schlafzimmer, öffnete ihren Koffer und holte sich ein lässiges Shirt und ihre bunt gemusterte Schlabberhose heraus. Zum einen, weil sie sich das nach diesem Höllentag wirklich verdient hatte – zum anderen, weil dies das unerotischste Outfit war, das sie besaß.

Damit verbarrikadierte sie sich im Bad, ließ die Sachen auf den Boden fallen und zog als Erstes die vielen Haarnadeln heraus, um diese lächerliche Krone abzusetzen. Sowie ihr die Haare zerzaust, aber befreit von dem ganzen Klimbim auf die Schultern fielen, stöhnte Claire erleichtert auf.

Anschließend verbog sie sich, um das Kleid im Rücken zu öffnen.

Zehn Minuten später war sie mit den Nerven am Ende.

Claire hatte alles, wirklich *alles* versucht, um diese winzig kleinen Knöpfe über ihrer Wirbelsäule aufzukriegen. Sie hatte sogar an ihnen gerissen und zu guter Letzt irgendwie rückwärts eine Nagelschere angesetzt. Aber nichts half. Die Korsage saß einfach zu fest.

Der Showstylist hatte offenbar keine Witze gemacht, als er ihr heute Morgen fröhlich erklärt hatte, nur ihr Ehemann würde sie aus diesem Fummel wieder rauskriegen. Verdammtes Produktionsteam. Diese Anweisung kam sicher von Frank, der offensichtlich nicht einmal davor zurückschreckte, die Braut *einnähen* zu lassen, um die Quoten zu steigern.

Verzweifelt ließ Claire sich gegen die Tür sinken und schloss die Augen. Sie konnte John unmöglich bitten, ihr beim Ausziehen behilflich zu sein. Was, wenn er das falsch verstand oder sie in diesem Monstrum elendig verrecken ließ? Zuzutrauen wäre es ihm jedenfalls.

Jenseits der Tür vernahm sie leise Geräusche. Demnach hatte John seine Razzia im Erdgeschoss wohl beendet und untersuchte nun das Schlafzimmer.

Ein schmerzhaftes Ziehen breitete sich in Claires Unterleib aus. Unschlüssig schielte sie zur Toilette, verwarf die Idee jedoch gleich wieder, weil ihre Arme entschieden zu kurz waren, um die widerspenstigen Stoffbahnen hoch genug zu halten.

Also blieb ihr nur eine Möglichkeit.

»Scheiß drauf«, murmelte Claire, stieß sich von der Tür ab und riss sie auf.

John kniete vor dem Bett und tastete die Lattenroste ab. Dabei sah er einfach nur total lächerlich aus. Als litte er unter Verfolgungswahn.

Er bemerkte Claire, kam wieder auf die Füße und legte belustigt den Kopf schräg. »Schicke Frisur.«

Claire presste die Lippen aufeinander, um den bissigen Kommentar zurückzuhalten, der ihr auf der Zunge lag. Stattdessen bemühte sie sich um ein unverbindliches Lächeln. »Wärst du bitte so freundlich, mir aus dem Kleid zu helfen?«

~ *JONATHAN* ~

Claire drehte John den Rücken zu und deutete ungelenk auf die unzähligen Knöpfe, die das weiße Ungetüm an ihrem Körper hielten. Er richtete sich auf und trat einen Schritt näher. Die Nähte im oberen Teil der Knopfleiste sahen verdächtig mitgenommen aus.

»Hast du versucht, dich da rauszuschneiden?«, fragte er und schüttelte den Kopf.

Sie atmete geräuschvoll durch, was Antwort genug war. Offensichtlich war es ihr über alle Maßen zuwider, ihn um Hilfe zu bitten. Allerdings hätte ihr von vornherein klar sein müssen, dass sie aus diesem Fummel alleine nie wieder rauskäme. Vorausschauend war die gute Claire also schon mal nicht.

»Hilfst du mir jetzt oder nicht?«, murrte sie ungeduldig.

»Wozu die Eile?«, scherzte John halbherzig. »Diese Aufgabe sollte ein Ehemann doch genießen …«

Claire gab einen abschätzigen Laut von sich.

Zum wiederholten Male überlegte er, aus welchem Grund sie überhaupt bei dieser Show mitmachte. Sie schien ebenso wenig darauf versessen zu sein, sich zu verlieben, wie er selbst. Das war ihm spätestens seit dem Dinner klar. Vielleicht sollte er die Sachlage hier und jetzt klären.

Er trat noch einen Schritt näher und hob die Hände. Nach kurzem Zögern strich er ihr das zerzauste Haar aus dem Nacken, um an den obersten Knopf zu gelangen.

Claire zuckte bei der Berührung merklich zusammen.

»Sorry, aber sonst komm ich nicht ran«, murmelte er und zerrte an der engen Schlaufe, um das seidenüberzogene Knöpfchen hindurchzuquetschen. John merkte schnell, dass ihm eine mühselige Tätigkeit bevorstand.

Er widmete sich dem zweiten Knopf und gab sich gleichzeitig einen Ruck. »Claire, darf ich dich was fragen?«

Sie wirkte überrascht. »Klar.«

»Warum machst du das hier?«

Augenblicklich versteifte sie sich. Diese Frage schien ihr außerordentlich zuwider. Ein weiterer Hinweis darauf, dass sie nicht aufgrund des Showmottos dabei war. Davon ermutigt, wagte er, noch ein wenig deutlicher zu werden.

»Ich habe keine Kameras oder Abhörgeräte gefunden«, erzählte er in beiläufigem Ton. »Du kannst mir also die Wahrheit sagen.«

Sie wandte den Kopf leicht nach hinten, als hätte sie sich verhört. In ihrem Seitenprofil stand deutliche Vorsicht. »Die Wahrheit?«

Ein weiterer Knopf sprang auf.

John räusperte sich. »Liege ich richtig in der Annahme, dass du nicht im Auftrag der Liebe hier bist?«

Angespanntes Schweigen legte sich über sie beide. Zudem schienen sie gleichzeitig den Atem anzuhalten.

Schließlich stieß Claire ein kaum hörbares Ja hervor.

Erleichtert legte John den Kopf in den Nacken und schickte ein stummes *Danke schön* in den Himmel. Er grinste breit, als er ihr leise ins Ohr sagte: »Das trifft sich gut. Ich nämlich auch nicht.«

Claire wirbelte herum und musterte ihn misstrauisch. »Warum dann?«

Er dachte kurz nach. Würde sie ihm glauben, wenn er ihr die Wahrheit erzählte? Vermutlich nicht. Jemand, der ihn nicht kannte, würde das kaum verstehen. Er verstand es ja selbst nicht ganz.

»Wegen der Gage natürlich«, log er kurzerhand. Er zwinkerte ihr aufmunternd zu. »Du?«

Diverse Emotionen spiegelten sich in ihren grünen Augen wider. Allen voran erkannte er in ihnen die gleiche Erleichterung, wie auch er sie gerade empfand.

Ein zaghaftes Lächeln stahl sich auf ihre Lippen. Sie zuckte unschuldig mit den Schultern. »Wegen der Gage natürlich.«

Für einen Wimpernschlag waren beide ganz still. Dann lachten sie gleichzeitig los. Sie lachten sich die gesamte Anspannung des Tages vom Leib. So kam es John zumindest vor. Glucksend legte Claire die Hände auf den Bauch und drehte ihm erneut den Rücken zu.

Umgehend widmete er sich von Neuem seiner heroischen Tätigkeit der Brautbefreiung.

»Dann sind wir uns also einig«, sagte er locker. »Wir ziehen vor den Kameras eine grandiose Show ab und gehen nach zwei Monaten wieder getrennte Wege?«

Claire nickte. »Klingt nach einem guten Plan. Denkst du, wir schaffen es zum Sieg? Ich meine, die Gage ist schon super, aber die fünfzigtausend Dollar Gewinnerprämie wären echt …«

»Sicher schaffen wir das«, unterbrach John sie überzeugt. »Ist doch nichts dabei. Ein bisschen vor den Kameras turteln, und schon haben wir den Pott in der Tasche.«

Er nestelte angestrengt weiter an den Knöpfen herum, was sich zunehmend schwieriger gestaltete, weil die Aussicht auf die Siegprämie Claire anscheinend ganz hibbelig machte und sie ständig von einem Bein aufs andere trat.

»Wie wollen wir die Sache mit dem Schlafzimmer regeln?«, wollte sie plötzlich wissen.

»Was schwebt dir denn vor?«, fragte John zurück. Ihm war Claires Entsetzen nicht entgangen, als sie erkannte, dass es in diesem Haus nur ein Bett gab. In diesem Punkt waren sie sich wohl ebenfalls einig, denn er hatte gewiss nicht vor, sich mit ihr dieses Bett zu teilen.

»Na ja, ich dachte, du schläfst auf der Couch«, verkündete sie.

John hob missmutig eine Braue. »Ach, dachtest du das?«

»Du bist der Mann, und für einen Gentleman gehört sich so was.«

Ihr leises Lachen konnte nicht über den forschen Unterton hinwegtäuschen.

John wusste durchaus, was sich für einen Gentleman gehört. Womit er allerdings ein gewaltiges Problem hatte, war es, sich sagen zu lassen, wie sich ebenjener Gentleman zu benehmen hat. Unabhängig davon verspürte er definitiv keine Lust, auf der Couch zu schlafen, denn das würde er unweigerlich mit Rückenschmerzen büßen. Er hatte eine angeborene Wirbelsäulenkrümmung, die er mit gezieltem Muskelaufbau zwar in den Griff bekommen hatte, aber dennoch reagierte er überaus empfindlich auf unbequeme Schlafumstände.

Claire begann unterdessen vor ihm, fast schon auf und ab zu hopsen. »Wie weit bist du mit den Knöpfen?«

Das leichte Flehen in ihrer Stimme ließ nur auf einen Grund für ihre Unruhe schließen. John biss sich belustigt auf die Unterlippe. Da überkam ihn eine geradezu brillante Idee.

Er nahm die Hände von ihrem Rücken. »Ich bekomme das Bett. Du schläfst auf der Couch.«

Sie brauchte sich gar nicht erst umzudrehen. Auch so konnte er sich bildhaft vorstellen, wie sämtliche ihrer Gesichtszüge entgleisten. »Ist das dein Ernst?«

»Jap.«

Ihre Schultern bebten, während sie vermutlich ihre Möglichkeiten durchging. Viele blieben ihr eigentlich nicht, denn ihrem Gehüpfe nach musste sie es inzwischen ziemlich eilig haben.

»Deine Entscheidung«, meinte John gelassen. »Allerdings schläft es sich in diesem Kleid wahrscheinlich nicht sehr bequem. Davon abgesehen, dass es nicht gerade sehr praktisch sein wird. Vor allem im Badezimmer …«

Claire schnaubte empört. »Nicht zu fassen!«, fauchte sie und warf genervt die Hände in die Luft. »Also schön! Du kriegst das Bett! Zufrieden?«

»O ja.«

Sogar sehr zufrieden setzte John zum Endspurt an. Bis zur Taille hatte er sich schon hinabgeknöpft, wodurch ihre Schulterpartie frei lag. Sie trug keinen BH. Was wohl nicht nötig war, wenn man derart eingeschnürt wurde. Wie sollte da etwas verrutschen? Abgesehen davon, dass Claire nicht unbedingt als Busenwunder zu bezeichnen war. Soweit er das unter den vielen Tüllschichten überhaupt beurteilen konnte.

Tatsächlich kam unter den weißen Tüllschichten Stück für Stück eine ansehnlichere Figur zutage, als das Kleid hatte vermuten lassen. Schlank, aber nicht dürr, mit reiner Haut von hellem Teint.

Seine Finger streiften beim Aufknöpfen einige Male über Claires nackte Haut, und sie fühlte sich genauso zart an, wie sie aussah. Hätte sie nicht so herumgezappelt, hätte er vermutlich wirklich Gefallen am Auspacken gefunden. Vor allem, als er mit den untersten Knöpfen den Saum ihres Slips entblößte. Dunkelblauer Satin. Ein hübscher Kontrast zu der alabasterfarbenen Haut.

Nun ja, er war schließlich auch nur ein Mann …

»Bist du endlich fertig?«, unterbrach Claire den Anflug seiner anrüchigen Gedanken.

John zerrte hastig den letzten Knopf auf. »Jetzt.«

»Okay, dreh dich um!«

»Was?«

»Du sollst dich umdrehen!«

Übertrieben seufzend wandte John sich ab. Sein Blick landete im Fenster, das durch die heruntergelassenen Außenjalousien zu einem Spiegel geworden war. Er konnte also leider nicht verhindern, dass er Zeuge wurde, wie Claire die Stoffmassen zu Boden gleiten ließ, darüber hinwegstieg und ins Badezimmer flitzte.

Pantys. Wirklich nett …

Erst da bemerkte John sein eigenes Spiegelbild im Fenster. Nachdenklich betrachtete er sich selbst. Er hatte sich einst geschworen, niemals zu heiraten. Beim Anblick des Eherings an seinem Finger überkam ihn jedoch ein seltsames Gefühl. Wie es wohl war, sich aus freien Stücken an eine Frau zu binden? Sich eine gemeinsame Zukunft aufzubauen, eine eigene Familie?

Kopfschüttelnd riss er sich von seinem Spiegelbild los und begann, sein Hemd aufzuknöpfen, während er durch den Raum wanderte. Alleine das Wort *Familie* versetzte ihm einen Stich in den Magen. Für ihn bedeutete Familie einzig, gewisse Erwartungen zu erfüllen. Nun, da er endlich erwachsen war und sich ansatzweise davon befreien konnte, würde er sich gewiss nicht in die gleiche Scheiße stürzen, wie er sie jahrelang zuvor erlebt hatte.

Nein, das war völlig ausgeschlossen.

Claire war noch immer im Bad, und dem gedämpften Rauschen der Dusche nach würde sie auch nicht allzu schnell wieder herauskommen.

Welch ein Glück, dass sie ebenfalls kein Interesse an einer Liebschaft hatte. Das erleichterte die kommenden zwei Monate ganz erheblich. Eigentlich hätte er sich gleich denken können, dass sie nur wegen des Geldes dabei war. Als Empfangsdame, noch dazu ohne Berufsausbildung, waren ihre finanziellen Verhältnisse gewiss überschaubar. Da bot diese Show natürlich eine wunderbare Gelegenheit, um an schnelles Geld zu kommen. Zehntausend Dollar Gage für jeden, sofern das Paar die Sache nicht vorher abbrach. Dann noch die beachtliche Siegprämie und eine Traumreise nach Hawaii. Es gab ja Menschen, die schon Schlimmeres für weniger getrieben hatten. Wobei ihm wieder einfiel, dass er Claire noch nach ihrer Vergangenheit aushorchen wollte, bevor sein Ruf in Gefahr geriet. So gerne John seinem Vater auch einen gepfefferten Medieneklat beschert hätte: Ihm war klar, dass so etwas seiner eigenen Seriosität massiv schaden könnte. Es war schließlich eine Sache, der Welt vorzugaukeln, dass er an Schicksal und diesen ganzen Müll glaubte, aber eine völlig andere, dabei eine ehemalige Stripperin an seiner Seite zu haben.

John begann, seine Reisetasche auszuräumen und seine Sachen fein säuberlich in den Schrank zu hängen. Er nahm dabei penible fünfzig Prozent des Platzes in Anspruch. Hoffentlich kam Claire nicht auf die Idee, das Brautkleid auch hineinzustopfen, denn damit wäre der Schrank wegen Überfüllung geschlossen.

Er tauschte seine festliche Kleidung gegen Jeans und Shirt. Danach schnappte er seine Laptoptasche und begab sich auf den Weg ins Erdgeschoss. Eine Garnitur des Bettzeugs nahm er bei dieser Gelegenheit gleich mit.

Immerhin war er ja ein Gentleman.

Deshalb regte sich dann auch der Hauch eines schlechten Gewissens in ihm, als er Decke und Kissen auf der Couch ablud. Vielleicht sollte er Claire anbieten, das Schlaflager wöchentlich zu tauschen. Um des Haussegens willen und so.

Der Neugierde halber spähte John in den Kühlschrank, bevor er seinen Laptop auf der Frühstücksbar aufbaute. Zu seiner Freude wurde er tatsächlich fündig und saß kurz darauf mit einer eiskalten Flasche *Budweiser* vor seinem Computer. Das Gutachten des aktuellen Projekts war endlich eingetroffen. Was auch wirklich Zeit wurde, denn er hatte erst heute Morgen erfahren, dass inzwischen ein weiterer ernst zu nehmender Käufer im Spiel war. John musste also schnellstmöglich eine Entscheidung treffen.

Er war so vertieft in das Dokument, dass ihm beinahe das Herz stehen blieb, als plötzlich jemand an ihm vorbeiging. Erschrocken starrte er Claire an, die ebenfalls probehalber in den Kühlschrank lugte.

Sie zog eine Packung Würstchen heraus und schlug die Tür wieder zu. Als sie seinen Blick bemerkte, reckte sie provokant das Kinn. »Was ist? Noch nie eine Frau mit nassen Haaren gesehen?«

Offenbar hatte sie seinen Schreck gehörig missverstanden, doch bevor John die Gelegenheit zur Erklärung bekam, stapfte sie schon wieder an ihm vorbei. Wie er ihre grell gemusterten, überwiegend türkisfarbenen Hosen fand, behielt er lieber für sich. Dass ihr die Pantys besser gestanden hatten, auch. Außerdem fragte er sich, wie um alles in der Welt sie nach dem opulenten Dinner noch eine Packung Würstchen verdrücken konnte.

Anstatt ausführlicher darüber nachzudenken, genehmigte sich John lieber einen großen Schluck Bier und konzentrierte sich wieder auf das Gutachten. Am Rande nahm er wahr, dass die Jazzmusik verklang. Stattdessen hörte er, wie Claire durchs Fernsehprogramm zappte.

Auf einmal verwandelte sich das dezente Hintergrundgeräusch in eine Art Donnergrollen.

John fiel beinahe vom Barhocker und fuhr schockiert herum.

Claire fläzte völlig entspannt auf der Couch, eingehüllt in die Bettdecke, und legte gerade die Fernbedienung zur Seite. Ihr Triumph, die Dolby-Surround-Anlage entdeckt zu haben, stand ihr ins Gesicht geschrieben.

Krachende Maschinengewehre brachten die Wände schier zum Zittern.

»Muss das so laut sein?«, brüllte John angesäuert. »Was ist das überhaupt für ein Mist?«

»*Iron Man zwei*«, rief Claire fröhlich zurück, bevor sie in eine Wurst biss. »Und ja, das muss so laut sein. Wozu hat man denn sonst ein solches Soundsystem?«

Eine gewaltige Explosion dröhnte aus der Anlage. John konnte die Vibration des Subwoofers sogar im Magen spüren.

»Herrgott!«, stieß er aus. Dann atmete er tief durch und besann sich auf einen versöhnlichen Ton. »Kannst du das bitte etwas leiser drehen? Ich muss mich konzentrieren.«

Claire sah ihn mit süffisantem Grinsen an und runzelte provokant die Stirn. »Das ist mein Schlafzimmer, schon vergessen? Wenn es dir zu laut ist, musst du wohl woanders hingehen.«

John verengte die Lider und mahlte wütend mit dem Unterkiefer. Eigentlich hatte er ja ein Abkommen mit ihr treffen wollen. Aber wenn sie sich derart kindisch verhielt, konnte sie sich ein Angebot seinerseits abschminken.

»Wie du willst!«, schnaubte er und klappte den Laptop schwungvoll zu. Er rutschte vom Hocker und klemmte sich den Computer unter den Arm, ehe er den Rest des *Budweiser* in zwei langen Zügen herunterkippte. Die leere Flasche ließ er einfach auf dem Küchentresen stehen, er verabschiedete sich mit den Worten: »Dann geh ich eben in *mein* Schlafzimmer. Das mit dem großen, kuscheligen Bett. Gute Nacht!«

Claire erwiderte den Abendgruß nur mit einem giftigen Blick. John ignorierte diesen geflissentlich und spazierte würdevoll nach oben.

Zwei Monate, dachte er bei sich, während er die Treppe hinaufstieg. *Nur zwei mickrige Monate. Das wird doch zu schaffen sein!*

~ Das 2. Interview ~

Wie gefällt dir euer Haus?

Claire: »Es ist traumhaft!«

John: »Sehr gut.«

Welchen Eindruck hat deine Angetraute / dein Angetrauter bisher auf dich gemacht?

Claire: »John ist höflich, interessiert und sehr aufmerksam.«

John: »Der Eindruck war durchweg positiv.«

Habt ihr schon Gemeinsamkeiten entdeckt?

Claire: »O ja, wie es scheint, sind wir uns in vielen Dingen sehr ähnlich. Zumindest, was unsere Grundeinstellung betrifft.«

John: »Zu viele, um sie aufzuzählen.«

Wie stellst du dir nun eure Hochzeitsnacht vor?

Claire: »Ich lasse sie einfach auf mich zukommen. Und was immer passiert, passiert.«

John: »Ich freue mich darauf, mit Claire ganz allein zu sein.«

Zufall oder Wissenschaft – was denkst du?

Claire: »Ich habe schon eine Idee. Allerdings werde ich noch nicht verraten, in welche Richtung ich tendiere.«

John: »Wissenschaft.«

4

~ *Claire* ~

»Rrrr-rrrr-rrrrrrrrrr!«

Erschrocken fuhr Claire hoch und purzelte beinahe von ihrer provisorischen Schlafstätte. Völlig desorientiert schaute sie sich in der ungewohnten Umgebung um. Dann erreichten die Ereignisse des gestrigen Tages allmählich ihr Bewusstsein.

Grundgüter! Sie hatte tatsächlich einen Wildfremden geheiratet. In einer Fernsehshow. Jetzt wohnte sie in einem Luxushaus. Und diesen abartigen Höllenlärm veranstaltete niemand Geringerer als ihr frisch angetrauter *Ehemann*, der nicht nur *Vegetarier* war, sondern offenbar auch eine Schwäche für *Smoothies* hatte.

Angewidert verzog Claire das Gesicht, bevor sie mit einem gequälten Stöhnen zurück auf ihr Lager fiel. Sie zerrte sich das Kissen über den Kopf, um das grausige Rattern zu dämpfen. Viel nützte es allerdings nicht.

Claire kniff die Lider zusammen und zwang sich selbst zur Ruhe. Es brachte sie schließlich keinen Schritt weiter, wenn sie jetzt ausflippte.

Gestern Abend, als John sie von diesem nervigen Fetzen befreit hatte, sah es einen kurzen Moment lang so aus, als würde sich alles zum Guten wenden. Zumindest war sie wahnsinnig erleichtert gewesen, dass auch er nicht auf der Suche nach der großen Liebe war und nur wegen des finanziellen Aspekts bei der Show mitwirkte.

Erst bei genauerer Überlegung war ihr aufgefallen, dass dieses Motiv in äußerstem Widerspruch zu seinem Verhalten stand. Immerhin ließ er bei jeder Gelegenheit raushängen, wie vornehm er doch war. Also hatte er entweder einen Berg an Schulden zu begleichen, oder er zählte zu jenen, die den Hals einfach nicht vollkriegen.

Inzwischen hegte Claire keinen Zweifel mehr daran, dass es Letzteres war. Denn sobald John ihre Not mit dem Kleid bemerkt hatte, hatte er sie schamlos erpresst, um seine eigenen Ziele durchzusetzen. So etwas taten anständige Menschen nicht, sondern nur Idioten ohne moralischen Kompass.

Endlich verstummte das Rattern in der Küche, weshalb Claire vorsichtig unter dem Kissen hervorlugte. Erst jetzt bemerkte sie, dass die Jalousien geöffnet waren und von draußen nur fahles Licht in den Raum drang. Es konnte also nicht später als sieben Uhr morgens sein.

Sie stöhnte erneut auf, während John fröhlich pfeifend durch die Küche spazierte. Sie brauchte dringend Kaffee. Am besten einen ganzen Eimer voll. Andernfalls würde sie ihren Angetrauten demnächst wohl im Garten verscharren, wenn er nicht bald mit diesem Lärm aufhörte.

Vielleicht hätte sie am Vorabend auch einfach die Flasche Champagner im Eiskübel stehen lassen sollen. Anderseits wäre es eine Schande gewesen, den guten Tropfen verkommen zu lassen. Was konnte der *Veuve Clicquot* dafür, dass sie den schlimmsten Typen aller Zeiten geheiratet hatte?

Schon merkwürdig. Wenn Claire früher von ihrer Hochzeitsnacht träumte, sah sie gewiss keinen Actionstreifen und eine einsame Pulle Schampus vor sich. Aber das Leben war eben voll von bösen Überraschungen. Für die konnte nicht mal

Tony Stark entschädigen, während er die Welt vor dem Bösen beschützte.

Es wurde Zeit, sich dem eigenen Erzfeind zu stellen. Abgesehen davon sollte sie sich vielleicht ein bisschen vorzeigbarer herrichten. Immerhin bestand durchaus die Möglichkeit, dass Frank sich hier blicken ließ, obwohl er eigentlich mit der zweiten Hochzeit alle Hände voll zu tun haben dürfte.

Mühsam rappelte Claire sich hoch, stopfte ihr Bettzeug in den Sofakasten und schlurfte ins Gäste-WC im Erdgeschoss. Dort spritzte sie sich kaltes Wasser ins Gesicht und kämmte sich notdürftig das Haar mit den Fingerspitzen, bis sie einigermaßen präsentabel war.

Sie wappnete sich innerlich gegen alles, was da kommen mochte, ehe sie sich auf den Weg in die Küche machte.

John hockte am Bartresen. In der einen Hand hielt er ein Glas mit grünem Schleim, in der anderen die Sonntagszeitung. Er trug ein eng anliegendes schwarzes Shirt, blaue Shorts und Laufschuhe. Allerdings schien er sein Sportprogramm noch nicht absolviert zu haben, denn er war weder verschwitzt, noch wirkte er besonders erschöpft. Als er sie bemerkte, hob er den Kopf und grinste höhnisch. »Guten Morgen, Sonnenschein.«

»Morgen«, brummte Claire und untersuchte die Küchenschränke, bis sie die Kapseln für die schicke Kaffeemaschine in der Ecke gefunden hatte. Sie holte sich eine Tasse, stellte das Gerät ein und wartete, bis der Duft ihres Lebenselixiers den Raum erfüllte.

»Du bist wohl kein Morgenmensch, was?«, erkundigte John sich belustigt.

»Doch«, gab Claire zurück, ohne sich umzudrehen. »Ich sprühe geradezu vor Energie und Lebensfreude. Sieht man das nicht?«

John ließ ein leises Lachen erklingen, ein Laut, den Claire überraschend angenehm fand.

»Vielleicht solltest du dir die Nächte nicht mit Trash-TV um die Ohren schlagen«, schlug er hinter ihr vor. »Dann bist du morgens auch fitter.«

Schnaubend pustete Claire in ihren rabenschwarzen Kaffee. »Ich wäre vor allem fitter, wenn ich komfortabler geschlafen hätte.«

»Also dem Schnarchen nach zu urteilen, hattest du keine Probleme mit dem Sofa.«

Claire blähte die Nasenflügel und versuchte, sich einzig auf ihren Kaffee zu konzentrieren und darauf, ihn möglichst *nicht* über ihren Ehemann zu kippen. Als sie ihre Wut im Griff hatte, drehte sie sich um, lehnte sich gegen die Arbeitsfläche und fixierte John über den Rand der Kaffeetasse hinweg.

Er erwiderte ihren Blick vollkommen unerschrocken. Und nicht nur das: Er besaß sogar die Frechheit, sie schadenfroh anzugrinsen, bevor er sein giftgrünes Gebräu herunterkippte. Als er das Glas sinken ließ, zog sich eine feine grüne Linie über seine Oberlippe.

»Ich gehe jetzt eine Runde laufen«, verkündete er, schob sich vom Barhocker und umrundete den Tresen, um sein Glas in die Spüle zu stellen. Dann sah er sie an.

Claire konnte nicht anders, als auf seinen Gemüsebart zu glotzen, was John natürlich völlig falsch interpretierte. Er beugte sich ein Stück nach vorn. »Was ist? Will meine geliebte Ehefrau etwa einen Abschiedskuss?«

Claire kniff die Augen zusammen. »Träum weiter!«

»Dachte ich auch nicht«, erwiderte er lässig und schlenderte zur Tür hinaus, als wüsste er genau, dass sie nicht widerstehen konnte und einen winzig kleinen Blick auf seine Kehrseite warf.

Ach verdammt!

Genervt trank Claire ihren Kaffee aus und versuchte, sich an der Vorstellung zu erfreuen, wie John mit seiner lächerlichen Kriegsbemalung durch das vornehme Wohnviertel joggte.

Sie ging nach oben ins Schlafzimmer. John hatte bereits das Bett gemacht, und einen Moment lang kämpfte Claire gegen die Versuchung an, sich in die weichen Laken zu kuscheln. Dann schob sie seufzend den Kleiderschrank auf. Mit geschürzten Lippen betrachtete sie die farblich sortierten Hemden, die fein säuberlich aufgereihten Anzüge und die Fächer mit den Freizeitklamotten. Bevor sie sich zurückhalten konnte, hängte sie aus einem Impuls heraus drei Hemden um, sodass das Ganze gleich ein bisschen fröhlicher wirkte.

Zufrieden widmete Claire sich ihrer eigenen Kleidung, die noch immer im Koffer eingepfercht war. Sie kramte eine flickenbesetzte Jeans und ein türkisblaues Top mit Batikmuster heraus. Das sollte reichen, bis sie sich am Nachmittag wieder in ein adrettes Kleidchen zwängen musste.

Nachdem sie sich in Ruhe fertig gemacht hatte, stromerte Claire gelangweilt durch das Haus, besah die Dekoration auf den Ablagen und den Garten. Sie war rastlos, fühlte sich eingesperrt. Normalerweise hatte sie auch am Wochenende alle Hände voll zu tun. Aber hier gab es nichts zu erledigen. Das Haus war lupenrein sauber, und es war noch viel zu früh, um Olivia anzurufen.

Fast war Claire erleichtert, als wenig später die Tür aufging und ein schnaufender John hereinkam. Mittlerweile saß sie auf seinem Platz am Bartresen und kritzelte mit einem Kugelschreiber die aufgeschlagene Zeitung voll, die John zuvor gelesen hatte. Sie schaute nicht auf, weil sie um jeden Preis vermeiden wollte, dass John ihre Erleichterung bemerkte.

Er holte eine Flasche Wasser aus dem Kühlschrank und trank in gierigen Zügen. »Eigentlich wollte ich das noch lesen«, teilte er ihr mit, als er Claires Gekritzel bemerkte.

Sie zuckte gelassen mit den Schultern. »Gibt eh nichts Neues an der Börse.«

»Du musst es ja wissen.«

Es lag Claire auf der Zunge, sich mit einem bissigen Kommentar zu verteidigen. Aber was hätte das genützt? John schien sich bereits eine Meinung über sie gebildet zu haben, und die war nicht unbedingt schmeichelhaft, wenn sie seine kritische Bemerkung gerade richtig deutete.

Plötzlich stieß John einen überraschten Laut aus. »Hey, die ist gar nicht mal so übel.«

Blinzelnd schaute Claire auf ihre Zeichnung, während John sich über den Tresen beugte.

»Wer ist das?«, wollte er wissen.

Du lieber Gott!

Hastig riss Claire die Zeitung an sich, was John nur noch mehr anzustacheln schien. Er verengte die Augen zu schmalen Schlitzen. »Wen hast du da gezeichnet, Claire?«

»Niemanden!« Sie rutschte vom Hocker, um sich vor John in Sicherheit zu bringen, der geschmeidig wie ein Raubtier auf Beutezug den Tresen umrundete.

Das dunkle Haar fiel ihm feucht in die Stirn, seine eisblauen Augen glitzerten herausfordernd. »Ich will es sehen.«

Claire lachte schrill und ging rückwärts, um ihn auf Abstand zu halten. »Ganz bestimmt nicht.«

»Komm schon.« Er streckte gebieterisch die Hand aus. »Zeig es mir.«

»Nein!« Claire keuchte leise, als sie mit dem Hintern gegen den Esstisch stieß. Sie schob die Zeitung hinter sich.

John machte einen weiteren Schritt.

Entsetzt lehnte Claire sich zurück. Was hatte er denn vor? Wollte er sich über sie beugen, bis sie der Länge nach auf der Tischplatte lag?

Bei der Vorstellung schoss ihr glatt das Blut in die Wangen, woraufhin er so dreckig grinste, als hätte er ihre Gedanken erraten.

»Ooh! Wie entzückend.«

Claire und John fuhren herum und guckten direkt in eine Kameralinse.

Sofort wich John zurück und brachte somit etwas Abstand zwischen sich und Claire. Sie richtete sich hastig auf.

Franks Gesichtsausdruck fiel unterdessen enttäuscht zusammen. »Ihr solltet euch doch nicht von uns stören lassen.«

»Das ist etwas schwierig bei den Zwischenrufen«, bemerkte John tonlos.

Claire presste die Lippen zusammen, um nicht zu lachen. Sie hätte nicht für möglich gehalten, dass sie sich über Franks spontane Visite freuen würde.

Der Produktionsleiter sah zwischen den beiden hin und her. »Ich hoffe, ihr hattet eine angenehme Nacht?«

»Ganz hervorragend«, erwiderte John und lächelte zur Abwechslung einmal völlig aufrichtig.

Blödmann!

»Sehr schön, sehr schön!« Frank nickte eifrig. »Wir wollten das glückliche Paar beim ersten gemeinsamen Frühstück filmen. Aber wie ich sehe, haben wir es verpasst.«

»Wir haben noch gar nicht angefangen«, zwitscherte Claire und setzte sich in Bewegung. »Warum springst du nicht schnell unter die Dusche, *Schatz*?« Sie bedachte John mit einem vielsagenden Blick, während sie in einem großen Bogen um ihn herumlief. »Ich decke schon mal den Tisch.«

Pures Misstrauen blitzte in Johns Augen auf. Dennoch stimmte er zu und machte sich auf den Weg nach oben.

Sobald er verschwunden war, zerriss Claire die Zeitung in winzig kleine Stücke, bis nichts mehr von dem Porträt zu erkennen war, das sie in ihrer Gedankenlosigkeit gezeichnet hatte, und ließ die Schnipsel in den Abfalleimer fallen. »Kann ich euch einen Kaffee anbieten?«

»Für uns nicht, danke«, erwiderte Frank. »Tut einfach so, als wären wir gar nicht da.«

»In Ordnung.«

Claire deckte in Windeseile den Esstisch für zwei Personen. Dann zog sie eine Pfanne aus dem Küchenschrank, schaltete den Herd ein und plünderte den Kühlschrank.

Als John frisch geduscht in Jeans und T-Shirt zurückkehrte, hatte sich der köstliche Duft frisch gebratenen Schinkenspecks im gesamten Erdgeschoss verteilt.

Sofort verfinsterte sich seine Miene, während Claire ihn fröhlich angrinste. »Wie trinkst du deinen Kaffee, *Liebling*?«

»Überhaupt nicht«, erwiderte dieser zähneknirschend. »Ich halte mich an *Earl Grey*.«

»Ohne Zucker?«

»Ja.«

»Natürlich.« Claire warf den Wasserkocher an und bereitete ihm eine Tasse Tee zu, bevor sie zum krönenden Abschluss der Vorbereitungen ein paar verquirlte Eier in die Pfanne goss.

Unterdessen stellte John die Stereoanlage ein, nahm am Tischende Platz und ließ sich bedienen, als sei er nichts anderes in seinem Leben gewohnt.

»Ach, das sieht alles einfach köstlich aus«, seufzte Frank im Hintergrund und kicherte. »Claire verwöhnt dich ja richtig, John.«

»Sie ist eben ein richtiger *Engel*«, erwiderte er aalglatt und besaß immerhin die Güte, sich zu bedanken, als Claire den Tee vor ihm abstellte.

Die Pfanne mit Speck und Rührei drapierte sie auf einem Topflappen in der Mitte des Frühstücktisches. Anschließend setzte sie sich ebenfalls und hielt John auffordernd den Korb mit dem Toastbrot hin.

Ein Muskel an seinem Kiefer zuckte, während er zu dem Kameramann schielte, der seine Arbeit für keine Sekunde unterbrach. Nach kurzem Zögern griff er nach einer goldbraun gerösteten Scheibe.

»Danke sehr«, sagte er wieder.

»Bitte, gern.« Claire stellte den Brotkorb beiseite und schaufelte sich eine Ladung Rührei und drei Streifen Schinkenspeck auf den Teller.

John strich etwas Halbfettmargarine auf seinen Toast und belegte ihn mit einer Scheibe Käse.

»Magst du gar kein Ei?«, fragte Claire und schlug enttäuscht die Lider nieder.

»Nein!«

Frank hüstelte empört, woraufhin John zu einem entschuldigenden Lächeln ansetzte, das seine Augen keineswegs erreichte.

»Ich bin doch Vegetarier, mein Schatz. Dazu zählt auch der Verzicht auf Eier.« Nachdenklich betrachtete er Claires voll beladenen Teller. »Zudem esse ich am Morgen lieber nur etwas Leichtes.«

»Ah, du hast einen empfindlichen Magen.« Sie klang überaus verständnisvoll. Allerdings hätte sie sich am liebsten die Hand vor die Stirn geschlagen. Was für eine Mimose! »Ich hatte mal eine Freundin, der ging es ähnlich. Besonders, wenn sie gestresst war. Reizdarmsyndrom. Wirklich eine unangenehme Sache.«

John entgleisten sämtliche Gesichtszüge. »Ich habe kein …«

»Schon in Ordnung, Schatz.« Zärtlich legte Claire ihm die Hand auf den Unterarm. »Das muss dir nicht peinlich sein. Wir sind schließlich verheiratet.«

Dafür würde sie sicherlich büßen. Das wusste Claire schon in dem Moment, als sie John losließ und sich wieder auf ihren Speck konzentrierte. Sie konnte seinen zornigen Blick wie einen düsteren Racheschwur auf sich fühlen.

Trotzdem war es das allemal wert gewesen.

John stand vor dem Spiegel im Schlafzimmer und zog seine Krawatte stramm. Das silberblaue Barockmuster passte hervorragend zu seinem dunkelgrauen Anzug. Dazu wählte er seine silberne Armbanduhr von Armani. So konnte er sich durchaus auf einer Hochzeit blicken lassen.

Apropos Uhr und Hochzeit. Was trieb seine Angetraute überhaupt so lange im Bad?

Er schlüpfte in die schwarzen Lederschuhe und ging durch den Flur, um an die geschlossene Badezimmertür zu klopfen.

»Claire? Brauchst du noch lange?«

Ihre gedämpfte Antwort kam mit kurzer Verzögerung. »Im Erdgeschoss gibt es auch eine Toilette!«

Er schnaubte leise. War das wieder eine Anspielung auf diese dämliche Reizdarmgeschichte? Nun, dieses Spiel konnte er auch spielen!

»Ach so, du sitzt noch auf der Toilette«, sagte er laut. »Bei dem Berg an Frühstücksspeck wundert mich das nicht …«

Sofort riss Claire die Tür auf und stierte ihn finster an.

John ließ unwillkürlich einen analysierenden Blick über ihre Erscheinung gleiten.

Die Zeit im Bad hatte sie sinnvoll investiert, denn sie hatte nicht mehr viel mit der zerrupften Person von heute Morgen gemein. Irgendwas hatte sie mit ihren Haaren angestellt, sodass sie ihr nun glatt und glänzend auf die Schultern fielen. Ihr dezentes Make-up beschränkte sich auf die Augen, was auch völlig ausreichend war. Eine goldene Kette zierte ihren Hals. Elegant, wenn auch eindeutig billiger Modeschmuck. Noch eleganter war jedoch das schlichte moosgrüne Cocktailkleid, das nicht nur ihre schlanke Figur betonte, sondern auch noch hervorragend zu ihren Augen passte.

Wieder bei jenen Augen angekommen, erkannte er den kampflustigen Ausdruck darin. Bevor Claire einen Angriff starten konnte, sagte er: »Grün.«

Sie blinzelte irritiert. »Was?«

»Du hättest mir sagen sollen, dass du ein grünes Kleid anziehst«, erklärte er und ging, untermalt von einem übertriebenen Seufzen, zurück ins Schlafzimmer, um eine andere Krawatte auszusuchen.

Claire war ihm gefolgt, darum nutzte er gleich die Chance, die neue Wahl mit der Farbe ihres Kleides abzustimmen. Er hielt seine dunkelgrün gemusterte Krawatte prüfend vor Claire, bevor er zufrieden nickte.

Eigentlich waren ja Frauen die Verfechter des Partnerlooks, doch Claire schien wenig Verständnis für seine Bemühungen aufzubringen. Sie wirkte eher belustigt, als er seinen Krawattenknoten löste, um die beiden Stücke auszutauschen.

»Willst du diese Show gewinnen oder nicht?«, fragte er genervt. »Ein Vorzeigeehepaar geht nun mal in abgestimmtem Outfit zu öffentlichen Veranstaltungen.«

Claire legte den Kopf schief. »Und wie sich Vorzeigeehepaare verhalten, weißt du deswegen so genau, weil …?«

»Weil ich der Sohn eines solchen Vorzeigeehepaares bin«, antwortete er schlicht.

Dass die Ehe seiner Eltern ausschließlich aus jenem Vorzeigen bestand, brauchte Claire nicht zu interessieren. Sie hakte aber auch nicht weiter nach, sondern ging wortlos zur Tür.

Johns Blick fiel auf den Kleiderschrank. »Ach übrigens – solltest du wieder mal an meinen Hemden schnüffeln, dann häng sie bitte an den richtigen Platz zurück.«

Aus dem Augenwinkel heraus konnte er sehen, wie Claire erstarrte. Hatte sie wirklich gedacht, er würde nicht bemerken, dass die penible Anordnung seiner Hemden durcheinander war?

»Ich hab nicht daran *geschnüffelt*, sondern lediglich nach einem freien Kleiderbügel gesucht«, erwiderte sie gepresst. »Ich wusste ja nicht, dass du aus der Aufbewahrung deiner Klamotten eine Wissenschaft machst.«

Er zog in aller Ruhe den Knoten stramm und knöpfte sein Jackett zu, bevor er sich mit einem Schmunzeln zu Claire drehte. »An deinem Schauspieltalent sollten wir dringend arbeiten, wenn wir den Gewinn einsacken wollen.«

Eigentlich war er sich nicht sicher, ob sie log oder die Wahrheit sagte. Das Gespräch war ihr jedenfalls überaus zuwider. Einen Augenblick wirkte es fast so, als würde sie zu einer bissigen Antwort ansetzen. Dann besann sie sich allerdings zu einem schweigenden Abgang mit majestätisch erhobenem Kopf.

Grinsend folgte John ihr hinunter ins Erdgeschoss und nahm seinen Schlüsselbund vom Haken, während sie sich umständlich schlichte Pumps über die Füße streifte.

»Können wir endlich?«, fragte er gedehnt, als sie sich neben ihm aufrichtete.

Anstatt zu antworten, stolzierte Claire mit klackernden Absätzen an ihm vorbei zur Haustür.

John warf einen prüfenden Blick zur Garderobe und dann wieder zu Claire.

»Keine Handtasche?«, fragte er ehrlich überrascht.

»Wozu?«, entgegnete sie. »Ein Schlüssel reicht doch. Und Geld werde ich ja wohl nicht brauchen.«

»Und wo verstaust du das ganze andere Zeug?«

Sie stutzte. »Was für anderes Zeug?«

»Keine Ahnung. Das, was ihr Frauen eben sonst so mit euch rumschleppt. Taschentücher, Lippenstift, den restlichen Hausstand und was weiß denn ich, was noch.«

Claire wusste offensichtlich nicht, ob er die Frage ernst meinte oder er sie auf den Arm nahm. Dabei war es sein vollkommener Ernst. Wenn er aus seinen bisherigen Frauengeschichten eines gelernt hatte, dann war es, dass das weibliche Geschlecht über die Jahrhunderte hinweg eine Art Abhängigkeit zu Handtaschen entwickelt hatte.

»Ich brauche nichts«, antwortete Claire schließlich schulterzuckend, bevor sie ins Freie trat.

Sie schien wohl einer neuartigen Spezies zu entspringen …

John folgte ihr und wollte gerade die Tür hinter sich ins Schloss ziehen, als Claire einen missmutigen Laut von sich gab. »Na toll. Der Wagen ist ja noch gar nicht da. Warum hetzt du mich dann so?«

Lässig sortierte John seinen Schlüsselbund und betätigte per Fernbedienung das elektrische Garagentor.

Claire beäugte erfreut den schwarzen Wrangler Jeep, der dahinter zum Vorschein kam.

»Die stellen uns ein eigenes Auto zur Verfügung?« Verzaubert trat sie näher. »Und dann auch noch so ein cooles?«

»Das ist *mein* Wagen«, informierte John sie hastig, bevor sie auf die Idee kam, Besitzansprüche zu äußern. »Ich habe ihn bereits gestern vom Senderteam herbringen lassen.«

»Ach so.«

Claire biss sich auf die Unterlippe und versuchte, ihre Verlegenheit hinter einer unbeeindruckten Miene zu verbergen. Würdevoll ging sie zur Beifahrerseite. Ein Geländewagen bot allerdings wohl nicht die besten Voraussetzungen für einen eleganten Einstieg. Mit Pumps anscheinend erst recht nicht. Und ihren roten Ohren nach zu urteilen, war sie sich völlig bewusst, dass er ihre vergeblichen Bemühungen mit zuckendem Mundwinkel zur Kenntnis nahm.

***

Der Trausaal war bis auf den letzten Platz besetzt. Die Dekoration war die gleiche geblieben. Vermutlich, um Kosten zu sparen. Bei näherer Betrachtung konnte man den Blumenbouquets allerdings ansehen, dass sie über Nacht einiges an Frische eingebüßt hatten.

John saß mit Claire inmitten der Hochzeitsgemeinde und analysierte seinen Kontrahenten, der neben seinem Trauzeugen auf den Auftritt der Braut wartete. Blond, braun gebrannt, ungefähr sein Alter. Insgesamt durchaus als attraktiv zu bezeichnen, wäre da nicht dieser schmierige Ausdruck in den Augen, den John bis hierher erkennen konnte. Der Blonde war so etwa der Typ Versicherungsvertreter, der sein fehlendes Fachwissen durch oberflächlichen Charme übertünchen und seinen Klienten mit einem strahlenden Lächeln den größten Schund aufschwatzen konnte. Vermutlich war er nur mäßig intelligent, doch klug genug, um die Wirkung seiner schneeweißen Zähne genau einzusetzen.

Auf keinen Fall zu unterschätzen, der Gute.

Das war John spätestens in dem Moment klar, als die Musik einsetzte. Kaum erfüllte die Stimme von Whitney Houston den Saal, schon legte sich eine schier herzzerreißende Mischung aus Hoffnung und Freude über das Gesicht des Bräutigams.

Grundgütiger!

Claire dachte wohl ähnlich, denn John sah ihre in Falten gelegte Stirn, bevor sie sich zur Eingangstür umdrehte.

Ein Raunen ging durch die Menge, als die Braut erschien.

John konnte den Laut, der ihm auf der Zunge lag, gerade noch unterdrücken. Es wäre vermutlich ein entsetztes Keuchen geworden. Ähnlich dem, das Claire kaum hörbar ausstieß.

Die Braut sah atemberaubend aus. Abgesehen von ihrem eigentümlichen Haarschnitt im Vokuhila-Style. Oben wasserstoffblond, darunter lila und die Längen in Schwarz. Ihre auffällige Frisur hatte sie gekonnt mit einem schlichten Kleid kombiniert, sodass sich ein ansehnliches Gesamtbild ergab. Elfenbeinfarben mit schulterfreier Korsage, schnörkellosem Rock und dezenter Schleppe. Die Schnürung am Rücken hatte exakt das gleiche Lila wie ihr Haar. Der Brautstrauß war ebenfalls perfekt abgestimmt.

John atmete tief durch und richtete den Blick wieder zur Bühne. Der Bräutigam schien drauf und dran zu sein, sich eine Freudenträne herauszupressen. Er himmelte seine Braut an wie den Stern von Bethlehem. Und sie erwiderte seinen Blick nicht minder glückselig.

Am liebsten hätte John die Szene mit einem Würgegeräusch kommentiert. Mit finsterer Miene verfolgte er, wie die Braut sich freudestrahlend neben ihren Zukünftigen stellte und strahlend zu ihm aufschaute.

Diese beiden meinten es ernst. Sie zögerten keine Sekunde, sich für die Kameras ins Zeug zu legen. Mit Erfolg. Sogar der Standesbeamte schien vom Anblick des Brautpaares gerührt.

Scheiße …

Selbst ein Blinder musste erkennen, dass die beiden füreinander geschaffen waren. Der Versicherungsvertreter und die … Kosmetikerin? Vermutlich so etwas in der Art.

Neben John rieb Claire sich zermürbt über die Stirn. Sie tauschten einen vielsagenden Blick, bevor sie sich in geeinigtem Entsetzen wieder der Zeremonie zuwandten.

Während der Standesbeamte seine Reden schwang und das Brautpaar sich weiter anhimmelte, fragte sich John, wie sie eine solche Konkurrenz niederringen sollten. Die letzten vierundzwanzig Stunden hatten deutlich gezeigt, wie er und Claire zueinander standen. Zwei Monate durchzuhalten, war eine Sache, doch dieses Paar dabei auszubooten, eine ganz andere.

John hatte sich eigentlich gar nicht vorgenommen, unbedingt zu gewinnen. Seine persönliche Challenge bestand in der bloßen Teilnahme an dieser irrsinnigen Show. Allerdings regte sich nun noch etwas anderes in ihm. Sein Ehrgeiz erwachte. Je länger er die beiden Schleimbolzen vor dem Traualtar anstarrte, umso mehr machte sich sein Ego bemerkbar. John war nicht etwa ein schlechter Verlierer.

Er war gar kein Verlierer, und daran würde sich bei dieser Fernsehsendung gewiss nichts ändern.

»Justin Frinkman, ich frage Sie, ist es Ihr eigener und freier Entschluss, mit der hier anwesenden Sandy Hunton die Ehe einzugehen, so antworten Sie mit Ja.«

Justin und Sandy … das würde definitiv nicht leicht werden …

»Sie dürfen die Braut jetzt küssen.«

John und Claire rissen fassungslos die Augen auf, als Justin seine Sandy zu einem hingebungsvollen Kuss in die Arme zog. Auf den Mund. Sogar unter kurzem Zungeneinsatz.

Verdammt!

Grimmig lehnte John sich zurück und lauschte dem Gejubel der Traugemeinde.

»Wie sollen wir gegen die angekommen«, murmelte Claire, während sie verhalten applaudierte.

»Show and shine«, erwiderte John leise.

Claire wirkte nicht gerade zuversichtlich. John hatte Justin allerdings lange genug beobachtet, um zu wissen, dass er mit dessen Pseudocharme durchaus mithalten konnte. Wenn er denn wollte.

Eigentlich war er nicht der Typ Mann, der sein Umfeld mit solchen Methoden um den Finger wickelte. Er ließ lieber seine Autorität sprechen. In diesem Fall musste er aber andere Geschütze auffahren.

Das Brautpaar schwebte auf Wolke sieben an den Sitzreihen vorbei, hinaus in den Vorraum zum Sektempfang. Die Hochzeitsgesellschaft erhob sich schnatternd und drängte nach und nach hinterher. John erspähte einen Kameramann neben der Tür, der in seine Richtung filmte. Darum wandte er sich sofort nach dem Aufstehen zu Claire und bot ihr eine Hand an, um ihr behilflich zu sein.

Sichtlich irritiert blickte sie zu ihm auf.

»Show and shine«, wiederholte er flüsternd und zwinkerte ihr zu.

Zögernd legte Claire ihre Hand in seine. Er führte sie auf den Mittelgang und hakte sie bei sich unter. Bei seiner Berührung verkrampfte sie sich merklich. Mit steifen Bewegungen schritt sie neben ihm über den Teppich.

Lächelnd beugte er sich ein wenig zu ihr und wisperte ihr ins Ohr: »Bleib ganz locker. Immer schön grinsen und turteln, sobald du eine Kamera bemerkst.«

Ihre Augen zuckten zu dem Kameramann neben dem Ausgang. Ihre Anspannung löste sich nicht wirklich, doch sie lachte fröhlich auf, als hätte John ihr gerade etwas unglaublich Witziges zugeflüstert.

Perfekt. So könnte das ja tatsächlich etwas werden.

Die Gäste verteilten sich gemächlich im Vorraum. John dirigierte Claire zielstrebig in eine entlegene Ecke und ergatterte zwei Gläser von einem vorbeischwirrenden Kellner.

Das Brautpaar hatte sich in der Mitte platziert und strahlte dort vor Freude um die Wette. Frank stand mit einem Kamerateam vor den beiden und war vollkommen aus dem Häuschen. Er wurde gar nicht mehr fertig, entzückt in die Hände zu klatschen.

»Schau sie dir an, die Frinkmans«, sagte John leise zu Claire. »Was für Schleimbolzen.«

»Zum Kotzen«, presste sie trotz ihres aufgesetzten Dauergrinsens hervor.

John stieß sie ermahnend mit dem Ellbogen an. »Entspann dich. Was die können, können wir auch. Du musst nur mitspielen.«

Frank wedelte auffordernd in ihre Richtung. John schob Claire mit sanftem Nachdruck auf die Frinkmans zu. Er legte sein bewährtes Geschäftsessen-Lächeln auf und ging gleich in die Vollen.

»Gratulation!«, posaunte er, küsste erst die Braut auf beide Wangen und schüttelte dann Justins Hand mit mehr Kraft als üblich. »Ich bin John. Das ist meine Frau Claire.«

Claire hauchte beiden Luftküsse auf die Wange und sprach ebenfalls ihre Glückwünsche aus, wobei sie bei Weitem nicht so herzlich klang wie John.

»Endlich lernen wir unsere Mitstreiter kennen«, sagte er freudig und legte einen Arm um ihre Schulter. »Wir waren schon sehr gespannt. Nicht wahr, Schatz?«

»O ja.« Claire nickte eifrig. Langsam schien sie sich in ihre Rolle einzufinden, obwohl John spürte, dass ihr die körperliche Nähe zu ihm unangenehm war. Tja, da musste sie leider durch.

Den Frinkmans gefror kurzzeitig ihr falsches Gegrinse, während sie ihre Kontrahenten abschätzig musterten. Das war gut, denn es zeigte John, dass das Schauspiel gerade überzeugend genug war, um als ernst zu nehmende Konkurrenz wahrgenommen zu werden.

Frank blickte höchst zufrieden zwischen den beiden Paaren hin und her. »Hervorragend. Ich sehe schon, ihr werdet euch prächtig verstehen! Ich entführe nun kurz den glücklichen Bräutigam für ein erstes Interview.« Er hob warnend einen Finger vor Johns Nase. »Aber nicht der lieben Sandy verraten, wie es weitergeht, okay?«

Vermutlich meinte er damit die tolle Überraschung, dass die beiden Ehepaare direkt nebeneinander wohnten. Ein Umstand, den John bisher erfolgreich verdrängt hatte.

Das Kamerateam, Frank und Justin wackelten davon.

Sandy warf ihrem Ehemann doch tatsächlich einen wehmütigen Blick hinterher. Obwohl momentan keine Kamera weit und breit zu sehen war. Seufzend wandte sie sich schließlich zu ihnen.

»Hattet ihr gestern auch so eine tolle Zeremonie?«, fragte sie schwärmerisch. Ihre Stimme war ungefähr genauso schrill wie ihre Frisur. Und offensichtlich hatte sie vor, auch ohne laufende Kamera ihr Schauspiel fortzuführen. Das konnte sie haben.

»Sie war wundervoll«, antwortete John prompt.

Claire verschluckte sich an ihrem Sekt, fing sich aber nach einem vornehmen Hüsteln wieder. »Wir hatten denselben Standesbeamten.«

»Ah! Er hat das aber auch wirklich großartig gemacht, oder?« Sandy kicherte schrill. »Ich hab ja noch nie geheiratet, darum kann ich das schlecht beurteilen. Was hattest du denn für ein Kleid an, Claire? Sag mir bitte nicht, dass du diesen Fetzen angezogen hast, den dieser geschmacksverirrte Stylist mir andrehen wollte.«

Claires blasser Teint wandelte sich innerhalb eines Sekundenbruchteils in besorgniserregende Röte. Ihre Reaktion sprach Bände, darum beschloss John, unmittelbar einzuschreiten.

»Claire sah absolut bezaubernd aus«, sagte er und grinste verschmitzt zu ihr hinab. Er verstärkte den Griff um ihre Schultern, weil er befürchtete, sie könnte Reißaus nehmen, als er sagte: »Sie sieht immer bezaubernd aus.«

Sandy gackerte gekünstelt. »Ach, wie niedlich!«

»Tja, John ist eben ein richtiger Charmeur«, stieß Claire hervor.

Er hoffte, dass das Blitzen in ihren Augen nur ihm aufgefallen war, und räusperte sich vernehmlich. »Nun, dann werden wir uns jetzt zurückziehen, oder, Schatz? Dir und Justin noch einen schönen Tag. Und, na ja, vielleicht bis bald!«

John winkte fröhlich und führte Claire zwischen den Sekt schlürfenden Grüppchen hindurch, ohne den Arm von ihren Schultern zu nehmen. Ein siegessicheres Lächeln stahl sich auf seine Lippen.

Diese Frinkmans sollten sich warm anziehen!

5

~ Claire ~

»Brian geht nicht ans Telefon.« Niedergeschlagen lehnte Claire sich auf dem Liegestuhl zurück, den sie nach ihrer Rückkehr auf der Terrasse in Beschlag genommen hatte. Mittlerweile war es früher Abend, und sie saß schon so lange hier, dass ihr Hintern allmählich taub wurde.

Am anderen Ende der Leitung seufzte Olivia leidvoll. »Er wird darüber hinwegkommen.«

Dankbar schloss Claire die Augen, weil Olivia nicht noch mehr Salz in ihre Wunde streute, obwohl sie ihr vor der Hochzeit genau diese Reaktion prophezeit hatte.

»Ich hoffe es«, murmelte Claire. »Ich vermisse ihn so wahnsinnig.«

»Gib ihm einfach ein bisschen Zeit. Wenn du willst, rede ich mal mit ihm.«

»Nein.« Erschöpft rieb Claire sich über die Stirn. »Das würde sowieso nichts bringen. Er ist viel zu stur.«

Olivia kicherte leise. »Da kenne ich noch jemanden.«

»Vermutlich«, erwiderte Claire lächelnd.

»Er kommt sicher bald wieder zu sich«, fuhr Olivia fort. »Erst recht, wenn alles nach Plan verläuft und ihr die Show gewinnt.«

Dieses Mal war Claire es, die gequält aufseufzte. Sie hatte Olivia bis ins letzte Detail von John und ihrer gemeinsamen Zeit erzählt. Es schien ihre beste Freundin zu beruhigen, dass sie offenbar ähnliche Ziele verfolgten. Allerdings war Claire bisher nicht dazu gekommen, ihr von dem Konkurrenzpaar zu berichten.

»Oh, mein Gott!«, ertönte wie aufs Stichwort Sandys Stimme über den Gartenzaun.

Erschrocken riss Claire die Augen auf. »Ich muss Schluss machen.«

»Okay, ruf mich morgen vom Büro aus an.«

»Mach ich.« Claire beendete das Gespräch und reckte den Kopf ein wenig, um zu hören, was im Nachbargarten vor sich ging.

»Es ist wundervoll hier«, schwärmte Sandy.

Leise Panik stieg in Claire auf. Die Wahrscheinlichkeit, dass sie diese Show tatsächlich gewann, war mittlerweile verschwindend gering. Und das nicht, weil ihr Ehemann ein Trottel war – der hatte sich heute zur Abwechslung sogar als überaus charismatisch erwiesen –, sondern weil Sandy und Justin den Inbegriff von *Everybody's Darling* darstellten.

Die grenzenlose Sympathie, die beide offensichtlich füreinander hegten, löste in Claire einen Druck aus, der sich wie eine Eisenkralle um ihren Magen legte. Das Publikum würde sie lieben. Und da war auch ein kleines bisschen Neid, weil Sandy eindeutig den freundlicheren Bräutigam abgekriegt hatte.

Zumindest konnte Claire sich beim besten Willen nicht vorstellen, dass Justin seine Frau auf die gleiche herablassende Weise ansah wie John oder ständig zynische Bemerkungen von sich gab oder sie auf dem Sofa schlafen ließ. Andererseits war es so vielleicht sogar besser. Denn immerhin bestand bei John keine Gefahr, dass sie ihr Herz an ihn verlor.

Von drüben erklang Gelächter. Fröhlich und frei. Als würden sich ein paar gute Freunde zum Grillen treffen. Sogar der Kameramann schien sich zu amüsieren, wenn Claire das dunkle Lachen richtig zuordnete.

»Ach Frank!«, rief Sandy und klang dabei so entzückt, dass Claire ihr Strahlen bildlich vor sich sah. »Ich bin so glücklich, dass ich weinen könnte.«

»Dieses Haus ist der Hammer«, pflichtete Justin seiner frisch Angetrauten bei.

Frank kicherte zufrieden. »Das freut mich sehr, meine Lieben. Nun lasst uns noch ein paar Aufnahmen im Garten machen. Das Licht ist gerade perfekt.«

»*Alles* ist perfekt«, hörte sie Justin mit vielsagendem Unterton säuseln.

Erneut verkrampfte sich Claires Magen. Sie schoss von ihrem Liegestuhl hoch und tappte barfuß ins Haus.

John saß am Esstisch vor seinem Laptop und hämmerte wie ein Geistesgestörter auf seine Tastatur ein. Wie sie hatte er sein festliches, farblich abgestimmtes Outfit gegen Freizeitklamotten eingetauscht, wobei ihre Kleidung bei Weitem nicht so teuer anmutete.

»Unsere neuen Nachbarn sind gerade eingezogen«, informierte Claire ihn, während sie zum Kühlschrank ging und eine Flasche Cola herausholte.

»Ist mir nicht entgangen.« John lehnte sich zurück und verschränkte die Arme, sodass seine Bizepse in dem engen schwarzen Shirt noch muskulöser wirkten als ohnehin schon. Er musterte sie nachdenklich. »Du warst nicht schlecht vorhin.«

Vor Überraschung fiel Claire beinahe die Flasche aus der Hand. »Danke. Du auch.«

»Allerdings wirst du dich noch ein bisschen mehr ins Zeug legen müssen, wenn wir den Pott holen wollen.« Er neigte lauernd den Kopf. »Du möchtest doch gewinnen, oder, Claire?«

Die Art, wie er ihren Namen aussprach, bescherte ihr eine Gänsehaut. »Ja, natürlich will ich das. Das haben wir doch schon geklärt.«

»Gut!« Er ließ den Blick prüfend über ihre Erscheinung wandern. »Besitzt du eigentlich auch Klamotten, die weniger … hippiemäßig sind?«

Voller Entrüstung ließ Claire die Flasche auf den Tresen krachen. »Bedaure! Ich stehe nicht auf deinen spießigen Look. Ich mag Farben und Muster. Ob es dir nun passt oder nicht.«

John zuckte mit den Schultern. »Mir ist total schnuppe, was du anhast. Du könntest auch nackt hier herumlaufen, und es würde mich nicht die Bohne interessieren. Aber die meisten Leute lassen sich durch Oberflächlichkeiten beeindrucken. Weniger schrille Farben sprechen für ein ausgeglichenes Wesen, und das wirkt sympathisch.«

Claire schnaubte. »Du scheinst dich ja bestens auszukennen.«

Johns Züge verhärteten sich ein wenig. »Ich kenne mich mit Menschen aus.«

»Und was ist mit Sandy?«, fragte Claire scharf. »Ihre Frisur ist auch nicht gerade unauffällig.«

»Sie passt zu ihrem Typ«, erwiderte John unbeeindruckt ob ihrer Empörung. »Und sie kombiniert die Farben geschickt mit ihrer Kleidung, sodass ein harmonisches Gesamtbild entsteht. Du hingegen …«, er machte eine bedeutungsschwere Pause, »… bist das reinste Chaos.«

Claires Puls schnellte in die Höhe. »Das schlussfolgerst du aus einem simplen T-Shirt mit Batikmuster?«

Anstatt zu antworten, wandte John sich plötzlich ab und runzelte die Stirn. Dann sprang er wie von der Tarantel gestochen auf, eilte in die Küche und riss sich zu Claires Entsetzen unterwegs das Shirt über den Kopf.

»Was hast du vor?«, keuchte sie und wich unwillkürlich einen Schritt zurück.

Er warf das Shirt achtlos auf den Tresen. »Lache!«

»Was?« Claire sah ihn an, als wäre er nicht mehr ganz dicht. Dabei versuchte sie, den Anblick seines nackten Oberkörpers geflissentlich zu ignorieren.

»Du sollst laut lachen«, stieß er zwischen zusammengebissenen Zähnen hervor.

Claire war so verdattert, dass sie ihn nur anstarren konnte. Erst als sie hörte, wie das Türschloss klickte, verstand sie endlich, was John da trieb.

Wie auf Knopfdruck brach ein hysterisches Kichern aus ihr heraus.

John verdrehte die Augen und signalisierte ihr stumm, sich etwas mehr anzustrengen. Er streckte die Hand nach ihr aus.

»Lass das«, zischte Claire und schlug ihm auf die Finger. Doch er wich ihrer Hand geschickt aus und zog sie an sich.

Unterschiedliche Eindrücke fluteten Claires Sinne. Allerdings hatte sie keine Zeit, sich gegen den Ansturm zu wehren, denn just in diesem Moment nahm sie eine Bewegung im Augenwinkel wahr.

Ihr Kopf fuhr herum und sie stieß einen erstickten Schrei aus. Frank stand mit einem breiten Grinsen im Flur, direkt neben ihm ein Kameramann, der die Szene filmte.

Claires Wangen glühten, während sie verlegen einen Schritt zurücktrat.

»Was ist los, Süße?«, fragte John in sanftem Ton, ehe er ihrem Blick folgte. »Oh, hallo Frank.«

John wirkte so überrascht, dass Claire regelrecht beeindruckt von seinem schauspielerischen Können war.

»Na, ihr Turteltauben«, begrüßte Frank sie fröhlich. »Wir wollten nur mal nach dem Rechten sehen, da wir ohnehin gerade in der Nähe waren. Wie ich sehe, ist alles in bester Ordnung.«

John zog Claire erneut an sich. »O ja.«

Sie nahm all ihren Mut zusammen, um sich vertrauensvoll gegen ihn zu lehnen und die Hand auf seine nackte Brust zu legen.

Bei ihrer Berührung zuckte er kaum merklich zusammen.

»Wir wollten gerade ganz entspannt den Sonntag ausklingen lassen«, sagte sie mit einem – hoffentlich – verträumten Lächeln.

John lachte. »Wir hatten es zumindest vor.«

»Dann fühlt euch von uns nicht gestört«, erwiderte Frank jovial. »Wir brauchen bloß noch ein paar Aufnahmen von eurem ersten Tag als Ehepaar.«

Claire merkte, wie sie sich augenblicklich in Johns Armen versteifte. Erwartete der Produktionsleiter etwa, dass sie vor laufender Kamera übereinander herfielen?

»Lass uns doch etwas kochen«, schlug John unvermittelt vor und setzte ein süffisantes Grinsen auf. »Ich könnte sowieso etwas Energie vertragen.«

Erleichtert stimmte Claire zu, bevor John sein Shirt vom Tresen angelte und es sich überstreifte. »Worauf hast du Appetit?«

Kurz erwog Claire, ein Steak in die Pfanne zu schmeißen. Aber da die Kamera noch immer auf sie gerichtet war, hielt sie sich zurück. »Wie wäre es mit *Enchilada verdura*?«

Überrascht hob John eine Braue. »Kennst du das ?«

Claire nickte lächelnd, holte mit ein paar gezielten Griffen die Zutaten aus dem Kühlschrank und verteilte sie auf der Arbeitsfläche.

Unterdessen nahm John auf der anderen Seite des Tresens Platz. »Kann ich dir helfen?«

Claire warf ihm einen neugierigen Blick zu.

Seinem angespannten Gesichtsausdruck nach hatte er dieses Angebot nur äußerst widerwillig ausgesprochen, weshalb sie es prompt annahm.

Da die Kamera pausenlos auf sie gerichtet war, begann Claire, John zu necken, indem sie sich über seine ungleichen Gemüsewürfel lustig machte. Er wiederum amüsierte sich darüber, wie sie versuchte, eine Flasche Wein zu öffnen.

Sie lachten und zogen sich gegenseitig auf, und hätte Claire es nicht besser gewusst, hätte sie irgendwann fast selbst geglaubt, dass John ein charmanter, netter Kerl war.

Er zog dieses Schauspiel unermüdlich durch, sogar dann noch, als sie beim Abendessen einander gegenübersaßen – im Schein der Kerzen, die er entzündet hatte. Während der ganzen Mahlzeit gab er nichts von sich preis und stocherte auch nicht in ihrem Privatleben herum. Stattdessen lobte er überschwänglich ihre Kochkünste und ließ es sich mit begeisterter Miene schmecken.

Als John vom Tisch hochschoss, um Claire beim Abdecken zu helfen, signalisierte Frank dem Kameramann endlich, die Arbeit einzustellen. »Gut, gut. Ich denke, das reicht für heute.«

Beinahe hätte Claire erleichtert aufgeatmet, weil diese Farce nun ein Ende hatte. Sie trug die Teller und ihr Weinglas zur Spüle, während John ihr mit der leeren Auflaufform folgte.

»Wann sehen wir uns wieder?«, erkundigte Claire sich in beiläufigem Ton bei Frank und stellte das Geschirr ab.

Der Produktionsleiter grinste verschmitzt. »Das, meine liebe Claire, werde ich natürlich nicht verraten.«

Bevor Claire wusste, was geschah, schlang John von hinten die Arme um sie. »Ihr seid jederzeit herzlich willkommen in unserem trauten Heim.«

Frank nickte. »Einen schönen Abend noch.«

»Danke«, erwiderte Claire und winkte.

»Den werden wir haben«, schob John hinterher und presste zu Claires Entsetzen seine Lippen auf die empfindliche Stelle unter ihrem Ohr.

Erneut flammte Hitze in ihrem Gesicht auf. Stocksteif stand sie da. Auch John bewegte sich keinen Zentimeter, nicht einmal dann, als die Tür ins Schloss fiel und draußen ein Motor aufheulte.

»Warte kurz«, murmelte John und schlich zur Tür, um sicherzugehen, dass das Produktionsteam auch wirklich fort war.

»Sie sind weg«, verkündete er nach einem kurzen Augenblick.

»Das nächste Mal wäre eine kleine Warnung nett«, knurrte Claire.

John grinste. »Aber dann wäre dein Gesicht nicht jedes Mal so hübsch errötet.«

Schnaubend griff Claire nach ihrem Weinglas. Sie trank in gierigen Zügen, weil sich ihre Kehle plötzlich wie ausgetrocknet anfühlte.

In der Zwischenzeit hatte John seinen Laptop wieder hervorgekramt und starrte konzentriert auf den Monitor. Weder führte er ihr Gespräch fort, noch schenkte er ihr in sonstiger Weise seine Aufmerksamkeit.

Vermutlich sollte Claire froh darüber sein. Die traurige Wahrheit war jedoch, dass sie nicht besonders gut mit der Einsamkeit klarkam, die sie umgab. Sie räumte das schmutzige Geschirr in die Spülmaschine und machte es sich auf dem Sofa gemütlich, bevor sie den Fernseher einschaltete, leise diesmal, weil sie John nicht wieder vergraulen wollte. Immerhin war er ihr einziger Verbündeter im Moment – auch wenn er sich unfassbar dreist verhielt.

Eine Zeit lang zappte Claire sich durch die Programme, während John still an seinem Laptop arbeitete. Es hätte Claire brennend interessiert, was es am Sonntagabend so dringend zu tippen gab. Aber natürlich war sie viel zu stolz, um ihn danach zu fragen.

Stattdessen konzentrierte sie sich auf die Tierdoku auf dem Fernsehbildschirm – bis sie ein rhythmisches Pochen vernahm.

»Kannst du das mal leiser machen?«, fragte John genervt.

Irritiert regelte Claire die Lautstärke runter. Doch das Pochen blieb und steigerte sich sogar zu einem durchdringenden Klopfen.

»Ich fürchte, das kommt nicht vom Fernseher.« Ratlos schaute Claire sich um, während sie versuchte, den Ursprung des Geräusches auszumachen. Was konnte das nur sein? Tropfte irgendwo ein Wasserhahn?

Ein leises Quietschen setzte ein.

Schlagartig richtete Claire sich auf. »Kommt das … kommt das etwa von nebenan?«

Johns Kiefer spannten sich an, während er konzentriert lauschte. »Jep.«

»Oh, mein Gott!« Claire stand auf und starrte zum Luftschacht an der Zimmerdecke. »Denkst du, sie tun es dort drüben?«

Jemand quiekte laut … wie ein Meerschweinchen, nur irgendwie versauter.

»Jep«, wiederholte John tonlos und verzog das Gesicht, als auch noch ein merkwürdiges Röhren im gleichen Rhythmus erklang.

Claire erschien die Geräuschkulisse dermaßen abstrus, dass sie anfing zu lachen. Augenblicklich schlug sie sich jedoch die Hand vor den Mund, während das Nachbarpärchen zum dramatischen Höhepunkt seiner Darbietung gelangte. Es wurde geächzt, gestöhnt, gequiekt und zu guter Letzt geschrien, während sie und John mit stummem Entsetzen zuhörten.

Als das akustische Feuerwerk verebbte, herrschte eine ohrenbetäubende Stille im Raum. Claires Belustigung war verflogen. Verunsichert wandte sie sich zu John. »Das verkompliziert die Situation, nicht wahr?«

John hob eine Braue. »Inwiefern?«

»Nun ja, entweder sind die beiden bis über beide Ohren ineinander verliebt, oder sie sind auch ohne Gefühle bereit, bis zum Äußersten zu gehen, um die Show zu gewinnen«, erklärte Claire.

»Da können wir wohl nicht mithalten«, bemerkte John zustimmend und schürzte nachdenklich die Lippen. »Es sei denn, wir gehen ebenfalls miteinander ins Bett.«

Claire klappte die Kinnlade runter. »Das ist doch wohl nicht dein Ernst!«

John verzog keine Miene. »Wir sind immerhin verheiratet.«

Entgeistert schüttelte Claire den Kopf. Er war ja vollkommen übergeschnappt, wenn er dachte, dass sie sich darauf einließ.

Plötzlich brach John in schallendes Gelächter aus. »Du solltest mal dein Gesicht sehen.«

Hitze flammte in Claires Wangen auf, als sie erkannte, dass er sie nur auf den Arm genommen hatte. »Ich kann echt nicht fassen, dass ich ausgerechnet *dich* geheiratet habe«, fauchte sie und marschierte wutentbrannt in die Küche.

»Du kannst von Glück reden, dass du nicht diesen brünstigen Elch von nebenan abgekriegt hast, Baby!«, rief John ihr nach.

Claire riss den Kühlschrank auf und steckte den Kopf tief hinein – zum einen, um sich das erhitzte Gesicht abzukühlen, zum anderen, um das Grinsen zu verbergen, das sich entgegen ihrem Willen auf ihre Lippen gestohlen hatte.

~ *Jonathan* ~

Am nächsten Morgen wachte John mit folgendem Gedanken auf: *endlich Montag!*

Ihm war klar, dass ihn neunzig Prozent der Bevölkerung für verrückt erklärten. Trotzdem fühlte er sich wunderbar fröhlich, als er frisch geduscht und in sein Businessoutfit gehüllt die frühmorgendliche Küche betrat. Er suchte die Zutaten für sein Frühstück to go zusammen und hatte bereits den Finger am Knopf des Mixers, als er sich plötzlich an Claire erinnerte, die nur ein paar Meter weiter auf der Couch schlummerte.

Er sah auf die Uhr, zur Couch und wieder auf die Uhr.

Dann drückte er den Knopf.

Der Deckenberg erzitterte und gab eine Reihe verhaltener Flüche von sich. John kümmerte sich nicht weiter darum. Er hatte keine Ahnung, wann ihre Regelarbeitszeit begann, aber es würde ihr gewiss nicht schaden, ein paar Minuten eher aufzuwachen als sonst.

Er befüllte in aller Seelenruhe seinen Trinkbecher, schnappte sich seine Aktentasche und verließ das Haus.

Erleichterung erfasste ihn, als er in den Jeep stieg und sich auf den Weg zur Arbeit machte. Das gaukelte ihm zumindest ein bisschen vor, dass sein Leben derzeit in normalen Bahnen verliefe.

Während er rückwärts die Einfahrt hinunterrollte, betrachtete er das Doppelhaus. Die aufsteigende Morgensonne tauchte die Fassade der Front in rosiges Licht, das sich in den Fensterscheiben brach. Die gesamte Nachbarschaft schien noch zu schlummern. Alles war still und friedlich.

Fremd.

John lebte schon seit einigen Jahren in einer Penthousewohnung im Herzen der Stadt. Er mochte seine Wohngegend sehr. Trotz der Großstadtanonymität fühlte er sich dort ausgesprochen wohl. Er brauchte nur das Fenster zu öffnen, schon zeigten ihm die Geräusche von Chicagos Straßen, dass die Welt sich drehte. Dass er nicht allein war. Das reichte ihm.

Hier, in dieser schlafenden Vorstadtsiedlung, kam er sich seltsam vor. Als wäre er der einzige Mensch auf Erden oder so etwas.

Er schüttelte den Kopf über seine verworrenen Gedanken, legte den Vorwärtsgang ein und trat aufs Gas. Mit leicht überhöhter Geschwindigkeit fuhr er in die Stadt. Sein Ziel lag Downtown, in dem Geschäftsbezirk, der von den Anwohnern gemeinhin als *The Loop* bezeichnet wurde. Imposante Hochhäuser reihten sich hier aneinander. In einem der protzigsten davon arbeitete er.

Die Tiefgarage unter dem Gebäude in der Washington Street lag noch gähnend leer da. Der Motor des Wrangler hallte laut von den Wänden wider.

John stellte den Wagen ab und betrat den Fahrstuhl. Er drückte den Knopf zur neunten Etage. *Bricks & Sons* stand daneben geschrieben.

Er hasste diesen Namen. Sollte sein Vater ihm irgendwann einmal die Firma überschreiben, würde John den Namen umgehend ändern.

Die Fahrstuhltüren glitten geräuschlos auf und gaben den Blick auf den modernen Eingangsbereich der Firma frei. Der Empfangstresen war unbesetzt. Automatisch sah John auf die Uhr. Noch bevor er kritisch die Stirn runzeln konnte, schlurfte die dazugehörige Empfangsdame Lynn um die Ecke.

Als John den Aufzug verließ, schüttete sie sich vor Schreck beinahe den dampfenden Kaffee über ihre knallgelbe Bluse.

»Guten Morgen, Mister Bricks!«, rief Lynn und legte ein übertriebenes Strahlen auf. Eilig huschte sie an ihren Arbeitsplatz. »Hatten Sie ein erholsames Wochenende?«

»Ich kann nicht klagen«, antwortete John schlicht. Er musterte Lynn, die trotz diverser Make-up-Schichten sichtlich ihrem Wochenende hinterherhing. »Und Sie?«

»Alles wunderbar. Danke der Nachfrage.« Lynn nickte eifrig und schob dienstbeflissen eine Akte über den Tresen. »Mr Stanton hat vor zehn Minuten angerufen und bittet dringend um Ihren Rückruf.«

John verbarg seinen Unmut hinter einer ausdruckslosen Miene. Wenn der Leiter der Rechtsabteilung an einem Montag um diese Uhrzeit ein dringendes Gespräch verlangte, konnte das nichts Gutes bedeuten. »Stellen Sie ihn in zehn Minuten zu mir durch.«

»Natürlich, Sir.«

Nachdenklich ging John in sein Büro und ließ sich auf den Ledersessel vor dem wuchtigen Schreibtisch fallen. Während der Computer hochfuhr, lehnte er sich zurück und betrachtete die umliegenden Häuserfassaden durch die Fensterfront auf der linken Seite. Innerlich bereitete er sich auf unerfreuliche Nachrichten von Stanton vor. John schwante, dass es Probleme mit dem Objekt in Lincolnwood gab. Vermutlich genau die, die er seinem Vater vor sechs Wochen prophezeit hatte. Trotzdem hatte dieser darauf bestanden, das Projekt aufzunehmen. Vielleicht aber auch gerade wegen der Schwierigkeiten.

Sinclair Bricks stammte aus einer einfachen Arbeiterfamilie. Bei vier Kindern waren nicht viele Mittel für eine gediegene Schulausbildung übrig geblieben. Trotzdem hatte sich Sinclair geweigert, den Weg seines eigenen Vaters einzuschlagen und sein Dasein in einer Stahlfabrik zu fristen. Er begann als einfacher Immobilienmakler. Gesegnet mit Intelligenz und Charisma, fasste er schon bald Fuß in der Branche. Über die Jahre hinweg baute er nach und nach seine eigene Firma aus. Damals hieß sie noch *Bricks Immobilien*, sie wurde schnell zu Chicagos führendem Unternehmen in Sachen Luxusobjekte. Ein lukratives Geschäft, das Sinclair den Zugang zur High Society eröffnete. Doch das war ihm nicht genug. Heute umfasste *Bricks & Sons* insgesamt fünf Maklerfilialen in zwei Bundesstaaten für

Privatimmobilien, eine Investmentabteilung für Renditeobjekte in New York, die der Leitung von Johns älterem Bruder Samuel unterstand, und eine für Industrie- und Logistikimmobilien. In letzterer fristete John sein Dasein als Geschäftsführer.

Auf die Frage, ob dies sein Traumberuf wäre, hatte John keine Antwort. Er wusste es deswegen nicht, weil er sich selbst nie die Frage gestellt hatte, was er einmal mit seinem Leben anfangen wollte. Dass er jetzt hier auf diesem Ledersessel saß und aus dem Fenster auf Chicago hinunterblickte, war ihm sozusagen mit seiner Geburt vorherbestimmt gewesen.

Ja, Sinclair Bricks hatte sich seinen Lebenstraum hart erkämpft. Und er erwartete, dass seine Söhne diesen Traum weiterkämpften.

Das Telefon riss John unsanft aus seinen Gedanken. Er sammelte sich kurz, bevor er das Gespräch annahm und Stanton lauschte, der seine Befürchtungen bestätigte. Für einen Teil des Objekts lag keine Baugenehmigung vor. Die Ämter drohten mit Abriss. Wohlüberlegte Verhandlungen mit den Behörden waren nun erforderlich.

Gleich nachdem John den Hörer aufgelegt hatte, machte er sich daran, seine Beziehungen spielen zu lassen. Er führte verschiedene Telefonate, bis er ein Mittagessen mit dem stellvertretenden Bürgermeister vereinbart hatte. Erst nachdem dieser Termin fix war, gönnte er sich einen frisch gebrühten Schwarztee für seinen morgendlichen Koffeinschub.

Am späten Vormittag meldete Johns Computer einen Skype-Anruf. Es war Steven. John legte die Statistiken des letzten Monats beiseite und nahm den Anruf mit einem Klick an.

»Einen wunderschönen guten Morgen, Ehemann!«, schallte Steven sogleich aus dem Bildschirm heraus. Er befand sich ebenfalls bei der Arbeit und wippte lässig auf seinem Bürostuhl vor einer eichenen Wandvertäfelung. Anwaltskanzleien statteten ihre Büros ja gerne üppiger aus. Vermutlich um einen ehrwürdigen Eindruck zu vermitteln.

»Guten Morgen?« John sah demonstrativ auf seine Armbanduhr. »Es ist fast elf.«

»Schon klar, aber *guten Vormittag* klingt irgendwie seltsam.« Steven grinste bis zu den Ohren. »So, und jetzt erzähl mal. Wie war die Hochzeitsnacht?«

Sein Freund stützte sich auf die Ellbogen und beugte sich wissbegierig vor.

John hob eine Braue. »Du denkst doch nicht wirklich, ich hätte sie flachgelegt.«

»Na, wer weiß? Ihr seid immerhin verheiratet!«

»Und das müssen wir noch weitere zwei Monate bleiben. Ein kleines Techtelmechtel würde die Lage nur unnötig verkomplizieren. Das zweite Paar macht es uns schon schwer genug.«

»Ja? Erzähl mal.«

John holte tief Luft und schilderte ausführlich seine Eindrücke von den Frinkmans. Die beachtliche Geräuschentwicklung am gestrigen Abend ließ er zu Stevens Erheiterung nicht aus.

»Wenn die glauben, sie könnten dadurch gewinnen, dann haben sie sich geschnitten«, fügte er zum Abschluss grimmig hinzu.

»Du willst also unbedingt gewinnen?«, hakte Steven nach. »Warum?«

John öffnete den Mund zu einer Erklärung, schloss ihn aber gleich wieder, weil ihm keine plausible Antwort einfiel.

Steven seufzte schwer. »Ach, John. Ich hatte wirklich gehofft, du würdest diese Sache anders angehen.«

»Wie denn?« John lachte freudlos. »Etwa, um die große Liebe zu finden?«

»Zum Beispiel.«

John verdrehte die Augen. »Das ist doch hoffentlich nicht dein Ernst!«

»Ist es nicht. Ich meinte damit etwas anderes.«

»Dann erleuchte mich doch bitte.«

Steven legte den Kopf leicht schräg und musterte ihn einen Moment, bevor er sagte: »Das Ganze sollte eine lustige Wette sein, John. Es sollte Spaß machen. Stattdessen machst du schon wieder einen verbissenen Wettstreit daraus.«

Unbekümmert zuckte John mit den Schultern. »Ich verliere eben nicht gern.«

»Was du nicht sagst …« Steven räusperte sich. »Es würde dir aber ganz guttun, zur Abwechslung mal nicht zu gewinnen. Okay, das klang jetzt schräg, aber du weißt, was ich meine.«

»Du willst, dass ich aufgebe?«, fragte John herausfordernd, obwohl er natürlich ganz genau wusste, worauf sein Freund hinauswollte.

Steven machte ein ernstes Gesicht. »Die Welt würde nicht zusammenbrechen, wenn du es tätest.«

Eine Weile blickten sie sich über die Webcams schweigend an. John durchbrach schließlich die Stille und rieb sich den verspannten Nacken.

»Es hat schon einen Grund, warum du Rechtsanwalt bist und kein Psychotherapeut«, meinte er gelassen. »Wenn du meinen Ehrgeiz therapieren wolltest, hättest du dich nicht auf diese Wette einlassen dürfen.«

»Das war deine Idee«, merkte Steven an. Er schmunzelte amüsiert. »Und du hast recht. Es hat einen Grund, dass ich kein Therapeut bin. Dich in dieser Show zu sehen, macht mir nämlich deutlich mehr Spaß, als deine verquere Seele zu retten.«

John tippte sich nachdenklich ans Kinn. »Manchmal frage ich mich, warum du eigentlich mein bester Freund bist.«

»Das weiß ich, ehrlich gesagt, auch nicht so genau.« Stevens ausgelassenes Lachen wurde von seinem Telefon unterbrochen. Er schielte auf die Anzeige. »Sorry, da muss ich rangehen. Hast du morgen Zeit für ein Mittagessen?«

John zog seinen Terminkalender heran. »Dreizehn Uhr im *Greensbay*?«

»Geht klar. Bis morgen!«

Im Bildschirm konnte John noch sehen, wie sein Freund nach dem Telefonhörer griff. Dann stoppte die Übertragung.

Geruhsam lehnte er sich zurück und schlug die Beine über. Natürlich wusste er ganz genau, weshalb Steven sein bester Freund war. Sie waren grundverschieden und doch auf einer Wellenlänge, wie man so schön sagte. Es gab keinen Menschen, dem er mehr vertraute. Hinzu kam, dass Steven ihn oft besser verstand als er sich selbst.

Im Grunde verkörperte also Steven genau das, was John sich in den Tiefen seines Herzens von seinem älteren Bruder gewünscht hätte.

Sein Verhältnis zu Samuel war mehr als nur angespannt. Schon in ihrer Kindheit war aus natürlichem Wetteifern um die Aufmerksamkeit des Vaters ein ausgewachsener Konkurrenzkampf geworden, der jeglichen Anflug von Brüderlichkeit zunichtegemacht hatte. Seit John denken konnte, war es nur darum gegangen, wer der Bessere ist. Wer malte das schönste Bild? Wer brachte die besseren Noten heim? Wer war der erfolgreichere Football Captain?

Da Samuel vier Jahre älter war, hatte Johns Jugend nicht nur daraus bestanden, in die Fußstapfen seines Bruders zu treten, sondern sie auch noch zu überspringen. Einfach nur *gut* zu sein, reichte nämlich nicht für ein Lob des Vaters.

Nun waren die beiden Brüder erwachsen, doch von Frieden konnte längst nicht die Rede sein. Sie ignorierten zwar weitgehend die Existenz des anderen und hatten allenfalls geschäftlich miteinander zu tun, aber das Konkurrenzdenken lag wie ein Schatten über ihnen.

Das letzte Familientreffen vor drei Monaten, als ihre Mutter den sechzigsten Geburtstag feierte, rumorte John immer noch im Magen. Samuel hatte inzwischen nämlich etwas Neues, womit er seinen kleinen Bruder übertrumpfen konnte: eine Nachkommenschaft der erlesenen Bricks-Gene in Form eines unschuldigen Fötus im Leibe einer sorgfältig ausgewählten Gemahlin.

John könnte jetzt noch kotzen, wenn er daran dachte, wie Samuel in einer Art Ansprache das 3-D-Ultraschallbild angepriesen und stolz einen Sohn angekündigt hatte. Sinclair Bricks junior.

Samuels Frau Ann verriet nicht, was sie von dieser Namenswahl hielt. Sie lächelte nur. Wie immer. So wie es sich für eine Tochter aus reichem Hause eben gehörte.

John fragte sich öfter, welche Emotionen eigentlich hinter Anns Fassade schlummerten. Er konnte nicht einschätzen, ob sie wirklich zufrieden mit ihrer Rolle als hübsche Tochter eines Finanzmoguls war, deren Heirat in ein Immobilienimperium einzig Vorteile für beide Seiten mit sich gebracht hatte. Aus seinen wenigen Unterhaltungen mit Ann wusste er allerdings, dass sie weitaus intelligenter war, als es den Anschein machte. Insofern war er sich ziemlich sicher, dass sie mit ihrer Ehe eine überaus rationale Entscheidung getroffen hatte, die von Zuneigung für Samuel weit entfernt war.

Sein Bruder war ihm also wieder einmal einen großen Schritt voraus. Erst mit der mehr oder weniger arrangierten Heirat und nun auch noch mit einem baldigen Zögling. Seine Eltern ließen keine Gelegenheit aus, John daran zu erinnern, dass es für ihn nun ebenfalls an der Zeit wäre, eine angemessene Verbindung einzugehen. Seine Mutter hatte sogar schon eine Auswahl an Junggesellinnen getroffen, die ihrer Meinung nach perfekt zu ihm – Korrektur – die perfekt zum Status der Familie Bricks passen würden.

Dieses Mal weigerte John sich allerdings. Zum ersten Mal in seinem Leben sträubte er sich gegen die Erwartungen seiner Eltern.

An ihrem Geburtstag hatte seine Mutter es schließlich auf die Spitze getrieben. Sie nahm ihn zur Seite und verkündete, sie habe ihm ein Treffen mit einer geeigneten Kandidatin eingefädelt, das er gefälligst wahrnehmen solle, wenn er schon nicht selbst in die Gänge käme.

Nur wenige Stunden später hatte John mit Steven im Pub gesessen und versucht, seinen Frust in Alkohol zu ertränken. Das war jener Abend, als er sich dann aus purem Trotz bei *The Wedding Project* bewarb.

Die Wette mit Steven war im Grunde nur der Auslöser von etwas gänzlich anderem gewesen.

John brach aus. Wehrte sich gegen das, was sich bei den Bricks gehörte. Als wäre er plötzlich zu dem störrischen Teenager geworden, der er nie hatte sein können.

Ein vages Grinsen stahl sich auf seine Lippen, während er über den Ehering an seinem Finger tastete.

Tja, Mom und Dad … jetzt habt ihr, was ihr wolltet.

~ Das 3. Interview ~

Wie waren die ersten Nächte als verheiratetes Paar?

Claire: »Ich will nicht zu sehr ins Detail gehen, aber besonders viel Schlaf habe ich nicht bekommen.«

John: »Ein Gentleman genießt und schweigt!«

Hast du schon Macken an deinem Ehepartner entdeckt?

Claire: »Nur welche, die total süß sind.«

John: »Bisher nicht.«

Sandy und Justin – haben sie eine Chance gegen euch?

Claire: »Sie sind ein sehr sympathisches Paar. Es wird nicht leicht sein, gegen sie anzutreten.«

John: »Das kann ich jetzt noch nicht sagen.«

Zufall oder Wissenschaft – was denkst du?

Claire: »Nach den ersten Tagen an der Seite meines Mannes tendiere ich eher zu Zufall. Allerdings würde ich es lieber *Schicksal* nennen.«

John: »Die Zeichen sprechen immer mehr für die Wissenschaft.«

6

~ Claire ~

Stöhnend stieß Claire sich die unbequemen Pumps von den Füßen, ließ ihre Sachen auf den Wohnzimmerboden fallen, wankte zum Sofa und fiel bäuchlings darauf, alle viere von sich gestreckt. Sie hatte einen mörderischen Tag hinter sich.

Zuerst war sie wieder einmal durch das Geratter des Smoothiemaker unsanft aus dem Schlaf gerissen worden. Dann hatte sie feststellen müssen, dass sich dieser dämliche Vorstadtbus nicht mal ansatzweise an den vorgeschriebenen Fahrplan hielt, und war zwanzig Minuten zu spät zur Arbeit gekommen. Dort brüllte ihr Chef sie noch einmal zwanzig Minuten lang an, weil der Empfang *stundenlang* unbesetzt geblieben war. Da ihre Kollegin ausgerechnet an diesem Tag mit einer Salmonellenvergiftung flachlag, oblag es also allein ihr, die Klienten zu hofieren, literweise Kaffee zu kochen, Akten in Lichtgeschwindigkeit hin und her zu schleppen und sich von ihrem Chef zur Schnecke machen zu lassen, weil dieses und jenes nicht seinen Ansprüchen genügte. Und natürlich durfte sie das Telefon dabei keine Millisekunde aus den Augen lassen.

Überflüssig zu erwähnen, dass die Zeit an diesem Tag weder für eine Mittagspause noch für ein entspanntes Gespräch mit Olivia gereicht hatte. Stattdessen brachten sich die Freundinnen nur kurz telefonisch auf den Stand der Dinge, als Claire auf dem Weg zurück in die Villa war.

Den Rest der Fahrt mit U-Bahn und Bus hatte Claire genutzt, um sich gedanklich auf den Abend vorzubereiten. Das war der einzige Vorteil dieses Albtraumtages: Sie hatte John und die Show zwischenzeitlich komplett vergessen. Dafür hatte sie sich im Bus immer tiefer in ihre Gedanken verstrickt und dann beinahe eine Panikattacke erlitten, als sie unvermittelt wieder an John dachte und ihr bewusst wurde, dass heute Abend die erste Sendung ausgestrahlt wurde. Landesweit.

Am Ende war Claire so durch den Wind gewesen, dass sie zwei Stationen zu früh aus dem Bus gesprungen war und den Rest des Weges zu Fuß zurücklegen durfte – in Schuhen, die sich mittlerweile zwei Nummern zu klein anfühlten.

Stöhnend vergrub Claire das Gesicht in den Sofakissen. Die Versuchung war groß, sich an Ort und Stelle zu einer Kugel zusammenzurollen und einfach nie wieder aufzustehen. Aber es war eher unwahrscheinlich, dass John dies zulassen würde. Stattdessen würde er sie vermutlich hochzerren und ins Badezimmer scheuchen, damit sie sich ansehnlich herrichtete und ein nichtchaotisches Outfit anzog. Nur für den Fall, dass das Produktionsteam aufkreuzte, oder schlicht zu seinem persönlichen Vergnügen.

Claire stieß ein bitteres Lachen aus. Gut möglich, dass ihrem Göttergatten die Augen aus dem Kopf fielen, wenn er ihr adrettes nachtblaues Kostümchen und die blütenweiße Bluse sehen würde.

Mühsam rappelte sie sich auf und schielte zu den fein säuberlich verpackten Businessoutfits, welche sie heute Morgen von der Reinigungsfirma unweit des Steuerbüros abgeholt hatte. Vielleicht sollte sie die Fummel besser verstecken, bevor John sie noch zwang, die unbequemen Teile den ganzen Tag zu tragen.

Bei dieser Vorstellung kam Claire wie von selbst auf die Beine. Sie sah sich unentschlossen in dem spartanisch möblierten Wohnzimmer um. Mit dem Sideboard neben dem Sofa wurde sie schließlich fündig. Gut, dass die Möbelstücke nur als Attrappe dienten, denn die Schubfächer waren allesamt sauber und leer.

Claire legte die Kleidungsstücke behutsam hinein, bevor sie oben unter die Dusche sprang und sich anschließend in eine bunt gemusterte Haremshose und ein rotes Top warf.

Ha! Sollte noch mal jemand behaupten, sie besäße keine schlichten Klamotten!

Zufrieden spazierte Claire in die Küche. Sie wollte sich gerade ein Salami-Schinken-Sandwich zubereiten, als sie hörte, wie jemand die Wohnungstür aufschloss.

Sekunden später marschierte Frank herein, dicht gefolgt von zwei Kameramännern.

Claire sackte in sich zusammen. Sie versuchte, sich nicht allzu viele Sorgen darüber zu machen, dass sie fast so etwas wie Enttäuschung verspürte, weil John noch nicht da war. Dabei war es inzwischen schon nach acht.

»Hallo, Claire«, begrüßte Frank sie fröhlich und schaute sich suchend um. »Wo ist John?«

»Er hat gerade angerufen«, log sie angespannt. »Leider steckt er im Verkehr fest.«

»Ach so.« Unschlüssig kratzte Frank sich am Kopf.

Unterdessen ließ der erste Kameramann sein Gerät sinken. »Was jetzt?«, wollte er wissen. »Sollen wir noch mal bei den Frinkmans vorbeischauen? Dort haben wir gestern verdammt gutes Material gekriegt.«

»Dann machen wir das und anschließend Feierabend«, entschied Frank und seufzte schwer. »Ich könnte wirklich noch einen Drink vertragen, bevor die Show losgeht.«

Claire war gewiss kein Medienprofi, aber selbst ihr war klar, dass viel Sendezeit zu einem besseren Ranking führte. Das war nicht gut.

»Möchtet ihr etwas trinken?«, fragte sie hastig.

Frank schüttelte den Kopf. »Wir haben nicht mehr so viel Zeit, bis …«

»Aber meinen *Claire spezial* müsst ihr einfach probieren!«

Neugier flackerte in Franks Augen auf. »Was ist ein *Claire spezial*?«

Tja, das wusste sie selbst auch nicht so genau. Panisch schaute Claire sich um und blieb an Johns Smoothiegerät hängen. »Ein besonderer Vitamindrink«, platzte sie heraus und grinste breit. »John *liebt* meine Kreation. Und es ist genau das Richtige nach einem anstrengenden Tag.«

»Wenn das so ist …«, erwiderte Frank, kletterte auf den Barhocker und wies den zweiten Kameramann an weiterzudrehen, bevor er sich wieder Claire zuwandte. »Dann sei doch so nett und erläutere uns die Zubereitung von Johns neuem Lieblingsgetränk.«

»Aber natürlich!« Mit rasendem Puls öffnete Claire den Kühlschrank und holte wahllos alles heraus, was frisch und gesund aussah. Dann platzierte sie die verschiedenen Obst- und Gemüsesorten gut sichtbar auf dem Tresen. »Als Basis nehme ich etwas Salatgurke. Hinzu kommen eine Birne, ein halber Apfel, eine grüne Babypaprika und Apfelsaft.«

Mit zitternden Händen schälte und zerteilte sie die Zutaten, bevor sie Frank erneut anstrahlte. »Das Geheimnis besteht darin, die Komponenten erst nach und nach in den Mixer zu geben.« Sie hoffte, damit etwas Zeit schinden zu können, bis John endlich auftauchte.

Als Erstes warf sie die Salatgurke in das Gerät und pürierte sie gut eine Minute lang. Das Gleiche tat sie mit dem restlichen

Obst und Gemüse. Anschließend kippte sie den Saft hinein, um den widerwärtigen Brei zu verdünnen.

»Zu guter Letzt noch einen Schuss Wodka«, erklärte sie augenzwinkernd und fügte einen ordentlichen Schluck der klaren Flüssigkeit hinzu.

Wieder heulte der Mixer auf. Dann holte Claire fünf Gläser aus dem Schrank, füllte sie mit Eiswürfeln und schenkte das Gebräu ein.

Es sah absolut widerlich aus. Trotzdem schob Claire drei Gläser über den Tresen und hob ihr eigenes Glas mit einem koketten »Wohl bekomm's!« an die Lippen.

Sofort ging ihr der Mund in Flammen auf, während Frank anfing zu husten. Irritiert schaute Claire auf die Gemüsereste – und erstarrte.

Scheiße! Sie hatte vor lauter Aufregung die Babypaprika mit grünem Chili verwechselt.

Ein Kameramann klopfte Frank auf den Rücken, bevor er ebenfalls probierte. Anscheinend war er ein Chilifan, denn ihm schien die Schärfe nichts auszumachen. Er nickte anerkennend.

Offensichtlich wollte Frank dies nicht auf sich sitzen lassen. Schniefend rieb er sich über die Augen und trank einen weiteren Schluck. Sein Gesicht war so grün wie das Gebräu, als er das Glas absetzte. Trotzdem gab er ein zustimmendes Grunzen von sich. »Das bringt ordentlich Tinte in den Füller!«

»Was für ein Zufall«, quietschte Claire. »John hat genau das Gleiche gesagt.« Sie lächelte Frank vielsagend an. »Er meinte, nur echte Männer vertragen diesen Drink.«

Frank nickte tapfer und hob das Glas erneut an die Lippen, obwohl sich sein grüner Teint allmählich in eine besorgniserregende Blässe verwandelte.

Da hörten sie, wie sich die Wohnungstür öffnete.

Der Kameramann schwenkte herum.

»Ich bin zu Hause, Schatz!«, rief John vom Flur aus.

Glücklicherweise hörte nur Claire den Sarkasmus aus seinem Satz heraus. Sie eilte auf ihn zu und warf sich theatralisch in seine Arme, als er um die Ecke bog.

John keuchte überrascht, fing sie jedoch sicher auf. »Was zum …«

»Hallo, Liebling«, unterbrach sie ihn rasch und nahm all ihren Mut zusammen, um ihm einen Kuss auf die Lippen zu drücken.

Johns Augen weiteten sich vor Schock.

»Wie war dein Tag?«, fragte sie liebevoll und strich ihm zärtlich über die Brust.

Verwirrung und noch etwas anderes flackerten in seinen eisblauen Augen auf. Dann flog sein Blick über ihre Schulter, und er kapierte endlich, dass sie nicht allein waren.

Er schluckte angestrengt. »Stressig«, erwiderte er und zog sie dichter an sich, bevor er mit der Nase gegen ihre stupste. »Ich habe dich vermisst.«

Sein zärtlicher Ton ließ Claire für den Bruchteil einer Sekunde vergessen, dass sie hier gerade eine Show ablieferten. Langsam wurden sie oscarverdächtig.

»Ich dich auch«, murmelte sie und löste sich langsam aus seiner Umarmung. »Ich habe Frank gerade deinen neuen Lieblingsdrink präsentiert.«

John hob fragend eine Braue, ließ sich aber zu Claires Erleichterung anstandslos mit zum Tresen ziehen. Dort reichte sie ihm sein Glas und betete stumm, dass er nicht an die Decke ging.

Bedächtig hob er das Glas an die Lippen. Als er einen tiefen Schluck trank, klappten seine Lider herunter und er seufzte auf.

Claire konnte beim besten Willen nicht sagen, ob er damit ein Würgegeräusch kaschierte oder ihm der Drink wirklich schmeckte. Jedenfalls leerte er das halbe Glas, ohne mit der

Wimper zu zucken. Dann öffnete er die Augen und lächelte sie zärtlich an. »Genau das, was ich jetzt gebraucht habe.«

Bevor Claire zu einer Erwiderung ansetzen konnte, klingelte es plötzlich an der Haustür. »Erwartest du jemanden?«, fragte sie John.

»Nein, eher nicht.«

Claire schielte zur Kamera. Ihr Puls schnellte in die Höhe, während Angst und Hoffnung in ihr miteinander rangen.

War es möglich, dass Brian hier unangekündigt auftauchte? Claire hatte ihm die Adresse gemailt, aber sie hatte nicht wirklich geglaubt, dass er hierherkommen würde. Was, wenn er es sich anders überlegt hatte?

John wollte gerade zur Tür gehen, als sie ihm rasch zuvorkam. »Ich mach das schon!«, rief sie schrill, lief zur Tür und riss sie auf.

»Überraschung!«, quietschte Sandy und klatschte in die Hände.

»Oh!« Enttäuscht lehnte Claire sich gegen den Türrahmen. »Hi.«

»Wir dachten, wir kommen vorbei und sehen uns die Show gemeinsam an«, erklärte Justin, einen Arm um Sandy gelegt. In der anderen Hand hielt er eine Flasche Wein. Er strahlte allerdings nicht Claire, sondern jemanden hinter ihr an. »Das ist euch doch recht, oder?«

Irritiert drehte sie sich um und zuckte zusammen, weil der Kameramann ihr gefolgt war. Sie straffte die Schultern und lächelte artig. »Aber natürlich. John und ich freuen uns sehr, dass ihr hier seid.« Sie trat einen Schritt beiseite. »Kommt doch herein.«

Drinnen schauten sich Sandy und Justin neugierig um.

»Nett habt ihr es hier«, bemerkte Justin schmunzelnd. »Die Einrichtung ist echt mega, oder?«

Sandy kicherte. Da entdeckte sie den Produktionsleiter und stieß einen spitzen Schrei aus. »Oh, mein Gott, Franky! Ist das schön, dich zu sehen.«

Sie stöckelte zu ihm und umarmte ihn stürmisch.

O Mann! Das war auch eine Art, sich zu begrüßen.

Frank strahlte sie an. »Wie geht es dir, meine Liebe?«

»Wunderbar!« Sie deutete auf Justin. »Ich bin ja so verliebt in diesen Kerl. Wie hast du meinen Traummann nur gefunden?«

Beinahe hätte Claire aufgestöhnt. Besonders subtil ging die gute Frau ja nicht gerade vor. Da könnte sie Frank auch gleich fragen, ob sie zu dem Paar mit den wissenschaftlich ermittelten Übereinstimmungen gehörte. Für die Quoten wäre es sicher von Vorteil.

Immerhin durchschaute Frank sie ebenfalls. Er lachte kopfschüttelnd. »Das, liebe Sandy, bleibt mein Geheimnis.«

Diese zwinkerte ihm zu. »Jedenfalls haben du und dein Team eine weise Entscheidung getroffen.«

John schnaubte, fing aber sofort an zu hüsteln. Er warf einen Blick auf seine Uhr. »Die Show beginnt in zwanzig Minuten.«

»O Mist!« Nervös schoss Frank von seinem Sitz am Tresen hoch. »Wir wollten uns die Ausstrahlung im Sender ansehen. Hoffentlich schaffen wir es noch rechtzeitig.«

»Bleibt doch einfach hier und schaut mit uns zusammen«, bot Sandy freundlicherweise an. »Dann könnt ihr auch gleich unsere Reaktion filmen.«

Claire rutschte das Herz in die Hose. Trotzdem pflichtete sie ihrer Rivalin tapfer bei. »Das wollte ich auch gerade vorschlagen.«

Frank nickte nachdenklich. »Das ist eine hervorragende Idee.«

»Wollt ihr etwas trinken?«, fragte John in die Runde.

Justin nickte eifrig. »Auf jeden Fall.«

Mit einem Lächeln schob John ihm den Smoothie hin, den der zweite Kameramann nicht angerührt hatte. »Probier mal! Den hat Claire gemacht.«

»Danke!«

Die beiden Männer stießen ihre Gläser gegeneinander.

»Ein exzellentes Bild für Fair Play«, lobte Frank und hielt sich geschäftig an seinen Kameramann. »Hast du das, Ed?«

John leerte ungerührt sein Glas, wohingegen Justin es sich nach wenigen Sekunden von den Lippen riss.

»Was ist das für ein Teufelszeug?«, platzte er heraus, schielte zur Kamera und lachte laut auf, um seine unbedachte Äußerung zu kaschieren.

Johns Mundwinkel zuckte vor Belustigung. In seine Augen trat eine tiefe Zufriedenheit. »Mein Lieblingsdrink.«

Justin klappte der Kiefer herunter, doch er brachte keinen Ton hervor und starrte John nur voller Entsetzen an.

Sofort schaltete Sandy sich ein und lehnte sich vertraulich an ihn. »Trink doch lieber ein Glas Wein mit mir, Liebster.«

Justin nickte erleichtert. »Natürlich, meine Liebste.«

»Natürlich«, wiederholte John in einem Ton, der keinen Zweifel daran ließ, dass er Justin für die größte Lusche auf dem Planeten hielt. Er sah Claire an. »Für dich auch etwas Wein, mein *Engel*?«

»Klar«, erwiderte sie kichernd.

Sie hielten noch ein wenig Small Talk mit dem Produktionsteam, bevor sie eine Weile später zu viert auf dem riesigen Sofa Platz nahmen, um gebannt den Fernseher anzustarren.

Sandy fächelte sich Luft zu und strahlte Frank an. »Ich bin ja so aufgeregt.«

»Ich auch!«, quietschte Frank.

Dieses Mal konnte Claire ihnen nur beipflichten. Auch ihr Herz schlug mittlerweile einen deutlich schnelleren Takt, während die Trailermelodie erklang.

»Wie findet man sein perfektes Gegenstück? Durch Zufall oder mithilfe der Wissenschaft?«, schwadronierte eine Stimme aus dem Off. »Zwei Paare sind bereit, sich auf ein waghalsiges Experiment einzulassen und aufs Ganze zu gehen …«

»Was für ein grandioser Einstieg«, schwärmte Sandy. »Ist das Drehbuch von dir, Frank?«

Geschmeichelt von Sandys Lob, nickte der Produktionsleiter erfreut. »Zum größten Teil.«

Die Musik wurde lauter und zeigte mehrere Nahaufnahmen von Claire, John, Sandy und Justin bei der Trauung.

Sandy quiekte vor Aufregung. »Ich bin im Fernsehen.«

»Das hat eine Fernsehshow so an sich«, bemerkte John mit seiner üblichen Arroganz. Dieses Mal jedoch amüsierte Claire sich darüber, wie er Sandy verschaukelte.

»Liebe vor dem Traualtar. Kann das funktionieren?«, fuhr der Sprecher in dramatischem Tonfall fort. »Entscheiden Sie mit und wählen Sie ihr Favoritenpaar!«

»Es kann jetzt schon abgestimmt werden?«, fragte Claire erstaunt.

Frank nickte. »Die Hotline ist ab sofort freigeschaltet, und natürlich haben die Zuschauer ab heute auch auf der Website von *The Wedding Project* und in den sozialen Medien die Möglichkeit, für ihr Traumpaar abzustimmen.«

Eine Telefonnummer wurde quer über den Bildschirm eingeblendet, während rechts zwei Fotos der Paare mit der entsprechenden Durchwahl angezeigt wurden. Darunter prangte blinkend die Webadresse der Show.

Sofort zückte Justin sein Telefon und wählte die Nummer mit seiner Durchwahl.

Sandy stieß ihn mit dem Ellenbogen in die Seite. »Die Kamera läuft, Liebster«, raunte sie ihm zu.

»Das schneidet ihr doch nachher raus, oder?«, fragte Justin verlegen.

»Ich werde ein Auge zudrücken«, erwiderte Frank belustigt.

Erleichtert murmelte Justin: »Man soll ja schließlich nichts dem Zufall überlassen.«

Frank kicherte. »Gute Einstellung, mein Lieber!«

John verdrehte die Augen und richtete den Blick wieder zum Fernseher. Eine kleine Falte trat auf seine Stirn.

In diesem Moment erblickte Claire sich selbst im Großformat auf dem Bildschirm. Sie spazierte mit einem hoffnungsvollen Lächeln über eine Wiese. Das Sonnenlicht fiel weich auf ihr Haar, ließ es in einem warmen Rotton leuchten und ihre grünen Augen funkeln. Sie trug ein hübsches geblümtes Kleid, das sie sich von Olivia geliehen hatte.

»Wenn es um den ersten Eindruck geht, macht der jungen Empfangsdame so schnell keiner etwas vor«, verkündete der Sprecher, bevor Claire selbst einsetzte: »Sympathie spielt im Leben immer eine große Rolle. Deshalb gehe ich am liebsten lächelnd durchs Leben.«

Schockiert klappte Claire den Mund auf. Hatte sie anfangs bestimmt noch liebenswürdig gewirkt, erweckte sie nun den Eindruck einer oberflächlichen Dumpfbacke. Und es kam noch schlimmer.

»Ich hoffe, dass mein zukünftiger Ehemann genauso ein fröhlicher Mensch ist wie ich. Jemand, der Spaß hat und witzig ist. Für mich zählt es zu den wichtigsten Eigenschaften eines Mannes, dass er mich in jeder Situation zum Lachen bringen kann.«

Claire wollte im Erdboden versinken. Es war dermaßen offensichtlich, dass John *nicht* zu der Sorte Mann gehörte, die gern mal einen Witz riss, dass ihre Chancen, sich gegen Sandy und Justin durchzusetzen, praktisch gegen Null gingen.

Johns Vorstellung bestätigte ihre Befürchtung. Er präsentierte sich als seriösen, fleißigen und ehrgeizigen Kumpeltyp mit einer Vorliebe für Sport und gesunde Lebensweise, der sich eine ähnliche Lebenseinstellung von seiner Zukünftigen erhoffte.

Die Szenen ihrer Trauung waren noch unerfreulicher. Eine Großaufnahme zeigte den Schock, der John anlässlich von Claires Auftritt ins Gesicht geschrieben stand, und sie erschien wie ein rotgesichtiger Wattebausch, der eher ängstlich als glücklich dreinschaute.

»Oh, oh. Du siehst aber nicht gerade begeistert aus, John«, bemerkte Justin prompt, woraufhin Sandy verhalten gluckste.

Claire wollte sie hochkant rausschmeißen. Aber damit hätte sie ihr Versagen bloß amtlich gemacht. Also schnappte sie sich ihr Weinglas und stürzte den Inhalt auf ex hinunter.

Danach waren Sandy und Justin an der Reihe.

Sie inszenierte sich als lebenslustige Träumerin und er sich als smarten Romantiker, der sich verzweifelt nach seiner zweiten Hälfte sehnt.

Heilige Scheiße! Hatten sie einen Mediencoach gehabt, oder was? Sie ergänzten sich schon fast auf unheimliche Weise.

Als die Bilder ihrer Trauung eingeblendet wurden, lehnte Sandy sich dichter an Justin und seufzte verzückt auf. »Wie schön! Sieh nur, wie verliebt wir aussehen.«

»Das sind wir ja auch«, erwiderte er aalglatt.

Claire schnaubte ungeniert, woraufhin die beiden Schleimbolzen sie überrascht ansahen.

»Nur eine Fliege«, redete sie sich ertappt heraus.

John grinste. »Noch etwas Wein, mein Schatz?«

»Jep.« Sie hielt ihm ihr Glas hin, und John schenkte ein, während auf dem Bildschirm die erste Hochrechnung aufflackerte.

»Jetzt bin ich aber gespannt«, meinte Frank und lehnte sich nach vorn.

»Oh, du meine Güte! Wir liegen einen Hauch in Führung«, rief Sandy erfreut aus.

»Was du nicht sagst«, murmelte Claire und runzelte die Stirn.

Tatsächlich lagen Justin und Sandy nur vier Prozentpunkte vorn, viel weniger, als Claire vermutet hatte. Auch John wirkte überrascht, wohingegen Justins Lächeln in sich zusammenfiel.

»Großartig.« Frank klatschte begeistert in die Hände. »Einen spannenderen Start hätte ich mir gar nicht wünschen können.«

Der Sprecher wies die Zuschauer noch einmal darauf hin, dass die Leitungen offen blieben und man auch auf der Website des Senders seine Stimme abgeben könne. Dann zeigten diverse Ausschnitte vom Candle-Light-Dinner die Vorschau für die nächste Sendung. In einer Momentaufnahme zeigte John sein charmantes Lächeln und Claire erwiderte es mit leuchtenden Augen.

Aufregung durchflutete sie, als sie sich daran erinnerte, dass sie seither einige äußerst romantische Begegnungen für die Kamera gespielt hatten.

Vielleicht gab es also doch noch Hoffnung.

~ Jonathan ~

Der Cursor blinkte herausfordernd in der Eingabeleiste des Webbrowsers. Schon zum fünften Mal innerhalb von drei Stunden schwebten Johns Finger unschlüssig über der Tastatur. Bisher hatte er sich immer wieder beherrschen können und sich erfolgreich mit wichtigeren Dingen beschäftigt. Inzwischen plagte ihn die Neugier jedoch so sehr, dass er sogar Kopfweh bekam.

Er warf einen Blick zur Bürotür und vergewisserte sich, dass sie geschlossen war. Dann tippte er hastig die Webadresse von *The Wedding Project* ein.

Das kitschige Banner der Website stach ihm beinahe schmerzhaft in die Augen. Warum musste immer alles pink sein, sobald auch nur ein Quäntchen Liebe im Spiel war? Dazu noch Herzchen und Schleifchen, in einer Ecke Turteltäubchen, und fertig war der Albtraum jeglicher Männlichkeit.

Kopfschüttelnd scrollte er nach unten und überflog einige reißerische Zeilen, die möglichst viele Zuschauer an die Flimmerkästen locken sollten. John fand es doch recht erstaunlich, wie viele Superlative man in wenige Sätze packen konnte. Der Autor war kurz davor gewesen, den Superlativ der Superlative zu erfinden.

John fand die Skala mit den Abstimmungswerten. Die Frinkmans lagen inzwischen zehn Prozentpunkte vorn. Keine große Überraschung.

Seine Hand zuckte. Schließlich schnaubte er resigniert und klickte auf das Herz neben dem Namen *Bricks*.

Vielen Dank für deine Stimme! erschien in einem runden Fenster.

Wie hatte Justin gesagt? Man solle nichts dem Zufall überlassen.

Über der Abstimmung blinkte ein Videoausschnitt aus der ersten Sendung. *Die Teilnehmer* stand in fetten Lettern darüber. John überlegte, ob er sich wirklich noch einmal mit den völlig überzogen dargestellten Aufnahmen geißeln wollte. Er hatte ja geahnt, wie solche Fernsehshows arbeiteten, aber am gestrigen Abend hatte es ihm kurzzeitig die Sprache verschlagen. Nicht nur die Website, sondern auch die Produzenten hatten die Person Jonathan Bricks auf ein Level der Superlative gehoben.

Die an sich harmlosen Aufnahmen waren in komplett anderer Reihenfolge zusammengesetzt und mit teils dramatischem Text und romantischer Musik unterlegt worden, sodass John sich beinahe selbst nicht wiedererkannt hätte. Sie machten ihn zu einer Mischung aus *Captain America* und dem *Regenmacher*, und er war sich immer noch nicht im Klaren darüber, ob er sich nun geschmeichelt fühlen oder schämen sollte.

Sandy und Justin wurden seiner Meinung nach recht realistisch dargestellt. Bei ihnen gab es aber auch nicht viel, das man noch hätte betonen können. Sie präsentierten sich immerhin von selbst auf derart überspitzte Weise, dass der Cutter leichtes Spiel bei seiner Arbeit gehabt haben dürfte.

Was John von Claires Vorstellungsvideo hatte halten sollen, wusste er hingegen auch nicht recht. Sie war ihm fremd erschienen, doch gleichzeitig auch wieder nicht.

Neugierig startete John das Video und klickte sich bis zu Claires Sequenz vor. Mit schräg gelegtem Kopf sah er erneut, wie sie leichtfüßig über die Wiese lief. Der Bildfilter mochte einiges dazu beitragen, aber Claire wirkte in der Szene so verträumt, dass er sich unwillkürlich fragte, woran sie in diesem Moment wohl gedacht hatte.

An die angekündigte Gage? Den eventuellen Gewinn?

Nein. Obwohl Claire ihm spätestens mit dem gestrigen Kuss aufgezeigt hatte, wie ernst es ihr mit der Gewinnsache war, wirkte sie auf ihn keineswegs geldgierig. Eher im Gegenteil.

Auf dem Weg ins Büro hatte John auch schon darüber sinniert. Mit seiner saloppen Antwort, er sei im Immobiliengeschäft tätig, hatte Claire sich völlig zufriedengegeben. Obwohl sie inzwischen zweifellos bemerkt hatte, dass er finanziell außerordentlich gut dastand, zeigte sie keinerlei Interesse an seinen Einkünften. Natürlich war ihrer beider Vermögen durch einen Ehevertrag geschützt, aber John wunderte sich dennoch über ihr Verhalten.

Die meisten Frauen gaben es nicht zu, doch seine Erfahrungen hatten ihn durchaus gelehrt, dass sein Geldbeutel einiges zu seiner Attraktivität beitrug. Jahrzehnte der weiblichen Emanzipation würden an diesem Fakt wohl nichts ändern.

Sandy war ein gutes Beispiel dafür. John hatte das gierige Flackern in ihren Augen sofort erkannt, als ihr Blick über seine Armbanduhr huschte, während sie sich gleichzeitig an ihren ach so tollen Ehemann schmiegte.

Doch Claire …

»*Für mich zählt es zu den wichtigsten Eigenschaften eines Mannes, dass er mich in jeder Situation zum Lachen bringen kann*«, sagte sie lächelnd in die Kamera.

Interessanterweise war sie die erste Frau, der John diese Standardaussage glatt abkaufen könnte.

Mit einem Mausklick hielt er die Wiedergabe an und betrachtete Claires Standbild. Die Sonne ließ ihr Haar in einem hübschen Rotton leuchten. Das Grün ihrer Augen wirkte durch ihren hellen Teint irgendwie geheimnisvoll.

Während John ihre Züge zum ersten Mal in aller Ruhe betrachtete, fiel ihm ein Detail auf, das ihm bisher völlig entgangen war. Hinter ihrem Lächeln verbarg sich etwas. Sehr gut versteckt, und doch erkannte John es in diesem Moment.

Traurigkeit.

Nachdenklich lehnte John sich zurück. Vier Tage war er nun mit dieser Frau verheiratet und wusste im Grunde rein gar nichts über sie. Eigentlich hatte er geglaubt, es gebe nicht sehr viel über Claire zu entdecken. Sie schien ohne große Ziele in den Tag hinein zu leben. Je länger er aber ihr Bild betrachtete, umso mehr drängte sich ihm die Frage auf, welche Geschichte sich hinter diesem Lächeln wohl verbergen mochte.

Die Sprechanlage surrte. John fuhr zusammen, beinahe wäre er vor Schreck von seinem Stuhl gerutscht. Hektisch klickte er die Website weg, als könne Lynn ihn durch die Sprechanlage hindurch ertappen.

»Ja, bitte?«, meldete er sich atemlos.

»Ihr Bruder ist auf Leitung zwei.«

John erstarrte. Im ersten Moment war er versucht, sich entschuldigen zu lassen und das Gespräch abzulehnen. Dann schalt er sich selbst einen Feigling und straffte die Schultern. »Stellen Sie ihn durch.«

Sein Puls beschleunigte sich, als er den Telefonhörer mit spitzen Fingern ans Ohr führte. »Jonathan hier.«

»Bist du von allen guten Geistern verlassen?«, brüllte Samuel in die Leitung.

»Nicht dass ich wüsste«, antwortete John mit fester Stimme, obwohl ihm der Kloß im Hals beinahe die Luft abschnürte.

»The Wedding Project?« Samuel spie den Titel mehr oder weniger aus. »Du zeigst dich in aller Öffentlichkeit bei so einem Müll? In einer Fernsehsendung, gemacht für verzweifelte Hausfrauen und arbeitslose Idioten?«

»Hm, du hast sie also gesehen. Zu welcher Kategorie zählst du dich denn?«

Samuel schnaufte darauf wie ein wild gewordener Stier. John konnte sich nur allzu gut vorstellen, wie die Adern an seinem Hals eindrucksvoll hervortraten. Natürlich hatte er mit einer solchen Reaktion gerechnet. Womit er aber nicht gerechnet hatte, war die Erkenntnis, wie schwer es ihm fiel, dieser Reaktion auch standzuhalten. Er spürte selbst, dass er unwillkürlich den Kopf eingezogen hatte. Entschlossen richtete er sich wieder auf.

»Es kann dir egal sein, wer diese Sendung ansieht und wer nicht«, erklärte John scharf. »Das ist mein Ding, Sam.«

»DEIN Ding? Mit diesem *Ding* ziehst du unsere ganze Familie in den Dreck! Hast du auch nur eine Sekunde daran gedacht, welches Licht dieser Scheiß auf unsere Firma wirft?«

Daran hatte John sehr wohl gedacht. Ziemlich ausführlich sogar.

»Die Firma wird in der Show mit keinem Wort erwähnt. Krieg dich wieder ein.«

»Ich soll mich einkriegen?«, polterte Samuel. »Was zum Teufel ist nur in dich gefahren? Du stellst dich mit deinem echten Namen vor die Kamera und willst mir erzählen, dass die Firma nicht erwähnt wird? Was, glaubst du, erscheint bei deinem Namen in jeder Suchmaschine?«

John rieb sich über die Stirn. »Und wenn schon …«

Samuel schwieg eine Weile. Dann sagte er leise: »Dad wird total ausrasten.«

»Ich weiß.«

»Geht es darum?«, fragte sein Bruder tonlos. »Willst du ihm eins auswischen?«

John antwortete nicht darauf. Sein Schweigen reichte völlig aus.

Samuel stieß ein unwirsches Geräusch aus. »Viel Glück dabei, Jonathan. Aber eins sag ich dir: Da musst du ab sofort alleine durch!«

Dann klickte es in der Leitung.

Fassungslos nahm John den Hörer vom Ohr und starrte ihn an. Sein Herz klopfte wild. Da musste er alleine durch? Wollte Sam ihn verarschen? Als hätte ihm sein Bruder jemals in irgendeiner Weise zur Seite gestanden.

Wut kroch durch Johns Adern. Seine Hand umklammerte den Telefonhörer so fest, dass seine Fingerknöchel weiß hervortraten. Eilig legte er ihn ab, bevor er ihn versehentlich in seinem Zorn zerbrach.

***

Die nächsten drei Tage vergingen ohne besondere Vorkommnisse. Davon abgesehen, dass John in einem fremden Haus mit einer fremden Frau wohnte und sporadischen Besuch von einem Fernsehteam bekam.

Das Telefonat mit seinem Bruder lag ihm wie ein Stein im Magen. Natürlich hatte er in gewissem Sinne mit der Teilnahme an dieser Show seiner verkorksten Familie eins auswischen wollen. Es war für ihn wie seine eigene kleine Rebellion gegen den strikten Verlauf seines vorgeplanten Lebens.

Doch es fühlte sich beileibe nicht so gut an, wie er es sich ausgemalt hatte.

John war gefangen in einem ständigen Auf und Ab von Emotionen. Einerseits fürchtete er sich vor der Konfrontation mit seinen Eltern, andererseits sehnte er sie herbei. Angst und Schuldbewusstsein vermischten sich mit Schadenfreude und Häme. Das Bildnis mit dem Engelchen und dem Teufelchen auf den Schultern traf seinen Zustand ziemlich genau.

Freitagmittag trieb ihn dieses Gemisch entgegen seiner Gewohnheit frühzeitig aus dem Büro. Statt sich wie sonst in seiner Arbeit zu verlieren, fuhr er einfach nach Hause und tobte sich anschließend in einem wahren Joggingmarathon aus. John hatte einen unscheinbaren Feldweg entdeckt, der aus dem Vorort, in dem das angemietete Doppelhaus lag, direkt zu einem Waldstück führte. Ohne Ziel rannte er durch die Natur. Mit langen Schritten und ohne zurückzublicken, als könne er vor seinen Problemen davonlaufen.

Leider verspürte er nur leichte Linderung. Dafür aber schmerzende Muskeln und ein extremes Seitenstechen. Dazu gesellte sich noch ekelhaftes Sodbrennen. Er war also nicht mehr nur seelisch, sondern auch körperlich ein Wrack.

Nach einer ausgiebigen Dusche spürte John den verlockenden Drang, einfach ins Bett zu kriechen und sich die Decke über den Kopf zu ziehen. Er musste sich zwingen, den

Laptop unter den Arm zu klemmen und es sich auf der Terrasse bequem zu machen.

Der Garten war nett angelegt, mit gepflegten Beeten und Rabatten und einem mit Steinplatten umrandeten Pool, der zwar nicht sehr groß aussah, aber dennoch zur Erfrischung einlud. Ein berankter Sichtschutz trennte das Grundstück von den Nachbarn. Für die Frinkmans hätte es zwar eine Schallschutzwand gebraucht, um sie wirklich ausblenden zu können, aber momentan lag wohltuende Ruhe über dem Nachbargarten.

John baute den Laptop vor sich auf und erweckte ihn aus dem Stand-by. Anstatt sich jedoch auf den Bildschirm zu konzentrieren, landete sein Blick auf einem flachen Strauch in der Terrassenumrandung. Kleine weiße Blüten leuchteten zwischen den sattgrünen Blättern. Bunte Insekten schwirrten fröhlich um sie herum. Ein schillernder Schmetterling ließ sich auf dem Strauch nieder und untersuchte die Blüten mit seinen winzigen Fühlern.

»Oh! Du bist schon zu Hause?«

Erschrocken fuhr John herum und entdeckte Claire im Türrahmen. Sie trug einen adretten Businesszweiteiler, der ihr eine ungewohnt ernste Ausstrahlung verlieh. Er war ja nicht unbedingt Fan ihrer aufreibenden Freizeitkleidung, aber in diesem Look wirkte sie irgendwie … unecht.

Claire runzelte die Stirn, was John daran erinnerte, dass sie ihm ja eine Frage gestellt hatte.

Er zuckte mit den Schultern. »Ich habe mir erlaubt, den Nachmittag im Homeoffice zu verbringen.«

Erklärend wies er auf seinen Laptop, dessen Bildschirm sich allerdings in untätiger Schwärze präsentierte. Verlegen stellte er fest, dass er den Schmetterling offenbar länger beobachtet hatte, als ihm bewusst gewesen war. Eilig tippte er auf eine beliebige

Taste, und der Computer meldete sich surrend zurück zum Dienst.

»Homeoffice ist super bei diesem tollen Wetter«, erwiderte Claire langsam und verschwand im Haus, ohne seine offensichtliche Untätigkeit zu kommentieren.

Er hatte sich gerade mal annähernd in seine Arbeit hineingefunden, als Claire schon wieder zurückkehrte. Im Schlabberlook und in Flipflops. Sie ging an ihm vorbei und hielt zielstrebig auf eine Ecke des Hauses zu. Dort bückte sie sich nach etwas.

John stutzte, als sie einen quietschgelben Schlauch quer durch den Garten schleifte.

»Was machst du da?«, fragte er.

Sie hielt inne und sah ihn ratlos an. »Na, ich gieße die Blumen.«

John presste die Lippen zusammen. Seine Frage war wirklich ein wenig dämlich gewesen.

Claire kümmerte sich nicht weiter um ihn, sondern begann, die Rabatten und Beete zu wässern.

Unauffällig beobachtete John sie dabei. Sie wirkte erschöpft. Trotzdem schien das Gießen sie irgendwie mit Zufriedenheit zu erfüllen.

»Ich dachte, um solche Dinge würde sich der Sender kümmern«, meinte er, als sie bei der Terrassenumrandung ankam.

»Tja.«

John verschränkte die Arme. »Ich werde Frank anrufen. Die sollen gefälligst jemanden schicken, der sich auch um den Garten kümmert.«

»Auch?« Claire ließ den Schlauch sinken und musterte ihn mit geneigtem Kopf. »Eine Frage, John – wer, denkst du, hat gestern dafür gesorgt, dass der Kühlschrank wieder voll ist?«

Er blinzelte erstaunt. »Du warst einkaufen?«

»Richtig!«

»Warum hast du das gemacht?«

Claire rollte mit den Augen. »Hast du den Vertrag nicht gelesen? Wir sollen eine Ehe führen. Unter realistischen Bedingungen. Darunter fällt ja wohl auch, dass wir gemeinsam den Alltag bestreiten.«

John stand vor Überraschung der Mund offen. Natürlich erinnerte er sich an diese Klausel im Vertrag. Er hatte allerdings nicht darüber nachgedacht, was solch ein Ehealltag so alles beinhalten könnte.

John ließ die verschränkten Arme sinken und räusperte sich verhalten. »Ich werde natürlich die Hälfte der Ausgaben bezahlen.«

Claire winkte ab. »Nicht nötig. Übernimm du einfach den nächsten Wocheneinkauf, dann passt es wieder.«

»Okay.«

Er nickte und fragte sich insgeheim, was ein Wocheneinkauf alles umfasste. Denn das war eine Aufgabe, die er in seinen einunddreißig Jahren als Vollblutsingle, umgeben von Restaurants und Cafés, noch nicht ein einziges Mal hatte bewältigen müssen.

7

~ Claire ~

Gedankenverloren schaute Claire dabei zu, wie sich die ersten Sonnenstrahlen des Tages durch die halb geöffnete Jalousie drängten. Es war still im Haus.

John schlummerte vermutlich noch selig in den weichen Laken, während sie nach wie vor mit dem Sofa vorliebnehmen musste. Es war nicht unbequem. Allerdings wäre ihr etwas Privatsphäre deutlich angenehmer gewesen. Zumal John jeden Morgen in aller Seelenruhe seine heißgeliebten Gurken zerschredderte und dabei einen Höllenlärm veranstaltete. Wenn er dann ins Wohnzimmer kam, stellte Claire sich jedes Mal schlafend. Trotzdem spürte sie seine forschenden Blicke auf sich, bevor er sich auf den Weg zur Arbeit machte.

Sie fühlte seine heimliche Musterung auch, wenn er abends hinter seinem Laptop hockte und vorgab, in seine Arbeit vertieft zu sein. Natürlich ließ er sich nie dabei erwischen.

Sie wusste nicht genau, wie sie diese Seite von ihm einschätzen sollte. Mit dem arroganten, selbstgefälligen John konnte sie umgehen, aber nicht mit diesem grüblerischen, tiefsinnigen Mann.

Gestern hatte sie ihn sogar auf frischer Tat dabei ertappt, wie er seinen Gedanken nachhing. Dabei wirkte er seltsam verloren, gar nicht so selbstgerecht, wie er sonst immer auftrat.

Ob er Ärger im Büro hatte? Oder ihn andere Dinge quälten? Vielleicht brauchte er ja jemanden zum Reden?

Entgeistert schüttelte Claire den Kopf.

Offensichtlich ließ sie sich allmählich von *Show-John* einlullen, der vor der Kamera stets seinen umwerfenden Charme spielen ließ und sich als liebevollen Ehemann präsentierte. Oder sie war einsamer, als sie dachte, wenn sie plötzlich einen sensiblen Kerl aus ihm bastelte.

Claire seufzte leise.

Wenn Brian sich doch endlich melden würde. Seit dem Morgen am Tag ihrer Trauung hatte sie nichts mehr von ihm gehört, und er hatte die ganze verdammte Woche weder auf ihre Nachrichten reagiert noch in sonstiger Weise ein Lebenszeichen von sich gegeben.

Seine Sturheit verletzte Claire mehr, als sie sich eingestehen wollte. Er hatte ja allen Grund, sauer auf sie zu sein. Aber die erste Sendung lag nun schon einige Tage zurück. Brian musste doch inzwischen erkannt haben, dass diese Show nur halb so wild war.

Vertraute Zweifel machten sich in Claire bemerkbar, bis das Schreddern des Smoothiemaker die Stille zerriss.

Ihr Puls schoss durch die Decke. Das durfte doch nicht wahr sein!

Wütend strampelte sie die Decke weg, kam auf die Füße und stapfte in die Küche.

Dort stand John in seinen Laufklamotten und mixte unbekümmert sein giftgrünes Gebräu.

»Sag mal, hast du sie eigentlich noch alle?«, fuhr Claire ihn an. »Es ist noch nicht mal sieben Uhr!«

John hob eine Braue. »Dir auch einen guten Morgen.«

Adrenalin peitschte durch Claires Adern, ihr Herz schlug noch schneller. »Es ist Wochenende, du Blödmann! Hast du schon mal was davon gehört, dass es Leute gibt, die an diesen Tagen gerne ausschlafen?«

»Du warst längst wach«, erwiderte er ungerührt.

Woher er das wusste, wollte Claire lieber nicht erfahren. Stattdessen verschränkte sie trotzig die Arme. »Darum geht es doch gar nicht. Wir haben Nachbarn!«

»Die beiden Idioten von nebenan interessiert es doch auch nicht, dass wir seit einer Woche ihr peinliches Rumgegrunze ertragen müssen.«

Beinahe hätte Claire laut aufgelacht. Sandy und Justin hatten es in der Tat jeden Tag krachen lassen. Mehrfach. Allerdings begann Claire allmählich, an der Echtheit des Getöses zu zweifeln. *So* konnte jedenfalls keine Frau quieken, ohne dass ein Kerl vor Schreck in sich zusammenschrumpelte.

John kippte sein Gebräu in ein Glas, öffnete den Geschirrspüler und runzelte die Stirn, weil er voll war. Als er feststellte, dass das Geschirr sauber war, schob er die Klappe wieder zu und stellte die verklebten Teile des Smoothiemaker einfach in die Spüle.

Claire kniff die Augen zusammen. »Schon mal auf die Idee gekommen, den Geschirrspüler einfach auszuräumen, wenn er durchgelaufen ist?«

John verdrehte die Augen. »Ich mache es später, Mom.«

»Verdammt noch mal. Ich bin keine Putzfrau, John! Du hast nicht einen Finger gerührt, seit wir hier wohnen.«

»Also schön.« Er stöhnte gequält. »Ich rufe Rachel an. Sie wird sich nachher darum kümmern.«

»Vergiss es! Du wirst keine wildfremde Person hierherbestellen, die unsere Aufgaben erfüllt. Was sollen denn die Leute denken, wenn wir nicht mal in der Lage sind, gemeinsam unsere Behausung in Ordnung zu halten?«

John klappte der Unterkiefer runter. »Soll das heißen, du willst, dass *ich* hier aufräume?«

Claire lächelte ihn zuckersüß an. »Nicht nur das, mein verehrter Göttergatte. Du wirst außerdem den Boden wischen, das Badezimmer sauber halten und in Zukunft den Müll rausbringen. Dafür sauge ich Staub, reinige das Gästeklo und sorge für sauberes Geschirr.«

Nachdenklich neigte John den Kopf. Seine Augen glitzerten gefährlich. »Eine Frage, Claire: Hast du dir letzte Nacht irgendwo den Kopf angestoßen, oder wie kommst du auf die Idee, du könntest hier irgendwelche Bedingungen aufstellen?«

»Du selbst hast dieser Bedingung zugestimmt, als du den Vertrag unterschrieben hast«, erinnerte Claire ihn gelassen. »Wenn es dir nicht passt, kannst du gern deine Haushaltshilfe anrufen. Allerdings gebe ich dir Brief und Siegel darauf, dass das Publikum diese Art von Alltagsluxus gar nicht schätzt, sondern uns dann eher für faul und abgehoben hält.«

Johns Kiefer mahlten aufeinander, während er sie mit düsterem Blick taxierte. Er wusste, dass sie recht hatte. Trotzdem gab er das natürlich nicht zu. Stattdessen leerte er sein Glas und stellte es mit einem provokativen Grinsen in die Spüle. »Dann ist das ja wohl ab jetzt dein Part.«

Bevor Claire noch etwas erwidern konnte, schnappte er sich seinen iPod von der Ablage und marschierte hoch erhobenen Hauptes zur Tür hinaus.

»Fein«, murmelte Claire. Sie wartete noch eine Minute. Dann ging sie zum Besteckkasten und wühlte darin herum. Irgendwo hatte sie doch ein Schweizer Taschenmesser gesehen …

»Da bist du ja.«

Claire klappte den Schraubenzieher aus dem Multitalent, trennte den Smoothiemaker von der Steckdose und schraubte vorsichtig die Bodenplatte des Geräts ab. Mit einer Schere durchtrennte sie das innen liegende Kabel und schraubte das Gehäuse zusammen. Prüfend schloss sie anschließend das Gerät wieder an den Strom und legte den Schalter um.

Wie erwartet, passierte nichts.

Ein Gefühl von Zufriedenheit erfüllte Claire. Warum war sie eigentlich nicht eher auf die Idee gekommen, dieses Horrorteil zu sabotieren?

Vergnügt schaltete sie die Kaffeemaschine ein und versteckte sämtliche Beweismittel. Dann verstaute sie wie jeden Morgen ihr Bettzeug im Sofakasten, räumte im Wohnzimmer auf und widmete sich anschließend dem Geschirrspüler, während *Use Somebody* von Kings of Leon in voller Lautstärke durch das Haus schepperte.

Sie tanzte und sang, zwang sich, weder zu denken noch dem Gefühlschaos in ihrem Inneren nachzugeben. Und tatsächlich legte sich nach einer Weile ihr innerer Aufruhr, während sie mit einem Staubwedel bewaffnet die Hüften schwang – zumindest bis John schweißgebadet vor ihr stand.

Sie erstarrte in der Bewegung und drehte hastig die Lautstärke runter. »Wieso bist du schon zurück?«

»Verzeihung, Madam. Hätte ich gewusst, dass du gerade voll in deiner Rolle als Aschenputtel aufgehst, hätte ich draußen gewartet«, erwiderte er und humpelte leise ächzend an ihr vorbei.

Bestürzt griff Claire sich an die Brust. »O nein! Mein armer Ehemann ist verletzt? Wie furchtbar! Ich nehme an, du bist nun außerstande, deinen Teil zur Hausarbeit beizutragen.«

»Du hast es erfasst«, erwiderte John verbissen und bewegte sich derart konzentriert, dass Claire tatsächlich eine leichte Verunsicherung spürte. Er hatte sich doch hoffentlich nicht wirklich verletzt?

»Was ist passiert?«, fragte sie zögernd.

John hielt auf dem Treppenabsatz inne. »Nur ein Krampf«, erklärte er, ohne sie anzusehen. »Mach dir keine Sorgen, mein Engel. Bis Frank und seine Jungs kommen, bin ich wieder auf dem Damm.«

Sein zynischer Tonfall ließ Claires Sorge sofort wieder abebben. Schweigend sah sie ihm nach, als er die Stufen hinaufkletterte wie ein alter Kriegsveteran.

»Männer!«, murmelte sie kopfschüttelnd und setzte ihre Arbeit fort, bis es an der Zeit war, sich für den geplanten Ausflug mit dem Produktionsteam fertig zu machen.

Sie stahl sich ins Schlafzimmer, während John im Badezimmer herumpolterte, und fischte einige Sachen aus ihrem Koffer. Als sie gerade überlegte, ob sie wieder nach unten gehen sollte, um sich dort in Ruhe umzuziehen, flog die Badezimmertür auf und John stolzierte heraus. Als er sie erblickte, blieb er abrupt stehen.

Vor Schreck ließ Claire ihre Sachen fallen. Denn ihr Ehemann trug nicht mehr am Leib als ein Handtuch, das er sich locker um die Hüften geschlagen hatte.

Es war wie bei einem Verkehrsunfall.

Sie konnte einfach nicht wegsehen. Stattdessen glitt ihr Blick über seine glatte Brust, die ausgeprägten Muskeln, die ebenmäßige, leicht gebräunte Haut, das kleine Muttermal direkt unter seinem Schlüsselbein, den flachen Bauch, den absolut perfekten runden Bauchnabel, die feinen Härchen, die darunter in südliche Gefilde führten …

Heilige Scheiße!

Er sah wunderschön aus. Anders konnte Claire es beim besten Willen nicht beschreiben. Ebenso wenig konnte sie sich gegen das Prickeln wehren, das ihre Wirbelsäule hinaufkroch.

»Genug geglotzt?«, fragte John angespannt.

Prompt wurden Claires Wangen heiß. Sie senkte hastig den Blick und bückte sich, um ihre Sachen aufzusammeln. »Ich habe überhaupt nicht geglotzt.«

»Ja, klar«, erwiderte er sarkastisch und ging an ihr vorbei zum Kleiderschrank. Wie von Zauberhand schien seine dramatische Verletzung verheilt zu sein.

Empört richtete Claire sich auf, stopfte sich kurzerhand das gesamte Bündel Kleidung unter den Arm und lief zum Bad. Sie warf die Tür hinter sich ins Schloss und nahm all ihre Konzentration zusammen, um ein passendes Outfit aus dem Klamottenberg zu suchen.

Da draußen angenehme Frühlingstemperaturen herrschten und Claire keine Ahnung hatte, was für diesen Tag geplant war, entschied sie sich letztlich für Jeans, eine lockere gemusterte Bluse und bequeme Sandalen. Ihr Make-up hielt sie wie immer dezent, weil sie insgeheim hoffte, das Publikum im Gegensatz zu Sandy mit ihrer Natürlichkeit zu überzeugen.

Als sie Punkt zehn Uhr in die Küche kam, hatte John es geschafft, seinen Prachtkörper in teure Markenjeans und ein schwarzes Poloshirt zu zwängen. Zu Claires Erleichterung war das Produktionsteam bereits da, sodass sie sich keine weiteren selbstgefälligen Sprüche über ihren Fauxpas anhören musste.

Offensichtlich hatte John auch schon wieder auf Showmodus umgeschaltet, denn sowie er Claire erblickte, knipste er sein Tausend-Watt-Lächeln an, das jeder Frau, die nicht mit ihm verheiratet war, vermutlich weiche Knie beschert hätte. »Ah, da bist du ja endlich, meine Schöne.«

Claire lächelte erst ihn, dann Frank an. »Hallo«, grüßte sie freundlich. »Wartet ihr schon lange?«

Frank winkte ab. »Jemand, der so hübsch ist, darf sich ruhig verspäten.«

Hallo? Sie war doch pünktlich gewesen. Konnten die Typen keine Uhr lesen?

John kam zu ihr und legte ihr einen Arm um die Schultern, als hätte er geahnt, dass sie gerade zu einer Richtigstellung ansetzen wollte. »Also, Frank. Was habt ihr für heute Aufregendes geplant?«

Sofort leuchteten dessen Augen auf. »Das ist natürlich eine Überraschung. Ich verrate nur so viel: Eure Trauzeugen haben uns einige Tipps gegeben, was ihr schon immer einmal erleben wolltet.«

Das dürfte ja spannend werden.

Aufrichtige Vorfreude flackerte in Johns Miene auf, bevor er nach ihrer Hand griff und sie sich alle auf den Weg machten.

Dieses Mal parkte ein riesiger Landrover in der Einfahrt. Frank hielt John die Hintertür auf, bevor er sich von der anderen Seite neben Claire auf die Rückbank quetschte. Seine zwei Kameraleute nahmen vorne Platz.

Kaum hatte Claire den Gurt umgelegt, spürte sie auch schon eine warme Hand auf ihrem linken Oberschenkel. Nur mit Mühe konnte sie sich davon abhalten, sie fortzuschieben. Stattdessen lächelte sie Frank schüchtern an und legte gezwungenermaßen ihre Hand auf die Finger ihres Gatten.

Während der Wagen in Richtung Interstate rollte, warf Frank begeistert mit diversen Quoten um sich. Die Sendung war anscheinend zur vollsten Zufriedenheit des Senders angelaufen und die Marketingkampagne auf diversen Social-Media-Kanälen hatte im Verlauf der Woche zu einer konsequent ansteigenden Beteiligung am Voting geführt.

»Inzwischen liegt ihr leider dreizehn Punkte hinter den Frinkmans«, erläuterte der Produktionsleiter und lächelte Claire aufmunternd zu. »Aber das muss überhaupt nichts heißen. Bis zum Finale sind es noch elf Shows. Da kann sich einiges ändern.«

Er gab sich Mühe, doch besonders zuversichtlich klang er nicht.

Die Angst zu versagen ließ Claires Kehle eng werden.

Das war der Moment, in dem sie spürte, wie Johns Daumen über ihr Bein fuhr. Als wollte er sie trösten und zugleich beruhigen. Stirnrunzelnd senkte sie den Blick auf ihre verschlungenen Finger.

Eigentlich war diese Geste zu klein, als dass Frank sie hätte bemerken können, fast schon liebevoll. Aber dann machte John leider den Mund auf. »Wir würden gern eine Szene im Außenpool drehen, wenn sich das einrichten lässt.«

Fassungslos riss Claire den Kopf herum. War er von allen guten Geistern verlassen?

»Uns schwebt da eine romantische Aufnahme unter dem Sternenhimmel vor«, fuhr er fort, ohne auf ihre tödlichen Blicke einzugehen. »Claire und ich hatten gestern Nacht wunderbare Stunden am Pool, und wir fanden es rückblickend sehr schade, dass wir diesen innigen Moment nicht mit dem Publikum teilen konnten.«

Frank nickte gedankenverloren. »Ich denke, das ließe sich einrichten.«

»Das wäre wunderbar«, erwiderte John begeistert und kniff Claire in den Oberschenkel, damit sie ihm zustimmte.

»Ja!«, japste sie. »Ganz wunderbar.«

»Vielleicht sollten wir vorab ein paar Vorbereitungen treffen«, sinnierte Frank und schien die Szene bereits bildlich vor sich zu sehen. »Blütenblätter im Wasser, Champagner und ein paar Erdbeeren, diffuses Kerzenlicht.« Er zwinkerte Claire zu. »Macht die Romantik unbeschreiblich.«

»Das klingt traumhaft«, erwiderte John sofort.

Damit war es offiziell. Sie würde ihn umbringen. Langsam und sehr, sehr qualvoll.

Claire war ja schon immer ein kreativer Mensch gewesen. Und so gab sie sich für den Rest der Fahrt diversen

Mordfantasien hin, während John und Frank die Poolszene in den schillerndsten Farben konzipierten.

Als der Wagen einige Zeit später hielt, sah Claire sich irritiert um. Sie standen auf einem kleinen Parkplatz mitten in der Pampa. Erst nachdem sie ausgestiegen waren, entdeckte sie in unmittelbarer Nähe eine Brücke, die sich über eine Schlucht spannte.

»Wo sind wir hier?«, fragte John und starrte angespannt auf ein Plateau in der Mitte der Brücke.

Frank grinste. »Dreimal darfst du raten, John.«

Da sah Claire das Schild und schnappte nach Luft. »Bungee-Jumping?«

»Ganz genau, meine Liebe«, erwiderte Frank vergnügt und kicherte. »Steven hat uns verraten, dass John schon immer mal einen Bungee-Sprung wagen wollte. Und da dachten wir uns, es wäre eine gute Gelegenheit, eure Ehe in einer Extremsituation zu testen.«

Na klar! Eine Ehe mit Jonathan Bricks war ja auch an sich nicht extrem genug.

Schnaubend trat Claire an die Brüstung und schaute in die Tiefe hinab. O wow! Das ging echt weit nach unten. Vermutlich über hundert Meter.

»Komm da lieber ein Stück weg«, krächzte John hinter ihr.

Überrascht drehte Claire sich um.

Frank war inzwischen bei seinem Team am Kofferraum des Landrovers und gab Anweisungen.

John hingegen hatte sich keinen Millimeter vom Fleck gerührt. Dafür war er aschfahl im Gesicht.

Entgeistert näherte Claire sich. »Hast du etwa Höhenangst?«, flüsterte sie.

»Nein«, zischte er, woraufhin sie lediglich mit den Brauen wackelte.

John schluckte schwer. »Vielleicht ein bisschen.«

»Wie zum Teufel kommt dein bester Freund dann darauf, dass du dich schon immer mal eine Schlucht hinunterstürzen wolltest?«

»Ich habe verflucht keine Ahnung.«

»Wir sind so weit.« Frank klopfte John auf die Schulter. »Los geht's!«

John griff nach Claires Hand, vermutlich ohne sich dessen überhaupt bewusst zu sein. Er starrte angsterfüllt zu dem Plateau, auf dem zwei Mitarbeiter bereits eifrig irgendwelche Seile verknoteten.

Der Marsch dorthin zog sich ewig in die Länge. Unterwegs telefonierte Frank mit einem zweiten Team, das anscheinend irgendwo unten in der Schlucht hockte, um den Sprung aus einem anderen Blickwinkel zu filmen.

Als sie ihr Ziel fast erreicht hatten, sprintete einer von Franks Kameraleuten nach vorn und begann zu filmen.

Claire drückte Johns Hand. »Du musst lächeln.«

»Was du nicht sagst«, erwiderte er zähneknirschend und zwang die Mundwinkel nach oben.

Er sah aus wie ein Psychopath.

»Herzlich willkommen bei *Great Adventure*, eurer Nummer-eins-Adresse für einzigartige und unvergessliche Erlebnisse – egal ob an Land, zu Wasser oder in der Luft«, ratterte der blonde Mitarbeiter strahlend herunter und verbeugte sich leicht. »Ich bin Bobby und erkläre euch schon mal die Sicherheitsvorkehrungen, während mein Kollege euch festzurrt und die Verankerungen überprüft.« Er zwinkerte Claire zu. »Nicht dass nachher noch jemand da unten verloren geht.«

Krass! Es gab tatsächlich Menschen, die noch unlustiger waren als John.

Der guckte übrigens wie ein paralysiertes Kaninchen in der Gegend rum. Claire bezweifelte, dass irgendeines von

Bobbys Worten zu ihm durchdrang. Andererseits waren die Anweisungen zum Glück nicht schwer zu begreifen.

Innerhalb von ein paar Minuten waren Claire und John so fest miteinander vertäut, dass kein Blatt Papier mehr zwischen sie passte. Außerdem hatte Bobby ihre Arme so umeinandergelegt, dass sie nun eng umschlungen voreinander standen.

Johns Duft strömte Claire in die Nase. Sie sah, wie seine Kiefermuskeln unablässig arbeiteten.

Behutsam schob Bobby sie an den Rand der Plattform und entriegelte das Absturzgitter. »Guten Flug«, wünschte er und zog sich zurück, damit er nicht länger im Bild stand.

John war inzwischen steif wie ein Bügelbrett. Die kleine Ader an seiner Schläfe donnerte in einem unnatürlich schnellen Takt gegen seine Haut.

»Ich kann das nicht«, krächzte er plötzlich und verlagerte das Gewicht, um zurückzuweichen.

Claire stemmte sich gegen seinen Fluchtversuch. Die Kamera war herausfordernd auf sie gerichtet.

»Weißt du, was ich heute gedacht habe, als du halbnackt aus dem Badezimmer kamst?«, fragte Claire schnell, um John abzulenken.

Sie fing seinen Blick ein, der sich allmählich nur auf sie fokussierte.

Schweigend wartete er ab, während seine eisblauen Augen über ihr Gesicht wanderten.

Ihre Lippen verzogen sich zu einem süffisanten Grinsen. Dann stellte sie sich auf die Zehenspitzen und streifte hauchzart mit den Lippen über seine Wange, bevor sie ihm ins Ohr flüsterte: »Willst du es wissen?«

John ging bereitwillig auf ihr Spielchen ein und schmiegte sich an sie. Eine Gänsehaut breitete sich über ihrem gesamten Körper aus, als seine Bartstoppeln über ihre empfindsame Haut kratzten.

Erneut erfasste sie ein merkwürdiges Kribbeln.

»Du gibst also zu, dass du geglotzt hast?«, murmelte John triumphierend.

Drei Herzschläge lang hielt Claire den Atem an. Dann kniff sie die Augen zusammen und wisperte: »Niemals«, bevor sie sich mit aller Kraft zurücklehnte und gemeinsam mit John in die Schlucht hinunterstürzte.

~ *JONATHAN* ~

Bis zum späten Nachmittag hatte John sich immer noch nicht von dem Höllenabsturz erholt. Sein Kreislauf schien nach wie vor unter dem Einfluss von literweise Adrenalin zu stehen. Zumindest schaffte er es nicht einmal ansatzweise, sich auf seinen Laptop zu konzentrieren, der vor ihm auf dem Esstisch stand.

Claire hatte gleich nach ihrer Rückkehr ihren gewohnten Schlabberlook angelegt, sich mit Putzmitteln und Lappen bewaffnet und rumorte seither im Gästeklo herum. John hatte sich noch nicht entschieden, was er von ihrer Putzregelung halten sollte. Einerseits gab er ihr recht, was die vermutliche Meinungsbildung der Zuschauer betraf, doch andererseits sah er persönlich es gewiss nicht als Faulheit und Überheblichkeit an, sich professionelle Fachkräfte ins Haus zu holen. Als wäre es schändlich, sich eine Putzfrau leisten zu können. Außerdem müssten die Zuschauer ja nicht unbedingt erfahren, dass eine bezahlte Reinigungskraft hier Ordnung hielt. Sie wussten immerhin auch nicht, dass die Bricks in Wahrheit nicht weiter von einem echten Ehealltag entfernt sein könnten. Sie schliefen ja nicht einmal in einem Bett.

John betrachtete nachdenklich die Couch, als Claires Handy hinter ihm zu scheppern begann. Durch den Vibrationsalarm ratterte es lautstark über die steinerne Arbeitsplatte der Küchentheke. John hatte sich gerade umgedreht, da schoss Claire bereits heran. Nach einem schnellen Blick auf das Display schnappte sie so hastig nach dem Smartphone, dass sie es beinahe fallen ließ. Mit ihren knallgelben Gummihandschuhen konnte sie das Gerät freilich nicht bedienen, doch sie brauchte ein paar Anläufe, bis ihr das ebenfalls bewusst wurde. Fast schon panisch zerrte sie sich den rechten Handschuh von den Fingern und schaffte es rechtzeitig, das Gespräch anzunehmen.

»Brian?«, hauchte sie atemlos in das Telefon. Sie holte tief Luft und schloss erleichtert die Augen. »Gott sei Dank …«

Verdutzt sah John ihr nach, als sie mit dem Handy am Ohr aus der Küche hinaus und nach oben eilte.

Wer auch immer dieser Brian war, Claire schien lange auf seinen Anruf gewartet zu haben. Ein Quäntchen Neugier regte sich in John. Nach diesem Auftritt hätte er schon gern gewusst, was es damit auf sich hatte. Aber eigentlich ging ihn das ja gar nichts an. Oder doch?

John schüttelte den Kopf und damit den Gedanken hinfort und konzentrierte sich wieder auf den Bildschirm. Er starrte immer noch auf dieselbe Seite des aktuellen Dokuments, als Claire wiederkam. Aus dem Augenwinkel beobachtete er, wie sie die Putzhandschuhe im Schrank unter der Spüle verstaute, sich die Tageszeitung von der Anrichte schnappte und in den Garten hinausging. Dabei ignorierte sie geflissentlich seine Anwesenheit, was an sich nichts Neues war, doch diesmal schien sie ihn wirklich nicht bemerkt zu haben.

John stützte das Kinn auf einer Hand ab und scrollte durch das Dokument, ohne auch nur einen Hauch des Textes zu erfassen. Seine eigene Unkonzentriertheit nervte ihn. Nur eine einzige E-Mail hatte er bisher ohne Probleme verfasst und abgeschickt. Und zwar an Steven. Als Inhalt diverse Morddrohungen, ein Kündigungsschreiben ihrer langjährigen Freundschaft und das Foto von einer Packung Rattengift im Anhang.

Sein bester Freund wusste freilich um Johns Höhenangst. Es war also ausschließlich Stevens verborgener Boshaftigkeit zuzuschreiben, dass er dem Produktionsteam diesen Mist vom Bungee-Jumping erzählt hatte.

Nicht zu fassen!

Schaudernd dachte John zurück an das Gefühl des freien Falls. Spätestens in dem Moment, als das Seil sich gespannt und sie mit einem heftigen Ruck wieder nach oben gerissen hatte, war er der festen Überzeugung gewesen, dass sein Leben nun ein Ende fand. Die Panik hatte ihn so gefangen gehalten, dass nicht ein einziger Schrei seiner Kehle entwichen war.

Er konnte nicht genau sagen, wie oft sie hinauf- und hinuntergeschleudert wurden. Seine Wahrnehmung war erst wieder halbwegs zurückgekehrt, als sie kopfüber in der Luft baumelten. Da erreichte ihn Claires Lachen.

Sie streckte die Arme weit von sich und jubelte, während sie furchtlos in die Tiefe unter ihnen lachte.

Trotz seiner angstvernebelten Sinne in der grotesken Situation konnte John auch jetzt noch in aller Deutlichkeit ihren Gesichtsausdruck vor sich sehen. So frei und unbeschwert …

Unbewusst fuhr er mit den Fingerspitzen über die Stelle an seiner Wange, wo ihn ihre Lippen gestreift hatten. Im Nachhinein war ihm klar, dass sie dieses Schauspiel veranstaltet hatte, um ihn letztlich vor der Peinlichkeit eines Rückziehers zu bewahren. Allerdings wunderte er sich, wie überzeugend ihre Avancen gewesen waren. In jenem Augenblick waren seine Antennen überraschend schnell auf ihre Reize angesprungen, und er hatte gar nicht anders gekonnt, als sich darauf einzulassen.

Wie hätte sich der knisternde Moment wohl weiterentwickelt, wäre Claire nicht plötzlich in den Abgrund gesprungen?

Show and shine, dachte er bei sich.

Er ließ die Hand sinken und ertappte sich abermals dabei, wie er auf den schwarzen Monitor starrte. Dass der Computer in den Stand-by-Modus gegangen war, hatte er überhaupt nicht mitbekommen.

Resigniert klappte er den Laptop zu und überlegte, was er tun sollte, wenn er schon nicht fähig war zu arbeiten. Sein Blick fiel auf die offene Terrassentür. Claire war vor einer Weile in den Garten verschwunden. Kurzerhand stand er auf, um nachzusehen, was sie dort draußen die ganze Zeit tat.

Er fand sie entspannt auf der großen Doppelliege neben dem Pool. Sie lag auf dem Bauch und las die Tageszeitung. Ihre angewinkelten Unterschenkel wippten in regelmäßigem Takt in der Luft. Die weiten Hosenbeine waren nach unten gerutscht, sodass ihre helle Haut weich im Sonnenschein schimmerte und dem Begriff »Porzellanteint« alle Ehre machte.

John merkte selbst, wie unverhohlen er Claire angaffte, und riss sich zusammen, bevor sie es ebenfalls registrierte. Möglichst unauffällig schlenderte er auf dem gepflasterten Weg zum Pool hinüber und blieb neben der Liege stehen. Als sein Schatten auf die Zeitung fiel, erschrak Claire sichtlich.

Sie schaute mit einem Ruck zu ihm auf und zupfte sich einen Ohrstöpsel heraus, den er gar nicht gesehen hatte. Nun konnte er leise Musik vernehmen. Der Song kam ihm bekannt vor.

»Was ist?«, fragte Claire und schirmte die Augen mit einer Hand ab, um nicht gegen die Sonne anblinzeln zu müssen.

»Nichts«, antwortete John. »Was machst du?«

»Na ja, ich liege in der Sonne und lese Zeitung.«

Nun, das hatte er bei solch einer dämlichen Frage wohl verdient. Er zupfte an einem Halm des hohen Schilfgrases neben sich und versuchte, seine Verlegenheit mit Humor zu überspielen. »Ah. Und ich dachte, du übst schon ein wenig für unsere Poolszene.«

Claire erwiderte sein Grinsen nicht. Stattdessen schob sie Smartphone und Zeitung von sich, rollte sich in Windgeschwindigkeit herum und setzte sich auf, um ihn besser ansehen zu können.

»Vielen Dank übrigens für diese grandiose Idee«, sprach sie grollend. »Eigentlich hatte ich nicht vor, mich nackt vor der ganzen Nation zu präsentieren!«

»Ich bin zwar davon ausgegangen, dass du einen Bikini tragen wirst, aber von mir aus …« Ihre Augen blitzten gefährlich auf, darum hob er eilig die Hände. »Das war ein Scherz, okay? Ich will mich nicht streiten.«

»Das wäre ja mal was ganz Neues«, murmelte Claire und zog die Beine zum Schneidersitz an.

Insgeheim musste John ihr recht geben, aber zu seiner eigenen Verwunderung stand ihm gerade nicht der Sinn nach einer Auseinandersetzung jeglicher Art. Wonach ihm dann der Sinn stand, wusste er allerdings auch nicht. Suchend ließ er seinen Blick über den Pool schweifen, als könnte er dort eine Antwort darauf finden.

Dann landete er wieder bei Claire, die ihn mit leichter Besorgnis musterte. »Geht es dir gut, John?«

»Klar, alles bestens, warum?«

Sie wollte etwas sagen, besann sich jedoch im letzten Moment anders und zuckte mit den Schultern. Schließlich meinte sie trocken: »Wer weiß? Vielleicht hast du heute ja einen traumatischen Schock erlitten.«

»Das mit Sicherheit.« Er lachte freudlos. »Und der Nächste, der einen traumatischen Schock erleidet, wird Steven sein, sobald ich ihn in die Finger kriege.«

Claire lachte. »Du solltest diese Freundschaft ernsthaft überdenken.«

»Keine Sorge, das tue ich bereits.«

Erneut begann John, an dem Schilfgras herumzuzupfen. Er brauchte einen Augenblick, bis er aussprechen konnte, was ihm durch den Kopf ging.

»Danke«, brachte er endlich heraus.

»Wofür?«, fragte Claire erstaunt.

John wedelte ungeduldig mit der Hand. »Na, du weißt schon. Dafür, dass du mich heute vor einer riesigen Peinlichkeit bewahrt hast, mit deinem … Ablenkungsmanöver.«

»Oh! Ähm. Gern geschehen.«

Sie strich sich fahrig die Haare aus der Stirn und tastete geschäftig nach der Zeitung, als müsste sie ganz dringend etwas darin nachschlagen. Dabei entging John keinesfalls die plötzliche Röte auf ihren Wangen. Er deutete sie als Zeichen dafür, dass ihr die Aktion auf der Brücke alles andere als leichtgefallen war.

Er räusperte sich. »Also, ich würde mich gerne erkenntlich zeigen und eine neue Bettordnung einführen.«

Der Schock in ihrem Gesicht war außerordentlich. So ungefähr musste er heute Vormittag auch ausgesehen haben. Er hatte keine Ahnung, welche Gefälligkeit Claire gerade in den Sinn kam, darum sprach er hastig weiter: »Ich würde vorschlagen, dass wir uns wöchentlich mit Bett und Couch abwechseln. Das heißt, dass ich ab heute bis einschließlich kommenden Freitag auf der Couch schlafen werde.«

Claire starrte ihn mit offenem Mund an.

Ihre Fassungslosigkeit erschreckte ihn. Sie musste ihn wirklich für ein Arschloch halten. Dass sie sich nicht unbedingt sympathisch waren, war ihm klar, aber dass sie so negativ über ihn dachte, war ihm nicht bewusst gewesen.

Und diese Erkenntnis behagte John überhaupt nicht.

Inzwischen hatte Claire sich wieder gefangen und nickte zustimmend.

»Vorschlag angenommen«, sagte sie, wobei ein Rest Misstrauen in ihrer Stimme blieb.

John lächelte zu Claire hinab in der Hoffnung, auch diesen Rest zu vertreiben.

Sie zögerte nur kurz, bevor sie sein Lächeln aufrichtig erwiderte. Ihr Haar leuchtete in warmem Rot in der Sonne. Für einen Moment sah sie genauso aus wie im Vorstellungsvideo der Show, und es geschah ganz automatisch, dass John tief im Grün ihrer Augen versank.

Ein aufheulender Rasenmäher irgendwo in der Nachbarschaft schreckte John schließlich auf. Er brach aus Versehen sogar den Grashalm ab, als er zusammenzuckte. Betreten sah er auf den Halm in seinen Fingern.

»Na gut«, sagte er lauter als beabsichtigt. »Dann hätten wir das ja geklärt.«

Er schnippte den Halm in einen Strauch und wollte sich zum Gehen wenden, als Claire hervorstieß: »Ich kann rutschen!«

»Was?«

»Auf der Liege«, brabbelte sie. Sie holte tief Luft und deutete neben sich. »Also, ich kann gerne Platz machen, wenn du dich auch setzen willst.«

John betrachtete die Doppelliege, als wüsste er nicht, was er damit anfangen sollte. Tatsächlich konnte er sich auf die Schnelle nicht daran erinnern, wann er zum letzten Mal einfach so in der Sonne gelegen hatte. Vermutlich vor zwei Jahren bei dem Kurztrip mit Steven nach Daytona Beach. Der Ausflug schien eine Ewigkeit her zu sein.

Während er noch überlegte, rutschte Claire bereits ein Stück zur Seite. Sie blickte fragend zu ihm auf.

»Das Kopfteil kann man hochklappen«, meinte sie vorsichtig, weil ihr seine Unentschlossenheit offenbar unangenehm war.

Sie hangelte nach dem Kopfteil und zog es höher, bis der Mechanismus hörbar einrastete.

»Sehr praktisch«, erwiderte John und dachte an seinen Laptop, der einsam auf dem Esstisch auf ihn wartete. Da er sich vermutlich immer noch nicht besser auf seine Arbeit konzentrieren konnte, beschloss er, dass ihm ein paar Minuten Ruhe nicht schaden könnten. Er überwand sich und tat einen Schritt näher an die Liege.

Claire griff nach der Zeitung und breitete sie auf ihrem Schoß aus, während John sich ganz am Rand niederließ. Er lehnte sich zurück und kreuzte die ausgestreckten Beine übereinander.

Eine Weile beobachtete er schweigend die summenden Insekten, die sich in den bunten Blumenbeeten tummelten. Dabei knibbelte er unablässig an seinen Fingerspitzen herum und ging schließlich dazu über, seine Fingergelenke knacken zu lassen.

»Kannst du bitte damit aufhören?«, stöhnte Claire. »Ich hasse das.«

»Entschuldige«, murmelte John und legte die Hände verkrampft auf den Oberschenkeln ab.

Claire sortierte die Zeitungsseiten und reichte ihm einen Teil der Ausgabe. »Hier.«

»Danke.«

Er betrachtete die Kopfzeile vor sich. Ob sie ihm absichtlich den Sportteil gegeben hatte? Wahrscheinlich. Weil sie vermutete, dass er sich dafür interessierte, oder weil sie selbst damit nicht viel anfangen konnte?

»Das machst du nicht sehr oft, oder?«, fragte sie unvermittelt.

»Was meinst du?«

Claire lehnte sich zurück. »Einfach nur herumliegen.«

»Eigentlich tue ich das nie«, antwortete er wahrheitsgemäß.

»Warum nicht?«

John zuckte mit den Schultern und wich ihrem Blick aus. »Keine Ahnung. Wahrscheinlich, weil ich einfach keine Zeit dazu habe.«

»Weil du sie nicht hast oder weil du sie dir nicht nimmst?«

Darauf wusste John spontan keine Antwort. Das Einzige, was ihm sofort in den Sinn kam, war ein bestimmter Satz, den sein Vater stets zu sagen pflegte: »Das Leben ist zu kurz, um nichts zu tun.«

Er merkte erst, dass er das gerade laut ausgesprochen hatte, als Claire entgegnete: »Das Leben ist aber auch zu kurz, um es nicht ab und an einfach nur zu genießen.«

Skeptisch wandte John ihr das Gesicht zu. »Tust du das denn? Genießt du dein Leben?«

Sie betrachtete ihn eine Weile nachdenklich. Dann erschien dieses Lächeln auf ihren Lippen, das die verborgene Traurigkeit in ihren Augen hervorhob.

»Ich versuche es zumindest«, sagte sie leise.

Wieder fragte er sich, welche Geschichte sich hinter diesem Blick verbarg. John war kurz davor, sie einfach danach zu fragen, als aus dem Nachbargarten schrille Geräusche herübertönten, gefolgt von einem Platschen.

Sandy forderte ihren angeblichen Traummann lautstark dazu auf, ihr endlich in den ach so erfrischenden Pool zu folgen.

Claire riss die Augen auf. »Die werden doch hoffentlich nicht …?«

»Ich weiß es nicht«, flüsterte John, nicht minder verängstigt.

Sie lauschten angespannt dem Spektakel von nebenan.

»Dann bringen wir das Wasser mal zum Kochen, Baby«, ließ sich da Justin auch schon vernehmen.

John versuchte umgehend, das Bevorstehende zu verhindern.

»Claire?«, sagte er laut. »Reichst du mir mal den Wirtschaftsteil rüber?«

»Natürlich!«, rief Claire sofort, hielt die Zeitung hoch und raschelte mit den Seiten. »Hier, mein Schatz.«

Sie grinsten sich an, als unerfreutes Getuschel jenseits des Gartenzauns zu hören war. Ein zweites Platschen blieb aus. Stattdessen hörte man kurz darauf, wie die Terrassentür zugezogen wurde.

»Yeah«, triumphierte John fröhlich und erhob die Hand.

Claire klatschte feixend ab. »Zum Wohle der Nachbarschaft!«

»Und des Poolboys.«

Dann griffen sie synchron zu ihren Zeitungen, breiteten sie vor sich aus und lehnten sich zurück.

~ *Das 4. Interview* ~

Wie funktioniert euer Alltag als verheiratetes Paar?

Claire: »John ist aufmerksam und fleißig. Einen besseren Ehemann hätte ich mir gar nicht wünschen können.«

John: »Wir sind inzwischen ein eingespieltes Team.«

Wie gefiel dir der Bungee-Jump?

Claire: »Es war absolut fantastisch! Ich würde dieses Abenteuer jederzeit wiederholen.«

John: »Spitzenklasse. Auf meinen Trauzeugen ist eben Verlass.«

Wie findest du es, neben euren Kontrahenten zu wohnen?

Claire: »Die Frinkmans sind sehr angenehme Nachbarn. Ruhig, nicht aufdringlich. Eben angenehm.«

John: »Meistens merken wir gar nicht viel voneinander.«

Zufall oder Wissenschaft – was denkst du?

Claire: »Inzwischen bin ich überzeugt davon, dass das Schicksal uns zusammengeführt hat.«

John: »Wissenschaft.«

8

~ Claire ~

Die Dinge veränderten sich.

Claire konnte genau spüren, wie sich die gegenseitige Abneigung, die sie und John anfangs empfunden hatten, mit jedem Tag ein bisschen mehr in Luft auflöste und an ihrer Stelle zarte freundschaftliche Bande wuchsen. Vielleicht war so ein Sturz in die Tiefe doch ein gutes Mittel, um zwei Menschen zusammenzuschweißen.

Gedankenverloren schaute Claire aus dem Fenster, während sich der Linienbus durch die allabendliche Rushhour kämpfte. Es war Freitag am späten Nachmittag und Claire hatte sich bereits von ihrem cholerischen Chef verabschiedet. Aber nicht einmal er hatte ihr die Stimmung vermiesen können. Die ganze Woche war wie im Flug vergangen – und sie war schön gewesen.

Auch unabhängig von der Beziehung zu John stieg Claires Laune stetig. Mit Brians Anruf war ihr ein riesiger Stein vom Herzen gefallen. Olivia behielt recht. Er hatte sich zum Glück wieder beruhigt.

Allein seine Stimme zu hören, hatte sie aufgemuntert und ihr zu neuem Ehrgeiz verholfen. Hinzu kam, dass sie seit dem »Todessprung« außerordentlich gut schlief, da John ihr das Bett überlassen hatte. Auch sonst gab er sich Mühe, trug wie vereinbart seinen Teil zum Haushalt bei und hielt sich mit bissigen Kommentaren zurück.

Deshalb fiel es Claire zunehmend leichter, das verknallte Frauchen zu spielen und ihre Berührungsängste zu überwinden, sobald das Produktionsteam auf der Matte stand.

Einzig das Voting bereitete Claire nach wie vor Kopfzerbrechen.

Am Montagabend war die zweite Sendung ausgestrahlt worden. Claire hatte sie mutterseelenallein gesehen, weil John noch im Büro war. Das war auch gut so, denn sie hatte wie ein Psycho vor dem Fernseher geklebt, ihren Ehemann bis ins kleinste Detail analysiert und eine äußerst interessante Entdeckung gemacht: Wenn John log, zuckte der kleine Muskel rechts an seiner Kinnpartie.

Es zuckte, als er nach ihrem Candle-Light-Dinner behauptete, Claire habe einen durchweg positiven Eindruck auf ihn gemacht, und auch, als er dem Publikum augenzwinkernd verriet, sie hätten zu viele Gemeinsamkeiten, um sie zu zählen.

Beides war natürlich Blödsinn! Was auch das Publikum schnell festzustellen schien, denn obwohl das romantische Essen sie beide in einem sympathischen Licht dastehen ließ, rasselten die Stimmen weiter in den Keller.

John äußerte sich nicht weiter dazu, und Claire wagte nicht, das Thema anzusprechen. Zu erleichtert war sie darüber, dass sie knapp zwei Wochen nach ihrer turbulenten Eheschließung endlich einen höflichen Umgang miteinander pflegten. Sie hatte sich nicht einmal beschwert, als John einen neuen Smoothiemaker anschleppte. Claire hegte keinen Zweifel daran, dass er sie der Sabotage verdächtigte, nachdem das Gerät ihm jahrelang treue Dienste geleistet hatte. Allerdings hielt auch er sich um des lieben Friedens willen zurück. Und nicht nur das: Er verzichtete sogar an den meisten Morgen auf sein Gebräu, damit er sie nicht weckte.

Nun stand ihnen ein weiteres Wochenende bevor, auf das Claire sich insgeheim sogar ein bisschen freute.

Bedauerlicherweise war es mit ihrer Euphorie vorbei, sobald sie auf ihr vibrierendes Handy blickte. Eine Nachricht vom Produktionsteam läutete das Ende des ausbalancierten Haussegens ein: *Meine liebe Claire, heute Abend drehen wir am Pool. Bitte bereite dich entsprechend darauf vor. Herzliche Grüße, Frank.*

Mit anderen Worten: Rasier dich gefälligst anständig und sorg für wasserfestes Make-up, damit du nachher nicht aussiehst wie ein Waschbär.

Klasse!

Seufzend stopfte Claire ihr Handy zurück in die Handtasche. Sie konnte nach wie vor nicht fassen, dass John ihnen das eingebrockt hatte.

Immerhin besaß sie einen Badeanzug, der nicht allzu viel von ihr zeigte. Zusätzlich könnte sie auch noch den Morgenmantel aus Satin überziehen, den Olivia ihr geliehen hatte. Damit würde sie sich wenigstens ein bisschen mehr bedecken.

Als der Bus wenig später ihre Haltestelle erreichte, spielte Claire eine Sekunde lang mit dem Gedanken, einfach sitzen zu bleiben. Aber dann rappelte sie sich doch von ihrem Sitz auf, stieg aus und spazierte im Schneckentempo zur Villa.

Auf dem Weg sprach sie sich selbst ununterbrochen Mut zu. So schlimm würde es schon nicht werden. Und schließlich ging sie ja sonst auch ins Schwimmbad, wo ihr jeder Trottel auf den Hintern glotzen konnte. Vielleicht sollte sie einfach einen günstigen Moment abpassen und sich ins Wasser gleiten lassen, bevor irgendjemand einen Blick auf sie erhaschen konnte.

Dass dieser Plan schon mal nicht funktionieren würde, erkannte Claire bereits, als sie den Van in der Einfahrt stehen sah. Normalerweise erschien das Produktionsteam des Senders in einem unscheinbaren Kleinwagen und parkte abseits am Straßenrand, um die Privatsphäre der Teilnehmer zu schützen, wie Frank stets behauptete. Allerdings war Claire schon lange exakt vom Gegenteil überzeugt: Nämlich, dass die Jungs sich absichtlich im Hintergrund hielten, bis sie im ungünstigsten Moment überraschend ins Haus platzen konnten.

Die Tatsache, dass sie heute im großen Stil anrückten, verhieß nichts Gutes.

Angespannt betrat Claire die Villa und spähte vom Wohnzimmer aus durch die Fensterfront in den Garten. Wie befürchtet, waren schon jetzt unzählige Leute damit beschäftigt, das Set für die Abenddämmerung romantisch herzurichten.

Eine junge Frau arrangierte Blumenblüten und Dekokram auf dem gefliesten Boden rings um den Pool, eine weitere drapierte eine Snackplatte, Champagner und Gläser so, dass sie der Kamera nicht im Weg standen. Die zwei Kameraleute, die Frank stets begleiteten, fixierten die Aufnahmegeräte auf Stativen und Frank zündete höchstselbst die dicken Kerzen an.

Claire zuckte zusammen, als plötzlich jemand aus dem Pool schoss und etwas von »U-Cam« zu einem Techniker rief, der abseits hinter der Blumenrabatte drei Monitore überprüfte.

Entsetzt wandte Claire sich ab, während aufs Neue blanke Wut auf John in ihr hochkochte. Sie stapfte ins Haus zurück, wo ihr Göttergatte im gleichen Moment vollkommen entspannt zur Eingangstür hereinschlenderte. In der Hand hielt er eine Papiertüte.

»Ah, du bist schon da«, begrüßte er sie lächelnd und küsste sie zärtlich auf den Mund.

Claire war inzwischen so geübt, dass sie nicht mal mehr zurückwich. Lediglich das Prickeln in ihren Lippen bereitete ihr allmählich Sorgen.

Fröhlich reckte John den Kopf und winkte Frank zu. »Hallo, Leute!«

»Hallöchen«, flötete Frank zurück.

John sah sie an. »Ich hab etwas für dich.«

»Für mich?«

»Ja, für dich.«

Als Claire das Funkeln in seinen Augen sah, hätte sie eigentlich schon misstrauisch werden müssen. Aber seit Neustem glaubte sie dumme Nuss ja an das Gute in ihrem Mann und nahm ohne zu zögern die Schachtel entgegen, die er aus der Tüte zog.

Vorsichtig klappte sie den Deckel auf und fand darin ein winziges Stück türkisblauen elastischen Stoff.

»Was ist das?«, fragte sie und zog mit spitzen Fingern ein Fadenknäuel heraus, an dessen Ende eine Art Höschen baumelte.

»Wonach sieht es denn aus?«

Claire kniff die Augen zusammen. »Nach einem geschredderten Badeanzug.«

»Das ist ein Bikini mit Schnürelementen«, erklärte er sichtlich zufrieden. »Frank hat mir vorhin mitgeteilt, was heute auf dem Programm steht. Ich dachte, du hast wahrscheinlich kein passendes Outfit da. Deshalb war ich auf dem Heimweg noch kurz in der Mall auf der Forty-fifth und habe dir eins besorgt.«

»Hast du sie noch alle?«, zischte Claire. »Die Typen haben eine verdammte Unterwasserkamera angebracht, John. Ich ziehe auf gar keinen Fall dieses …«

»Oh, wie hübsch!«

Mit hochrotem Kopf fuhr Claire herum und sah Frank, der völlig verzaubert den Stofffetzen betrachtete.

»Hast du den ausgesucht, John?« Frank kam näher, riss Claire den Bikini aus der Hand und begutachtete ihn genauer.

»Perfekt. Du wirst hinreißend darin aussehen, meine liebe Claire. Dein John hat einen guten Geschmack.«

Frank kicherte in sich hinein, während Claire ihren Mann mit Blicken erdolchte. Wieder einmal.

Dieser schaute tatsächlich ein bisschen schuldbewusst drein. »Ich dachte, er gefällt dir.«

Gut, türkis zählte zweifellos zu ihren Lieblingsfarben. Aber das war noch lange kein Grund, ihr diesen Hauch von Nichts aufzuzwingen.

»Machst du dich bitte fertig, meine Liebe?« Frank reichte ihr den Bikini. »Wir wollen bald beginnen.«

Zähneknirschend ging Claire nach oben ins Badezimmer. Dort dehnte sie die Zeit unter der Dusche aus, solange sie konnte, während sie durch die Glaswand immer wieder auf *das Ding* schielte. Wer bitte kaufte so etwas und legte sich damit auch noch in die Sonne? Offensichtlich jemand, der Lust hatte, wie ein Streifenhörnchen herumzulaufen.

Lächerlich!

Als das Wasser kalt wurde, drehte Claire missmutig den Hahn zu, trocknete sich ab und zog die Schnüre an. Sie brauchte drei Versuche, ehe der Bikini dort saß, wo er hingehörte. Anschließend wandte sie sich mit einem verächtlichen Blick zum Spiegel und blinzelte erstaunt.

Oh! Okay, das Teil war echt sexy. Das bisschen Stoff verhüllte tatsächlich jede relevante Stelle zuverlässig. Die Schnüre betonten zugleich geschickt ihre zarten Kurven und die Farbe passte perfekt zu ihrem Teint. Sie sah darin keineswegs billig aus, sondern eher … sinnlich.

Das hatte sie nicht erwartet.

Claire holte tief Luft und zog sich Olivias Morgenmantel über, bevor sie sich wieder auf den Weg nach unten machte. Dort instruierte Frank gerade das Team, während John konzentriert zuhörte. Als er Claire bemerkte, drehte er sich leicht.

Seine Miene blieb ausdruckslos, doch in seinen Augen konnte Claire einen Anflug von Sorge erkennen.

Sie lächelte ihm beruhigend zu und teilte ihm stumm mit, dass sie ihm nicht den Kopf abreißen würde. Noch nicht jedenfalls.

Sein Mundwinkel zuckte.

Da entdeckte auch Frank sie und winkte sie zu sich. Kaum hatte Claire die Filmtruppe erreicht, zog John sich zurück, um sich ebenfalls fertig zu machen.

»Ich habe es gerade schon mit John besprochen«, verkündete Frank und deutete auf das fertig arrangierte Set. »*The Wedding Project* wird im Spätprogramm ausgestrahlt. Es darf also durchaus ein bisschen heiß hergehen. Nacktaufnahmen sind aber leider tabu.«

»Okay.« Beinahe hätte Claire gelacht. Glaubte Frank ernsthaft, sie würde das *bedauern*?

»Ich dachte, ihr beide könntet Hand in Hand zum Pool schlendern – natürlich ohne diesen Mantel. Dann führt John dich ins Wasser, ihr füttert euch gegenseitig mit Erdbeeren und stoßt an, bevor ihr …«, er wackelte vielsagend mit den Ohren, »… dem Publikum zeigt, wie sehr ihr euch zueinander hingezogen fühlt.«

O Gott, o Gott! Claire wollte weglaufen. Sehr weit weg.

Wie paralysiert hörte sie Frank reden, der ihr verschiedene Kameraperspektiven erläuterte und sie auf die Winkel hinwies, die es zu beachten galt.

Schneller, als ihr lieb war, kehrte John zurück. Er hatte sich ein Handtuch um die Hüften geschlungen. Sein Oberkörper war nackt, weshalb Claire fast über ihre Füße stolperte, als Frank sie direkt zu ihm schickte.

Unmittelbar vor Johns Füßen blieb sie stehen. Ihre Nerven waren nun zum Zerreißen gespannt und auch John wirkte alles andere als lässig.

»Falls du einen Stringtanga unter dem Handtuch trägst, wäre jetzt ein guter Moment, um mich vorzuwarnen«, murmelte Claire, um die Situation etwas aufzulockern.

Er grinste. »Du hättest nur einen Ton sagen müssen, dann hätte ich liebend gern etwas Hübsches für dich aus meinem Köfferchen gekramt.«

Claire hob eine Braue. »Du besitzt Reizwäsche?«

»Kommt drauf an, was du darunter verstehst«, erwiderte er zwinkernd, entfernte das Handtuch und warf es auf einen Stuhl hinter sich.

Langsam glitt Claires Blick seine muskulöse Brust hinab zu – Überraschung! – schwarzen Badeshorts.

Gott sei Dank! Sie hätte sich totgelacht, wenn er ernsthaft in einem Tanga vor ihr gestanden hätte.

»Wir wären dann so weit, meine Lieben!«, rief Frank aus der Ferne.

Claires Finger zitterten so sehr, dass sie Mühe hatte, den Knoten des Gürtels zu lösen. Als es ihr endlich gelungen war, holte sie tief Luft, schob sich den seidigen Mantel von den Schultern und legte ihn ebenfalls ab.

Sie schaute zu John auf. Doch der fokussierte irgendeinen Punkt am anderen Ende des Gartens, als würde er es nicht wagen, sie auch nur mit einem halben Auge anzugucken.

Frank gestikulierte wild in der Luft herum. »Und bitte!«

John ergriff Claires Hand und zog sie sanft mit sich. Stumm und verkrampft liefen sie zum Pool, als wären sie auf dem Weg zum Schafott.

»Um noch mal auf das Thema Reizwäsche zu kommen …«, begann John nach ein paar Schritten beiläufig. Fragend hob Claire den Kopf, während er ihren Blick suchte. Belustigung glitzerte in seinen Augen. »Wusstest du, dass Frank ein Faible für Spitze hat?«

»Hat er?«

John nickte. »Nachdem du vorhin ins Bad verschwunden bist, hat er mir erklärt, wie wunderbar sich Tüll und Spitze auf der Haut anfühlen.«

Die Vorstellung von Frank in spitzenbesetzter Wäsche brachte Claire zum Lachen.

»Er hat mir nahegelegt, es auch mal zu versuchen«, fuhr John fort.

Amüsiert musterte sie John. »Wirst du seinem Rat folgen?«

John riss entsetzt die Augen auf. »Ganz sicher nicht.«

Irgendwie erleichterte es sie, das zu hören.

Sie erreichten den Pool an der Stelle, wo einige Stufen ins Wasser führten. John geleitete Claire elegant hinein, ließ ihre Hand los und tauchte unter, während sie ihm zögernd hinterherschwamm. Dabei fühlte sie die ganze Zeit die Blicke der Anwesenden auf sich, die mit Argusaugen jeden einzelnen ihrer Atemzüge verfolgten.

Kurz entschlossen tauchte Claire ebenfalls unter, holte in ihrer Aufregung jedoch vorher falsch Luft und stieß prustend und hustend wieder an die Oberfläche.

»Cut!«, rief Frank ungeduldig.

Claire röchelte eine Entschuldigung.

»Alles okay?«, fragte John, der in Windeseile zu ihr geschwommen kam.

Sie nickte und wischte sich peinlich berührt das Wasser aus dem Gesicht.

»Und Action!«, gab Frank das nächste Signal an seinen Kameramann.

John deutete mit einem Kopfnicken auf den Poolrand. »Lass uns etwas essen.«

Offen gestanden war Claire nicht sicher, ob sie überhaupt etwas hinunterbekam. Ihr war kotzübel und sie hatte gerade den halben Pool inhaliert. Trotzdem klappte sie artig den Mund auf, als John ihr eine saftige Erdbeere an die Lippen führte.

Am Rande ihres Sichtfeldes bemerkte sie, wie Frank genervt die Arme verschränkte und mit dem Fuß wippte. Er war nicht zufrieden mit den Aufnahmen. Das konnte jeder sehen.

Claire würgte die Erdbeere hinunter und langte nach einer Weinbeere. Da sie ernsthaft befürchtete, sie könnte in Johns Nase landen, verharrte sie mit verkrampftem Lächeln vor seinem Gesicht.

Geschmeidig beugte er sich vor, umschloss ihre Finger mit den Lippen und sog die Frucht in seinen Mund, als hätte er sein ganzes Leben lang auf diese Weise Nahrung zu sich genommen.

Ein Kribbeln schoss durch Claires Fingerspitzen und breitete sich von dort in ihrem ganzen Körper aus. Um ihre Reaktion zu verbergen, wandte sie sich eilig ab, griff nach dem Champagner und genehmigte sich einen großen Schluck.

Frank zischte leise.

Ups!

Betreten sah sie John an, der sich durch den Produktionsleiter nicht aus der Ruhe bringen ließ. Er nahm ebenfalls sein Glas und stieß mit Claire an, bevor er trank.

Frank schob sich hinter die Kamera und begann wieder, wild mit den Armen in der Luft herumzuwedeln.

Angespannt stellte Claire das Glas beiseite, verwob ihre Finger mit Johns Hand und rückte näher.

Sein Gesicht war wie versteinert, als sie sich ihm näherte, um ihn zu küssen. Sie kniff die Augen zusammen und legte ihren Mund auf seinen.

»Cut!«

Sofort zog Claire sich zurück und schaute zu Frank, der sich mittlerweile die Schläfen rieb, als hätte er einen Migräneanfall. »Claire!«, jammerte er. »Du siehst aus, als müsstest du dich dazu zwingen, deinen Mann zu küssen.«

War wohl ein schlechter Zeitpunkt, ihm zu sagen, dass er goldrichtig lag, oder?

»Und, John!«, fuhr Frank entnervt fort und blickte ihn vorwurfsvoll an. »Du bist viel zu passiv. Ich merke nichts davon, wie verrückt du nach Claire bist.« Er holte tief Luft. »Ich denke, ich muss euch nicht daran erinnern, wo ihr im Moment im Voting steht. Das hier ist eure Chance, dem Publikum zu zeigen, wie sehr es zwischen euch knistert. Also vergesst endlich die Kameras und zeigt, was ihr fühlt. Lasst es raus!«

Claires Blick schweifte zu den Filmleuten, die allesamt äußerst skeptisch guckten. Frank hatte recht. Diese ganze Szene hier war verkrampft und kein bisschen authentisch.

Frustriert schaute Claire zu John.

»Deine Entscheidung«, murmelte er so leise, dass nur sie ihn verstehen konnte. Das beruhigte ihre flatternden Nerven etwas.

Sie holte tief Luft und schaute wieder zu Frank. »Ich krieg das hin.«

»Das wäre auch besser«, fauchte er und nickte seinem Kameramann zu. »Und Action!«

Claire zuckte zusammen, als sie Johns Hand an ihrer Taille spürte, um ihre Aufmerksamkeit auf sich zu ziehen.

Er wartete, überließ ihr die Führung.

Claire nickte. *Komm schon! Ein bisschen Rumknutschen vor der Kamera wirst du ja wohl noch hinkriegen. Immerhin hast du auch ein Ehegelübde abgelegt.*

Bevor sie noch länger über die Konsequenzen ihres Handelns nachdenken konnte, schlang sie die Arme um Johns Nacken, zog sich an ihm hoch und presste ihre Lippen auf seinen Mund.

Er keuchte überrascht auf, und Claire nutzte den Moment, um den Kuss zu vertiefen. Es war das erste Mal, dass sie sich auf diese Weise küssten, und die Intensität raubte ihr den Atem.

Ihre Lider fielen wie von selbst zu, während John die Arme um ihre Mitte legte und sie dichter an sich zog.

Berauscht von Johns Geschmack auf ihren Lippen, vergaß Claire völlig die Welt um sich herum. Sie stieß die Finger in sein Haar und zog leicht an den feuchten Spitzen.

Er stöhnte leise in ihren Mund, zog sie noch fester an sich.

Als sie seine Erregung spürte, jagte ein heißes Prickeln durch ihre Adern. Die Sekunden dehnten sich aus. Claire verlor völlig die Kontrolle, küsste, als gäbe es kein Morgen, während sich die Welt um sie herum zu drehen begann …

»Cut!«

Claire riss die Augen auf. Es dauerte einen Moment, bis sie wieder klar sah.

Johns Augen waren verschleiert vor Lust.

Schwer atmend starrten sie einander an. Erst da registrierte Claire, dass sie die Beine um seine Hüften geschlungen hatte und seine Hände nicht länger auf ihrem Rücken ruhten, sondern auf ihrem Hintern. Seine Daumen hatten sich sogar ein Stück unter den Rand ihres Höschens gewagt. Wann war denn das passiert?

»Großartig!«, rief Frank. »Genau das habe ich gemeint. Ihr könnt abbauen, Leute. Ich denke, wir sind hier fertig.«

Bei diesen Worten fühlte Claire einen Stich der Enttäuschung, erst recht, als John behutsam die Hände fortzog und Claire wieder auf die Füße stellte.

Froh, dass sie im Wasser waren und sie nicht drohte umzukippen, stieß Claire sich ab und schwamm zur Treppe. Auf wackeligen Beinen stieg sie aus dem Pool.

»Ich gehe nach oben, mich umziehen«, murmelte sie, ohne jemanden anzusehen. Sie schnappte sich den Morgenmantel, lief zum Haus und stolperte pitschnass die Stufen hinauf.

Im Schlafzimmer ließ sie sich zutiefst verwirrt aufs Bett fallen. Schauspieler behaupteten immer, beim Dreh von Erotikszenen käme nie die richtige Stimmung auf, weil zu viele Leute um sie herumstanden. Sie waren elende Lügner!

Claire hatte niemanden mehr wahrgenommen außer John. Mit bebenden Fingern berührte sie ihre Lippen. Noch immer kribbelten sie von seinem Kuss.

Du lieber Himmel! Was hatte sie getan?

~ *Jonathan* ~

Am nächsten Morgen war das Wohnzimmer bereits in strahlenden Sonnenschein getaucht, als John die Augen aufschlug. Benommen tastete er nach seinem Smartphone auf dem Couchtisch und stellte fest, dass es schon neun Uhr war. Er schoss hastig in die Aufrechte und musste einen Moment sitzen bleiben, bis sich der daraus resultierende Schwindel wieder gelegt hatte.

Erschöpft rieb er sich über die Augen. Er fühlte sich ein wenig, als hätte er gestern einen über den Durst getrunken. In Wahrheit hatte er aber nur die halbe Nacht wach gelegen und an die Decke gestarrt.

Seine Gedanken waren dabei immer wieder von selbst in den ersten Stock hinaufgewandert.

Claire …

Seit gestern Abend hatte sie sich in seinem Kopf eingenistet und wollte partout nicht mehr daraus entweichen. John wusste absolut nicht, was er denn nun von dieser Poolszene halten sollte. Er wusste nur, dass Claire völlig unerwartet ein Rauschen in seinem Innersten entfacht hatte, das beinahe außer Kontrolle geraten wäre. Er fragte sich, was geschehen wäre, wenn Claire sich nicht fluchtartig ins Haus verzogen hätte. Wenn sie bei ihm geblieben wäre, bis die Kameraleute sich verabschiedet hatten, und mit ihm gemeinsam den Rest des Champagners genossen hätte.

Eigentlich kannte er die Antwort darauf, und genau diese verwirrte ihn nun.

John hätte das Knistern zwischen ihnen nicht gestoppt. Er hätte sein erwachtes Verlangen nicht gezügelt, weil er es in diesem Moment gar nicht zügeln wollte. Ihm hatte gefallen, was Claire mit ihrem sinnlichen Kuss heraufbeschwor – die Lust auf mehr.

Mehr von diesem Kribbeln, mehr von diesem Rauschen. Mehr von Claire.

Mit ihrer Flucht zog sie letztlich die Reißleine, was wohl auch besser so gewesen war. Gerade jetzt, wo sie sich wirklich gut verstanden, hätte eine heiße Nacht vermutlich wieder alles verkompliziert. Claire schien ihm nicht der Typ Frau zu sein, der mit einem reinen One-Night-Stand locker umzugehen wusste.

Wobei John sich eingestehen musste, dass sich diese Sache gestern nicht unbedingt wie ein One-Night-Stand angefühlt hatte. Das war es auch, was ihn pausenlos grübeln ließ. Irgendetwas sagte ihm, dass die explosive Sinnlichkeit mehr beinhaltet hatte als schlichten Sex. Da war noch etwas anderes. Zurückhaltend, zart, aber es war da. Allerdings hatte er überhaupt keinen Schimmer, wo er dieses vage Gefühl einordnen sollte.

John rubbelte sich kräftig mit den Fingern durchs Haar, als könnte er so die Verworrenheit aus seinen Gedanken schütteln. Beinahe war sie ihm schon zur Gewohnheit geworden. Seit dem Telefonat mit Samuel hatte er keinerlei Kontakt zu seiner Familie gehabt. Mit jedem Tag fühlte er seine innerliche Nervosität ansteigen. Er wartete auf den großen Knall, sehnte ihn herbei und fürchtete ihn gleichzeitig.

Es gab zwei Möglichkeiten, weshalb sein Vater sich noch nicht gemeldet hatte. Entweder er wusste nichts von *The Wedding Project*, weil Samuel ihm entgegen seiner sonstigen Art nichts erzählt hatte, oder sein Vater ließ ihn absichtlich warten. John hätte Letzteres nicht verwundert, denn ihr Dad war an Berechnung kaum zu überbieten.

Johns Magen zog sich krampfend zusammen. Außerdem fiel ihm auf, dass er automatisch die Fäuste geballt hatte. Die Wut auf seinen Vater war ihm freilich nichts Neues, doch in letzter Zeit meldete sich jene Wut immer öfter in einem Ausmaß zu Wort, das John zutiefst erschreckte.

Er zwang sich, tief durchzuatmen, und stand anschließend auf, um die Bettwäsche vor unliebsamen Blicken zu verstecken. Vorher streckte er ächzend den Rücken durch, damit er sich überhaupt bücken konnte. Gut, dass heute Samstag war und er daher wieder für eine Woche im Bett schlafen durfte. Noch eine Nacht länger auf der Couch hätte er vermutlich mit tagelangen Schmerzen büßen müssen.

Aus dem oberen Stock waren keinerlei Geräusche zu vernehmen. Claire schlief also noch tief und fest. Dummerweise hatte John durch die allgemeine Verworrenheit am Vorabend vergessen, sich frische Kleidung mit ins Wohnzimmer zu nehmen. Er haderte kurz mit dem Plan, leise ins Schlafzimmer zu schleichen, entschloss sich dann aber dazu, einfach abzuwarten, bis Claire von selbst das Feld räumte. Er hatte ohnehin keine Lust, laufen zu gehen.

Diese Erkenntnis überraschte ihn. Es verging kaum ein Tag, an dem er seine Lebensgeister nicht mit einer Runde Joggen erweckte. Eigentlich kam es nur vor, wenn er mit einer Grippe flachlag, und ganz selten, wenn er außerordentlich verkatert war.

Prüfend fasste er sich an die Stirn, stellte aber keine abnorme Wärmeentwicklung seiner Haut fest. Vielleicht bahnte sich aber etwas an, und die Gliederschmerzen hatten gar nichts mit den Nächten auf der Couch zu tun. Sein allgemeiner

Erschöpfungszustand an diesem Morgen würde jedenfalls gut zu einer herannahenden Erkältung passen.

Missmutig schlurfte er ins Gäste-WC und klatschte sich einen Schwall eiskaltes Wasser ins Gesicht. Sein Spiegelbild reflektierte bis ins Detail, wie er sich gerade fühlte: zerknittert. Aber irgendwie störte ihn das gar nicht zu sehr. Er hatte keine Lust, etwas daran zu ändern, und erlaubte sich ausnahmsweise, einfach mal zerknittert auszusehen.

Unmotiviert schlurfte John durch den Flur und kratzte sich unschlüssig am Bauch. Durch die Fenster lachte die Sonne herein, und die Aussicht, es sich auf der Terrasse gemütlich zu machen, war schlichtweg verlockend. Mit einer Tasse Schwarztee, einem erfrischenden Smoothie und der Tageszeitung … ja, das klang nach einem guten Plan.

Er machte sich auf den Weg nach draußen, um die Zeitung aus dem Briefkasten zu holen. Als er das Haus bereits verlassen hatte, wurde ihm bewusst, dass er barfuß und in vom Schlaf knittrigen Shorts und T-Shirt in aller Öffentlichkeit im Vorgarten stand. Automatisch hielt er an.

Fröhliches Vogelgezwitscher hallte durch die Siedlung. Auf der Straße war kaum Bewegung. Von irgendwoher erklang Kinderlachen. Schräg gegenüber kam ein Mann aus seinem Haus und ging zu seinem Wagen. Als er die Fahrertür öffnete, bemerkte er John, hob kurz die Hand zu einem nachbarschaftlichen Gruß und stieg gleich darauf ein, ohne sich weiter um den zerknautschten Mann im Vorgarten zu kümmern.

John zuckte innerlich mit den Schultern und setzte seinen Weg zum Briefkasten am anderen Ende der Einfahrt fort. Neulich hatte er eine Nachbarin gesehen, die das Gleiche, nur im Morgenmantel bekleidet, getan hatte. Sein verdutzter Blick hatte die Frau damals nicht die Bohne interessiert, und nun stellte er fest, dass es sich erstaunlich gut anfühlte, ebenfalls darauf zu pfeifen.

Ohne Eile öffnete John die Klappe des Metallkastens und zog einen ganzen Packen Papier heraus, den er vor Ort durchblätterte. Zur Tageszeitung gesellte sich ein beträchtlicher Stapel an Werbeprospekten, die in knalligen Farben ihre ausgewählten Artikel feilboten. John überlegte gerade, ob er die Prospekte gleich in die Mülltonne schmeißen sollte oder ob Claire vielleicht interessiert daran sein könnte, als das Geräusch eines Motors zu ihm durchdrang. Es war nicht irgendein Motor. John erkannte alleine am Klang, dass es ein Porsche sein musste. Alarmiert blickte er auf.

Beim Anblick des weißen 911er Cabrios mit dem geöffneten Verdeck wären ihm beinahe die Zeitungen aus den Händen gerutscht. Er rollte den Packen zusammen und umklammerte ihn, ohne die Augen von dem Sportwagen zu nehmen, der schließlich direkt neben ihm am Straßenrand hielt.

Seine Mutter stellte den Motor ab und nahm ihre überdimensionale Sonnenbrille von der Nase. Geruhsam packte sie das Designerstück in ein Etui, bevor sie ihr blondiertes Haar über die Schulter strich und ihm unvermittelt den Kopf zuwandte.

»Jonathan«, sagte sie tonlos und musterte ihn.

Ihr linker Nasenflügel zuckte missbilligend. Sehr viel mehr Regung ließ ihre überglatte Stirn vermutlich auch nicht zu. Die letzte Botoxbehandlung konnte nicht allzu lange zurückliegen.

»Mutter«, entgegnete er mit nicht minder hohler Stimme. John war so angespannt, dass ihm sogar das Atmen schwerfiel. »Woher hast du diese Adresse?«

Sie schnaubte leise und stieg elegant aus dem niedrigen Wagen. Abschätzig sondierte sie die Umgebung, während sie um den Porsche herum zu ihm kam. Ihre sportliche Figur steckte in einem eleganten Jumpsuit, dazu blitzten goldene Stilettos an ihren Füßen. Man hätte meinen können, sie sei auf dem Weg zu einer Galaveranstaltung, doch die Wahrheit war, dass seine Mutter gar keine andere Kleidung besaß. Sie war immer top gekleidet und gestylt. Im heimischen Wohnzimmer wie auch im Country Club.

»Woher ich diese Adresse habe?«, wiederholte sie langsam. Mit schräg gelegtem Kopf blieb sie vor ihm stehen. »Vom Sender dieser … Show natürlich.«

John schluckte hart. Ihre Stimme verriet unmissverständlich, was sich wirklich hinter ihrem äußerst gelassenen Auftritt verbarg. Sie musste unfassbar zornig sein, wenn ihre jahrelang gefestigte Fassade bröckelte.

Eine kleine Ewigkeit starrten sie sich schweigend an. John kämpfte verbissen gegen den Drang, einen Schritt zurückzuweichen. Es kostete ihn verdammt viel Kraft, bis er endlich seine Frage herauswürgen konnte: »Was willst du hier?«

Wieder zuckte ihr linker Nasenflügel. »Diese Frage solltest du dir selbst stellen, Jonathan, und auf die Antwort bin ich sehr gespannt.«

»Woher weißt du es?«, fragte er eindringlich.

Sie lachte düster und deutete auf die zusammengerollte Zeitung in seinen Händen. »Ganz offensichtlich bin ich um einiges früher aufgestanden als du.«

John verbarg nur mit Mühe seinen Schrecken. Er brauchte abermals einen Moment, bis er den Mut fand weiterzusprechen.

»Weiß Vater davon?«

Leider klang seine Stimme absolut nicht so beherrscht, wie er eigentlich wollte. Sie hörte sich vielmehr angespannt und nervös an. Fast schon ängstlich. Verärgert biss er sich auf die Unterlippe.

»Noch nicht«, antwortete seine Mutter. »Aber dir ist ja wohl klar, dass ich nicht alle Zeitungen von Chicago vor ihm verstecken kann. Dir ist bestimmt auch klar, was er über diese Sache hier denken wird, und ich gehe davon aus, dass dir ebenso klar ist, was ich darüber denke.« Sie machte eine Pause, wohl um ihre Fassade bestmöglich zu wahren, bevor sie gefährlich leise weitersprach: »Ich weiß nicht, was ich schlimmer finden soll. Die Enttäuschung oder die Scham. Du machst nicht nur dich, sondern unsere ganze Familie zum Gespött. Was ist nur in dich gefahren, verdammt!«

Ihr ungewöhnlich hingebungsvoller Fluch ließ John unwillkürlich zusammenzucken. Gleich darauf regte sich aber der rebellische Teenager in ihm. Er schob trotzig das Kinn vor.

»Warum solltest du enttäuscht sein? Immerhin habe ich nur getan, was du wolltest. Du wolltest, dass ich mir eine Frau suche, und nun bin ich verheiratet. Ist doch super, oder nicht?«

Er war nicht minder überrascht über seine eigenen Worte als seine Mutter, der sogar kurzzeitig der Mund offen stand. So hatte er noch nie mit ihr gesprochen. Sie schien dermaßen schockiert darüber, dass ihre Beherrschung quasi verpuffte.

»Darum tust du das also?«, fauchte sie aufgebracht. »Um mir eine Lektion zu erteilen? Das ist ja wohl das Lächerlichste, was ich jemals gehört habe! Als wäre es verwerflich, wenn eine Mutter sich nur das Beste für ihren Sohn wünscht!«

»Dir geht es doch gar nicht um mich!«, entgegnete John aufgewühlt. »Es ist nie um mich gegangen, sondern ausschließlich um das Ansehen der Familie Bricks.«

Sie sog scharf die Luft ein. »Du bist Teil dieser Familie, Jonathan! Natürlich betrifft dein Wohl uns alle!«

Fassungslos sah er seine Mutter an. Es war wie ein Schlag ins Gesicht, als er erkannte, dass sie ehrlich nicht verstand, was er ihr eben gesagt hatte. Vielleicht wollte sie es aber auch gar nicht verstehen.

Ein bitterer Geschmack legte sich auf seine Zunge. Er schien direkt aus seinem Herzen zu stammen, das sich vor Enttäuschung zusammenzog, bis nur noch ein schmerzhaft pochender Knoten in seinem Brustkorb übrig blieb.

»Mein Wohl und das der Familie, das ist nicht dasselbe«, stieß er atemlos hervor. »Denk mal darüber nach.«

Damit machte er auf dem Absatz kehrt und ließ seine Mutter auf dem Gehweg stehen. Ihr ganz und gar verständnisloser Gesichtsausdruck hatte sich detailliert in sein Hirn gebrannt. Er wollte einfach nicht glauben, dass ihr tatsächlich absolut nichts an der Einzelperson Jonathan Bricks lag. Für sie war er bloß ein Baustein im Gesamtgebilde, der gefälligst funktionieren sollte, ob ihm sein Platz nun gefiel oder nicht.

Mit abgehackten Bewegungen gelangte er in den Flur und warf achtlos die Haustür hinter sich ins Schloss. Seine Augen brannten, doch er wollte nicht zulassen, dass die jahrelang unterdrückten Tränen sich ihren Weg an die Oberfläche bahnten. Er war schließlich kein kleines Kind mehr, das rumheult, weil seine Mama ihm kein Eis gekauft hat, Herrgott noch mal!

»Guten Morgen.«

Erschrocken schaute er Claire an, die am Ende des Flurs erschienen war und ihn zurückhaltend musterte. Sie wusste offensichtlich nicht, was sie von seinem Anblick halten sollte. Sah sie ihm etwa an, dass er den Tränen nahe war? Beschämt wandte er sich ab und murmelte: »Guten Morgen«, während er das inzwischen völlig verknickte Papierbündel auf die Kommode fallen ließ.

»Wer war die Frau?«, fragte Claire und kam vorsichtig näher.

Für einen Moment war John versucht, es ihr einfach zu erzählen. Ein nicht unerheblicher Teil in ihm sehnte sich sogar danach, den Kopf auf ihre Schulter sinken zu lassen und durch ihre Nähe Trost zu finden.

»Niemand«, antwortete er schließlich. »Sie hat nach dem Weg gefragt.«

Dann drehte er sich abrupt zur Treppe und stieg nach oben, um seine Laufsachen zu holen.

9

~ *Claire* ~

Entgeistert schaute Claire ihrem Ehemann nach, der mit geballten Fäusten die Treppe hinaufstapfte.

Okay, das war ja noch übler gelaufen, als sie befürchtet hatte. Nervös strich sie sich eine Haarsträhne aus dem Gesicht, schnappte sich die Zeitungen, die John auf die Kommode gepfeffert hatte, und ging in die Küche. Vielleicht war es besser, die Sache mit ihm zu klären, wenn er sich etwas ausgepowert hatte. Denn dass sie klären mussten, was gestern Abend zwischen ihnen geschehen war, stand ganz außer Frage. Aber erst mal brauchte sie einen Kaffee.

Claire hörte, wie John die Treppe wieder herunterpolterte und aus dem Haus floh.

»Bis später, Schatz«, murmelte sie ironisch und verzog das Gesicht bei der Erkenntnis, dass es ihr nicht gefiel, wenn er ohne ein Wort des Abschieds verschwand.

Sie bereitete sich geschwind einen Kaffee zu, ehe sie sich mit den Zeitungen an den Tresen setzte. Auf der Suche nach Ablenkung durchstöberte sie gelangweilt die Nachrichten, bis ihr die Überschrift auf Seite drei sämtliche Luft aus den Lungen fegte:

Bekloppt, bekloppter, The Wedding Project!

Eine Gänsehaut kroch ihr den Nacken hinauf, während sie die Fingernägel in das Papier grub und las:

> *Wieder geht es eine Stufe hinab mit dem Fernsehniveau in Amerika, diesmal in Form des neuen Reality-TV-Formates* The Wedding Project, *bei dem sich zwei Paare frei nach dem Motto* Zufall oder Wissenschaft *mal eben vor den Traualtar begeben und eine Ehe miteinander eingehen, obwohl sich die Brautleute noch nie zuvor begegnet sind.*
>
> *Welches Paar dabei zufällig zusammengewürfelt wurde und welches aufgrund geheimer, durchaus fragwürdiger Formeln entstand, bleibt dem Zuschauer natürlich verborgen. Volksverblödung in einer neuen Dimension!*
>
> *Als wäre das nicht schon schlimm genug, folgt unmittelbar nach dem zweifelhaften Ehegelübde der Einzug ins gemachte Nest. Dabei scheut das Produktionsteam um Frank Stuart anscheinend weder Kosten noch Klischees, um die Teilnehmer vor der Kamera in möglichst seichtem Licht darzustellen.*
>
> *An Peinlichkeit ist dieser Ansatz nur noch zu überbieten durch die Protagonisten selbst: Mit Sandy und Justin Frinkman haben wir ein Paar, das zwar mit durchaus attraktiven Darstellern aufwartet, über Habgier und Dandytum allerdings nur mäßig hinwegtäuschen kann, wohingegen Ehepaar Bricks überhaupt nicht zu*

wissen scheint, wie ihm geschieht. Claire Bricks erweckt jedenfalls durchweg den Eindruck eines Rehs im Scheinwerferlicht, wohingegen sich der geneigte Zuschauer bei ihrem Gatten Jonathan fragen dürfte, was der Erbe des erfolgreichen Immobilienmoguls Sinclair Bricks überhaupt in diesem Showformat zu suchen hat. Steht Bricks & Sons *etwa vor dem Konkurs? Oder warum sonst setzt sich der Sprössling des renommierten Familienkonzerns freiwillig einer solchen Blamage aus?*

Fakt ist: Das Konzept der vorsätzlichen Täuschung scheint hier einmal mehr aufzugehen – zumindest wenn man den rasant steigenden Einschaltquoten Glauben schenken darf. Es bleibt zu hoffen, dass die Zuschauer schon bald den Spaß am Voyeurismus verlieren und erkennen, dass, abgesehen von den Trauscheinen, nichts Echtes an dieser Sendung zu finden ist. Erst recht keine Liebe.

Mit zittrigen Händen ließ Claire die Zeitung sinken. Ihr Herz raste.

Sie hatte ja gewusst, dass die Show polarisierte, und ihr war auch klar gewesen, dass einige Pressevertreter das Sendungskonzept in der Luft zerreißen würden. Trotzdem war ihr nun hundeelend zumute. Ob John deswegen so schlechte Laune hatte?

O Gott! Was, wenn der Reporter mit seiner Vermutung den Nagel auf den Kopf traf und die Firma von Johns Familie wirklich kurz vor der Pleite stand? Zwar erweckte John keineswegs den Eindruck, er hätte Geldsorgen, und hin und wieder hatten sich auch in ihr leise Zweifel hinsichtlich seiner Motive geregt, andererseits gab es aber in Kreisen wie diesen viel Schall und Rauch.

Vielleicht hatte er ihr am Tag der Eheschließung ja die Wahrheit anvertraut und fühlte sich nun bloßgestellt? Oder seine Laune hatte überhaupt nichts mit dem Artikel zu tun, sondern hing tatsächlich mit ihrem Kuss zusammen?

Bei der Erinnerung daran beschleunigte sich ihr Puls erneut. Dabei hatte er sich gerade ein bisschen beruhigt. O Mann! Sie konnte es kaum erwarten, mit ihm zu reden.

Leider ließ John sich ausgerechnet an diesem Tag noch mehr Zeit als sonst, während Claire unruhig im Haus auf und ab tigerte und betete, dass das Produktionsteam nicht überraschend aufschlug.

Nach einer Stunde kam John völlig durchgeschwitzt zurück, keuchend wie eine Dampflok.

Claire schaute schweigend zu, als er sich einen Energydrink aus dem Kühlschrank holte und ihn gierig trank. Dabei lehnte er kraftlos an der Arbeitsplatte.

»Alles okay?«, fragte sie behutsam, weil sie befürchtete, dass er jeden Moment aus den Latschen kippte. Normalerweise hätte sie in seinem körperlichen Zustand keinen Anlass zur Sorge gesehen. Aber in diesem Moment sah er so fertig aus, dass sie dem Drang widerstehen musste, zu ihm zu gehen.

»Mir geht's bestens«, erwiderte John kühl.

Sicher doch! Er war die Sonne in Person.

Claire holte tief Luft. »Hast du den Artikel schon gelesen?«

John kniff die Augen zusammen. »Nein, und es ist mir auch egal, was irgendein Schwachkopf im Feuilleton von sich gibt.«

Okay, dann blieb wohl nur noch eine mögliche Ursache für seine miese Laune.

Angespannt verschränkte Claire die Arme. »Hör zu, wegen gestern …«

»Schon gut«, unterbrach John sie eilig. »Ich denke, uns ist beiden klar, dass die Sache etwas außer Kontrolle geraten ist. Aber das ist kein Grund, jetzt auszuflippen. Es war nur ein Kuss für die Kamera. Mehr nicht.«

Ein fieser Stich fuhr ihr durch die Brust. »Ja, klar. Nur ein Kuss«, murmelte sie und senkte betreten den Blick. »Nichts weiter.«

Im Augenwinkel beobachtete Claire, wie John sich angespannt über das Gesicht wischte.

»Es ändert nichts«, fuhr John mehr zu sich selbst fort, bevor er sich etwas lauter an sie wandte. »Wir halten uns weiter an den Plan und ziehen das zusammen durch.«

Claire schluckte. Ihr war klar, dass sie erleichtert über seine Reaktion sein sollte. Schließlich hätte es die Lage erheblich verkompliziert, wenn er anderer Ansicht gewesen wäre. Trotzdem konnte sie sich beim besten Willen nicht gegen die leise Enttäuschung wehren, die seine Worte in ihr hinterließen.

Oh, das war gar nicht gut!

Immerhin war sie hier, um eine Show zu gewinnen. Im Geiste beschwor sie das Abbild von Brian herauf. Mehr brauchte sie nicht, um wieder auf den richtigen Weg zu finden.

»Bist du dabei?«, hakte John nach.

Entschlossen straffte Claire die Schultern und sah ihn an. »Ich bin dabei.«

***

»Was gibt's Neues im Eheparadies?«

Innerlich stöhnte Claire auf. Im Grunde hätte sie damit rechnen müssen, dass Olivia sie nicht so einfach davonkommen lassen würde. Aber nachdem ihre Freundin sie gut gelaunt im Büro abgeholt und auf den neusten Stand der Dinge gebracht hatte, war Claire zuerst optimistisch gewesen, dass sie dem Kreuzverhör vielleicht entkommen könnte.

Nun saßen sie in einem süßen kleinen Bistro in der Lake Street, wo sie auf ihr Mittagessen warteten, und die Schonfrist war offensichtlich vorbei.

»Es ist alles gut«, erwiderte Claire lapidar und schenkte dem Kellner ein Lächeln, der ihr ein geröstetes Schinkensandwich servierte.

Olivia nahm dankend ihren Salat entgegen, spießte eine Tomate auf und schob sie sich in den Mund. Kauend fixierte sie Claire.

»Kannst du das bitte mal lassen?«, knurrte Claire, als sie den bohrenden Blick ihrer Trauzeugin nicht länger ignorieren konnte.

Olivia lächelte liebenswürdig. »Nö.«

Claire verdrehte die Augen. »Es ist okay … Ich meine, für eine Scheinehe.«

»Ich muss zugeben, ihr habt schon länger durchgehalten, als ich dachte.«

»Danke für dein Vertrauen.«

Olivia hob eine Braue. »Oh, wow! Sind wir vielleicht ein bisschen gereizt?«

»Nein, verdammt noch mal.«

Olivia lachte, was zur Folge hatte, dass Claire sich total blöd vorkam. Wem wollte sie eigentlich was vormachen? Natürlich war sie gereizt. Über alle Maßen sogar.

Fünf Tage war es nun her, seit sie diese verfluchte Poolszene gedreht hatten, und seither war John wie ausgewechselt – trotz ihrer unverzüglichen *Aussprache* danach am Samstagmorgen. Seine schlechte Laune umgab ihn wie eine dunkle Gewitterwolke. Deshalb – und weil Claire vor Scham angesichts ihrer Zügellosigkeit noch immer am liebsten im Erdboden versunken wäre – hielt sie sich von ihm fern. Was sehr einfach war, weil John sie ebenfalls mied, als hätte sie eine ansteckende Krankheit.

Mittlerweile war Mittwoch und die Stimmung im Haus eine einzige Katastrophe. Claire spielte sogar mit dem Gedanken, freiwillig Überstunden zu machen. Natürlich tat sie es nicht, weil sie Franks Unmut nicht auf sich ziehen wollte. Unabhängig davon brauchte der Sender sicher bald neues Material, denn das Produktionsteam hatte sich seit Freitag nicht mehr bei ihnen blicken lassen. Stattdessen waren Frank und seine Komplizen am Wochenende mit den Frinkmans zu einem Dreh auf dem Willis Tower unterwegs gewesen, wie Sandy ihr am folgenden Tag brühwarm am Gartenzaun erzählt hatte. Bei der glückseligen Schilderung war Claire ganz schlecht geworden. Auch jetzt legte sich eine latente Übelkeit auf ihren Magen.

Frustriert ließ sie das Sandwich auf den Teller fallen.

»Jetzt rede endlich mit mir«, sagte Olivia sanft.

»Mir geht's gut. Ehrlich, ich …« Claire stockte und rieb sich angespannt über den Hals. »Ich glaube, ich hab Mist gebaut.«

»Sag mir bitte nicht, dass du mit deinem psychopathischen Ehemann im Bett warst.«

»Jetzt hör doch mal auf, Liv. John ist kein Psychopath«, widersprach Claire in scharfem Ton, woraufhin Olivia erst recht die Augen aufriss.

Nun ja, auch Claire war ein bisschen überrascht, mit welcher Vehemenz sie plötzlich ihren Ehemann verteidigte, obwohl der sie seit Tagen mit Nichtachtung strafte. Aber sie hatten schließlich auch ihre guten Momente gehabt, nicht wahr?

Gott, wie sehr Claire die vermisste.

Inzwischen war sie so verzweifelt, dass sie sich wahrscheinlich sogar über einen spitzen Kommentar von ihm gefreut hätte. Alles, nur nicht dieses Schweigen.

Olivia räusperte sich vernehmlich. »Das ist keine Antwort, Schätzchen.«

»Ich habe nicht mit ihm geschlafen, okay?« Beklommen starrte Claire auf ihren Teller. »Aber möglicherweise habe ich letzte Woche eine gewisse sexuelle Energie zwischen uns entfacht …«

»Was ist passiert?«

»Ach, es gab da diese verfluchte *Poolszene*. Frank wollte, dass wir ein bisschen rumknutschen und so. Damit das Publikum sieht, wie verrückt wir nacheinander sind. Da habe ich es eben getan. Ich habe John geküsst. So richtig. Und dann ist das Ganze irgendwie eskaliert.«

Hilflos schaute Claire ihre Freundin an, die langsam ihre Gabel beiseitelegte und sich in aller Seelenruhe die Mundwinkel mit einer Stoffserviette abtupfte. »Eine Frage.« Olivia neigte nachdenklich den Kopf. »Wie lange kennen wir uns schon?«

Claire runzelte die Stirn. »Etwas mehr als zehn Jahre.«

»Genau.« Olivia lächelte süffisant. »In all der Zeit habe ich es noch nie erlebt, dass du etwas getan hast, weil irgendjemand *anders* es wollte.«

»Das stimmt nicht«, widersprach Claire leise. Es war nicht nötig, Brian als Argument anzuführen. Olivia wusste auch so, was sie meinte.

Doch ihre Freundin schüttelte mit einem sanften Lächeln den Kopf. »Du hattest immer eine Wahl, Claire.«

»Ist das so?«, fragte sie und lachte bitter auf, als sich der vertraute Schmerz in ihr meldete.

»Natürlich. Niemand hat von dir verlangt, das Studium aufzugeben und stattdessen irgendwelche beknackten Hilfsjobs anzunehmen oder gar bei dieser albernen Realityshow mitzumachen. Brian hat das alles nie gewollt. Das hat er sogar mehrfach gesagt. Aber stur, wie du nun mal bist, hast du dich trotzdem dafür entschieden, einen Wildfremden zu heiraten und mit ihm zusammenzuleben. Ebenso, wie du dich aus freien Stücken entschieden hast, ihn zu küssen. Nicht weil Frank es von dir verlangt hat, sondern weil *du* es selbst wolltest. Ob du es dir nun eingestehen willst oder nicht.«

Schmollend verschränkte Claire die Arme. Manchmal waren beste Freundinnen einfach nur ätzend.

~ *Jonathan* ~

John erkannte sich selbst nicht wieder. Seit seine Mutter hier vor einer Woche aufgetaucht war, schien sein ganzer Körper rund um die Uhr unter Strom zu stehen. Eine unerträgliche Unruhe hatte ihn seitdem im Griff und zwang ihn regelrecht dazu, ständig in Bewegung zu bleiben. Als könnte das Chaos in seinem Kopf ihn zermalmen, würde er nicht davor fliehen.

Er wollte sich immer wieder in seine Arbeit stürzen, war aber gleichzeitig unkonzentriert wie nie. Er wollte laufen, doch schon nach wenigen Metern verlangte es ihn jedes Mal nach einer Pause, nur damit er nach wenigen Atemzügen den unbändigen Drang verspürte, sofort wieder weiterzurennen.

Es war zum Verrücktwerden.

Vielleicht war er aber auch längst verrückt geworden und wusste es nur noch nicht.

Erschöpft lehnte er sich an die Küchenanrichte und sah auf die Uhr. An diesem Freitagmorgen war er noch früher dran als sonst. Mehr als fünf Stunden Schlaf waren ihm die letzten Tage nie vergönnt gewesen. Und selbst diese wenigen Stunden waren dauernd angefüllt mit vollkommen irrsinnigen Träumen, die ihn noch am Tag verfolgten.

Sein Blick wanderte wie von alleine hinüber zur Couch. Nur ein nackter Fuß lugte unter der Bettdecke hervor. Ab und an zuckte er kaum merklich. John fragte sich, ob Claire vielleicht auch gerade in einem seltsamen Traum gefangen war. Ihr

Atem ging ruhig und regelmäßig, darum schien es zumindest kein Albtraum zu sein.

Claire …

In all seiner Verworrenheit schlich sie sich immer öfter in seine Gedanken. Ihre Nähe wühlte ihn zusehends auf. Wenn sie ihn ansah, fühlte er sich plötzlich ertappt. Ihre grünen Augen schienen stets tiefer zu blicken, als ihm lieb war. Etwas, das er bisher nur von Steven kannte. Sobald ihr forschender Blick auf ihn traf, geriet die Nervosität in seinem Inneren völlig außer Kontrolle. Natürlich fragte sie sich, was mit ihm los war, und nicht nur einmal verspürte er den Wunsch, es ihr zu erzählen. Doch dann kam jedes Mal erneut dieses Gefühl der Scham über ihn, das er sich selbst nicht recht erklären konnte. Zum einen wollte er vor Claire nicht als Jammerlappen dastehen und zum anderen wollte er seine Familie vor ihr nicht schlechtmachen. Wen er damit nun schützen wollte, wusste er auch nicht so genau.

Dazu stellte er sich seit Erscheinen des Zeitungsartikels beinahe täglich die Frage, warum Claire nicht mehr über *Bricks & Sons* wissen wollte. Sie hatte kein einziges Wort darüber verloren. Das fand er eigenartig, denn er hatte noch nie erlebt, dass eine Frau nicht hellhörig wurde, wenn die Firma erwähnt wurde. Spätestens mit dem Artikel sollte Claire also wissen, wie es um seine persönlichen Finanzen stand. Oder wusste sie es schon länger und hatte eine ähnliche Überlegung wie der Journalist angestellt? Das erklärte vielleicht, warum sie ihn nicht fragte, weshalb er laut eigener Aussage auf die Gage angewiesen war.

John sah kurz zum Mixer, der einsatzbereit im Schein der Morgensonne blitzte. Dann stieß er sich jedoch von der Anrichte ab und ging in den Flur. Er bückte sich gerade nach seiner Aktentasche, die er neben der Garderobe abgestellt hatte, als er ein kratzendes Geräusch an der Haustür hörte. Ein Schatten zeichnete sich hinter der Milchglasscheibe ab.

Er wusste sofort, was das zu bedeuten hatte, und wollte gerade eine Warnung in Richtung Wohnzimmer rufen, als die Tür bereits aufschwang.

Frank und ein Kameramann standen auf der Schwelle und hielten irritiert an, als sie John erblickten.

»Meine Güte, Frank!«, rief John in übertriebener Lautstärke aus und fasste sich an die Brust. »Jetzt wäre mir aber beinahe das Herz stehen geblieben!«

»Uns aber auch«, schnaufte Frank. Er schüttelte seinen Schrecken ab und musterte John ein wenig ungläubig. »Wir wissen ja, dass du früh aus dem Haus gehst, aber so früh? Wolltest du gerade zur Arbeit fahren?«

Das war ja wohl offensichtlich. Allerdings war Frank gewiss nicht hergekommen, um zu filmen, wie er zu seinem Wagen ging. Er wollte einen Alltagsmorgen im Hause Bricks. Dass dieser Alltag nie gemeinsam startete, war freilich keine gute Ausgangsposition für gutes Filmmaterial.

»Ich wollte mir gerade die Zeitung holen«, flunkerte John hastig. »Mir die Zeit vertreiben, bis Claires Wecker klingelt und ich mich von ihr verabschieden kann.«

Frank schaute sichtlich zufrieden aus. »Sie schläft also noch? Wie wäre es denn, wenn du sie heute ausnahmsweise persönlich weckst?«

»Na ja, das wäre wohl keine gute Idee, mit der Kamera ins Schlafzimmer zu platzen.« John wackelte verschwörerisch mit den Brauen und senkte die Stimme. »Sie ist heute nämlich sehr luftig gekleidet. Wenn ihr versteht …«

»Oh!«

Sogar der Kameramann nickte einsichtig, wobei ein Funken Neugier in seinem Blick nicht zu übersehen war. Frank trat ein Stück zur Seite und winkte John vorbei. »Dann lassen wir das lieber und machen jetzt erst mal ein paar Takes, wie du die Zeitung holst.«

»Super!«, rief John, abermals in einer Lautstärke, die hoffentlich Claire hinreichend alarmierte. »Soll ich die Tür noch mal zumachen, und ihr nehmt auf, wie ich herauskomme?«

»Gute Idee.« Frank sah zum Briefkasten hinter sich. »Dann filmen wir gleich von dort. John, warte kurz, bis wir dir ein Zeichen geben. Dann kommst du raus und gehst zum Briefkasten. Tu so, als wären wir gar nicht da.«

»Alles klar.«

John schloss die Tür hinter den beiden und beobachtete durch den Türspion, wie sie gestikulierend durch den Vorgarten marschierten.

»Claire!«, rief er verhalten.

Aufgeregtes Gemurmel antwortete ihm. Die Worte konnte er nicht verstehen, aber das hektische Geraschel, das im Wohnzimmer einsetzte, deutete er als ein gutes Zeichen. Der Kameramann und Frank waren bereits beim Briefkasten angelangt und diskutierten wohl gerade über die beste Aufnahmeperspektive.

»Beeil dich«, flüsterte er.

»Ja, verdammt!«, fluchte Claire.

Er zuckte zusammen, als ihre Stimme direkt hinter ihm erklang.

»Hast du gehört, was ich Frank gesagt habe?«

Sie schnaubte verhalten. »Luftig?«

John wandte sich zu ihr um, doch da flitzte sie bereits die Treppe hinauf. Nur das Tapsen ihrer nackten Fußsohlen war auf den Marmorstufen zu hören. Nun ja, ihrer Antwort war zumindest zu entnehmen, dass sie das gesamte Gespräch mitverfolgt hatte.

Erleichtert schaute John wieder durch den Türspion. Gerade rechtzeitig, denn da reckte Frank auch schon den Daumen in die Höhe.

John straffte sich, legte eine besonnene Guten-Morgen-Miene auf und öffnete die Haustür. Beschwingt marschierte er den gepflasterten Weg durch den Vorgarten entlang. Dabei ließ er seinen Blick über die Nachbarschaft schweifen, als gäbe es für ihn keine schönere Umgebung als diese Wohnsiedlung.

An mir ist ein großartiger Schauspieler verloren gegangen, dachte er bei sich, als er den Briefkasten erreichte und die Zeitung herausnahm.

Er prüfte in geheucheltem Interesse die Titelseite und wollte sich gerade auf den Rückweg machen, als jemand rief: »Guten Morgen, Herr Nachbar!«

Mit gezwungener Ruhe sah John auf und nickte Justin freundlich zu, sich wohl bewusst, dass der Kameramann alles vorsorglich filmte.

»Guten Morgen«, antwortete John neutral. »Heute schon so früh außer Haus?«

»Je schneller die Arbeit getan ist, umso früher kann ich zurück zu meiner Ehefrau«, erklärte Justin aalglatt, obwohl er eigentlich nie um diese Uhrzeit zu blicken war.

John zeigte ihm mit einer erhobenen Braue, was er von dieser Lüge hielt, und gemahnte Justin somit gleichzeitig zur Vorsicht. Justin erkannte die Warnung, wie man an dem minimalen Stocken seines strahlenden Lächelns merkte. Er fing sich jedoch sofort wieder und schwenkte spontan um, indem er vor der Kamera den sympathischen Kumpeltyp mimte.

»Gut, dass ich dich treffe«, plauderte er los. »Sandy und ich hatten nämlich überlegt, euch beide demnächst mal zum Abendessen einzuladen. Meine Sandy macht ganz hervorragende Enchiladas! Was meinst du dazu?«

Aus dem Augenwinkel konnte John sehen, wie Frank sich bereits freudig die Hände rieb. Bei einem gemeinsamen Abendessen sprangen gewiss ein paar nette Szenen für die Show raus. Gezwungenermaßen blieb John also gar nichts anderes übrig, als eine begeisterte Miene aufzusetzen. »Na, wer könnte zu so einer Einladung schon Nein sagen?«

»Prima!« Justin gab sich kurz grüblerisch, wobei ihm diese Nachdenklichkeit nicht einmal der einfältigste Zuschauer abkaufen würde. »Wie wäre es denn mit Montagabend? Da könnten wir uns gleich die Show zusammen ansehen!«

Diese angeblich spontane Idee war freilich aus purer Berechnung entstanden. Sandy und Justin lagen im Ranking immer noch weiter vorne und wollten diesen Triumph vor laufender Kamera auskosten. Frank hatte John aber bereits verraten, dass in der nächsten Sendung die Poolszene zum Einsatz kommen würde, und er war zudem völlig aus dem Häuschen darüber gewesen, welch fabelhafte Bilder sich daraus ergeben hätten. Die Zuschauer würden ausflippen, hatte er gemeint. Und das klang wahrlich nach einem vielversprechenden Rankingbeschleuniger.

O ja, John würde sehr gerne live mitverfolgen, wie Justins Zahnpastalächeln auf den Boden krachte.

»Montag klingt hervorragend«, antwortete er schließlich und musste sich ein fieses Grinsen verkneifen. »Claire wird ebenso begeistert sein.«

Das würde sie jedoch nicht sein, darum musste John sich hüten, ihr die Essenseinladung vor laufender Kamera mitzuteilen. Wenigstens einer war aufrichtig begeistert über den Montagsplan – Frank.

»Cut!«, rief er und klatschte fröhlich in die Hände, bevor er mit den beiden Nachbarn die genaue Uhrzeit und den detaillierten Ablauf durchsprach.

Ohne Planung kam nämlich auch das Reality-TV nicht klar.

John verabschiedete sich höflich und ging zurück ins Haus, das Filmteam im Schlepptau.

Claire würde nicht mehr lange auf sich warten lassen, denn aus dem oberen Stock waren nun das leise Gedudel des Badradios und die rauschende Dusche zu hören. Darum machte sich John gleich daran, den gefakten Frühstückstisch zu decken, wobei natürlich jeder einzelne Handgriff penibel aufgezeichnet wurde.

Zuletzt stellte er eine Tasse unter die Kaffeemaschine, wartete aber noch mit der Zubereitung. Der Kameramann stoppte zwischenzeitlich die Aufnahme.

»Sag mal, Frank«, begann John nebenbei. »Was hält denn der Sender von dem Artikel, der neulich in der Zeitung stand?«

Frank hockte sich an den Küchentresen und rieb sich über den Vollbart. »Weißt du, solche Artikel mögen hart klingen, aber in Wahrheit gibt es keine bessere Werbung als solch einen Verriss. Jetzt wird jeder selbst sehen wollen, wie *schrecklich* die Sendung ist, verstehst du?« Er musterte John mit sichtlicher Nervosität. »Dass die Firma erwähnt wurde, lag leider nicht in unserer Hand. Gegen die Pressefreiheit können wir nichts tun, aber das haben wir damals ja besprochen. Der Sender hält sich natürlich weiterhin an den Vertrag und wird nichts veröffentlichen, was mit der Firma in Zusammenhang steht. Jede Erwähnung von *Bricks & Sons* wird herausgeschnitten.«

John nickte knapp und blickte auf, als er Schritte im Flur vernahm. Gleich darauf erschien Claire geschniegelt und gestriegelt im Businesskostüm in der Küche und gab ihre Überraschung über die Anwesenheit des Filmteams kund. Dabei legte sie sich eine Spur zu viel ins Zeug, aber das schien nur John zu bemerken.

Frank scheuchte sie gleich wieder in den Flur hinaus und wies sie an, noch einmal hereinzukommen, doch diesmal die Kamera zu ignorieren. Sie wollten schließlich einen ganz normalen Arbeitsmorgen bei den Bricks zeigen.

Sie tat wie geheißen. Sowie alle auf Position waren und das *Action!* fiel, schaltete John die Kaffeemaschine ein, und Claire kam wieder herein. John schraubte sich sein Schauspiellächeln ins Gesicht.

»Guten Morgen«, begrüßte er sie über das Gluckern der Maschine hinweg. »Hast du gut geschlafen, Liebling?«

»Hervorragend«, antwortete sie. Das kurze Zögern, als sie sich dicht vor ihn stellte und eine Hand auf seinen Oberarm legte, fiel hoffentlich keinem auf.

John reagierte beinahe automatisch, beugte sich zu ihr hinab und hauchte ihr einen sanften Kuss auf die Lippen. Dabei stieg ihm ihr Parfüm in die Nase, und er ertappte sich dabei, wie er den fruchtigen Duft genießerisch einsog. Er schmeckte verlockend, verführerisch.

Nach mehr …

Erschrocken löste John sich von ihr und überprüfte hastig den Fortschritt des Brühvorgangs.

»Mmh.« Claire schnupperte genießerisch in Richtung Kaffeemaschine. »Es gibt keinen herrlicheren Duft als frischen Kaffee am Morgen.«

Nun, da hätte er gerade durchaus widersprechen können, denn nicht einmal das intensive Kaffeearoma schaffte es, ihren Duft aus seinen Sinnen zu vertreiben. Er schien sich direkt darin eingebrannt zu haben und blieb auch weiter in ihnen haften, als Claire längst am Tisch saß und er ihren Kaffee mit einem Schuss Milch und zwei Stück Zucker verfeinerte.

In perfekter Ehemannmanier servierte er seiner Frau die dampfende Tasse und setzte sich ihr gegenüber. Claire wirkte für einen Wimpernschlag irgendwie irritiert, bevor sie einen winzigen Schluck von ihrem gerade noch hoch gelobten Elixier nahm und die Tasse kommentarlos wieder vor sich abstellte. Claire und John sahen sich an.

»Perfekt!«, meldete sich Frank unvermittelt aus dem Hintergrund. »Dann lassen wir euch auch schon wieder in Ruhe.«

Er und der Kameramann verabschiedeten sich und waren genauso schnell wieder verschwunden, wie sie aufgetaucht waren. Als die Haustür geräuschvoll ins Schloss fiel, atmeten Claire und John gleichzeitig durch.

»Das war knapp«, murmelte er.

»So kann das nicht weitergehen!«, entfuhr es Claire.

John hob ertappt beide Brauen. Sein Herz schlug unwillkürlich schneller. Was sollte er ihr jetzt sagen? Dass er sich so merkwürdig benahm, weil sein Leben gerade völlig aus den Fugen geriet? Dass er sich schämte und sich deswegen vor ihr einmauerte?

»Heute hatten wir Glück, aber was wird morgen sein?«, fragte sie, und John hatte Mühe, das eigentliche Thema zu erfassen. »Wir müssen beide im Bett schlafen.«

Er riss die Augen auf. »Kommt gar nicht infrage!«

Claire schaute ihn an, als hätte er ihr eine Ohrfeige verpasst. Ihr Gesichtsausdruck schmerzte ihn, doch allein der Gedanke daran, seine unruhigen Nächte auch noch in ihrem Beisein zu verbringen, wo sie ihn doch zusätzlich so sehr aufwühlte, versetzte ihn beinahe in Panik.

Sie atmete tief ein, und in ihre grünen Augen trat ein Ausdruck, der ihm in der Seele wehtat. Eine Mischung aus Wut und Enttäuschung.

»Wie du willst«, sagte sie kühl. »Aber ich werde meinen Wecker bestimmt nicht noch früher stellen, damit sie uns nicht erwischen.«

John vertuschte seine Bestürzung mit einem Schulterzucken. »Brauchst du ja nicht. Jetzt haben sie, was sie wollten. So schnell werden die nicht mehr morgens auftauchen.«

Er stand auf, weil er ihren Blick nicht mehr ertragen konnte. Dabei schalt er sich selbst einen elenden Feigling.

»Einen schönen Tag noch«, sagte sie tonlos. »Und im Übrigen trinke ich meinen Kaffee schwarz.«

***

»Herrgott, John! Jetzt warte doch mal!«

Nur widerwillig verlangsamte John seine Schritte zu einem leichten Trab und drehte sich zu seinem Freund um. Friedliche

Stille lag an diesem Sonntagvormittag über dem Wald. Nur durchbrochen von Stevens eigentümlichen Lauten, der wie eine Dampflok näher schnaufte. Sein Gesicht war knallrot und auf seinem grauen Shirt zeichneten sich ganze Sturzbäche von Schweiß ab. Außerdem stolperte er mehr über den eigentlich sehr ebenen Waldweg, als dass er wirklich lief.

Gezwungenermaßen verfiel John in ein lockeres Tempo und nutzte die Gelegenheit gleich, um das Brennen aus den Oberschenkeln zu schütteln, das er bis dahin noch gar nicht bemerkt hatte. Auch sein Atem ging schwer und stoßweise, aber bis Steven bei ihm ankam, hatten sich seine Lungen bereits wieder beruhigt.

Steven brauchte einige Atemzüge, bis er keuchend hervorbrachte: »Willst du … mich um…bringen … oder was?«

»Keine Sorge, meine Mordfantasien haben sich inzwischen gelegt«, entgegnete John gelassen. »Wobei du es eigentlich immer noch verdient hättest nach dieser Bungee-Aktion.«

»Har har.«

Zu einem richtigen Lachen war Steven derzeit wohl nicht fähig. John ließ kritisch den Blick über seinen präkollaptischen Kumpel schweifen.

»Du solltest wieder mehr trainieren.«

Steven riss ungläubig die Augen auf und stützte die Hände auf den Oberschenkeln ab. »Spinnst du?«

»Na komm, das bisschen Laufen hat dir früher nicht so zugesetzt.«

»Das bisschen …?« Steven rang immer noch nach Luft. »Alter, das hatte mit Laufen nichts mehr zu tun!«

John runzelte ratlos die Stirn. »Was meinst du damit?«

Obwohl Steven nach wie vor mit sich selbst zu kämpfen hatte, legte sich der typisch analytische Ausdruck in seine Augen, mit dem er so viel mehr von John sah als sonst irgendwer.

»Geht's um den Zeitungsartikel?«, fragte Steven.

John schüttelte den Kopf. »Nicht ganz.«

Steven seufzte schwer und wankte zu einem umgestürzten Baum am Wegrand. Kraftlos ließ er sich auf den Stamm fallen.

»Okay, dann erzähl mal«, forderte er John auf.

»Du solltest lieber die Muskeln dehnen, bevor du dich hinsetzt«, riet er ihm anstatt zu antworten.

Genervt winkte Steven ab. »Lenk mal nicht vom Thema ab!«

Dafür war es ohnehin zu spät. Steven würde nicht lockerlassen, bis er ihm seine Probleme geschildert hatte. Was das anbelangte, war sein Freund an Hartnäckigkeit nicht zu überbieten. Oftmals war John froh darüber, denn damit erleichterte er es ihm im Endeffekt, endlich mit Dingen herauszurücken, die er sonst vehement vor anderen zurückhielt.

»Vor ein paar Tagen … ist Mom aufgekreuzt«, begann er gedehnt.

Steven verzog mitfühlend das Gesicht. »Und?«

John schilderte ihm mit knappen Worten das ohnehin kurze Gespräch mit seiner Mutter, während er langsam vor dem Baumstamm auf und ab ging. Steven lauschte schweigend, bis John seinen Bericht mit einer wegwerfenden Geste beendete.

»Sie versteht es nicht!«, grollte er. »Sie versteht gar nichts!«

Steven beobachtete ihn eine Weile nachdenklich. Dann legte er den Kopf schräg und fragte: »Warum fühlst du dich schuldig, John?«

John blieb abrupt stehen. »Was?«

»Ich weiß nicht, aber mir kommt es so vor, als würdest du deine ganze Wut in dich hineinfressen, weil du dich wegen irgendwas schuldig fühlst.«

Im ersten Moment wollte John widersprechen, doch dann merkte er, dass an den Worten seines Freundes etwas Wahres dran war. Eine plötzliche Erschöpfung erfasste ihn und er ließ sich ebenfalls auf den Baumstamm sinken.

»Vielleicht hätte ich an dieser Show nicht teilnehmen sollen«, überlegte er laut.

»Aha!«

Verdutzt sah John Steven an, der ihn weise anlächelte.

»Das ist also das Problem. In dem braven Sohn regt sich auf einmal das schlechte Gewissen.«

John nickte kaum merklich. »Wahrscheinlich hast du recht.«

»Ich habe definitiv recht.«

»Hm.« Gequält massierte John sich die Schläfen, weil ihn inzwischen hämmernde Kopfschmerzen hinter der Stirn quälten. »Vielleicht sollte ich abbrechen.«

Steven sog hörbar die Luft ein. Er verlagerte unruhig sein Gewicht und knackte eine Weile mit den Fingerknöcheln.

»Aus persönlicher Sicht hätte ich ja nichts dagegen«, sagte er dann ernst. »Aber, John, als Freund muss ich dir wohl raten, das jetzt durchzuziehen. Du hättest mit deiner Rebellion zwar ruhig in kleinerem Maßstab beginnen können, aber da du jetzt schon mittendrin steckst, musst du damit klarkommen. Ich denke, das ist die Gelegenheit, dich endlich selbst zu finden. Es wird Zeit, herauszukriegen, was *du* willst.«

Es gab Momente, da war Steven ihm ein wenig unheimlich. Dies war ein solcher Moment.

Der Kopfschmerz pochte fröhlich weiter, als John schließlich den Rücken durchstreckte und mit schiefem Grinsen zu seinem Freund sah.

»Vielleicht hättest du dich damals doch für das Psychologiestudium entscheiden sollen.«

Entsetzt hob Steven die Hände. »Gott bewahre! Du reichst mir völlig aus. Noch mehr solche verwirrten Persönlichkeiten in meinem Leben würde ich nicht ertragen.«

~ DAS 5. INTERVIEW ~

Hattet ihr schon einen ersten Streit?

Claire: »Ein paar kleine Auseinandersetzungen gehören wohl zu jedem Ehealltag. Oder?«

John: »Nein.«

Hast du dich schon an das Zusammenleben gewöhnt?

Claire: »Auf jeden Fall. Es fühlt sich an, als wären wir schon immer zusammen gewesen.«

John: »Ja, das ging ganz schnell.«

Was sagst du zu dem Rankingvorsprung eurer Kontrahenten?

Claire: »Darüber denke ich eigentlich gar nicht nach.«

John: »Das kann sich schnell ändern.«

Zufall oder Wissenschaft – was denkst du?

Claire: »Schicksal.«

John: »Wissenschaft.«

10

~ *Claire* ~

Am Montagabend rechnete Claire fest damit, dass sie ihre Zeit allein verbringen würde. Mal wieder.

Sie redete sich ein, dass sie das nicht störte, zumal in der heutigen Folge von *The Wedding Project* die Poolszene auf dem Programm stand. Tatsache aber war, dass es sich nicht besonders gut anfühlte, allein auf dem Sofa herumzulungern und literweise Wein in sich hineinzuschütten.

Genau das hatte sie jedoch vor. Anders würde sie den Anblick von sich und John im Pool nämlich nicht ertragen. Das wusste sie mit absoluter Sicherheit.

Niedergeschlagen nippte sie an ihrem Wein und starrte auf den Fernseher. Im Vorabendprogramm lief noch irgendeine Sitcom.

Die Atmosphäre im Haus war inzwischen unerträglich und das Wochenende noch grauenvoller als das vorherige gewesen. Johns Stimmung seit dem Kuss sowie auch seine jüngste Zurückweisung nagten schwer an ihr. Am schlimmsten jedoch war, dass Claire keine Ahnung hatte, wie sie diesen Zustand ändern sollte.

Sie war so tief ins Grübeln verfallen, dass sie gar nicht bemerkte, als John zur Tür hereinkam. »Hey.«

Vor Schreck verschüttete Claire beinahe den Wein. »Oh, du bist ja schon da.«

Stirnrunzelnd betrachtete er sie vom Türrahmen aus. »Ich habe wohl vergessen, dir Bescheid zu sagen, dass wir heute Abend nebenan eingeladen sind. Die Frinkmans wollen sich die Show mit uns zusammen anschauen.«

Hitze schoss ihr in die Wangen. Sie würde sich diese Szenen ganz gewiss nicht im Beisein ihrer Konkurrenten angucken. Gerade wollte sie vehement protestieren, als John fortfuhr: »Frank und das Team werden auch da sein.«

Großartig! Jetzt wollte sie erst recht nicht dort rüber.

John stieß ein hartes Lachen aus. »Ich weiß«, sagte er, als könnte er ihre Gedanken lesen. »Wir müssen trotzdem hin.«

Angespannt strich er sich eine Strähne aus der Stirn und schaute ihr zum ersten Mal seit Tagen in die Augen.

Claire wurde eng um die Brust. Johns Miene blieb vollkommen gleichgültig, fast schon abweisend. Doch in seinen blauen Augen schimmerte eine seltsame Traurigkeit. Er wirkte wahnsinnig erschöpft, wie er dort am Türrahmen lehnte. Dunkle Schatten lagen unter seinen Augen. Seine Bartstoppeln waren länger als sonst, weil er sich am Morgen anscheinend nicht rasiert hatte. Und das Haar stand ihm zu Berge, als wäre er unzählige Male mit den Fingern hindurchgefahren.

Was war nur los mit ihm?

Ja, dieser Kuss hatte auch sie erschüttert, aber er konnte doch nicht nur deswegen so fertig sein. Sie hätte es ja noch verstanden, wenn sie miteinander im Bett gewesen wären. Aber so? Es war doch bloß ein Kuss gewesen.

»Also, kommst du?«, fragte er leise.

Alles in ihr sträubte sich gegen einen weiteren Abend mit den nervigsten Nachbarn auf diesem Planeten. Aber sie konnte John dort nicht allein hingehen lassen.

»Gib mir fünf Minuten«, sagte sie, stellte das Weinglas auf den Tisch und erhob sich. Dabei gab sie sich alle Mühe, die Tatsache zu verdrängen, dass ihr Entschluss nicht das Geringste mit der Show und dem wartenden Kamerateam zu tun hatte.

»Okay«, sagte John und marschierte in die Küche.

Kam es Claire nur so vor oder war da gerade Erleichterung in seinen Zügen aufgeblitzt?

Irritiert ging sie nach oben, um sich umzuziehen.

In den letzten Tagen waren die Temperaturen kontinuierlich gestiegen und der Frühling präsentierte sich von seiner schönsten Seite. Daher entschied Claire sich für ein geblümtes Wickelkleid, das sie sich von Olivia geliehen hatte. Dazu legte sie etwas dezentes Make-up auf und schlüpfte in schwarze Pumps. Fertig.

Als sie wieder nach unten kam, hatte John sich seines Jacketts entledigt und die Ärmel des weißen Hemdes hochgekrempelt. Er sah lässig-elegant aus, und auch wenn Claire es nur ungern zugab, ließ sich nicht abstreiten, dass ihr bei seinem Anblick ein sanftes Kribbeln das Rückgrat hinabrieselte.

»Ich bin so weit«, verkündete sie, woraufhin John sich eine Flasche vom Tresen schnappte und ihr den Vortritt wies.

Obwohl es außer Frage stand, dass sie den weiten Weg bis nach nebenan allein bewältigen konnte, legte John ihr behutsam die Hand auf den unteren Rücken. Bei seiner Berührung verstärkte sich das Kribbeln, aber Claire wehrte sich nicht dagegen. Dazu fühlte es sich leider zu gut an.

Widerstrebend gingen sie nach nebenan. Kurz bevor Claire den Klingelknopf drückte, bemerkte sie, dass auch John ein Seufzen unterdrücken musste. Sekunden später wurde die Haustür schwungvoll aufgerissen.

Vor ihnen stand Justin, mit einem breiten Grinsen im Gesicht und einem lächerlichen Sombrero auf dem Kopf. »Herzlich willkommen zum mexikanischen Abend!«

»Vielen Dank für die Einladung«, erwiderte Claire höflich und ließ die obligatorischen Wangenküsschen zur Begrüßung über sich ergehen. Anschließend streckte Justin die Hand in Richtung John aus, der sie kurz und kräftig schüttelte.

»Kommt doch rein.« Justin machte ihnen Platz. Hinter ihm entdeckte Claire einen Kameramann, der natürlich den Beginn des Abends filmte.

»Es ist schon alles vorbereitet«, berichtete Justin eifrig und rief: »Liebling, sie sind da-ha!«

»Oh!« Sandy kam um die Ecke geschossen und strahlte mit ihrem Mann um die Wette. Sie sah umwerfend aus in dem Minikleid, das mit bunten mexikanischen Motiven bedruckt war. Ihre Beine schienen überhaupt kein Ende zu nehmen. Auch sie platzierte zwei wohlkalkulierte Küsschen rechts und links auf Claires Wangen. »Ich freue mich, dich zu sehen, Liebes.«

»Ich mich auch«, log Claire mit angespanntem Lächeln.

Während Justin davonstiefelte, wandte Sandy sich augenzwinkernd an John. »Ihr seht großartig aus.«

Verärgerung blitzte in Claire auf. Die Frau hatte echt Nerven … Komplimente an einen anderen Mann zu verteilen, kaum dass ihr eigener Ehemann von der Bildfläche verschwunden war.

»Danke.« John reichte ihr die Flasche, ohne auf ihren Flirt einzugehen. »Eine kleine Aufmerksamkeit zum Themenabend.«

»Ein *Patrón Añejo Tequila.*« Sandy kicherte. »Was für eine wundervolle Idee. Du hast wirklich einen ausgezeichneten Geschmack, John.«

Am liebsten hätte Claire die Augen verdreht. Aber sie erinnerte sich gerade rechtzeitig daran, dass eine Kamera auf sie gerichtet war.

Sie folgten Sandy durch die blitzblank polierte Küche, in der es bereits herrlich nach mexikanischem Essen duftete. Draußen auf der Terrasse stellte Justin, umringt von Frank und zwei weiteren Kameraleuten, eine Platte mit mexikanischen Gerichten auf den reich gedeckten Tisch.

Claire lächelte Justin an. »Das sieht köstlich aus.«

»Ja, nicht wahr?« Er griff ein Tablett, auf dem vier Caipirinhas vorbereitet waren, und kam damit auf sie zu. »Meine Sandy ist eine richtige Profiköchin.«

»Ach was.« Sandy winkte ab und langte nach einem Glas. »Das war doch eine Kleinigkeit.«

Sobald die Gläser verteilt waren, zog Justin Sandy in die Arme und platzierte sie so, dass sie gut sichtbar für die Kamera waren.

Frank nickte wohlwollend.

»Also dann, auf einen schönen Abend«, rief Justin fröhlich und hob sein Glas.

Klirrend stießen die Gläser aneinander, während Claire und John ihre Zustimmung murmelten.

»Köstlich!«, befand Justin nach dem ersten Schluck von dem eisgekühlten Cocktail und schenkte seiner Frau einen verliebten Blick.

Gütiger Gott! Bitte hab Erbarmen!

Claire war sich sicher, dass sie diesen Abend nur mit jeder Menge Alkohol überstehen würde.

John schien zu einer ähnlichen Schlussfolgerung gelangt zu sein, denn er schüttete, ohne mit der Wimper zu zucken, gleich das halbe Glas in sich hinein.

»Hey, Jonnyboy, harten Tag gehabt?«, erkundigte Justin sich belustigt.

»Nicht anders als sonst«, erwiderte *Jonnyboy* tonlos.

Justin lachte. »Bei dem Tempo, das du vorlegst, könnte man glatt das Gegenteil denken. Ist was passiert?«

Was hatte der Idiot denn vor? Wollte er John vor laufender Kamera bloßstellen?

Ohne länger zu überlegen, schmiegte Claire sich mit einem lasziven Lächeln an ihren Mann. »Sei unbesorgt, Justin. Jemand mit Johns Statur verträgt einiges.«

Diese Bemerkung verhalf Justin glatt zu einem zuckenden Augenlid. »Dann sollten wir wohl eher ein Gläschen von deinem edlen Tropfen trinken, was meinst du, John?«

»Wie du willst«, antwortete John schulterzuckend und leerte sein Glas.

Justin biss die Zähne zusammen und nahm ihm das Glas ab. »Bin gleich zurück.«

Oha, da wollte es wohl jemand wissen.

Er stapfte in die Küche, woraufhin Sandy schrill kicherte. »Mein Liebster hat sich schon den ganzen Tag darauf gefreut, mit seinem Kumpel ganz entspannt etwas zu trinken.« Nervös deutete sie auf den Tisch. »Setzen wir uns doch.«

Schweigend rückte John den Stuhl für Claire zurecht, bevor er neben ihr Platz nahm.

Wenig später kehrte Justin mit einem weiteren Tablett zurück. Darauf standen vier Cognacschwenker. »Da wären wir.«

Sandy runzelte die Stirn. »Wo sind denn das Salz und die Zitronen?«

»Ach, mein Liebling.« Justin lächelte sie an, als wäre sie ein zurückgebliebenes Kleinkind. »Wir trinken den *Patrón Añejo* wie echte Mexikaner. Ohne Eis und den ganzen Schnickschnack, der nur den aromatischen Geschmack der blauen Agave verfälscht.«

Claire verbiss sich ein Lachen. Das hatte er hundertprozentig gerade heimlich in der Küche gegoogelt.

»Brennt das denn nicht furchtbar im Hals?«, fragte Sandy besorgt.

»Es ist jedenfalls nichts für zarte Gemüter, wie du eines bist.« Justin küsste sie auf die Stirn. »Vielleicht bleibst du besser bei deinem Caipirinha.«

Es war im Grunde keine Frage. Trotzdem nickte Sandy einfältig.

Zufrieden wandte Justin sich an Claire. »Und was ist mit dir, meine Teure? Möchtest du einen Schluck probieren?«

»Nein, danke. Ich bin kein Fan von purem Tequila.« Das stimmte eigentlich nicht ganz. Aber irgendwie hatte Claire das Gefühl, es wäre besser, wenn sie nüchtern blieb.

»Dann bleiben also nur wir beide«, stellte Justin fest, goss zwei Gläser ein und straffte den Rücken. »Arriba, abajo, al centro y pa dentro!«

»Salud«, erwiderte John schlicht und leerte sein zweites Glas.

Justin kniff leicht die Augen zusammen und tat es ihm gleich.

Claire hörte Frank im Hintergrund leise kichern.

»Greift bitte zu«, forderte Sandy und ratterte eine Liste mit den Gerichten herunter, bevor sie John anstrahlte. »Für dich habe ich hier vegetarische Tapas, Quesadillas und Enchiladas vorbereitet. Ich weiß ja, dass du kein Fleisch magst.«

John nickte. »Danke. Das ist sehr aufmerksam von dir.«

Wieder winkte Sandy ab. »Das ist doch nichts weiter.«

Ja, klar! Bei der Auswahl musste sie stundenlang in der Küche gestanden haben. Glaubte sie wirklich, ihr kaufte jemand diese falsche Bescheidenheit ab?

»Und wie lief es heute im Büro, John?«, erkundigte Justin sich erneut.

Claire warf ihm einen ungläubigen Blick zu. Was hatte er denn ständig mit Johns Arbeit?

»Ich nehme an, es ist viel los bei *Bricks & Sons* in letzter Zeit«, fuhr Justin fort und spießte ein Stück Hühnerfleisch auf.

Da endlich fiel der Groschen. Aber natürlich! Justin hatte den Pressebericht ebenfalls gelesen und lechzte nun nach schmutzigen Details.

John schien ihn ebenfalls zu durchschauen. »Ich würde es begrüßen, wenn wir das Thema Arbeit für heute Abend ruhen lassen. Ich bin froh, dass ich es rechtzeitig aus dem Büro geschafft habe, um den Abend mit meiner Frau und euch zu verbringen.«

»Bist du eben erst nach Hause gekommen?«, mischte Sandy sich schockiert ein.

John zerteilte eine gefüllte Paprikaschote. »Ich bin meistens nicht vor sieben Uhr da.«

»Ein Mann, der nur für die Arbeit lebt? Das wäre nichts für mich.« Sandy betrachtete Claire mitleidig, ehe sie sich an Justin kuschelte. »Ich bin froh, dass du immer pünktlich zu Hause bist, Liebling.«

Genervt schluckte Claire ihren Bissen herunter. »Es macht mir nichts aus, dass John sich in seinem Job engagiert. Schließlich habe ich auch ein eigenes Leben.«

»Oh, ich doch auch«, pflichtete Sandy ihr mit honigsüßer Stimme bei. »Trotzdem möchte ich keinen Abend ohne meinen Justin verbringen.«

Tja, was sollte Claire darauf erwidern, ohne vor laufender Kamera zuzugeben, wie unglücklich sie darüber war, die meisten Abende allein zu verbringen?

Fieberhaft suchte sie nach einer Antwort, betete im Stillen darum, dass John ihr zu Hilfe kam. Doch er aß geistesabwesend seine Tapas, als ginge ihn dieses Gespräch überhaupt nichts an.

Frust und Enttäuschung bündelten sich in Claires Magen, während sie schweigend auf ihren Teller starrte. Im Augenwinkel konnte sie erkennen, dass Frank nervöser wurde, je länger das Schweigen am Tisch andauerte.

Plötzlich lachte Justin auf. »Heutzutage hat es ein Mann nicht leicht, was, John? Einerseits möchte man für die Familie sorgen, andererseits auch bei ihr sein. Ich persönlich bin froh, dass ich einen Job gefunden habe, in dem mir beides möglich ist.« Er seufzte verträumt. »Ich liebe meinen Job. Am schönsten ist es, in die glücklichen Gesichter zu sehen, wenn ich einem meiner Babys Lebewohl sage. Ich tue das immer mit einem lachenden und einem weinenden Auge, weil sie mir alle in gewisser Weise ans Herz wachsen …«

Gute Güte! Der Mann war Autoverkäufer, keine Hebamme!

Trotzdem ließ Claire ihn quatschen, froh, dass er das Gespräch an sich riss. Niemand unterbrach ihn, während er herumschwafelte und sich profilierte, bis sie das Essen endlich hinter sich gebracht hatten und es Zeit war, den Fernseher einzuschalten.

»Noch einen zur Verdauung?«, fragte Justin und deutete sich zufrieden den Bauch tätschelnd mit dem Kinn auf die Tequilaflasche.

John nickte. »Klar.«

»Ich helfe dir beim Abräumen«, bot Claire an, als Sandy sich erhob.

Diese winkte eilig ab. »Nicht nötig.«

»Doch! Das ist doch selbstverständlich.« Bevor Sandy ein weiteres Mal widersprechen konnte, hatte Claire bereits ihren und Johns Teller geschnappt. Sie brauchte dringend eine Atempause von Justins Gelaber, den Kameras – und ihrem teilnahmslosen Gatten.

Sie hatte nicht erwartet, dass sie sich auf diese Weise von ihm im Stich gelassen fühlen könnte. Aber je weiter der Abend voranschritt, umso wütender wurde sie.

»Du kannst die Teller einfach auf die Anrichte stellen«, sagte Sandy und schaute auf die Uhr. »Die Show beginnt gleich.«

Claire ließ die Teller wie angeordnet zurück und holte die Platte mit den restlichen Speisen.

Am Tisch war Justin dabei, die geleerten Gläser noch einmal zu füllen. »Und einen für die Show.«

Zustimmend führte John das Glas erneut an die Lippen.

Mit zusammengebissenen Zähnen kehrte Claire in die Küche zurück. Sandy war nicht da. Also öffnete sie den Kühlschrank und hielt überrascht inne. Ein riesiger Karton nahm die komplette mittlere Ablage ein. Darauf stand in hübsch geschwungenen Lettern: *Espitas Catering – Wir liefern traditionelle mexikanische Gerichte direkt in Ihre Küche.*

Das war ja interessant.

»Was machst du da?«, rief Sandy hinter ihr.

Rasch schlug Claire die Kühlschranktür zu. »Ich wollte die Platte kaltstellen.«

»Erst Frischhaltefolie.« Sandy zog ein Schubfach auf und kramte darin herum. »Ich habe mir so viel Mühe mit dem Essen gegeben. Es wäre doch schade, wenn alles austrocknet.«

Diese Dreistigkeit verschlug Claire für einen Moment die Sprache. Sie betrachtete erst die übrigen Tapas, dann Sandy und sagte schließlich: »Nimm doch einfach die Verpackung vom *Espitas.*« Sie machte auf dem Absatz kehrt und stolzierte zurück in den Garten.

Justin und ein Kameramann stellten zusammen einen Beamer ein. Offensichtlich machten die anderen Mitglieder des Produktionsteams gerade Pause, weshalb Claire zu Frank ging, um ihn endlich zu begrüßen. Wie üblich hielt er sich nur kurz mit Floskeln auf, ehe er sie forschend betrachtete. »Was ist los bei euch?«

Claire zuckte zusammen. »Nichts, was soll sein?«

»Ihr zwei habt euch entfremdet, wie mir scheint.«

Betreten verschränkte Claire die Arme. »Wir hatten bloß einen stressigen Arbeitstag. Das ist alles.«

Zu Claires Überraschung tätschelte Frank ihr beruhigend den Oberarm. »Das renkt sich wieder ein. Vor allem, wenn ihr seht, wie ihr vor der Kamera harmoniert.«

Großer Gott! Claire war beim Essen so abgelenkt gewesen, dass sie glatt die heutige Show vergessen hatte.

Frank grinste sie an und lehnte sich ein Stück zu ihr. »Diese Folge wird euch an die Spitze bringen, vertrau mir.«

»Wir sind so weit, Frank«, unterbrach sie ein Beleuchter.

Er klatschte in die Hände. »Bitte alle auf ihre Plätze.«

Auf wackeligen Beinen ging Claire zurück an Johns Seite, griff nach ihrem Cocktail und starrte auf die Leinwand, die an der Sichtschutzmauer zu ihrem Garten angebracht worden war.

Das Intro von *The Wedding Project* flimmerte über die Leinwand, gefolgt von einigen Aufnahmen, die Justin und Sandy bei einem gemeinsamen Abendessen zeigten, wie sie sich gegenseitig fütterten.

Innerhalb von zehn Minuten war der Teil vom Ehepaar Frinkman vorbei und die Votingübersicht erschien.

Sehr zu Claires Verblüffung zeigte das aktuelle Abstimmungsergebnis, dass die Bricks seit letzter Woche, in der ihr Bungee-Sprung ausgestrahlt worden war, einige Punkte gegenüber den Frinkmans gutgemacht hatten. Nun lagen sie nur noch acht Prozentpunkte zurück.

Erfreut schaute Claire zu John, aber er zeigte keinerlei Reaktion.

»Oh, es wird spannend«, quiekte Sandy.

Ein Werbeblock wurde gesendet. Prompt griff Justin wieder zur Flasche. »Auf eure Aufholjagd!«

»Trink nicht so viel, Liebster«, schnurrte Sandy und streichelte ihm den Rücken. »Du weißt, wir haben nachher noch Pläne.«

»Ich halte das aus«, erklärte Justin entrüstet, füllte schwungvoll die Gläser und gab irgendeine Anekdote zum Besten.

»Heilige Mutter Gottes«, hauchte Sandy plötzlich und starrte geradeaus.

Irritiert folgte Claire ihrem Blick und zuckte zusammen, als sie John halbnackt auf der Leinwand erblickte. Er sah fantastisch aus. Athletisch, durchtrainiert, sexy.

Mit einem schiefen Lächeln streckte er die Hand aus, und Claire erschien im Bild.

»Wo hast du diesen Bikini her?«, murmelte Sandy anerkennend.

Claire strahlte sie einen Moment an. »Da musst du John fragen. Es war ein Geschenk von ihm.«

Sie bekam Sandys Reaktion nicht mehr mit. Zu fasziniert war sie von dem Paar auf der Leinwand. Untermalt von romantischer Musik, schlenderten die beiden zum Pool. Sie wirkten vertraut, glücklich.

Claires Herz begann zu rasen, als sie in den Pool stiegen.

Sie hatte keine Ahnung, wie die Leute vom Schnitt es angestellt hatten, aber von ihrer Anspannung am Filmtag war auf der Leinwand nichts zu sehen. Stattdessen umkreisten sie einander neckend und ließen sich nicht aus den Augen – bis sie sich förmlich auf John stürzte. Und nicht nur das. Er zog sie seinerseits ebenso an sich, als könnte er gar nicht anders.

Neben Claire schnappte Sandy leise nach Luft.

Im Garten wurde es mucksmäuschenstill, weil alle gebannt auf die Leinwand starrten.

In Zeitlupe wurden verschiedene Nahaufnahmen eingeblendet: ihre Augen, die vor Verzückung geschlossen waren; ihre Lippen, wie sie miteinander verschmolzen; ihre Hände, die nicht genug zu bekommen schienen.

Die Hintergrundmusik wurde noch emotionaler, trieb Claire plötzlich Tränen in die Augen. Was sie dort sah, war kein Spiel mehr. Es war echt!

Im Augenwinkel bemerkte Claire, wie John sich vorbeugte. Sie wagte es jedoch nicht, ihn richtig anzusehen. Sie hatte zu viel Angst vor seiner Reaktion.

Erneut wurde die Votingtafel eingeblendet. Jetzt lagen die Bricks nur noch drei Prozentpunkte zurück. Voller Unglauben schlug Claire sich die Hand vor den Mund, während bereits die Vorschau für die nächste Woche erschien.

»Cut!«, rief Frank und richtete sich auf. »Sehr schön, das war's für heute, Leute. Packt zusammen.«

»Jetzt brauche ich einen Drink«, verkündete Justin und schenkte sich und John ein, ohne länger auf die Etikette zu achten.

»Tja, also, das war ja eine aufschlussreiche Show«, bemerkte Sandy anerkennend, aber an dem Zucken ihres linken Lids erkannte Claire, wie sehr es ihr missfiel, dass sich ihr Vorsprung so rapide verringert hatte. Auf einmal sprang sie auf und lief zum Produktionsleiter. »Frank, mein Bester, warum hatten wir diesmal so wenig Sendezeit?«

»Wir mussten Prioritäten setzen, Liebes. Das Material von Claire und John war zu gut, um es ungenutzt zu lassen.«

Empört stemmte Sandy die Hände in die Hüften. »Ich will auch eine Poolszene.«

»Das wäre langweilig. Die Zuschauer lieben die Abwechslung, und dabei bleiben wir. Nächste Woche ist sicher wieder mehr Zeit für euch drin.« Er drückte ihr einen Abschiedskuss auf die Wange, bevor er sich gut gelaunt von den anderen verabschiedete und mit dem Team verschwand.

Zurück blieben zwei konkurrierende Ehepaare, die einander argwöhnisch betrachteten.

Erschöpft rieb Claire sich den Nacken.

Dieser Abend würde kein gutes Ende nehmen.

~ *Jonathan* ~

John hatte das Gespräch zwischen Sandy und Frank mit gewisser Zufriedenheit verfolgt. Er musste sich das Grinsen verkneifen, als sie empört ihr Haar zurückwarf und verärgert mit dem

Fuß aufstampfte. Nun, da die Kameras aus waren, bröckelte ihre glänzende Fassade erheblich.

Sie ließ sich knurrend auf ihren Stuhl plumpsen. »So ein Mist.«

»Immer mit der Ruhe, Liebling«, sagte Justin und tätschelte ihr tröstend den Oberschenkel. »Wir werden den Pott trotzdem holen.«

Claire gab ein missbilligendes Geräusch von sich. Sie schien überrascht, dass Justin vor aller Augen solche Aussagen von sich gab.

Justin lächelte sie selbstgefällig an. »Nichts für ungut, Schätzchen. Du weißt selbst, wie der Hase läuft.«

Bei dem Tonfall musste John wieder schmunzeln. Während Claire sich wunderte, fand er eher erheiternd, in welche Richtung sich dieses Gespräch entwickelte. Vor laufender Kamera hatte John sich noch zusammengerissen und Justins Schwadronieren über sein erhabenes Leben schweigend ertragen. Selbst den kläglichen Versuch, die Firma schlecht darzustellen, hatte er tapfer über sich ergehen lassen. Dabei war Justin der Neid geradezu aus den Augen getropft. Jetzt tropfte er auch wieder … aber jetzt waren die Kameras aus …

Gelassen lehnte John sich zurück und fixierte Justin. »Wie läuft der Hase denn?«, fragte er schließlich.

»Wir sind alle hier, um zu gewinnen«, erklärte Justin schulterzuckend und bedachte Claire mit einem anzüglichen Blick. »Eure Pooleinlage war clever. Nackte Haut zieht immer. Vor allem, wenn sie so ansehnlich ist.«

Claire klappte der Mund auf. Sogar Sandy sog erschrocken die Luft ein. Er hingegen blieb die Ruhe in Person. Zumindest äußerlich. Eigentlich hätte er Justin nach diesem Spruch gerne an der Gurgel gepackt, aber eine körperliche Auseinandersetzung würde unweigerlich zu Problemen führen.

»*Sex sells*«, erwiderte er lediglich. Er prostete Justin zu, der sich natürlich nicht lange betteln ließ. Sie leerten die Gläser, ohne den Blickkontakt zu unterbrechen.

Neben John verlagerte Claire unwohl ihre Sitzposition. »Wir sollten allmählich aufbrechen. Wir müssen morgen alle wieder früh raus.«

»Ach!« Justin winkte ab. »So ein Arbeitstier wie John bringt ein kleiner Umtrunk doch wohl nicht aus dem Konzept?«

John nickte lässig. »Stimmt. Dazu braucht es schon mehr als ein paar Gläschen Tequila und eine Stunde weniger Schlaf.«

Zufrieden registrierte er das kampflustige Blitzen in Justins Augen. Zudem waren die ersten Auswirkungen des Tequilas darin nicht zu übersehen. Nicht nur seine gelockerte Zunge sprach also dafür, dass der Alkohol ihn bereits mehr ihm Griff hatte, als ihm selbst bewusst war. Mit dem albernen Sombrero auf dem Kopf gab er insgesamt ein ziemlich lächerliches Bild ab.

Justin angelte nach der Flasche. »Ich bin neugierig, John.« Er hob auffordernd sein Glas. »Warum hat der Erbe einer der größten Immobilienfirmen Chicagos es nötig, bei einer solchen Show mitzumachen?«

John hatte für einen Moment Mühe, die Contenance zu wahren und dem Bedürfnis zu widerstehen, Claires Reaktion auf diese Frage zu überprüfen. Spätestens jetzt musste ihr klar werden, dass er nicht wegen der Gage hier war.

»Nun«, antwortete er beherrscht und grinste Justin süffisant ins Gesicht. »Ich liebe die Herausforderung des Unbekannten.«

Die beiden schütteten sich den Tequila in die Kehle. Justin wischte sich wenig elegant mit dem Handrücken die Lippen trocken. »Du bist also ein Spieler?«

»Ich bezeichne mich eher als Gewinner«, entgegnete John mit dem größten Maß an Arroganz, das er gegenwärtig aufbringen konnte.

Justins inzwischen erheblich vernebelte Augen wurden schmal. Er schob sich seinen Sombrero zurecht und prahlte: »Nicht nur du, mein Freund!«

»Tatsächlich?« Herausfordernd hielt John ihm sein leeres Glas hin. »Dann lass mal sehen.«

»Was soll denn das hier werden?«, stieß Claire beunruhigt hervor, doch sie reagierten überhaupt nicht. John starrte Justin unerschütterlich an, bevor Justin die Gläser wieder füllte und die nächste Runde ihre Kehlen hinunterbrannte.

»Seid ihr verrückt geworden?« Nun mischte Sandy sich auch ein. »Wir sind doch nicht im Kindergarten!«

Schon war die nächste Runde vernichtet.

»Kindergarten?«, tönte ihr Gatte lautstark. »Das is' 'ne Sache unter Männern! Nicht wahr, Bricks?«

Statt zu antworten, hob John sein Glas an die Lippen.

Justin ließ nicht auf sich warten und goss sich nach.

»Das ist genug, Liebling.« Sandy versuchte, Justin das Glas aus der Hand zu reißen, doch er stieß sie weg. »Lass mich! Ich werd dem Bricks-Söhnchen jetz' mal zeigen, wie man *richtig* trinkt.«

John lachte mit ehrlicher Belustigung. Dem Idioten fiel nicht einmal auf, dass sein Alkoholpegel längst außer Kontrolle geraten war, wohingegen er allenfalls eine leichte Schwere in den Gliedern verspürte.

»Du solltest das lieber bleiben lassen, Justin«, warf Sandy erbost ein. »Ich habe nämlich wirklich keine Lust darauf, dir beim Kotzen zuzusehen!«

»Pah!« Kichernd winkte Justin ab. »Ich hab nich' mehr gekotzt, seit ich zwanzig war!«

»Ich hab noch nie gekotzt«, behauptete John spontan, was freilich eine absolute Lüge war.

»Dann wird das deine Premiere!«, prahlte Justin und schüttete mehr Tequila neben als in die Gläser.

Sandy war inzwischen feuerrot vor Zorn. Sie sprang auf und fuchtelte wütend mit den Händen vor dem Gesicht ihres Liebsten herum. »Mach doch, was du willst!«

Dann stapfte sie ins Haus.

Aus dem Augenwinkel heraus konnte John sehen, wie Claire unschlüssig die Arme verschränkte und wohl kurz überlegte, ob sie auch einfach gehen sollte. Dann jedoch schlug sie die Beine übereinander, lehnte sich zurück und beobachtete das weitere Geschehen mit gerunzelter Stirn.

Noch ein Glas. Und noch ein Glas. Und noch ein Glas.

Geredet wurde eigentlich kaum noch. Die wenigen Sprüche, die Justin herausbekam, waren so verwaschen, dass sie keinen Sinn mehr ergaben. Natürlich ging das Besäufnis auch an John nicht spurlos vorüber, doch er erlaubte sich schlichtweg nicht, die Auswirkungen des Alkohols zu zeigen, obwohl er mit jedem Gläschen mehr gegen sie anzukämpfen hatte.

Die Flasche war fast leer, und John überlegte bereits, mit welchem Getränk sie am besten weitermachen sollten, als Justin ein äußerst verdächtiges Geräusch von sich gab.

John prostete ihm erfreut zu. »Hast du genug?«

Widerwillig schüttelte Justin den Kopf. Dann holte er tief Luft, leerte sein Glas – und begann prompt zu würgen.

»Oh, oh«, murmelte Claire, während Justin sich aus dem Stuhl hochkämpfte.

Er rumpelte hart gegen den Tisch und torkelte mit starrem Blick über die Wiese. Der Sombrero segelte unheilvoll zu Boden. Keine fünf Sekunden später fiel Justin auf die Knie und übergab sich lautstark in den Pool.

Zu Johns Überraschung lachte Claire fröhlich auf. »Ich bin mir ziemlich sicher, dass der Poolboy das gar nicht komisch findet.«

Am Ende des Gartens plumpste Justin stöhnend auf den Rücken.

»Gehen wir«, sagte John zufrieden, erhob sich und nahm Claires Hand.

Obwohl die Bewegung einen Anflug von Schwindel in Gang setzte, schaffte er es, kerzengerade und schnurstracks ins Haus zu gehen. Sandy stand am Küchentresen und stierte ihn wütend an. »Bist du jetzt zufrieden?«

»Er hat angefangen«, antwortete er und zuckte mit den Schultern. »Und er hat übrigens gerade in den Pool gekotzt.«

Sie riss schockiert die Augen auf und stieß sich vom Tresen ab.

»Es tut mir sehr leid, Sandy«, sagte Claire zerknirscht, doch die grunzte nur abfällig und eilte hinaus zu ihrem Alkoholopfer.

»Gute Nacht«, trällerte John ihr vergnügt hinterher und zog Claire mit sich, bevor Sandy noch etwas erwidern konnte.

Das Geräusch der zufallenden Haustür schien für seinen Körper ein Startschuss gewesen zu sein. Als hätte jemand in seinem Hirn einen Schalter umgelegt, begann die schlummernde Wohnsiedlung vor ihm plötzlich unruhig hin und her zu schwappen.

»Puh!«, machte er und rieb sich über die Stirn.

»Alles in Ordnung?«, fragte Claire.

»Natürlich nicht! Ich hab grade einen halben Liter Tequila geschluckt.« Er ächzte und hielt sich mit geschürzten Lippen den Bauch. »Und ich bin eindeutig zu alt für diesen Scheiß.«

Claire musterte ihn mit schräg gelegtem Kopf. »Ehrlich gesagt, beruhigt mich das.«

»Was genau jetzt?«, hakte er verständnislos nach und ging neben ihr quer über die Rasenfläche des Vorgartens. Dabei konnte er gerade noch einem Blumenbeet ausweichen, das auf ihn zuzukommen schien, und machte einen wenig eleganten Ausfallschritt.

»Na ja, dass der Tequila dich doch nicht so kalt lässt, wie es vor fünf Minuten noch den Anschein hatte«, antwortete Claire amüsiert. »Ich hab echt geglaubt, du wärst stocknüchtern.«

»Show and shine!«, rief John aus und stieß triumphierend eine Faust in die Höhe, wodurch er beträchtlich aus dem Gleichgewicht geriet. »Hoppla.«

Claire packte ihn blitzschnell am Arm und bewahrte ihn somit davor, auf allen vieren vor ihrer Türschwelle zu landen. John lehnte sich an die Wand, um weiteren Beinaheunfällen entgegenzuwirken. Er schloss kurz die Augen, merkte aber schnell, dass dies keine gute Idee war und den Schwindel nur noch schlimmer machte.

Grundgütiger, er musste schleunigst ins Bett, bevor sich das gesamte Ausmaß seines Alkoholkonsums bemerkbar machte! Obwohl er eigentlich gar nicht müde war. Bis auf den Schwindel ging es ihm sogar ganz hervorragend. Im Gegensatz zu dem kotzenden Justin … was für ein überraschend lustiger Abend dies doch war!

Er stellte fest, dass Claire ihn abwartend ansah. »Was ist?«

»Äh, du hast den Schlüssel?«

»Oha!« Er fasste in seine Hosentasche und überreichte ihr mit feierlicher Miene seinen Schlüsselbund. Interessiert beobachtete er sie, während sie die Tür aufschloss. »Ich hab eindeutig die bessere Ehefrau erwischt.«

Die Bezeichnung Schock war kaum ausreichend für das, was sich daraufhin in ihrem Gesicht abzeichnete. John lachte schallend. »Ernsthaft! Schau dir nur an, wie Sandy sich gerade aufgeführt hat. Mein Gott, bloß weil ihr Hirsch seine Brunftschreie heute anderweitig einsetzt! Bin ich froh, dass du nicht so ’ne Furie bist.«

Claire sah ihn an, als hätte sie sich gerade verhört. Ihre grünen Augen wirkten irgendwie kühl.

»Hast du ein Glück«, sagte sie gepresst, ging ins Haus und knipste das Licht an. Trotz seines Promillewertes vernahm er einen Hauch Sarkasmus in ihrer Stimme.

John folgte ihr irritiert und blinzelte gegen die plötzliche Helligkeit an. »Hab ich was Falsches gesagt?«

»Nein.« Sie warf den Schlüssel auf das Sideboard. Als sie sich wieder zu ihm umdrehte, war von ihrer Verstimmung nichts mehr zu merken. Sie wirkte eher besorgt, während sie ihn betrachtete. »Alles in Ordnung?«

»Aber klar doch«, tönte er. »Nur ein kleiner Schwips.« Er winkte ab und merkte selbst, in welcher Schräglage er die Treppe ansteuerte, darum korrigierte er erheitert: »Okay, vielleicht doch ein mittlerer Schwips. Aaaaber …«, er hob unterstreichend den Zeigefinger, »… das war's wert!«

John meisterte die ersten Stufen, indem er sich am Geländer hochzog. Claire holte schnell auf und stieg dicht hinter ihm hinauf. Ungefähr auf halber Höhe drehte er sich fragend zu ihr um. »Wo gehst du eigentlich hin?«

»Ich passe auf, dass du dir nicht den Hals brichst.«

»Ah! Das ist aber nett von dir!«

»Tja, so bin ich halt.«

Sie erreichten unversehrt den oberen Flur. Claire ging direkt neben John, der sich von der Wand zur Schlafzimmertür leiten ließ.

»Du bist echt nett«, meinte er ehrlich, was in ihren Ohren aber wie eine überraschte Feststellung klingen musste.

Claire antwortete auch nicht darauf. Sie öffnete die Schlafzimmertür und überließ ihm den Vortritt. Er machte sich gar nicht erst die Mühe, das Licht einzuschalten, wankte schnurstracks auf das Bett zu und ließ sich stöhnend rücklings darauf fallen. Alle viere von sich gestreckt, blickte er an die Decke und versuchte, deren Drehbewegung zu ignorieren.

Irgendwann räusperte sich Claire. »Soll ich lieber einen Eimer bringen oder so?«

John gluckste und drehte den Kopf zu ihr. Sie stand im Türrahmen, das Licht vom Flur im Rücken, sodass ihr Gesicht im Dunkeln lag. Trotzdem war offensichtlich, dass sie sich Sorgen um ihn machte. Sowie ihm das bewusst wurde, verschwand die alkoholbedingte Fröhlichkeit aus seinem Verstand und machte Platz für die Melancholie, die er seit Wochen im Herzen trug.

»Ich bin kein Arschloch«, sagte er frei heraus. »Es tut mir leid, dass du so über mich denkst.«

Sie reagierte erst nicht. Dann räusperte sie sich und fragte: »Wer sagt, dass ich so über dich denke?«

»Das braucht mir niemand zu sagen.« Er wandte den Blick wieder Richtung Zimmerdecke. »Ich bin ja schließlich kein Soziopath.«

Ein zurückhaltendes Lachen wehte zu ihm heran. »Da bin ich mir aber oftmals nicht so sicher.«

Auch wenn es vermutlich ein Scherz gewesen sein sollte, lag doch ein Teil Wahrheit darin. Ihre Aussage fühlte sich an wie ein Schlag in die Magengegend. John hatte keine Ahnung, was er nun darauf antworten sollte. Er starrte nur weiterhin an die Decke und schalt sich selbst einen Idioten. Claire hatte es nicht verdient, so von ihm behandelt zu werden. Er wollte nicht, dass sie ihn hasste. Er wollte, dass sie …

Plötzlich spürte er, wie sich die Matratze neben ihm leicht senkte.

»Willst du darüber reden?«, fragte sie leise.

Ihre sanfte Stimme rumorte in seinem Herzen. Er nahm Claires zierliche Gestalt am Bettrand wahr, doch er wagte es nicht, sie anzusehen.

»Das ist aber eine lange Geschichte«, antwortete er angespannt.

»Ich habe Zeit.« Wieder spürte er eine Bewegung, als Claire sich neben ihm ausstreckte. »Außerdem bin ich neugierig, John.« Sie hüstelte und imitierte Justins Stimme: »*Warum hat der Erbe einer der größten Immobilienfirmen Chicagos es nötig, bei einer solchen Show mitzumachen?*«

John musste grinsen, doch dabei drängte sich ihm eine bestimmte Frage auf. »Wusstest du es?«, platzte er heraus.

»Was?«

»Wer ich wirklich bin?«

»Ich kenne die Firma namens *Bricks & Sons*.« Sie verschränkte entspannt die Arme hinter dem Kopf. »Doch das bedeutet längst nicht, dass ich weiß, wer *du* bist. Das ist ein Unterschied. Und ich muss zugeben, dass ich allmählich gerne erfahren würde, wer eigentlich hinter diesem soziopathischen Jonathan Bricks steckt, den ich kürzlich geheiratet habe.«

Sie lachte leise, und dieses Lachen öffnete eine verborgene Schleuse in ihm. Er konnte gar nicht anders, als Claire in diesem Moment alles zu erzählen. Es geschah einfach. Die Worte sprudelten praktisch von selbst aus ihm heraus. Er hatte weder die Kraft noch die Lust, sie noch länger zurückzuhalten. Natürlich war der Tequila nicht unschuldig daran, doch der Alkohol verhalf ihm nur dazu, endlich dem Drang nachzugeben, den er seit Langem in sich verspürte.

Claire hörte ihm geduldig zu. Sie unterbrach ihn kein einziges Mal, während er redete und redete.

Und schon beim Erzählen merkte er, wie gut es sich anfühlte, sich ihr anzuvertrauen.

11

~ Claire ~

Mit weit aufgerissenen Augen starrte Claire aus dem Schlafzimmerfenster. Sie lag auf der Seite – und hinter ihr, dicht an sie geschmiegt, schlief John, die Nase in ihr Haar gegraben und einen Arm besitzergreifend um sie geschlungen.

Seit Stunden lagen sie nun schon so dicht aneinander geschmiegt in Löffelchenstellung. Anfangs hatten sie noch Schulter an Schulter im Bett ausgestreckt gelegen, während John ihr sein Herz ausschüttete. Aber irgendwann war er verstummt und schließlich eingeschlafen.

Das wäre wohl der Moment gewesen, in dem Claire sich aus dem Zimmer hätte schleichen sollen. Stattdessen hatte sie sich nicht vom Fleck bewegt, sondern seinem gleichmäßigen Atem gelauscht und versucht, das Bild von dem arroganten, kühlen John mit dem des zerrissenen, unglücklichen Sohnes in Einklang zu bringen.

Natürlich war ihr zuvor nicht entgangen, dass ihn irgendetwas belastete, und sie hatte lange befürchtet, dass es ihr Zusammenleben war. Aber weit gefehlt.

Claire hatte nie für möglich gehalten, wie sehr ihm die Situation in seiner Familie zusetzte. Nach außen hin wirkte er stets selbstbewusst, fast schon überheblich. Aber in ihm tobten

Chaos und Unsicherheit. Plötzlich sah sie John in einem völlig neuen Licht. Zumal sie nun wusste, dass sein Verhalten gar nichts mit ihr zu tun gehabt hatte. Im Gegenteil. Er schien sie sogar zu *mögen*.

Diese Erkenntnis hatte ihr jede Hoffnung auf Schlaf geraubt, und seit er sie leise stöhnend an sich gezogen und sich der Länge nach an sie gepresst hatte, war es ganz vorbei damit.

Claire hatte es einfach geschehen lassen. Es dauerte ewig, bis sich ihr rasendes Herz endlich beruhigt hatte. Trotzdem war sie nach wie vor aufgewühlt. Weil sich diese Nähe zu John einfach viel zu gut anfühlte.

Claire wollte sie genießen, solange es ging. Wer wusste schon, was passierte, wenn er erwachte. Vielleicht hatte er einen kompletten Filmriss und konnte sich überhaupt nicht mehr daran erinnern, was er ihr letzte Nacht alles anvertraut hatte. Vielleicht wich er ihr auch verlegen aus, warf sie rüde aus dem Zimmer oder zeigte ihr wieder nur die kalte Schulter.

Bei der Vorstellung meldete sich ein dumpfer Schmerz in Claires Brust. Sie wollte nicht, dass er wieder so kalt und abweisend wurde wie in den letzten Tagen. Sie wollte den *echten* John. Den John, der mit ihr herumalberte, sie neckte und sie bis auf den Grund seiner Seele blicken ließ.

Es war erst sechs Uhr morgens. Ihr blieb also noch gut eine halbe Stunde, bis sein Wecker klingelte und ihrer stillen Behaglichkeit ein Ende setzte. Nachdenklich betrachtete Claire Johns Handy, das gut erreichbar auf dem Nachttisch lag. Natürlich könnte sie es an sich nehmen und tief unter die Kissen stopfen. Dann hätten sie vielleicht mehr Zeit. Nur ein kleines bisschen …

Claire verzog das Gesicht.

Was stimmte nicht mit ihr, dass sie sich wünschte, ihren wehrlosen, komatösen Ehemann noch etwas länger in diesem

Zustand zu behalten, nur damit sie sich an seiner Nähe laben konnte?

Sie sollte gehen. Auf der Stelle. Das Problem war nur, dass ihre Beine anderer Meinung waren.

Von unten hörte Claire ein dumpfes Poltern, gefolgt von leisem Zischen. Claire versteifte von Kopf bis Fuß.

Jemand war im Haus. Nicht irgendjemand, sondern Frank und seine Clique. Wer sollte es sonst sein? Schließlich war es nicht das erste Mal, dass sie sich in aller Frühe ins Haus schlichen, um das Ehepaar bei ihren Morgenritualen zu filmen. Bisher hatten sie und John Glück gehabt und waren nicht in ihren getrennten Schlafstätten erwischt worden. Insofern sollte sie wohl erleichtert sein, dass sie ausgerechnet heute tatsächlich zusammen in einem Bett lagen. Das Problem war nur, dass Claire gewiss keine laufende Kamera dabei haben wollte, wenn John aus seinem Dornröschenschlaf erwachte.

»Einen Augenblick«, hörte sie Frank unmittelbar vor der Schlafzimmertür wispern. »Ich will nur schnell überprüfen, ob unsere Kandidaten hinreichend bedeckt sind und der feuchtfröhliche Tequilaabend ein paar pikante Details geliefert hat, die für unsere Zuschauer sehenswert sind.«

Leises Glucksen ertönte, wohingegen Claire empört mit den Zähnen knirschte. Was glaubte Frank denn hier vorzufinden? Die Überbleibsel einer wilden Orgie oder was?

Die Tür wurde vorsichtig aufgeschoben.

Eilig schloss Claire die Lider und versuchte, das Gesicht so entspannt wie möglich zu halten. Als sie einen Lufthauch spürte und ihr Franks Eau de Toilette in die Nase drang, öffnete sie blinzelnd die Augen.

Frank verharrte keine zehn Zentimeter vor ihrem Gesicht und fixierte sie mit einem Blick, als hätte sie kleine Kinder gefressen.

»Guten Morgen«, flüsterte er. »Würdest du mir bitte erklären, warum ihr in eurem Ehebett *vollständig* bekleidet seid? Ich dachte, die letzte Show hätte euch die Augen geöffnet …«

Eine seltsame Mischung aus Scham und Wut blitzte in Claire auf. »Es ist ziemlich spät geworden gestern Nacht. Wir waren daher leider zu erschöpft, um uns gegenseitig die Kleider vom Leib zu reißen und bis zur Besinnungslosigkeit zu vögeln.«

Frank grinste amüsiert. »Vorsicht, Liebes! Die Einschaltquoten sind gestern Abend durch die Decke geschossen. Ihr liegt seit zwei Stunden knapp in Führung. Mach dir das nicht kaputt, indem du die Hand beißt, die dich füttert.« Obwohl sein Ton neckend war, war die Warnung darin nicht zu überhören.

Betreten nuschelte Claire eine Entschuldigung.

Plötzlich regte John sich, presste sich noch dichter an Claires Rücken.

Erneut schnellte ihr Puls in die Höhe.

Schon zufriedener, richtete Frank sich auf, zog die Bettdecke über sie, sodass ihre Kleidung kaum noch zu sehen war, und winkte den Kameramann herein. »Diesmal nur Close-ups ihrer Gesichter«, wies er sein Crewmitglied an, bevor er sich wieder an Claire wandte und ihr auffordernd zunickte. »Zeit, deinen Ehemann zu wecken.«

Claire schluckte – und betete.

Hoffentlich hatte sie sich umsonst die halbe Nacht den Kopf über seine Reaktion zerbrochen. Sie würde es nicht ertragen, wenn er sie vor laufender Kamera zurückstieß.

Ihren ganzen Mut zusammennehmend, drehte Claire sich in Johns Armen und versuchte, sich ausschließlich auf sein entspanntes Gesicht zu konzentrieren.

»Guten Morgen«, murmelte sie und strich zärtlich über seine stoppelige Kinnpartie.

John stöhnte. Dann rollte er sich auf den Rücken und ließ ein Schnarchen vernehmen.

Fantastisch!

Was jetzt? Ratlos stützte Claire sich auf den Ellenbogen und pikste John den Finger in die Seite.

Er zuckte zusammen – und schnarchte weiter.

»John!«, sagte sie, nun etwas lauter. »Wach auf, *Schatz.*«

John brummte, machte allerdings keine Anstalten, die Augen zu öffnen.

Fluchend setzte Claire sich auf. Sie konnte ihn nicht einfach forsch wecken, wenn diese dämliche Kamera jede kleine Reaktion erbarmungslos einfing. Was, wenn er zu sich kam und sie sofort zur Schnecke machte, weil sie immer noch hier im Bett lag? Sie musste ihn irgendwie warnen. Aber dazu musste er erst mal wach werden.

»Cut!«, zischte Frank und seufzte schwer. »Ich hoffe inständig, dass du deinen Mann nicht jeden Morgen auf diese Weise munter machst.«

Genau genommen hatte Claire das noch nie getan. Aber es war wohl klüger, das unerwähnt zu lassen. »Er hat gestern Abend wirklich viel getrunken. Vielleicht sollten wir ihn noch etwas schlafen lassen.«

Frank schmetterte ihren Vorschlag sofort ab. »Vergiss es! Außerdem geht es nicht um John. Ich kann einfach nicht spüren, wie glücklich *du* bist, jeden Morgen neben ihm aufzuwachen. Denk nicht an die dämlichen Kameras. Tu einfach so, als ob ihr allein wärt und alles zwischen euch so ist, wie es sein sollte.«

Gedankenverloren musterte Claire ihren schlafenden Ehemann und verdrängte entschieden ihre Angst vor jeglicher Zurückweisung. Wenn alles so wäre, wie es sein sollte, dann läge Claire jetzt glücklich mit ihrem Gegenstück im Bett. Mit dem Mann, den sie bedingungslos liebte und der sie ebenso sehr vergötterte. Sie versuchte, sich vorzustellen, John wäre genau dieser Mann, mit all seinen Gegensätzen, der harten Schale und dem weichen Kern.

Langsam ließ sie sich zurück an seine Seite sinken, drückte die Nase in seine Halsbeuge und schloss für einen Moment die Augen. Der herbe Duft seines Aftershaves haftete noch immer an ihm. Mittlerweile hatte er fast schon etwas Vertrautes an sich.

Claire ließ lauter sanfte Küsse auf seinen Hals regnen, dann auf sein Kinn, bis sie schließlich bei seinem Mundwinkel anlangte.

»Guten Morgen«, schnurrte sie und küsste ihn hauchzart auf die Lippen.

Johns Lider flatterten. Er reckte sich, wobei er seinen Arm im Halbschlaf unter sie schob und sie auf sich zog.

Vor Überraschung keuchte Claire auf, als sie sich plötzlich der Länge nach auf ihm befand. Seine linke Hand fuhr ihr über den Rücken und landete auf ihrem Hintern, während sich die Finger seiner rechten Hand in ihre Taille gruben.

Bei seiner Berührung schwappte eine Welle der Erregung über Claire hinweg. Sie krabbelte ein Stück nach oben und versuchte krampfhaft die Tatsache zu ignorieren, dass es durchaus Körperteile an ihm gab, die bereits putzmunter waren.

Das konnte nur eines bedeuten: John war völlig neben der Spur. Erneut wallte Panik in ihr auf. Sie musste ihn dringend warnen, bevor er die Grenze zwischen Traum und Wirklichkeit durchbrach, seine Erinnerungen einsetzten und er sie fluchend von sich schubste. Wenn er damit herausplatzte, dass sie in seinem Bett nichts zu suchen hatte, waren sie geliefert.

Verzweifelt krallte Claire die Hände in sein weiches Haar und tupfte weitere Küsse auf sein Gesicht, bis sie sein Ohr erreichte. »Wir haben Gesellschaft«, flüsterte sie so leise, dass ihre Beobachter sie unmöglich hören konnten.

Mit einem zufriedenen Brummen schmiegte John sein Gesicht gegen ihres, rieb sich genüsslich an ihrer Wange. Aber darüber hinaus reagierte er nicht, weshalb Claire ihre Bemühungen intensivierte, ihn über ihre Zuschauer zu informieren. Anscheinend drangen ihre leisen Worte jedoch nicht zu ihm durch, denn alles, was er tat, war, sie noch dichter an sich zu ziehen.

Als seine Hand auf ihrem Hintern auch noch fester zupackte, quiekte Claire auf und riss den Kopf zurück.

Er grinste so breit wie noch nie und schaute sie direkt an. Dabei wirkte er keineswegs benommen oder verwirrt. Im Gegenteil. Der Blick aus seinen schönen blauen Augen war erstaunlich klar – und sanft.

Tausend Fragen rauschten Claire durch den Kopf, während sie ihn wie paralysiert betrachtete. Sie suchte nach Reue oder Scham oder der befürchteten Kälte. Aber sie fand nichts dergleichen. Stattdessen hob John sogar den Kopf, drückte seine Lippen auf ihre und lächelte sie an. »Guten Morgen.«

Claire lächelte zaghaft zurück.

»Cut!« Frank klatschte in die Hände. »Sehr schön. Das war doch schon viel besser. Wir gehen jetzt nach unten, um noch ein paar Sequenzen am Frühstückstisch zu drehen. Kommt also bitte gleich runter, wenn ihr fertig seid.«

Frank und sein Kameramann verließen das Schlafzimmer, ohne eine Antwort abzuwarten. Die hätten sie vermutlich sowieso nicht bekommen, weil Claire und John vollkommen aufeinander fixiert waren. Sie hatten sich nicht einen Millimeter bewegt, seit Frank die Aufnahme unterbrochen hatte.

Die Stille zwischen ihnen schien eine Ewigkeit anzudauern, während Claire angespannt auf Johns *wahre* Reaktion wartete. Für sie fühlte sich nichts intimer an, als jemandem sein Herz zu öffnen, vermutlich nicht mal Sex. Insofern konnte sie sein Zögern nur allzu gut nachvollziehen.

Irgendwann räusperte er sich endlich. »Guten Morgen.«

Claire schmunzelte. »Das hast du schon gesagt.«

»Ich dachte, ich sage es auch noch mal, ohne dass eine lästige Kamera auf uns gerichtet ist.«

Misstrauisch verengte sie die Augen. »Wie lange bist du schon wach?«

»Eine Weile.«

»Du hast mich absichtlich schmoren lassen?«, rief sie entgeistert.

Er zuckte mit den Schultern. »Ich wollte sehen, was du dir einfallen lässt, um mich zu warnen.«

»Du bist unmöglich«, stöhnte Claire. »Ich bin fast gestorben vor Angst. Ich dachte, du würdest uns jeden Moment verraten.«

John lachte leise. »Dein mangelndes Vertrauen in meine Diskretion ist nicht gerade sehr schmeichelhaft.«

»Tut mir leid.« Gedankenverloren strich Claire ihm eine verirrte Haarsträhne aus der Stirn. »Ich war mir nur nicht sicher, ob du deine Worte von heute Nacht vielleicht bereuen und ausflippen würdest oder so was.«

John runzelte die Stirn. »Warum sollte ich das?«

»Keine Ahnung.« Claire lächelte gequält. »Wäre schließlich nicht das erste Mal, dass du spontan deine Meinung änderst.«

Sofort verdüsterte sich Johns Miene. »Ich bereue es nicht, dass ich mich dir anvertraut habe. Das Einzige, was mir leidtut, ist die Tatsache, dass ich dich mit meinem Verhalten vor den Kopf gestoßen habe. Das war nicht fair von mir.«

»Schon in Ordnung.«

»Nein, es war nicht in Ordnung«, entgegnete John entschieden. »Ich habe mich wie ein Vollidiot aufgeführt.«

Behutsam nahm Claire sein Gesicht in ihre Hände und wartete, bis er ihr in die Augen sah. »Aber jetzt verstehe ich es, und ich verzeihe dir.«

Erleichterung erschien in Johns Zügen. »Vielleicht sollten wir trotzdem kein Risiko mehr eingehen.«

Sie zuckte unmerklich zusammen. »Was meinst du?«

»Ich meine, dass du recht gehabt haben könntest«, sinnierte er. »Frank scheint in letzter Zeit immer versessener darauf zu sein, uns zu den unmöglichsten Zeiten einen Besuch abzustatten. Es würde mich nicht wundern, wenn er das nächste Mal um drei Uhr morgens in die Villa platzt.«

Großer Gott! Schlug er gerade allen Ernstes vor, dass sie künftig das Bett miteinander teilten. Jede Nacht?

Claire schluckte. »Wäre möglich.«

»Also schlafen wir ab jetzt zusammen hier?«, fragte John. Für den Bruchteil einer Sekunde hatte es fast den Anschein, er fürchtete *ihre* Zurückweisung. Doch dann grinste er auf diese typische Weise. »Ich werde mich auch benehmen.«

Claire brauchte drei Anläufe, um ihm zu antworten. »Okay.«

Er drehte behutsam ihr Gesicht zu sich, um ihren Blick einzufangen. »Okay?«

Ein Lächeln zupfte an ihrem Mundwinkel. »Okay.«

~ *Jonathan* ~

Am späten Nachmittag wippte John in seinem Bürostuhl und betrachtete Chicagos Skyline durch das Fenster. Nach dem gestrigen Tequilakonsum sollte er sich eigentlich schlecht fühlen. Verkatert oder zumindest müde. Stattdessen fühlte er sich besser als in den gesamten vergangenen zwei Wochen. Das leichte Ziehen hinter seiner Stirn wirkte geradezu lächerlich im Vergleich zu der Migräne, wie sie ihn die letzten Tage geplagt hatte.

Wirklich erstaunlich …

Die Arbeit war ihm heute leicht von der Hand gegangen. Tatsächlich hatte er sein geplantes Tagwerk längst erledigt und stand nun vor der Entscheidung, Fleißarbeit zu leisten oder einfach Feierabend zu machen. Ersteres erschien ihm wenig interessant. Letzteres schon viel mehr, denn das könnte ein paar entspannte Stunden mit Claire bedeuten. Sofern sie nichts anderes vorhatte.

John knetete vergrübelt die Hände, als ihm klar wurde, dass er gar nicht wusste, wann Claire eigentlich Feierabend hatte. Er wusste ja nicht einmal, wo genau sie arbeitete. Was für ein toller Ehemann er doch war.

Versuchsweise öffnete er den Internetbrowser und tippte *Claire Bricks* ein. Sofort spuckte die Suchmaschine diverse Links zu *The Wedding Project* aus. Das beantwortete seine eigentliche Frage zwar nicht, dennoch überflog er neugierig die Ergebnisliste. Frank hatte eindeutig recht behalten. Der Verriss in der Tageszeitung hatte eine heiße Diskussion hervorgerufen und der Show zu einem gewaltigen Anstieg des Bekanntheitsgrades verholfen. John fand eine neue Fanpage im Social Web, die bereits stolze zwanzigtausend Follower vorweisen konnte. Mit geneigtem Kopf schaute er sich das letzte Posting auf der Seite an, einen Videoausschnitt von ihm persönlich, wie er sich in Zeitlupe aus dem Pool erhob. In Dauerschleife. Die Kommentare darunter sprachen Bände. *Hooot!* oder *Was für ein Kerl!* und *Wir brauchen mehr John!*.

Grundgütiger!

John war sich seiner Wirkung auf Frauen natürlich bewusst, aber dass er einmal zu einem Social-Media-Sexsymbol werden würde, hätte er nicht gedacht. Obwohl er zugeben musste, dass er sich doch recht geschmeichelt fühlte.

Schmunzelnd scrollte er weiter und fand ein ähnliches Video, das Claire zeigte, als sie den Morgenmantel von den Schultern streifte und im Bikini den Gartenweg entlangschritt.

John konnte gar nicht anders, als sich die Dauerschleife mehrmals hintereinander anzusehen. Das dämmrige Licht der Gartenbeleuchtung warf ein aufregendes Schimmern auf ihre helle Haut. Von ihrer wahren Anspannung an diesem Abend war auf dem Bildschirm nichts zu sehen. Ihre Miene wirkte eher auf eine aufregende Weise entschlossen. Verrucht, als wäre sie geradewegs dabei, John zu verführen.

Die Wiedergabe stockte, und er widerstand dem Drang, das Video erneut zu starten. Er rieb sich mehrmals übers Gesicht, als könnte er so die Erinnerung an das vertreiben, was kurz nach dieser Aufnahme geschehen war. Dabei schien der Kuss gerade einmal Sekunden zurückzuliegen, denn plötzlich konnte er abermals ihre Lippen spüren. Selten hatte ihn ein einziger Kuss so gefangen genommen wie dieser.

An jenen Moment hatte er auch gedacht, als er heute Morgen aufgewacht war und Claire in den Armen hielt. Er wusste weder, wie lange sie bereits in dieser Position lagen, noch, wer von ihnen der Auslöser gewesen war. Er wusste nur, dass er nicht mehr loslassen wollte und ihr Haar ganz herrlich nach Kokos duftete. Noch bevor er sich über den nächsten Schritt Gedanken machen konnte, vernahm er allerdings Franks Stimme. Der Abtörner schlechthin, was vermutlich aber gut so war. Wer wusste schon, wozu er sich sonst hätte hinreißen lassen.

Er wollte keinen Fehler machen, jetzt, wo Claire endlich die Wahrheit kannte. Er hatte sie lange genug vor den Kopf gestoßen und einiges wiedergutzumachen. Claire sollte nicht länger glauben, dass er ein Arschloch sei. Sie sollte den echten John Bricks kennenlernen, und er konnte es kaum erwarten, mehr von seiner Ehefrau zu erfahren.

***

Zwei Stunden später stand John an seinen Wrangler gelehnt vor dem Bürogebäude, in dem Claire arbeitete, und starrte die gläserne Drehtür an. Das Internet hatte ihn nicht im Stich gelassen und eine gewisse *Claire Davis* am Empfang dieser Steuerkanzlei ausgewiesen. In der Kanzlei war laut Website seit zehn Minuten Feierabend, und John hoffte, dass dies auch für Claire galt.

Er hatte die Arme verschränkt, um sich davon abzuhalten, nervös herumzuzappeln. Hinter ihm rollte der Chicagoer Berufsverkehr die Straße entlang. Der ein oder andere verkündete lautstark seinen Ärger darüber, dass der schwarze Wrangler dreist im Halteverbot stand und den Verkehrsfluss blockierte. John ignorierte das Gezeter und stierte weiterhin die Glastür an, so als könnte er durch bloße Gedankenkraft Claires Gestalt dorthin zaubern.

Hoffentlich war die Website aktuell. Nicht dass Claire gar nicht mehr dort arbeitete. Steuerkanzleien gab es in der Stadt natürlich viele. Oder hatte er sie bereits verpasst?

Immer, wenn sich ein Schatten hinter der Drehtür abzeichnete, hielt John unwillkürlich den Atem an. Doch es waren jedes Mal fremde Leute, die das Gebäude beschwingt in Richtung Feierabend verließen.

John verlagerte sein Gewicht auf das andere Bein und fuhr sich durchs Haar. Dabei fragte er sich, warum er sich eigentlich gerade fühlte wie vor seinem allerersten Date. Das war doch Quatsch. Immerhin wohnte er seit geraumer Zeit mit dieser Frau zusammen. Mal davon abgesehen, dass sie sogar miteinander verheiratet waren …

»John?«

Er zuckte zusammen und blinzelte Claire an, als hätte er absolut nicht mit ihr gerechnet. Sie wirkte nicht minder überrascht, wobei es ihrerseits ja berechtigt war.

»Hi!«, stieß John hervor und versuchte, zurück zu seiner lässigen Position zu finden. »Überraschung!«

»Das kann man wohl sagen.« Claire zupfte leicht überfordert an ihrer Bluse und kam langsam auf dem Gehweg auf ihn zu, als würde sie der Gesamtsituation nicht ganz trauen. »Was machst du hier?«

»Darf ich meine Ehefrau nicht von der Arbeit abholen?«

Claire zischelte aufgebracht und sah sich ertappt um. »Nicht so laut! Meine Chefs wissen nichts von der Show.«

»Ah, darum wirst du auf der Website noch unter *Davis* geführt. Du weißt, dass du eine Namensänderung bei der Personalabteilung angeben musst?«

Das war eigentlich als Witz gemeint, aber Claire machte ein Gesicht, als hätte er ihr gerade den Weltuntergang verkündet.

Er zwinkerte ihr fröhlich zu und stieß sich vom Wagen ab. »Ich hoffe, du hast Hunger«, sagte er und öffnete mit einem eleganten Wink die Beifahrertür.

Claire musterte ihn mit unverhohlener Skepsis. Ihr Misstrauen schmerzte John sehr und zeigte unmissverständlich, wie bescheuert er sich ihr gegenüber bisher verhalten hatte.

Er lächelte sie vorsichtig an. »Du sollst den echten Jonathan Bricks kennenlernen. Bitte gib mir die Chance, ihn dir zu zeigen.«

Ihm kam es wie eine Ewigkeit vor, bis Claire schließlich sein Lächeln erwiderte und sich einen Ruck gab. Sie streckte ihm ihre Hand hin.

»Hi John. Ich bin Claire.«

»Sehr erfreut«, erwiderte er und ergriff ihre Hand.

Bei der an sich simplen Geste setzte sein Herz für einen Moment aus. Er spürte ihre zarte Haut unter seinen Fingern und war für einen Wimpernschlag gänzlich gefangen, von ihren grünen Augen, die ihn klar und offen anstrahlten. Nur widerwillig löste er den Griff wieder und grinste dümmlich vor sich hin, während Claire den Beifahrersitz des Geländewagens erklomm.

Er eilte um den Jeep herum und schwang sich hinters Steuer.

»Hast du nun Hunger oder nicht?«, hakte er nach, als er den Motor startete.

»Ich will es mal so ausdrücken«, antwortete Claire gedehnt. »Ich könnte ein ganzes Schwein verputzen!«

»Sehr anschaulich …« John schüttelte sich feixend und ordnete sich in den Verkehr ein. »Aber das lässt sich einrichten. Sofern du mir die Beilagen überlässt.«

Claire seufzte schwer. »Das muss ich mir noch überlegen.«

Dieses dümmliche Grinsen wollte gar nicht mehr aus seinem Gesicht weichen, während er den Wagen zielstrebig durch die Stadt lenkte. Das Verdeck des Wrangler war offen. Die Abendsonne verströmte wohlige Wärme und ließ Claires Haar in aufregendem Rot leuchten. John konnte aus dem Augenwinkel heraus beobachten, wie der leichte Fahrtwind an ihrer Frisur zupfte und einzelne Strähnen neckisch ihr Gesicht umspielten. Claire wirkte entspannt, ganz so, als genösse sie das Kitzeln auf ihren Wangen.

Die Fahrt dauerte nicht lange. Bald erreichten sie den Parkplatz vor dem Restaurant, das John nach sorgfältiger Überlegung für den heutigen Abend ausgewählt hatte. Er platzierte den Jeep in einer Parklücke und registrierte zufrieden, dass Claire das rote Schild über dem Restauranteingang mit großen Augen betrachtete.

»Taj Mahal«, las sie vor. »Indische Spezialitäten.«

»Nun, nachdem ich von deinem *Claire spezial* kosten durfte, ist mir deine Vorliebe für scharfes Essen bekannt. Und wo gibt's schärferes Essen als beim Inder?«

Claire kicherte schrill. »Wahrscheinlich nirgends.«

Interessiert forschte er in ihrer Miene, die plötzlich angespannt wirkte. Irgendwie beruhigte John, dass er nicht der Einzige war, den diese neue Situation nervös machte.

Er stieg aus und eilte um den Wagen herum, um Claire die Tür zu öffnen. Sie verkannte jedoch seine Bemühung und war bereits von ihrem Sitz gerutscht, bis er bei ihr ankam. Ihm blieb nur noch, die Beifahrertür zu schließen, während sie ihren engen Bleistiftrock richtete. Auch wenn ihr das dunkelgraue Kostüm ganz hervorragend stand, fand John abermals, dass es an ihr wie eine Verkleidung wirkte.

Sie schritten nebeneinander zum Eingang des Restaurants, wo John die Gelegenheit bekam, ihr doch noch in perfekter Gentlemanmanier die Tür aufzuhalten. Der Duft von Curry und unzähligen Gewürzen schlug ihnen entgegen. Claire sah sich neugierig in dem fernöstlich gestalteten Innenraum um. Das Licht war dämmrig, die Einrichtung in dunklem Rot und Gold gehalten, geziert von verschlungenen Ornamenten und ziemlich kitschigen Buddhastatuen. Ruhige Musik wehte leise heran. John war schon ein paarmal hier gewesen. Die Küche war ganz hervorragend und galt nicht umsonst als absoluter Insidertipp der Stadt.

Ein Kellner mit traditionellem Turban auf dem Kopf geleitete sie zu einem netten Zweiertisch im hinteren Teil des Restaurants. Wahrscheinlich dachte er, dass die beiden ein Date hatten und nach kuscheliger Zweisamkeit strebten. Die romantische Atmosphäre machte John noch nervöser, als er ohnehin schon war. Er vertiefte sich sofort in die Speisekarte, weil er es schlichtweg nicht wagte, sich dem von Kerzenschein erhellten Gesicht vor sich zu stellen. Sogar als er längst gewählt hatte, starrte er weiter auf die Karte und schalt sich dabei selbst einen Idioten.

Schließlich musste er sich zwingen, in Ruhe die Karte zusammenzuklappen und beiseitezulegen. Er blickte tapfer zu Claire auf, die jedoch immer noch mit kritischer Miene die angebotenen Speisen studierte. John beobachtete sie eine Weile dabei.

»Kannst du dich nicht entscheiden?«, fragte er.

Claire schüttelte stumm den Kopf. Irgendwie wirkte sie ziemlich ratlos.

»Das *Chiristas Ghassi* soll wirklich gut sein.«

Sie nickte schweigend. Dann atmete sie tief durch und sah ihn über den Rand ihrer Karte hinweg an. »John?«

»Ja?«

Sie ließ die Karte sinken. »Ich kann Curry nicht ausstehen.«

Er merkte, wie ihm augenblicklich sämtliche Gesichtszüge entgleisten. Das durfte doch echt nicht wahr sein! Da wollte er alles richtig machen, und jetzt das? Claire musste ihn nun erst recht für einen Vollidioten halten.

»Es … es tut mir leid«, stammelte er. Er rieb sich verzweifelt über die Stirn. »Das wusste ich nicht. Wir können gerne woanders hingehen.«

Claire musterte ihn eingehend. Ein sanftes Lächeln erschien auf ihren Lippen.

»Ist schon okay, John. Ich weiß deine Bemühungen zu schätzen.« Sie blickte wieder auf die Karte. »Hier wird ja wohl auch etwas ohne Curry zu finden sein.«

»Bestimmt«, antwortete er eifrig und nahm auch seine Karte wieder zur Hand, um Claire bei der relativ ausweglosen Suche nach einem indischen Gericht ohne Curry zu unterstützen. Um nicht gleich in den nächsten Fettnapf zu treten, fragte er vorsichtig: »Aber scharf geht klar, oder?«

Sie lachte leise. »Ja. Obwohl ich dir zum *Claire spezial* etwas erklären sollte.«

Interessiert beugte John sich ein wenig vor und lauschte ihrer Schilderung zur Entstehung des *Claire spezial.* Er amüsierte sich prächtig, wenn er es auch ehrlich bedauerte, dass Claire keine Ahnung mehr hatte, was sie damals alles in den Mixer gestopft hatte. Ihm hatte das Verzweiflungsgetränk nämlich wirklich geschmeckt, was Claire wiederum überhaupt nicht verstehen konnte.

Die beiden lachten schallend. Befreit und zwanglos. Zum ersten Mal gemeinsam an einem Tisch ohne lästige Kamera im Nacken.

Es war wundervoll.

***

Ja, es war erstaunlich, was ein einziges Gespräch auslösen konnte. Wie gut es sich doch anfühlte, ehrlich zu sein und jemandem seine Probleme anzuvertrauen.

Darüber dachte John nach, als er am späten Abend im Bett lag und den verhaltenen Geräuschen aus dem Badezimmer lauschte. Ihm war klar, dass Claire sich länger darin aufhielt als normalerweise. Sie versuchte, Zeit zu schinden, wohl in der Hoffnung, dass er schon eingeschlafen war, bis sie sich zu ihm ins Bett legte.

John drehte sich in Richtung Wand und rückte ganz nahe an den Bettrand. Kurz darauf hörte er die Badezimmertür und vorsichtige Schritte von nackten Fußsohlen über den Boden tapsen. Er beschloss, Claire den Gefallen zu tun, und stellte sich schlafend.

»John?«, flüsterte sie vom Türrahmen her.

Er antwortete mit einem undeutlichen Nuscheln und kuschelte sich demonstrativ in sein Kissen, in der Hoffnung, überzeugend zu wirken. Sein Schauspiel funktionierte wohl, denn Claire knipste das Licht im Bad aus und schlich wie ein Einbrecher näher. Sie bemühte sich zweifellos, so geräuschlos wie möglich in das Bett zu krabbeln, und fluchte leise, als sie in der Dunkelheit an den Nachttisch rempelte. Beinahe wäre John ein verräterisches Lachen entwichen, doch er grinste nur stumm in sein Kissen hinein.

Es dauerte eine Weile, bis Claire eine bequeme Schlafposition gefunden hatte. Zumindest drehte sie sich noch eine Zeit lang hin und her, wohl darauf bedacht, so weit weg wie möglich von ihm zu liegen und dabei auch noch lautlos vorzugehen.

Irgendwann breitete sich Stille im Schlafzimmer aus. John schaute aus dem Fenster, die Jalousien waren nur zur Hälfte geschlossen. Der Mond warf mystisches Licht herein. Es war ihm vorher nicht aufgefallen, doch die Sterne waren hier weit deutlicher zu sehen als in der Stadt von seinem Apartment aus.

Claire gab ein leises Seufzen von sich und wälzte sich herum. John lauschte noch einen Moment ihren regelmäßigen Atemzügen, bevor er sich umdrehte und vorsichtig zu ihr hinüberlugte. Sie lag auf dem Rücken, das Gesicht ihm zugewandt, die Lippen leicht geöffnet. Während er sie ungeniert betrachtete, ließ er den Abend Revue passieren.

Nach dem Essen waren sie fröhlich und entspannt nach Hause gekommen wie noch nie. Sie hatten sich sogar zusammen einen Film angesehen, wobei sie die meiste Zeit darüber diskutierten, ob Autos wirklich in dieser Form explodieren können, wenn man mit einer Pistole darauf schießt.

Zum ersten Mal hatte John sich in diesem Haus heimisch gefühlt. Wobei er freilich wusste, dass dies einzig an Claires Anwesenheit lag. Sie hatte etwas an sich, was ihn beruhigte. Was ihn dazu brachte, sich zu entspannen. Was ihn geradezu dazu einlud, er selbst zu sein.

Das war eigenartig und überraschend. Zumal er ja nach wie vor keine Ahnung hatte, wer er selbst denn überhaupt war. Wer er *wirklich* war.

Vielleicht konnte Claire ihm dabei helfen, das herauszufinden. Sie schien sich nicht viel um die Meinung anderer zu scheren. Eine Einstellung, mit der er zu Anfang nicht wirklich umzugehen gewusst hatte und die ihn nun jedoch ehrlich beeindruckte.

Claire seufzte abermals auf. Ihre Lider flatterten kaum merklich. Wovon sie wohl gerade träumte? Vielleicht von ihrem schönen gemeinsamen Abend?

»Brian«, murmelte sie, so leise, dass John es beinahe überhört hätte. »Oh, Brian.«

Sie rollte sich wieder herum. John starrte missmutig ihre Schultern an.

Wer zur Hölle war Brian?

Er erinnerte sich an das Telefonat vor einiger Zeit, das Claire ganz aus dem Häuschen gebracht hatte. Handelte es sich bei dem Anrufer um denselben Brian?

John drehte sich auf den Rücken und starrte die Decke an.

Nein, es stand ihm nicht zu, sich in Claires Privatleben einzumischen. Immerhin waren sie beide nur des Geldes wegen hier. Fernab der Show durfte jeder machen, was er wollte …

Und warum bist du dann eifersüchtig, John Bricks?

Gute Frage.

Und wieder einmal eine Frage, die er auf die Schnelle nicht beantworten konnte.

~ Das 6. Interview ~

Was schätzt du an deinem Partner besonders?

Claire: »Seinen Humor, seine Zielstrebigkeit. Und noch viele andere Dinge.«

John: »Ihre Ehrlichkeit.«

Was würdest du an ihm/ihr ändern?

Claire: »Nichts.«

John: »Gar nichts.«

Derzeit liegt ihr im Ranking vorn. Glaubst du, das hat einen bestimmten Grund?

Claire: »Das müsst ihr die Zuschauer fragen.«

John: »Na, das liegt daran, dass wir das Traumpaar sind!«

Zufall oder Wissenschaft – was denkst du?

Claire: »Inzwischen frage ich mich, ob es vielleicht doch die Wissenschaft war.«

John: »Immer noch Wissenschaft.«

12

~ Claire ~

Als Claire vor fünf Wochen Ja zu Jonathan Bricks sagte, hätte sie niemals für möglich gehalten, dass sie an einem sonnigen Samstagnachmittag Hand in Hand mit ihm durch den Supermarkt schlendern würde.

Gut, Letzteres war dem Kamerateam zu verdanken, weil Frank es sich in den Kopf gesetzt hatte, dem Publikum einen besseren Einblick in das Alltagsleben der Ehepaare zu ermöglichen. Allerdings war das Lächeln auf Claires Lippen keineswegs gespielt.

Sie amüsierte sich prächtig über Johns gerunzelte Stirn, während er versuchte, sich in den zahlreichen Gängen zurechtzufinden. So eine Haushälterin hatte eben auch Nachteile.

»Wir brauchen noch Kaffee«, flötete Claire und zog ihn nach links.

John navigierte mit der freien Hand den Einkaufswagen in den Gang und sah sich suchend um.

Das Lächeln auf ihren Lippen wurde breiter, als er in das Regal mit ihrer Lieblingsmarke griff und eine Packung davon in den Wagen legte.

Es war gar nicht so lange her, da wusste er noch nicht einmal, wie sie ihren Kaffee trank, geschweige denn welches Aroma sie bevorzugte. Aber seit dem Abendessen im *Taj Mahal* Anfang vergangener Woche hatte sich etwas Wesentliches an ihm verändert. Seither war er aufmerksam und interessiert – nicht nur vor der Kamera, sondern vor allem, wenn sie allein waren.

Die Tage waren wie im Flug an ihnen vorbeigezogen, und mittlerweile hatte Claire das Gefühl, John kannte ihren Alltag in- und auswendig. Weil er sie jeden Abend fragte, wie ihr Tag gewesen war und was sie erlebt hatte. Er war bestens im Bilde über ihren cholerischen Chef und erkannte sogar an ihrem Gesichtsausdruck, ob sie abends ein Glas Wein brauchte oder ein Steak.

Einerseits fand Claire diese neue Nähe wirklich großartig. Andererseits jagte sie ihr eine Heidenangst ein. Vielleicht war das der Grund, warum sie noch immer einen wesentlichen Teil von sich vor ihm versteckte.

»Brauchen wir noch Würstchen?«, fragte John und riss sie damit aus ihren Gedanken.

Claire schmunzelte, als sie sah, dass er konzentriert den Einkaufszettel studierte.

»Ich könnte schwören, du hast sie gestern Abend alle aufgefuttert«, murmelte er, während er die Liste überflog. »Aber hier steht nichts.«

Claire lehnte den Kopf gegen seine Schulter. Und das hatte leider nichts mit der Kamera zu tun, die nach wie vor auf sie gerichtet war. Es war vielmehr eine Bewegung, die sich inzwischen vollkommen natürlich anfühlte.

»Danke, ich brauche keine«, antwortete sie, was John mit seiner typischen hochgezogenen Braue quittierte.

»Ganz sicher?« Seine Pupillen funkelten belustigt. »Ich will nämlich nicht als dein Mitternachtssnack enden.«

Aus einem Impuls heraus reckte Claire sich kichernd auf die Zehenspitzen. »Oh, das wirst du in jedem Fall, Mister Bricks.«

Sein Blick verschleierte sich ein wenig, während eine kleine Falte auf seiner Stirn erschien. Vermutlich fragte er sich, ob ihre unverhoffte Flirtoffensive echt oder gespielt war.

Genau das wusste Claire allerdings selbst nicht. In letzter Zeit verschwammen die Grenzen immer häufiger, auch wenn jeder artig auf seiner Betthälfte schlief und jenseits der Kamera stets alles jugendfrei zuging.

»Oh, mein Gott«, kreischte plötzlich eine schrille Stimme in geringer Entfernung. »Da sind John und Claire von *The Wedding Project.*«

Irritiert riss Claire den Kopf herum, während Frank ein enttäuschtes Grummeln ausstieß.

Wahrscheinlich hatte die junge Blondine, die sich in Begleitung ihrer Freundin zwischen den Kameraleuten hindurchzwängte, soeben die Aufnahme versaut. Ihre Wangen glühten in feurigem Rot, als sie unmittelbar vor John stehen blieb. »Darf ich bitte ein Autogramm haben?«

»Ich auch«, quiekte die andere und wühlte hektisch in ihrer Handtasche herum. Die beiden waren vermutlich Anfang zwanzig, auch wenn die Verzückung in ihren Gesichtern sie Jahre jünger wirken ließ.

John räusperte sich verlegen. »Klar.«

Claire warf Frank einen unsicheren Blick zu, doch dieser schien sich bereits mit der neuen Situation arrangiert zu haben und nickte wohlwollend.

»Ich bin so ein großer Fan von euch«, plapperte die Blondine drauflos, zerrte ihrer Freundin den Stift aus der Hand und hielt ihn John zusammen mit einem losen Zettel entgegen. »Ihr seid so ein schönes Paar. Ich wette, ihr seid die beiden mit der magischen Formel.«

Mit einem schiefen Grinsen nahm John den Stift entgegen. »Glaubst du, ja?«

»Auf jeden Fall«, fügte ihre Freundin hinzu. »Ihr passt einfach perfekt zueinander.«

»Claire bitte auch«, sagte die Blondine, sobald John sein Autogramm in schwungvollen Lettern auf das Papier gekritzelt hatte. »Darf ich ein Foto von euch machen? Und eins, auf dem wir alle zusammen drauf sind?«

Da die Freundin bereits dabei war, eifrig mit ihrem Handy zu knipsen, erübrigte sich wohl eine Antwort. Also hielten Claire und John artig still und lächelten in die winzige Linse.

Unterdessen kamen ein paar Schaulustige näher, um sich das Spektakel anzusehen. Einige schlossen sich den Fangirls sogar an und baten ihrerseits um ein Autogramm und weitere Fotos. Dies führte dazu, dass John und Claire innerhalb von kürzester Zeit umringt waren von – hauptsächlich weiblichen – Fans, die allesamt beteuerten, dass das Ehepaar Bricks ganz klar jetzt schon als Sieger der Show galt.

Claire wünschte, sie hätten recht. Aber leider hatte sich nach der Sendung mit der legendären Poolszene eine Pattsituation eingestellt, die keinen klaren Favoriten offenbarte. Mal lagen die Frinkmans vorn, mal die Bricks – je nachdem, mit welchem Stoff das Produktionsteam die sozialen Medien fütterte.

Bis zum Finale waren noch weitere vier Shows geplant. Claire war sich sicher, dass Sandy und Justin alle Register ziehen würden, um ihren Vorsprung zurückzuerlangen. Aber auch Claires Kampfgeist war ungebrochen, und in Momenten wie diesen glaubte sie, dass es John und ihr tatsächlich möglich war, am Ende als Sieger hervorzugehen.

Sie warf ihm einen kurzen Blick zu. Er alberte vor dem Konservenregal mit zwei Teenies herum und lächelte dabei auf seine unnachahmliche Art. Prompt machte Claires Herz einen Satz.

Ja, inzwischen hatten sie eine realistische Chance, die Show zu gewinnen. Die Frage war nur: zu welchem Preis?

***

»Ach, wenn Sie nur wüssten, wie hart es ist, als Masseurin über die Runden zu kommen, Schätzchen«, seufzte Michelle

Murdoch drei Tage später am anderen Ende der Telefonleitung. »Ich brauche dringend kompetente Beratung.«

Claire verdrehte die Augen. »Wie ich Ihnen schon sagte, Miss Murdoch, den nächsten freien Termin kann ich Ihnen leider erst Ende August anbieten. Alles Weitere müssten Sie bitte mit meinem Chef besprechen.«

»Aber bis dahin sind es noch *Wochen*!«

»Es tut mir sehr leid. Ich kann wirklich keine kurzfristigen Termine mehr vergeben, so gern ich Ihnen auch helfen würde.«

»Könnten Sie nicht ein gutes Wort bei Mister Sawyer für mich einlegen?«

Claire verbiss sich ein Lachen. Wenn die gute Frau wüsste, was Sawyer von ihr hielt, hätte sie diesen Wunsch ganz sicher nicht geäußert. Bei ihrer Kollegin Tessa hätte sie vermutlich bessere Chancen gehabt, aber die Glückliche hatte schon Mittagspause.

Frustriert schnappte Claire sich den Kugelschreiber und kritzelte auf ihrem Notizblock herum, während Miss Murdoch ihr weiter ein Ohr abkaute.

»Es ist wirklich dringend, Schätzchen. Ich bin schon so lange auf der Suche nach einem fähigen Steuerbüro, und Mister Sawyer eilt der Ruf voraus, einer der besten Steuererklärer in ganz Chicago zu sein, und glauben Sie mir, bei meiner Buchführung brauche ich wirklich dringend den besten.« Sie kicherte schrill und fuhr fort, Claire weiter Honig um den Bart zu schmieren, als hätte sie irgendeinen Einfluss auf Sawyers schräge Vorschriften zur Terminvergabe.

Tatsächlich war es nämlich nicht so, dass er keine freien Termine mehr hatte. O nein! Bart Sawyer war lediglich der Ansicht, dass ein Mandant mindestens acht Wochen auf einen Termin zu warten hatte – es sei denn natürlich, sein Einkommen lag im sechsstelligen Bereich. Für die Upperclass wurde selbstredend eine Ausnahme gemacht.

»Miss Davis!«, donnerte Sawyers Stimme plötzlich durch die offene Bürotür. »Wo zum Henker ist die Akte von Edward Finch?«

Claire zuckte so heftig zusammen, dass der Stift in ihrer Hand verrutschte und einen fetten Strich durch ihre Skizze zog. Sofort ließ Claire den Stift fallen und schlug die Hand auf die Sprechmuschel des Telefonhörers.

Kurz überlegte sie, einfach zurückzubrüllen, dass sich die dämliche Akte genau dort befand, wo sie hingehörte, nämlich im Aktenschrank in seinem Büro. Allerdings besann sie sich schnell eines Besseren.

»Miss Murdoch«, unterbrach Claire die eifrige Interessentin, die immer noch auf sie einredete. »Soeben hat Mister Sawyer mir signalisiert, dass er mich eine Minute sprechen möchte. Wenn Sie kurz in der Leitung warten würden, könnte ich ihn fragen, ob er eventuell bereit ist, eine Ausnahme zu machen.«

»Oh, ja, natürlich.«

»Aber versprechen kann ich nichts«, schob Claire eilig hinterher.

»Miss Davis!«, schrie Sawyer unterdessen wieder. Wahrscheinlich war er schon wieder rot wie eine Tomate. Fantastisch!

»Versuchen Sie es, Schätzchen«, erwiderte Miss Murdoch. »Ich warte so lange.«

»Einen Moment, bitte.« Claire drückte eine Taste auf dem Telefon, ehe sie sich erhob und in Sawyers Büro flitzte.

»Ja, Sir?«

Sawyer thronte wie üblich hinter seinem Schreibtisch. Seine zu Fäusten geballten Hände lagen auf der Tischplatte, und wie erwartet war er puterrot im Gesicht. »Wenn ich Sie rufe, erwarte ich, dass Sie *sofort* kommen.«

»Das wollte ich ja, aber ich hatte ein Gespräch …«

»Privatgespräche sind verboten«, blaffte er.

»Ich weiß, Sir.« Rasch ging Claire zum Aktenschrank in der Ecke und zog im Handumdrehen die richtige Kundenkartei heraus. »Das war nicht privat. Ich habe eine potenzielle Neukundin am Telefon. Sie fragt an, ob sie eventuell einen Termin in naher Zukunft bekommen könnte.«

Sawyer zögerte. »Gehaltsklasse?«

Claire legte die Akte vor Sawyer auf dem Schreibtisch ab. »Sie hielt sich sehr bedeckt. Allerdings ist sie Masseurin. Insofern denke ich …«

»*Denken* Sie besser nicht, Miss Davis. Dabei kann überhaupt nichts Gutes herauskommen.«

Claire biss die Zähne zusammen. Wie sehr sie diesen arroganten Schnösel verabscheute. Wenn sie diesen Job nicht so dringend bräuchte, hätte sie ihm längst seine heißgeliebten Akten um die Ohren gehauen.

Ohne sich zu bedanken oder sie gar eines weiteren Blickes zu würdigen, begann Sawyer, durch die Papiere zu blättern.

Claire räusperte sich. »Also gebe ich Miss Murdoch einen Termin im August?«

»Ja«, knurrte er. »Und jetzt raus hier. Ich habe zu tun.«

Erleichtert, dem Tyrannen zu entkommen, wandte Claire sich ab. Sie hatte die Tür noch nicht erreicht, da schrillte auf einmal ihr Handy los.

O verdammt!

»Was ist das?«, schrie Sawyer prompt.

Claire warf einen entschuldigenden Blick über die Schulter. »Ich fürchte, ich habe vergessen, mein Handy auszuschalten.«

»Ich habe wirklich in meinem ganzen Leben noch nie so viel Inkompetenz in einer Person gesehen«, blaffte Sawyer kopfschüttelnd.

»Es tut mir leid, Sir.«

»Noch so eine Verfehlung, und ich schmeiße Sie hochkant raus.« Sawyer verengte die Augen zu schmalen Schlitzen. »Habe ich mich deutlich ausgedrückt, Miss Davis?«

Claire nickte. »Klar und deutlich.«

Er widmete sich wieder der Akte, ein unmissverständliches Signal, dass Claire aus seiner Gesellschaft entlassen war.

Sie eilte zurück zum Empfang, wühlte ihr Handy aus der Handtasche und überprüfte ihre Nachrichten. Olivia hatte versucht, sie zu erreichen. Wahrscheinlich wollte sie den aktuellen Lagebericht abfragen. Außerdem war gestern Abend eine neue Sendung von *The Wedding Project* ausgestrahlt worden.

Claire und John hatten sie sich zusammen angesehen.

Dieses Mal wurde gezeigt, wie sie ihren Ehemann weckte. Es waren süße, unschuldige Szenen, die dafür gesorgt hatten, dass ihr Herz seitdem pausenlos Purzelbäume schlug.

Das war nicht gut.

Brian würde durchdrehen, wenn er herausfand, dass Claire allmählich Gefühle für John entwickelte, die über eine Komplizenschaft hinausgingen.

Und nicht nur das. Von den Frinkmans hatte es leider keine Aufnahmen vom Morgen nach dem mexikanischen Abend gegeben. Stattdessen hatte Sandy ihre Drohung wahr gemacht und einen Spabesuch inszeniert, der sie die meiste Sendezeit über im Tanga präsentierte. Ihr schien inzwischen jedes Mittel recht zu sein, um ihren hübschen Hintern in den Vordergrund zu rücken.

Leider funktionierte es. Im Ranking lagen die Frinkmans wieder vorn, und seither zerbrach Claire sich den Kopf darüber, wie sie das Ruder erneut herumreißen könnte. Olivia hätte dazu sicher ein paar Ideen. Aber die mussten warten, bis Claire an der Reihe mit der Pause war – wenn sie denn eine Pause machen durfte. Ganz sicher wäre sie sich dessen erst, sobald sie zur Tür hinaus war.

Seufzend stellte Claire ihr Telefon lautlos und lehnte sich erschöpft im Stuhl zurück. Ihr war immer klar gewesen, dass Sozialkompetenz nicht unbedingt zu Sawyers Stärken zählte. Aber allmählich trieb ihr Chef sie in den Wahnsinn mit seinen Allüren.

John vermutete, dass er mit seinem Verhalten irgendetwas kompensieren wollte.

Bei dem Gedanken kräuselten sich Claires Lippen trotz ihrer Verärgerung zu einem Lächeln. Sie war gespannt, was John heute Abend zur jüngsten Entgleisung ihres cholerischen Chefs sagen würde. Vermutlich würde es nicht lange dauern, bis sie wieder Tränen lachte. John war nämlich erstaunlich kreativ, wenn es darum ging, die niederen Beweggründe ihres Chefs zu analysieren.

Ihr Blick fiel auf die Skizze auf ihrem Notizblock. Es überraschte Claire nicht, zu sehen, dass sie mal wieder einmal John porträtiert hatte. Das passierte ihr in letzter Zeit ständig, wenn sie die Gedanken schweifen ließ. Er war allgegenwärtig. Sogar dann, wenn sie sich eigentlich auf die Arbeit konzentrieren müsste …

Entsetzt fuhr Claire hoch. Verdammt! Sie hatte Miss Murdoch vergessen. Eilig nahm sie den Hörer auf und beendete die Warteschleife. Zu Claires Erleichterung war die Interessentin noch in der Leitung.

Natürlich war sie nicht erfreut, zu erfahren, dass sie keinen früheren Termin erhielt. Dennoch stimmte sie Claires Vorschlag zu und ließ sich nach einer halben Ewigkeit endlich abwimmeln.

Kaum hatte Claire den Hörer aufgelegt, rief Sawyer erneut nach ihr.

»Sobald Tessa zurück ist, erwarte ich Sie mit Ihrem Notizbuch in meinem Büro«, sagte er, ohne aufzusehen. »Es stehen einige Schreiben an, die heute noch in die Post müssen.«

Innerlich stöhnte Claire auf. Das war's mit ihrer Mittagspause. Gut, dass sie noch eine Minisalami dabeihatte.

~ *Jonathan* ~

Um Punkt vierzehn Uhr erreichte er die blaue Eingangstür des Doppelhauses. Er warf gut gelaunt seinen Schlüsselbund auf die Kommode, stellte die Arbeitstasche daneben ab und spazierte direkt in die Küche, um sich ein kühles Feierabendbier zu holen.

Ja, gegen Mittag hatte er kurzerhand beschlossen, dass er für heute genug gearbeitet hatte. Einfach so. Ohne auch nur den Hauch eines schlechten Gewissens. Er hatte sogar vor sich hin gesummt, als er auf den Aufzug wartete. Die Empfangsdame überlegte vermutlich immer noch, ob sie ihm den Rettungsdienst hinterherschicken sollte.

Sein Leben ging ihm in letzter Zeit leicht von der Hand. Er freute sich jeden Tag auf den Feierabend und verrichtete seine Arbeit ausschließlich im Büro. Wenn er nach Dienstschluss aus der Tiefgarage des Bürogebäudes hinaus ins Tageslicht fuhr, schlich sich jedes Mal ein Lächeln auf seine Lippen, und er konnte es kaum erwarten, nach Hause zu kommen.

Nach Hause. Genauso fühlte es sich inzwischen an, wenn er die Einfahrt des Doppelhauses entlangrollte. Ein interessantes Gefühl, das er in dem Ausmaß noch nie erlebt hatte.

Natürlich lag das weitestgehend an Claire. Wenn nicht sogar ausschließlich.

Immer öfter fragte er sich, wo ihn diese Empfindungen für sie allmählich hinführten. Ihm war klar, dass er die Grenze zur Freundschaft längst erreicht hatte. Aber was wartete dahinter auf ihn?

Die wenigen Liebesbeziehungen seiner Vergangenheit waren kaum der Rede wert. Die meisten hatte er vor dem Ende seiner Collegezeit gehabt, als er solcherlei Dinge noch nicht ernst nahm. Danach war er dazu übergegangen, sein Singleleben vehement zu schützen und jeglichen Anflug von Bindung im Keim zu ersticken. Er hatte niemals einer Frau erlaubt, ihm tiefer in die Seele zu blicken, geschweige denn sein Vertrauen zu gewinnen.

Was er nun mit Claire erlebte, war also eine völlig neue Erfahrung. Er spürte, dass er sich noch weiter darauf einlassen wollte. Dass er die Freundschaftsgrenze überschreiten und seine Zuneigung nicht nur vor laufender Kamera als vermeintliches Spiel zeigen wollte.

Aber was, wenn es schiefging? Wenn dieser Schritt alles zerstörte, was er doch gerade erst zu genießen gelernt hatte?

John schüttelte die verworrenen Gedanken ab und atmete tief durch. Er wollte nicht ständig an das Morgen denken, sondern einfach mal im Heute leben. Genau. Fürs Erste sollte alles einfach so bleiben, wie es gerade war.

Er öffnete den Kühlschrank und langte nach einer Flasche. Beim Anblick der vielen Lebensmittel kam ihm die Idee, dass er doch eigentlich etwas für Claire kochen könnte. Seine Kochkünste beschränkten sich zwar auf reichlich zweckmäßige Gerichte, aber für solche Probleme gab es ja schließlich das Internet. Da würden er bestimmt Rezepte für Dummies finden.

Voller Elan stellte er das Bier zur Seite und holte seinen Laptop, um sogleich mit der Recherche zu starten. Er hockte sich an den Küchentresen und stellte schnell fest, dass es tatsächlich diverse Kochseiten speziell für überforderte Singlemänner gab. Allerdings gaben alle Rezepte als Grundzutat mindestens ein Kilo Fleisch an, weshalb John sich schnell einer Site namens *Bewusste Küche* zuwandte. Die Kochrezepte dort klangen ganz nach seinem Geschmack und sollten auch Claire zeigen, dass gutes Essen nicht immer eine Fleischbeilage brauchte, um lecker zu sein. Er suchte sich eine Anleitung heraus, die zu bewältigen sein durfte, wenn er auch erst mal nachschlagen musste, was denn eigentlich mit *Poschieren* gemeint war.

John war völlig in seinen Plan vertieft, als ein seltsamer Klingelton hinter ihm losschrillte. Er brauchte einen Moment, bis er den Ursprung in einem recht unscheinbaren Telefon an der Wand erkannte. Ihm war bis dato nie in den Sinn gekommen, dass sie überhaupt einen Festnetzanschluss besaßen, darum war ihm schleierhaft, wer eigentlich diese Nummer kannte. Automatisch fiel ihm eine unliebsame Begegnung ein, bei der kürzlich eine ganze Gruppe junger Frauen vor seinem Büro auf ihn gelauert hatte, um Autogramme zu ergattern. Hatte vielleicht ein Groupie die Adresse des Hauses herausgefunden? Erst wollte John gar nicht rangehen, aber der Anrufer blieb hartnäckig, woraufhin er sich schließlich erbarmte.

Er meldete sich schlicht mit: »Hallo?«, um sich im Falle eines verirrten Fans dezent verleugnen zu können.

»Hier ist Nathan Parker. Ich wollte eigentlich Miss Davis sprechen.«

Da der Anrufer Claires Mädchennamen nannte, schien er keinen Bezug zur Show zu haben. John blieb trotzdem auf der Hut. »Darf ich fragen, worum es geht?«

Parker seufzte. »Ich habe schon überall versucht, sie zu erreichen. An ihr Handy geht sie nicht dran. Ob sie mich bitte zurückrufen könnte? Es geht um Brian.«

Brian? Der Kerl, dessen Name beinahe nächtlich über Claires Lippen glitt und ihn jedes Mal aufs Neue mit Unmut erfüllte?

John umschloss den Hörer mit festem Griff und fuhr sich durchs Haar. Dann sagte er: »Vielleicht kann ich ja helfen. Ich bin ihr Ehemann.«

***

Eine Weile später lenkte John seinen Wrangler auf den Parkplatz der *Millennium Highschool* im Süden Chicagos. Er war schlichtweg fassungslos, dass Claire ihm nie etwas von Brian erzählt hatte. Erst recht, nachdem sie aus seinem Leben inzwischen jedes kleine Detail kannte. Er hatte sich ihr anvertraut, und was tat sie? Er verstand nicht, weshalb sie so ein Geheimnis darum machte. Da hatte er doch glatt gedacht, dass Brian ihr Liebhaber wäre, und jetzt das.

Am Telefon hatte John so getan, als wäre er über alles im Bilde. Parker schien es geglaubt zu haben. Nun blieb die Frage, wie Brian auf ihn reagierte. John hatte keine Ahnung, ob er über *The Wedding Project* Bescheid wusste.

Angespannt schritt er an der schäbigen Fassade des Schulgebäudes entlang. Eigentlich war das gesamte Viertel als schäbig zu bezeichnen. Und das war noch nett ausgedrückt. John war noch nie in dieser Gegend gewesen und fühlte sich von der allgegenwärtigen Armut schier erdrückt. Jeder Quadratmeter schrie geradezu nach Gewaltverbrechen und Drogenkonsum. Häuser und Straßen waren komplett verwahrlost. John kam sich in seinem Businessoutfit wie ein Fremdkörper vor.

Dementsprechend wurde er auch beäugt, als er die Treppe zum Haupteingang der Schule erreichte. Eine Gruppe Halbstarker lungerte auf den Stufen herum. Aus einem iPod hämmerte Hip-Hop-Musik. Die Kids stierten John an wie einen Eindringling. Feindselig, misstrauisch. Mit Blicken, die man sich unweigerlich aneignen musste, wenn man in einer Gegend wie dieser aufwuchs.

John hatte Mühe, seine undurchdringliche Miene zu wahren. Vor allem, als er den Metalldetektor und das Wachpersonal hinter der Eingangstür erkannte. Wie schrecklich mussten die Umstände sein, wenn sich eine Schule zu solchen Mitteln genötigt sah?

Die beiden Wachmänner schienen mit Johns Äußerem ebenso wenig anfangen zu können wie die Kids auf der Treppe. Sie musterten ihn fragend, wohl in der Annahme, er hätte sich verlaufen.

»Guten Tag«, grüßte John laut. »Direktor Parker erwartet mich.«

Einer der Wachmänner nickte. »Den Flur hinunter, auf der linken Seite.«

Er winkte ihn durch den Detektorbogen, der sogleich Alarm gab. John fasste sich bereits an die vermutlich störende Gürtelschnalle, doch der Wachmann wedelte nur mit der Hand und bedeutete ihm weiterzugehen. Die beiden Herren schienen ihre Aufgabe wohl nicht allzu ernst zu nehmen.

Stirnrunzelnd folgte John der spärlichen Wegbeschreibung. Der Korridor war rechts und links gesäumt von Metallspinden, die über und über mit Graffiti beschmiert waren. Ob irgendwo Unterricht stattfand, war nicht ganz klar, denn auch hier lungerten in Grüppchen diverse Teenager herum und die Geräuschkulisse hinter den Klassenzimmertüren klang nicht sehr nach Wissensvermittlung. Er selbst war zwar auf eine Eliteschule gegangen, aber das hier konnte man beim besten Willen nicht als Bildungseinrichtung bezeichnen.

John erreichte das Büro des Schuldirektors. Er sammelte sich kurz und klopfte energisch an die Glasscheibe.

Nathan Parker, ein hagerer Mann, musste in den Fünfzigern sein. Aber mit Gewissheit konnte John es nicht sagen, weil sein Gesicht von tiefen Falten zerfurcht war. Und es waren keine Lachfalten, so viel stand fest.

Die dunklen Augen blickten ihn ernst an, als er sich mit Handschlag vorstellte und John ins Büro bat. »Parker. Mister Bricks, danke, dass Sie so schnell kommen konnten.«

»Wer ist der Clown?« John hob eine Braue, als er einen Teenager entdeckte, der mit verschränkten Armen in dem Stuhl vor Parkers Schreibtisch lümmelte. Er konnte nicht älter als fünfzehn sein. Das kurze braune Haar stand in alle Richtungen. Hinter dem rechten Ohr klemmte eine Zigarette.

»Reiß dich zusammen, Brian!«, herrschte Parker ihn an. »Mister Bricks ist nur deinetwegen hier.«

Schnaubend lehnte Brian sich ein Stück nach vorn, sodass John mehr von seiner Statur erkennen konnte. Der schlaksige Junge war definitiv kein Sportler. Fast versank er in dem dunklen Shirt mit einem freakigen Graffitoaufdruck. Seine Jeans waren zerschlissen, aber nicht auf die Weise, wie es gerade in Mode war, sondern durch übermäßige Abnutzung. Seine Turnschuhe sahen ähnlich mitgenommen aus.

»Ich kenne den Typen überhaupt nicht, Mann«, erwiderte Brian pampig und musterte John feindselig.

John hielt dem Blick stand. Anscheinend hatte Claire ihm nichts von der Show erzählt.

Parker stieß einen genervten Laut aus und umrundete seinen Schreibtisch, um sich dahinter niederzulassen. »Lass den Mist, Brian. Du wirst doch wohl den Ehemann deiner Schwester erkennen.«

Endlich schien es dem Jungen zu dämmern. Er neigte den Kopf und verzog spöttisch die Lippen. »Ach, *der* Ehemann! Jetzt erkenne ich dich, Onkelchen. Tut mir leid. Ich habe eine Bindehautentzündung und kann leider nicht richtig sehen.«

Brian wusste also doch Bescheid. Das ersparte John zumindest die Peinlichkeit, dem Direktor die näheren Umstände zu erklären.

Parker richtete den Zeigefinger auf Brian. »Erstens ist Mister Bricks nicht dein Onkel, sondern dein Schwager, was du wüsstest, wenn du dein Hirn nicht ständig mit irgendwelchem Müll vollpumpen würdest. Und zweitens wissen wir alle, dass du keine verdammte Bindehautentzündung hast.«

Glucksend lehnte Brian sich zurück, während John sich ein Stück näherte und ihn genauer betrachtete. Glasige, rote Augen, ein dümmliches Grinsen. Kein Zweifel. Claires Bruder war total stoned. Es war so offensichtlich, dass Abstreiten überhaupt keinen Zweck hatte.

John hatte keinen blassen Schimmer, was er jetzt tun sollte oder was von ihm erwartet wurde. Deshalb entschied er sich für die einzige Strategie, die ihm sinnvoll erschien: Angriff nach vorn.

»Es ist zwar schon eine Weile her, seit ich die Schulbank gedrückt habe, aber zu meiner Zeit konnten Jugendliche sich nicht einfach einen Joint in der Mittagspause reinziehen.« Er betrachtete Parker mit versteinertem Ausdruck. »Gibt es hier keine Fachkräfte, die so etwas unterbinden?«

Parker klappte erstaunt der Mund auf.

»Alter! Von welcher schicken Schule bist du denn geschlüpft?«, spottete Brian, während Parker sich umgehend zusammenriss.

»Mister Bricks, diese Schule verfügt nicht einmal annähernd über genug Personal, um einen vollwertigen Unterricht durchzuführen, geschweige denn um die rebellischen Teenager im Zaum zu halten.« Seine Miene wurde finster. »Alles, was wir tun können, ist, dafür zu sorgen, dass sie sich nicht gegenseitig umbringen – und selbst dabei stoßen wir oft an unsere Grenzen.«

»Das ist noch lange kein Grund, Drogenkonsum zu dulden«, erwiderte John kühl.

»Ich fürchte, Sie haben eine falsche Vorstellung, Mister Bricks. Kinder, die auf die Millennium High gehen, sind Kinder aus der Gosse. Sie haben nichts und streben nach nichts. Alles, was sie kennen, sind Gewalt und Drogen.« Er spuckte die Worte förmlich aus. Verbitterung verzerrte seine Züge, als er auf Brian deutete. »Er ist ein typisches Beispiel für diese Ausweglosigkeit.

Wie soll man jemandem helfen, der keine Perspektive sieht und dem nicht geholfen werden will?«

Brians Belustigung war fort. Stattdessen war er aschfahl im Gesicht geworden. Plötzlich wirkte er nicht mehr großkotzig, sondern traurig und hoffnungslos.

Diesen Ausdruck hatte John schon einmal gesehen. In den Augen seiner Schwester.

Mitgefühl regte sich in ihm. Zweifellos hatte der Junge Mist gebaut. Aber das war kein Grund, ihn dermaßen fertigzumachen.

»Ich bin mir sicher, es gibt Mittel und Wege, auch wenn man wenig zur Verfügung hat.« John zuckte mit den Schultern. »Ich schätze, das ist alles eine Frage von Bereitschaft und Hingabe.«

»Hingabe?« Parker sah ihn ungläubig an. »Miss Davis hat alles versucht, um Brian wieder auf die richtige Bahn zu lenken. Aber nichts hat funktioniert. Sie hätte meinen Rat schon vor Jahren befolgen und ihn der Jugendfürsorge übergeben sollen, anstatt zu versuchen, sich und ihn allein über Wasser zu halten. Es war von Anfang an ein aussichtsloses Unterfangen.« In seinen Blick trat so viel Abscheu, dass Brian unter der Last in sich zusammensank. »Ich kenne Jungs wie ihn«, fuhr Parker in kaltem Ton fort. »Er ist ein Versager, und er wird immer einer bleiben.«

13

~ Claire ~

Fassungslos stand Claire vor dem Direktorat der Millennium High. Sie war gerade im Begriff gewesen, an die Tür zu klopfen, als sie Parkers letzten Satz vernahm.

Durch die Glasscheibe konnte sie sehen, dass Brian auf einem Stuhl vor dem Schreibtisch hockte, während John dem Direktor gegenüberstand und ihn mit seinen Blicken zu durchbohren schien. Seine ganze Haltung war angespannt und die blauen Augen musterten ihn eiskalt.

Die Worte, die der Direktor so herzlos ausgesprochen hatte, schwebten wie eine schwarze Wolke über ihnen.

Claire hatte schon befürchtet, dass etwas Schlimmes passiert sein musste, wenn Parker fünfmal auf ihrem Handy anrief. Natürlich hatte sie sich sofort auf den Weg gemacht, woraufhin Sawyer seine Androhung in die Tat umsetzte und sie wegen Arbeitsverweigerung fristlos entließ. Aber darüber wollte sie jetzt nicht nachdenken. Genauso wenig wie über die Tatsache, dass John hier aufgetaucht war.

Alles, was sie sah, war Brians leerer Gesichtsausdruck.

Er hatte schon wieder irgendwelchen Mist geraucht, wahrscheinlich mit seiner Clique, deren Mitglieder sich im Grunde ständig zudröhnten.

Pure Verzweiflung durchflutete Claire. Ihr kleiner Bruder hatte geschworen, die Finger von Drogen zu lassen. Aber er kam einfach nicht von dem Teufelszeug weg. Wie auch, wenn ihm bei jeder Gelegenheit ein Joint vor die Nase gehalten wurde?

»Ich kann Ihnen sagen, wieso ein Junge wie Brian keine Hoffnung hat«, knurrte John. »Weil Menschen wie Sie ihn demütigen, bis er sich fühlt wie der letzte Dreck.«

»Ich sage nur, wie es ist, Mister Bricks«, erwiderte Parker trotzig. »Aber seien Sie unbesorgt. Das geht bei Jungs wie ihm sowieso zu einem Ohr rein und zum anderen wieder raus. Es interessiert sie schlichtweg nicht.« Er drehte den Kopf. »Nicht wahr, Brian?«

Brian schluckte schwer, gab dem Direktor aber weder recht, noch widersprach er ihm. Stattdessen schaute er stumm zu Boden.

Claires Herz zog sich zusammen. Ihr Beschützerinstinkt brüllte auf. Sie wollte die Tür aufstoßen und diesem selbstgefälligen Idioten sagen, wie falsch er lag. Doch da ergriff John erneut das Wort.

»Sie liegen falsch, Mister Parker«, sagte er. »Es interessiert ihn durchaus, was Sie zu sagen haben.«

Parker schnaubte. »Sie kennen diesen Jungen doch kaum.«

»Das mag sein.« John schnitt eine zynische Grimasse. »Aber ich weiß, wie es ist, in eine Schublade gesteckt zu werden. Ich kenne die Ohnmacht, wenn man keine Ahnung hat, wie man dort wieder herauskommen soll. Was Brian braucht, sind Menschen, die an ihn glauben, und damit meine ich nicht nur seine Schwester.«

»Ich habe an ihn geglaubt«, fuhr Parker ihn empört an. »Ich …«

»Wann?«, unterbrach John ihn scharf. »Als Sie seiner Schwester rieten, sie solle ihn lieber zu Fremden schicken? Oder indem Sie wegsahen, als an der Schule Stoff herumgereicht wurde? Oder als Sie ihn als *sozialen Abfall* bezeichnet haben? Wann, Mister Parker, haben Sie da an ihn geglaubt?«

Parker wurde kreidebleich. Sein Mund klappte auf und zu, aber es kam kein Ton heraus.

John straffte die Schultern. »So wie ich das sehe, ist Brian minderjährig, und Sie haben Ihre Sorgfaltspflicht gegenüber dem Jungen heute nicht zum ersten Mal verletzt. Es ist mir scheißegal, wie Sie es anstellen, ihn in Zukunft von den Drogen fernzuhalten. Aber erfahre ich noch ein einziges Mal, dass Brian während der Schulzeit irgendwelches Zeug geraucht hat, mache ich Sie persönlich dafür verantwortlich.« Ohne sich zu verabschieden, machte er auf dem Absatz kehrt. »Brian! Wir gehen.«

Zu Claires Überraschung sprang Brian tatsächlich auf und stolperte hinter John her, der mit finsterer Miene aus dem Büro marschiert kam. Als er sie hinter der Glasscheibe bemerkte, huschte ein Ausdruck der Überraschung über sein Gesicht. Doch der harte Zug in seinen Augen blieb.

Claire überlegte, was sie sagen sollte. Ein schlichtes *Danke* schien ihr einfach nicht genug zu sein.

Brian schob sich an John vorbei und schaute sie zerknirscht an. »Hey Sis!«

Einen Moment lang schwankte Claire zwischen dem Bedürfnis, ihren Bruder in den Arm zu nehmen, und dem Wunsch, ihm eine zu knallen. »Du hast es mir versprochen«, flüsterte sie und schaffte es nicht, den vorwurfsvollen Ton aus ihrer Stimme herauszuhalten.

»Ich weiß.« Beschämt fuhr Brian sich durch die Haare. Sie waren ein Stück gewachsen, seit sie sich zum letzten Mal gesehen hatten. »Es war doch nur ein bisschen Weed.«

»Nur ein bisschen Weed?«, wiederholte Claire fassungslos und wollte ihn nun doch ganz gern kräftig durchschütteln, obwohl er sie um einen halben Kopf überragte. »Und was kommt als Nächstes? Nur ein bisschen Crack?«

Brian zuckte zusammen. »Das Zeug rühr ich nicht an, das weißt du.«

Nein, das wusste sie nicht. Aber es war ohnehin nur eine Frage der Zeit.

»Wir sollten gehen«, warf John ein. Sein Gesicht glich einer reglosen Maske, als er in Richtung Ausgang weiterging.

Sie folgten ihm zu seinem Wagen. Warum, wusste Claire selbst nicht. Vielleicht, weil seine Gegenwart etwas Tröstliches an sich hatte.

»Krasse Karre, Mann«, murmelte Brian.

»Danke.« John entriegelte die Türen und schaute Claire über das Dach des Wrangler an. »Wohin jetzt?«

Unsicher trat Claire von einem Bein aufs andere. Einerseits wollte sie sich noch nicht von John trennen. Andererseits musste sie dringend ein ernsthaftes Wort mit ihrem Bruder reden. »Fahr doch schon mal nach Hause«, schlug sie daher vor. »Wir gehen zu Fuß.«

Etwas flackerte in Johns Miene auf, doch dann wurde sein Gesicht wieder ausdruckslos. »Ich kann euch auch fahren.«

Dann würde er sehen, wo sie wirklich lebten. Ausgeschlossen. »Das ist nicht nötig«, erwiderte Claire mit angespanntem Lächeln. »Es ist nicht weit. Und du hast schon genug getan.«

John sah sie auf eine Weise an, als hätte er sie noch nie zuvor in seinem Leben gesehen. Von der zarten Vertrautheit der letzten Tage war nichts mehr zu spüren. »Alles klar.«

Bestürzt schaute Claire zu, wie John einstieg, den Motor anwarf und davonfuhr. Je weiter das Auto sich entfernte, umso schmerzhafter zog es in ihrer Brust.

Neben ihr stieß Brian einen Pfiff aus. »Gar nicht so übel, der Typ. Für einen gefakten Ehemann.«

»Halt die Klappe«, fauchte Claire, drehte sich um und lief los.

»War doch bloß ein Scherz«, rief Brian ihr nach und beeilte sich, um mit ihr Schritt zu halten. Er stopfte die Hände in die Hosentaschen und ging schweigend neben ihr her.

Bis zu dem Hochhaus, in dem sie und Brian ein mickriges Zweieinhalbzimmerapartment bewohnten, waren es nur fünf Minuten. Es lag nicht in der freundlichsten Gegend, aber war dennoch nicht ganz so schlimm wie die Straßen weiter im Süden.

Sie stiegen die Stufen hinauf in den vierten Stock und Claire schloss die Tür auf. Der Duft von Heimat kitzelte sie in der Nase, als sie durch den schmalen Flur ins Wohnzimmer ging, wo die durchgesessene Ledergarnitur stand. Darüber hinaus gab es nicht allzu viele Möbel. Trotzdem hatte Claire einige Cents in ein bisschen Behaglichkeit gesteckt und von bunten Sofakissen bis zu hübschen Kerzenständern zahlreiche Dekosachen verteilt.

Die Tür zum angrenzenden Schlafzimmer war bloß angelehnt. Aber Claire konnte einen Berg von Klamotten auf ihrem Bett erkennen.

»Und was jetzt?«, fragte Brian und ließ sich erschöpft auf den Sessel fallen.

Claire schaute auf ihre Uhr. »Liv müsste in einer Stunde Feierabend haben. So lange bleibe ich noch hier.«

Brian schnaubte empört. »Ich brauche doch keinen Babysitter.«

»Ach nein?« Claire wirbelte herum. »Und wieso stehe ich dann hier, Brian?«

Er zog den Kopf ein. »Die Jungs wollten bloß ein bisschen chillen. Da hab ich halt *ein Mal* dran gezogen.«

»Lüg mich nicht an, verdammt noch mal.«

Brians Augen weiteten sich, weil Claire zum ersten Mal die Stimme erhob. Bisher hatte sie stets mit Engelszungen auf ihn eingeredet, gelegentlich auch mal in einem strengen Tonfall. Aber noch nie war sie laut geworden.

»Vielleicht waren es auch zwei- oder dreimal«, räumte er schließlich ein und rieb sich mit zittrigen Fingern über die Schläfe. »Ich hab nicht nachgedacht, okay?«

»Nein, Brian. Das ist nicht okay. Ich weiß, dass du dir nach wie vor deine Joints reinziehst. Aber jetzt auch noch in der Schule?«

Brian riss die glasigen Augen noch weiter auf. »Liv hat es dir echt erzählt?«

»Was dachtest du denn?«

Er zuckte mit den Schultern. »Ich dachte, sie wäre gechillter.«

»Tja, da hast du dich geschnitten.« Missmutig verschränkte sie die Arme vor der Brust. »Und wo waren deine Jungs, als Parker dich hochgenommen hat?«

»O Mann!« Wieder fuhr Brian sich durch die Haare. »Du weißt doch, dass Nick kurz davor ist, von der Schule zu fliegen. Da hab ich ihm den Rücken freigehalten. So macht man das unter Freunden.«

»Wann kapierst du endlich, dass diese Jungs nicht deine Freunde sind, wenn sie dich zurücklassen, damit du den Kopf für sie hinhältst?«

»Sind sie wohl«, widersprach er, obwohl auch ein Funken Zweifel in seinen Augen stand.

»Diese Jungs tun dir nicht gut, Brian. Ich weiß genau, dass Nick krumme Sachen mit der Gang aus der Fünfzigsten Straße macht. Es ist nur eine Frage der Zeit, bis er dich da mit reinzieht.«

Die Tatsache, dass Brian diese Unterstellung nicht abstritt, machte Claire schwer zu schaffen. Aber im Moment waren ihr die Hände gebunden. Sie konnte nur beten, dass es nicht zu spät wäre, wenn sie zurückkehrte.

»Du musst endlich die Finger von dem Teufelszeug lassen«, beschwor sie ihren kleinen Bruder wie schon so oft vorher.

»Ich versuche es doch!«, brüllte Brian plötzlich und sackte gleich darauf in sich zusammen, bevor er zittrig die Luft ausstieß. »Ehrlich. Ich versuche es.« Niedergeschlagen schüttelte er den Kopf und starrte zu Boden. »Es ist nur so verflucht schwer. Ich kann … ich kann einfach nicht ohne … die Taubheit.«

Tränen schossen Claire in die Augen. Brian war schon immer ein sensibler Junge gewesen. Der Tod ihrer Eltern und die veränderten Lebensumstände hatten ihn schwer getroffen. Noch heute plagte ihn der Schmerz dieses Verlustes. Und obwohl Claire alles gegeben hatte, um ihm ein halbwegs anständiges Leben zu bieten, konnte sie die wichtigsten Bezugspersonen in seinem Leben doch nicht ersetzen.

Irgendwann hatte Brian aufgehört, darüber zu reden, und angefangen, den Schmerz in sich hineinzufressen. Von innen verzehrte der Schmerz allmählich den lebenslustigen Jungen, der Brian einst gewesen war.

Claire wusste wohl, dass die Taubheit ihn paradoxerweise davor bewahrte, sich Schlimmeres anzutun. Aber was, wenn das eines Tages nicht mehr genügte und er zu härteren Mitteln griff?

Angst und Verzweiflung schnürten ihr für einen Moment die Kehle zu. »Ich kann dich nicht auch noch verlieren, Brian.«

»Das wirst du nicht. Ich baue keinen Scheiß mehr, okay? Ich verspreche es.«

Claire wollte ihm so gern glauben. Aber so naiv war sie längst nicht mehr.

Seufzend ließ sie sich aufs Sofa fallen, lehnte den Kopf gegen die Rückenlehne und schloss die Augen. Sie fühlte sich unsagbar erschöpft.

»Ich habe dich übrigens vermisst, Sis.«

Claire lächelte schwach. »Ich dich auch.«

»Und wie läuft es bei der Show?«

Überrascht sah Claire ihren Bruder an. Bisher hatte er sich vehement geweigert, mit ihr über *The Wedding Project* zu reden. Bevor sie losgezogen war, um John zu heiraten, hatte er sich nicht einmal von ihr verabschiedet, sondern sich wie ein bockiger Teenager in seinem Zimmer verschanzt und die Musik bis zum Anschlag aufgedreht. Sogar als er sich irgendwann abreagiert und sie angerufen hatte, war er dabei geblieben, das Thema zu ignorieren. Also hatten sie während ihrer Telefonate hauptsächlich darüber gesprochen, wie Olivia sich als Mitbewohnerin schlug und was so in der Schule los war. Dass er ihr dabei einiges vorenthielt, war ihr natürlich bewusst. Deshalb war sie heilfroh gewesen, als Olivia sich bereit erklärt hatte, hier die Stellung zu halten, solange die Dreharbeiten andauerten.

»Es läuft gut.« Claire zuckte mit den Schultern und ignorierte die Schmetterlinge, die bei dem Gedanken an John vergnügt in ihrem Bauch aufflatterten. »Das Produktionsteam gibt sich viel Mühe, um abwechslungsreiche Sendungen auf die Beine zu stellen. Hast du mal reingesehen?«

Brian verzog das Gesicht. »Nur einmal. Da habt ihr im Pool rumgemacht. Es war der Horror.«

Claire lachte verlegen. »Ja, die Folge hatte es ziemlich in sich.«

Sie unterhielten sich noch ein wenig über die Show und die Schule, bis Olivia kam. Diese war sichtlich überrascht, Claire anzutreffen, brauchte jedoch nicht lange, um zu erraten, wieso sie hier war.

»Ist das jetzt dein Ernst?«, fragte sie Brian entrüstet und starrte ihn mit einem Blick an, den Claire wohl niemals drauf haben würde.

»Ich hab mich doch schon entschuldigt«, murmelte er betreten.

»Das macht es aber nicht besser.« Sie warf die Hände in die Luft. »Herrgott noch mal! Du bist so ein süßer, kluger Junge. Warum kannst du den Mist nicht endlich lassen?«

Brian lief knallrot an. »Ich bin kein *Junge*. Warum sagen das ständig alle? John hat das vorhin auch gemacht. Andauernd.«

Ohne auf seine Empörung einzugehen, wandte Olivia sich an Claire. »John war da?«

Sie nickte. »Parker hat mich nicht erreicht, weil ich in einem Meeting festhing. Also hat er vermutlich auf dem Festnetz angerufen.«

»Er hat mich voll krass verteidigt, Liv. Das hättest du sehen müssen.«

»Echt?«

Claire lächelte. »Ja, er war … großartig.«

Und dann war er total verschlossen gewesen. Bei der Erinnerung an seinen Gesichtsausdruck bildete sich ein schmerzhafter Knoten in ihrer Brust. Sicher hatte es ihn schockiert, zu sehen, aus welcher Gegend sie in Wirklichkeit stammte. Zwar hatte sie ihn nie belogen, wenn es um ihr Leben außerhalb von *The Wedding Project* ging. Aber die Wahrheit gesagt hatte sie ihm auch nicht.

Entschlossen stand sie auf. Sie musste wirklich dringend mit ihm reden, ihm erklären, warum sie ihm nichts von Brian erzählt hatte. Egal, wie schmerzhaft es werden würde. Er verdiente die ganze Geschichte.

Claire verabschiedete sich von ihrem Bruder, der ihr hoch und heilig versprach, sich künftig zusammenzureißen. Sie zog ihn in eine innige Umarmung, und auch Olivia drückte sie fest an sich, bevor sie sich auf den Weg machte.

Mit dem Bus brauchte sie fast eine Stunde bis zur Villa. Es schien ewig zu dauern. Trotzdem wäre sie am liebsten umgedreht, als sie auf der Schwelle stand. Sie holte tief Luft und ging hinein.

Stille schlug ihr entgegen. »John?«

Unsicher legte Claire ihre Sachen ab und ging ins Wohnzimmer. Dort fand sie ihn.

Mit dem Rücken zu ihr stand er hinter der gläsernen Fensterfront und betrachtete gedankenverloren den Garten.

»Hi.« Mehr brachte sie nicht hervor, als sie ihn nervös begrüßte.

Langsam drehte John sich um und musterte sie schweigend. Obwohl er sich alle Mühe gab, seine Gefühle nicht zu verraten, spiegelten seine Augen nichts als Enttäuschung wider.

Claire befeuchtete die Lippen und ging näher, bis sie direkt vor ihm stand. »Ich bin vorhin nicht dazu gekommen, dir zu danken. Was du da über Brian gesagt hast … Das war unglaublich. Also … danke.« Sie verstummte und sah ihn hilflos an.

Doch er zeigte keine Reaktion.

»Es tut mir leid«, fuhr Claire flüsternd fort.

»Beantworte mir nur eine Frage«, erwiderte er tonlos. »Wieso hast du es mir nicht gesagt?«

Ihre Augen begannen zu brennen, weshalb sie es vorzog, ein Loch in den Fußboden zu starren. »Ich habe mich geschämt.«

»Du … Was? Wieso denn?«

Sie seufzte verzweifelt. »Du hast gesehen, in welchem Viertel wir leben.«

John schnaubte. »Klar. Und weil ich aus *gutem Hause* stamme, kann ich ja nur entsetzt auf eine solche Herkunft reagieren.«

»Am Tag unserer Vermählung hast du mich für eine geldgierige hohle Nuss gehalten, die in ihrem Leben nichts auf die Reihe kriegt«, konterte Claire ruhig. Sie nahm all ihren Mut zusammen und sah John wieder an. »Was hättest du erst über mich gedacht, wenn du erfahren hättest, dass ich in einer der schlimmsten Gegenden Chicagos lebe?«

Johns Miene verfinsterte sich. »Du hättest mir die Wahrheit sagen können.«

»Glaubst du ernsthaft, ich schildere dir vor laufender Kamera meine traurige Familiengeschichte, obwohl ich dich kaum kenne?«

»Das ist doch Schwachsinn, Claire. Es gab mehr als genug Gelegenheiten, mir zu erzählen, was dir widerfahren ist.«

»Das ist aber nicht so leicht für mich«, fuhr Claire ihn an, weil ihre Gefühle jetzt endgültig mit ihr durchgingen.

»Denkst du etwa, für mich war es leicht, mich dir zu öffnen?«, schrie er zurück.

»Du warst total betrunken!«

»Aber ich habe es nie bereut, dir von meinen Problemen erzählt zu haben.« John atmete tief durch. Dann sprach er mit gesenkter Stimme weiter. »Was glaubst du, wie sich das anfühlt, wenn du erkennst, dass der Mensch, dem du am meisten vertraust, nicht einmal genug von dir hält, um dir von dem wichtigsten Menschen in seinem Leben zu berichten?«

»Ich vertraue dir, John.«

»Tatsächlich?«, erwiderte er sarkastisch. »Dann leg doch mal los! Wieso hast du die Vormundschaft für deinen Bruder? Wo sind deine Eltern? Warum machst du wirklich bei dieser Show mit? Und was, verdammt noch mal, hast du mir sonst noch verschwiegen?«

Seine hastig hervorgebrachten Fragen zeugten davon, wie aufgewühlt er sein musste. Claire verstand das nur zu gut. An seiner Stelle hätte sie nicht anders empfunden.

Sie schlang die Arme um sich, weil sie meinte, jeden Moment auseinanderzubrechen. »Ich war neunzehn und studierte Kunst im zweiten Semester, als meine Eltern tödlich mit dem Auto verunglückten. Brian war gerade mal sieben.«

John wurde blass.

Sie rang sich ein Lächeln ab. »Er war so ein niedliches Kind. Aufgeweckt und fröhlich. Als unsere Eltern plötzlich fort waren, tat ich alles, um ihm irgendwie über seine Trauer hinwegzuhelfen. Aber natürlich konnte ich Mom und Dad nicht ersetzen.« Ein Ziepen schoss ihr in die Nasenspitze, weil die Erinnerung an diese Zeit noch immer schmerzhaft lebendig war. Sie wollte nicht weinen. Aber sie spürte, dass sie machtlos gegen die Tränen war. »Meine Eltern waren nie besonders wohlhabend«, fuhr sie fort. »Trotzdem lebten wir in einer guten Gegend, hatten sogar ein kleines Haus mit Garten. Es wurde schnell klar, dass ich es mir als Studentin nicht leisten konnte, die Raten weiterhin zu bezahlen. Also verkaufte ich das Haus.«

»Was ist dann passiert?«, fragte John leise.

»Nachdem die Schulden bei der Bank beglichen waren, war ich total pleite. Also habe ich mein Studium an den Nagel gehängt und halte uns mit Gelegenheitsjobs über Wasser. Ich hätte alles getan, um Brian ein halbwegs anständiges Leben zu ermöglichen. Aber wenn man keine Ausbildung vorweisen kann, ist man nicht viel wert in dieser Gesellschaft.«

Obwohl Claire keinesfalls die Bitterkeit in ihr durchklingen lassen wollte, durchdrang sie wie schwerer Nebel ihre Stimme. Eine Träne löste sich aus ihrem Augenwinkel. Sie wischte sie hastig fort. »Um über die Runden zu kommen, blieb uns nur eine billige Mietwohnung in einem weniger beliebten Viertel. Solange Brian klein war, war das einigermaßen zu ertragen. Aber jetzt …«

Claire stockte, während die schlimmsten Horrorszenarien in ihrem Kopf Gestalt annahmen. »Brian ist ein guter Mensch. Aber er ist jung und naiv und leicht beeinflussbar. Er nutzt die Drogen, um sich zu betäuben. Irgendwann wird ihm das zum Verhängnis werden. Ich weiß es einfach. Deshalb muss ich ihn so schnell wie möglich von dort wegbringen, John.«

»Darum machst du bei der Show mit, nicht wahr? Du brauchst das Geld, um neu anzufangen.«

Sie nickte langsam. »Ich habe mich bei *The Wedding Project* beworben, weil ich verzweifelt nach einem Ausweg gesucht habe. Mein Gehalt reicht einfach nicht für die Kaution, den Umzug, eine höhere Miete. Und jetzt …« Claire schluckte und kämpfte erneut gegen die Tränen an. »Jetzt hat Sawyer mich gefeuert, und ich habe nicht einmal mehr ein festes Einkommen. Damit ist die Show die einzige Chance, die ich noch habe, um meinem Bruder zu helfen.«

~ *Jonathan* ~

Johns Wut war verraucht. Erschüttert betrachtete er Claire, die mit bebenden Schultern vor ihm stand und vehement seinem Blick auswich. Er konnte nicht sagen, ob sie sich wegen ihrer aufkeimenden Tränen schämte oder weil er nun ihre traurige Familiensituation kannte. Beides war seiner Meinung nach keinerlei Verlegenheit wert.

»Du hast deinen Job verloren?«, fragte er vorsichtig nach.

Sie nickte matt und krallte verbittert die Finger in ihre Oberarme. »Ist ja nichts Neues für mich. Es gibt nicht sehr viele Arbeitgeber, die Rücksicht auf familiäre Probleme nehmen.« Claire verstummte. Sie starrte immer noch zu Boden. »Werden wir die Show gewinnen, John?«

Das Flehen in ihrer Stimme schnürte ihm den Brustkorb zu. Nachdem Claire ihm in den letzten Tagen mit ihrer motivierenden Art zu einem wahren Stützpfeiler geworden war, erschütterte es ihn umso mehr, sie nun so zu sehen. Verzweifelt und hilflos. Sie kämpfte mit aller Macht darum, Haltung zu bewahren, doch ihre zierliche Gestalt geriet mehr und mehr ins

Wanken, als würde sie unter der großen Last ihrer Probleme allmählich zusammenbrechen.

»Natürlich gewinnen wir«, antwortete er mit fester Stimme. Er überwand die Distanz zu ihr mit nur einem Schritt. Dann legte er den Zeigefinger unter Claires Kinn und hob sanft ihr Gesicht an. »Ich gewinne immer, schon vergessen?«

Eine Träne löste sich aus ihrem Augenwinkel und rollte über ihre Wange. John fing sie mit dem Daumen auf, ohne den Blickkontakt zu unterbrechen. Selbst wenn er gewollt hätte, hätte er nicht wegsehen können. Ihre grünen Augen hatten ihn gefangen genommen. Ganz langsam klärte sich der Schleier der Verzweiflung in ihnen. Dahinter blitzte etwas hervor, was Johns Herz zum Stolpern brachte.

Sehnsucht.

Claire sehnte sich nach Trost und Halt. Nach Unterstützung.

Seine linke Hand wanderte wie von selbst zu ihrem Nacken. Er senkte den Kopf zu ihr hinab und verschloss ihre Lippen mit einem hauchzarten Kuss.

Claire wirkte gerade mal einen Wimpernschlag irritiert, bevor sich ihre Lippen bereitwillig öffneten und sie sich ihm merklich entgegenneigte.

Ein herrliches Kribbeln rauschte durch Johns Adern. Er legte einen Arm um sie und zog sie fest an sich.

Sie reagierte beinahe erleichtert. Legte ebenfalls die Hände um ihn und hielt ihn fest, als hätte sie Angst, er könnte plötzlich zurückweichen.

Es war beileibe nicht ihr erster Kuss, und doch war er vollkommen neuartig. Er war hemmungslos, befreit, voll ungezügelter Leidenschaft.

John hätte nie gedacht, dass ein einziger Kuss solche starken Gefühle in ihm entfachen könnte, wie sie in jenem Moment in ihm tobten. Und da merkte er, wie sehr er die ganze Zeit über genau das gewollt hatte.

Ja, er wollte Claire. Mehr als alles andere. Trotzdem hielt er sich zurück, weil er fürchtete, sie zu überrumpeln.

Seine Zurückhaltung wurde schwer auf die Probe gestellt, als Claire mit ihrer Zunge neckisch um Einlass bat. Ihre Hand krallte sich in sein Haar. Die Geste hatte etwas Besitzergreifendes an sich, das ihn unglaublich erregte.

Er wanderte mit den Lippen ihre Wange entlang und streifte sanft über ihre Halsbeuge.

Sie hauchte himmlische Seufzer in sein Ohr, die ihn beinahe völlig um den Verstand brachten. Claire wand sich unter seinen Küssen und bog sich ein Stück zurück, um zu ihm aufzublicken. Ihr Haar war leicht zerzaust. Ihr Atem ging schwer, ihre Augen glühten dunkel vor Lust. Sie hatte nie schöner ausgesehen als in diesem Moment.

John wartete gespannt ab. Sie begann schweigend, sein Hemd aufzuknöpfen, ohne ihren Blick von ihm zu nehmen. Die Entschlossenheit in ihren Bewegungen war an Erotik kaum zu überbieten. Er hatte Mühe, still zu stehen, während sie langsam den Stoff über seine Schultern streifte und zu Boden gleiten ließ. Sie führte die Hände an seine Brust und fuhr bedächtig die Konturen seiner Muskeln nach.

Ein Schauer nach dem anderen jagte ihm über den Rücken. Als ihre Finger den Saum seiner Jeans erreichten und abrupt stoppten, glaubte er, vor Erregung schier zu vergehen.

Claire schien Gefallen daran zu finden, ihn um den Verstand zu bringen. Außerdem wusste sie genau, wie sie ihn weiter auf die Folter spannen konnte. Sie streifte ihr Jackett ab und knöpfte mit verruchtem Blick ihre Bluse auf.

John sah fassungslos, wie selbstverständlich Claire ihre Erotik versprühte. Er hätte nie gedacht, welch ein sexy Vamp hinter der sonst so besonnenen Fassade wohnte.

Ein verhaltenes Stöhnen entwich seiner Kehle, als sie lasziv die Bluse fallen ließ. Ihr violetter BH unterstrich perfekt ihre alabasterfarbene Haut. John folgte hungrig jeder kleinen Bewegung ihrer Finger, die zwischen ihren Brüsten hinab zum Bauchnabel wanderten.

Claire schmunzelte.

Das war zu viel. Ein Beben erfasste ihn bis in die Haarspitzen, seine angestrengte Zurückhaltung zerbarst auf der Stelle, und er riss sie an sich, um ihre Lippen erneut mit einem gierigen Kuss zu verschließen.

Genau darauf hatte Claire wohl gewartet. Sie presste sich an ihn, tastete unruhig über seinen nackten Rücken und grub ihm die Fingernägel in die Schultern, als er an ihrem Ohrläppchen knabberte. Der bittersüße Schmerz brachte sein Geschlecht zum Pochen.

Er packte ihren Po und hob sie mühelos hoch. Bereitwillig schlang sie die Beine um ihn. Begleitet von wilden Küssen, trug er sie die wenigen Schritte hinüber zur Couch und warf sich mit ihr zwischen die weichen Kissen.

Sie lachte leise. Das schönste Geräusch dieser Welt. Er hielt noch einmal inne, um den Anblick in vollen Zügen zu genießen. Claire streckte die Arme über den Kopf und drückte ihr Hohlkreuz durch. Erwartungsvoll. Ungeduldig.

Spätestens in diesem Moment war es um ihn geschehen. Alles um ihn herum verschwamm. Es gab nur noch Claire.

Mehr brauchte er nicht.

***

Am Morgen danach wachte John noch vor dem Weckruf seines Handys auf. Das Erste, was er erblickte, war rotbraunes Haar, das sich samtweich über seine Armbeuge ergoss. Lächelnd streckte er die freie Hand aus und strich ein paar Strähnen zur Seite, um Claires Gesicht betrachten zu können. Sie lag ihm zugewandt und schlief tief und fest. Ihre Lippen berührten leicht seinen Oberarm und jeder ihrer Atemzüge streifte wie eine Sommerbrise über seine Haut.

Vorsichtig tastete er blind hinter sich nach seinem Telefon, darauf bedacht, sich so wenig wie möglich zu bewegen. Claire seufzte leise, wachte aber nicht auf. Sie schmiegte sich nur noch mehr mit der Wange in seine Ellenbeuge und legte die Hand auf seiner Brust ab. John stellte den Wecker ab und wandte sich wieder der Frau in seinen Armen zu.

Wie wunderschön sie doch war. Zart wie die Umrisse einer Blume erschienen ihm die Konturen ihres Gesichts. Ebenmäßig und einfach nur perfekt.

So unschuldig, wie sie gerade im Schlaf wirkte, war Claire allerdings beileibe nicht. Allein die Erinnerung an die gestrigen Stunden brachte seinen Schoß erneut zum Pulsieren. John konnte durchaus mit einer gewissen sexuellen Vergangenheit aufwarten, doch die Nacht mit Claire war einfach nur … unvergleichlich gewesen. Anders konnte man es wirklich nicht bezeichnen.

Mein lieber Schwan!

Jede einzelne ihrer Berührungen hatte ein Feuerwerk in ihm entfacht, das ihn mehr und mehr zu verglühen gedroht hatte. John war sich bis dato nicht bewusst gewesen, dass er zu solchen Empfindungen überhaupt fähig war. Das hatte absolut nichts mehr mit purer sexueller Befriedigung zu tun gehabt.

Was auch immer es war, John wusste, dass es einen bestimmten Grund für das Ausmaß seiner Leidenschaft gab: Er war von Kopf bis Fuß verliebt in Claire.

Er streichelte ihr zärtlich über die Schläfe und wusste, dass er nie mehr anders aufwachen wollte als mit ihr an seiner Seite.

Doch wie dachte Claire darüber?

Er stockte mitten in der Bewegung und spürte ein beklemmendes Gefühl im Brustkorb.

Was, wenn es für Claire nur ein One-Night-Stand war? Eine wilde Nacht, um den Sorgen ihres Alltags zu entfliehen?

Nachdenklich wandte er den Blick hinauf zur Zimmerdecke. Er fühlte beinahe, wie die Angst vor Zurückweisung an seinem Herzen nagte.

Er musste mit Claire darüber sprechen. Am besten sofort.

Er sah sie wieder an. Verunsichert fragte er sich, ob er sie wirklich wecken und gleich mit seinem Gefühlschaos überfallen sollte.

Leider hatte er heute einen wichtigen Morgentermin und war inzwischen reichlich spät dran. Ein solches Gespräch sollten sie aber in Ruhe führen. Bei einem Glas Wein. Heute Abend. Genau.

Als John vorsichtig den Arm unter Claires Kopf hervorzog, war ihm sehr wohl bewusst, dass er seine Arbeit gerade als Ausrede benutzte. Während er zum Kleiderschrank schlich und Claire sich geräuschvoll im Bett herumwälzte, zuckte er erschrocken zusammen. Erleichtert stellte er fest, dass sie nicht aufgewacht war, und ergriff auf leisen Sohlen die Flucht.

Im Bad klatschte er sich einen Schwall eiskaltes Wasser ins Gesicht und betrachtete kopfschüttelnd sein nasses Spiegelbild. Er fuhr sich mit der Rechten über das zerstrubbelte Haar, wodurch sein Blick auf den Ehering an seinem Finger fiel.

Beinahe hätte er laut losgelacht. Da sorgte er sich doch tatsächlich zum ersten Mal vor Zurückweisung, und das ausgerechnet bei der Frau, mit der er längst verheiratet war.

Echt verrückt.

Als John das Haus verließ und zur Garage ging, war er so sehr in Gedanken versunken, dass er beinahe in Frank hineingerannt wäre, der mit einem Kameramann in der Einfahrt stand.

»Guten Morgen, John!«, schallte es ihm sogleich entgegen. Frank hatte von seiner geistigen Abwesenheit wohl nichts bemerkt.

»Guten Morgen«, antwortete er hastig und sah auf die Uhr. »Ich habe leider keine Zeit mehr für Aufnahmen.«

Frank winkte ab. »Keine Sorge, wir wollen sowieso zu euren Nachbarn. Allerdings bräuchten wir von euch auch noch ein paar nette Takes für die nächste Show.« Er wiegte grübelnd den Kopf. »Etwas mit viel Romantik wäre gut für euch. Irgendetwas Persönliches, das die Augen deiner Frau zum Leuchten bringt, vielleicht. Fällt dir da was ein?«

Vergnügt dachte John daran, was Claires Augen vergangene Nacht zum Leuchten gebracht hatte, doch das behielt er natürlich für sich. Stattdessen fiel ihm jedoch etwas anderes ein, was ihr gefallen könnte.

Frank lauschte seinem Vorschlag und nickte. »Ja, das könnte ganz nett werden. Sollen wir sie von der Arbeit abholen, um sie zu überraschen?«

»Nein!«, sagte John erschrocken. »Äh … nein, sie hat zurzeit Urlaub. Aber ihr könnt sie ja von zu Hause abholen. Sagen wir, um vier Uhr? Ich gebe ihr Bescheid, dass sie sich bereithalten soll. Wir treffen uns dann dort.«

»So machen wir es«, erwiderte Frank und nickte seinem Kameramann zu. »Viel Spaß in der Arbeit, John. Komm, Ed. Hoffentlich haben die Frinkmans diesmal mehr an, sonst müssen wir wieder alles verpixeln …«

Der Kameramann sah nicht so aus, als würde er diese Hoffnung teilen. Er hoffte wohl eher darauf, etwas anderes zu sehen – was bei Sandy auch nicht abwegig war. Die Gute hatte längst geschnallt, womit sie bei den Zuschauern punkten konnte, und das war nicht ihre außerordentliche Intelligenz.

John zuckte innerlich mit den Schultern und öffnete das Garagentor. Er schwang sich in den Wrangler und nahm sein Handy zur Hand, bevor er den Motor startete, um Claire eine Textnachricht zu schicken.

Guten Morgen! Frank wird dich heute um 16 Uhr zu Hause abholen. Hab ihm gesagt, du hast Urlaub. Gruß, John.

Sein Finger schwebte eine Weile über der Auswahl der Emojis. Grinse-, Zwinker- oder gar Küsschen-Smiley? Welcher war denn nun angebracht in ihrer momentanen Situation? Welcher deutete auf seine wahren Gefühle hin, ohne Claire vielleicht aus Versehen vor den Kopf zu stoßen oder eine falsche Botschaft zu vermitteln?

Meine Güte, da bräuchte man ja fast ein Psychologiestudium!

Kurzerhand entschied er sich für das zwinkernde Gesichtchen und schickte die Nachricht ab. Danach grübelte er noch eine geschlagene Stunde darüber, ob er nicht doch den Küsschen-Smiley hätte nehmen sollen.

– Das 7. Interview –

Hat sich die erste Verliebtheit schon gelegt?

Claire: »Auf keinen Fall.«

John: »Ganz im Gegenteil!«

Fühlt sich die Ehe so an, wie du es dir vorgestellt hast?

Claire: »Ehrlich gesagt hatte ich zuvor keinerlei Vorstellungen. Aber es ist fantastisch.«

John: »Nein. Sie fühlt sich viel besser an als gedacht.«

Im Ranking wurdet ihr inzwischen wieder überholt. Macht dich das nervös?

Claire: »Ach wirklich? Das habe ich noch gar nicht gesehen …«

John: »Wir werden trotzdem gewinnen.«

Zufall oder Wissenschaft – was denkst du?

Claire: »Ich denke immer mehr an die Wissenschaft.«

John: »Langsam frage ich mich, ob es eher Schicksal war.«

14

~ *Claire* ~

Claire grinste, als sie den Smiley in Johns Nachricht sah. Sie hätte nicht gedacht, dass er zu den Männern gehörte, die Emojis benutzen. Aber wie sich in der Nacht herausgestellt hatte, war er für einige Überraschungen gut.

Quietschend ließ sie sich zurück ins Kissen fallen und starrte an die Decke.

Wahnsinn! Sie hatte wirklich mit John geschlafen. Zwei Mal. Und gegen den Tornado von Gefühlen, den er in ihr ausgelöst hatte, kam ihr selbst die Poolszene wie ein laues Lüftchen vor.

Claire biss sich auf die Unterlippe, doch das dümmliche Grinsen blieb wie festgetackert in ihrem Gesicht. Sie hatte ja keine Vorstellung gehabt, wie viel Leidenschaft in ihrem sonst durch und durch kontrollierten Ehemann schlummerte. Er war so ungezügelt und ausgehungert über sie hergefallen, so empfänglich für ihre Reize gewesen. Und er hatte ihren Körper mit einer Gründlichkeit erforscht, dass ihr allein die Erinnerung daran heiße Wangen und ein süßes Kribbeln im Unterleib bescherte. Dass sein Duft sie noch immer umgab, weil er in den Laken hing, in die sie eingekuschelt lag, trug auch nicht gerade dazu bei, dass sie wieder klar im Kopf wurde.

O Gott! Sie musste dringend aus diesem Bett raus, bevor sie den Rest des Tages in seligen Tagträumen verbrachte. Schließlich hätte sie ja jetzt alle Zeit der Welt dazu.

Claires Lächeln gefror. Seit John sie geküsst hatte, hatte sie keine Sekunde mehr an ihre Sorgen verschwendet. In seiner Nähe war es ja auch leicht gewesen, die grausame Realität zu vergessen. Aber wie es schien, war ihre Schonfrist nun vorbei.

Die Versuchung war gewaltig, sich die Laken über den Kopf zu ziehen und wieder in sinnliche Flashbacks abzutauchen, die sich um John und sie und eine ganze Menge sündhaften Sex drehten. Allerdings würde ihr dies keinen neuen Job einbringen, auch wenn die Gage der Show ihr zumindest den Druck nahm, gleich das nächstbeste Angebot annehmen zu müssen. Trotzdem konnte sie nicht einfach dasitzen und hoffen, dass sie die Show gewannen. Sie brauchte einen Plan B.

Also verabschiedete Claire sich schweren Herzens von dem gemütlichen Bett, sprang unter die Dusche und zog sich ein paar bequeme Sachen an. Während sie sich einen Kaffee zubereitete, überlegte sie, was sie John antworten sollte. Denn es wäre doch reichlich unhöflich, auf seine Nachricht nicht zu antworten, nachdem sie ihre Beziehung nun vertieft hatten.

Zugegeben, die Umstände, unter denen sie zueinander gefunden hatten, mochten nicht die besten gewesen sein. Claire war wahnsinnig verzweifelt gewesen und hatte John mit ihrer Heimlichtuerei vor den Kopf gestoßen. Aber klar war ja wohl, dass sie nun eine völlig neue Richtung einschlugen. Oder?

Sie kniff die Lippen zusammen. Seine Nachricht klang eigentlich nicht besonders innig, eher unverbindlich. Was, wenn er sie nur hatte trösten und ablenken wollen?

Einst hatte er ihr gebeichtet, dass er mit Beziehungen nicht besonders viel anfangen konnte und hauptsächlich kurzweilige Affären genoss. Seine Eltern hatten ihn deshalb stets so sehr bedrängt, dass er sich letztlich in einem Akt der Rebellion mit einer Wildfremden vermählt hatte. Das war schon eine ziemlich paradoxe Art, sich einem Konflikt zu entziehen.

Claire schluckte. Und wenn er gestern Abend das Gleiche gemacht hatte? Wenn er den Sex dazu genutzt hatte, ihre Tränen zu trocknen?

Er hatte von Anfang an eingeräumt, dass er nicht auf der Suche nach Liebe war und nicht das geringste Interesse an einer gemeinsamen Zukunft verspürte. Natürlich waren sie nach all den Streitigkeiten zu Beginn ihrer Ehe mittlerweile so etwas wie Freunde geworden. Claire war sich zumindest sicher, dass John sie mochte. Aber hatten sich damit auch seine Absichten verändert oder hatte er ihr in der Nacht lediglich einen Freundschaftsdienst erwiesen?

Verdammt! Sie war sich nicht sicher. Es wäre beides möglich.

Ernüchtert ließ Claire sich auf den Barhocker fallen. Ihre Euphorie war verraucht. Wenn sie ganz ehrlich zu sich selbst war, hatte sie keinen blassen Schimmer, was die jüngste Entwicklung für sie bedeutete.

Sie hatte John gern. Sehr wahrscheinlich hatte sie sich sogar in ihn verliebt. Allerdings war es wohl klüger, dieses Detail für sich zu behalten, für den Fall, dass John ihre Gefühle nicht mit der gleichen Intensität erwiderte. Denn ein gebrochenes Herz war wirklich das Letzte, was sie gerade gebrauchen konnte.

Bis zum Ende der Show waren es nur noch knapp drei Wochen. Danach würden sich ihre Wege wieder trennen. Wenn Claire also nicht aufpasste, würde Olivia recht behalten, und sie endete als seelisches Wrack. Egal, ob sie das Finale nun gewannen oder nicht.

Schlussendlich entschied sie sich ebenfalls für eine Nachricht in neutralem Ton: *Alles klar. Ich freue mich. Bis nachher.* Und dazu gleichfalls einen Zwinker-Smiley.

Claire atmete tief durch, rief eine App auf und begann mit der Suche nach einem neuen Job, um sich für die Zukunft zu rüsten.

***

Flankiert von zwei riesigen Bronzelöwen, erhob sich das Hauptgebäude des *Art Institute of Chicago* vor Claire – und sie wollte auf der Stelle losheulen. Wie oft hatte sie als blutjunge Studentin auf den Stufen vor dem Kunstmuseum gesessen, völlig vertieft in ihre Skizzen. Werke aus unterschiedlichen Kunstepochen hatten Claire schon immer inspiriert, den Drang in ihr geweckt, etwas Einzigartiges zu schaffen.

Eine andere Zeit. Ein anderes Leben. Und selten hatte Claire es so sehr vermisst wie in jenem Moment.

»Freust du dich nicht?«, fragte Frank und schaute sie enttäuscht an. »John meinte, du wärst begeistert.«

Claires Herz machte einen Satz. »Das war Johns Idee?«

»Natürlich.« Frank schob die Unterlippe vor. »Aber wie es aussieht, hat er sich geirrt. Du siehst nicht gerade glücklich aus.«

Claire lächelte betrübt. »Ich bin nur ein bisschen überwältigt, das ist alles.« Da Frank nicht überzeugt wirkte, redete Claire schnell weiter: »Dürfen wir denn hier drehen?«

Franks Mundwinkel wanderten nach oben. »Wir haben eine Sondergenehmigung. Man mag über unsere Show sagen, was man will, gute Publicity bringt sie. Jetzt brauchen wir nur noch deine bessere Hälfte. Ah! Da kommt John ja.«

Sofort wirbelte Claire herum und strich über ihr luftiges Sommerkleid, um ihre schwitzigen Hände zu trocknen.

John kam auf sie zu. Ein smartes Lächeln lag auf seinen Lippen, während er nur Augen für sie zu haben schien. Als er sie erreichte, zog er sie wortlos in eine Umarmung und küsste sie, erst zärtlich, dann drängender.

Seine Hände auf ihrer Haut. Seine Lippen auf ihrem Hals. Diese Hitze tief in ihr …

Claire wurde schwindelig. Ein Beben schoss ihr durch Mark und Bein, das John leider nicht entging.

Mit einem spitzbübischen Grinsen zog er sich zurück. »Hallo, Liebling.«

»Hallo«, stammelte Claire und starrte ihn an. Am Rande ihres Sichtfeldes bemerkte sie den Kameramann, der seine Arbeit ohne Aufforderung begonnen hatte.

War dieser Kuss echt gewesen oder für die Kamera?

»Bereit?« John griff nach ihrer Hand, als wäre es völlig selbstverständlich.

Sie nickte. Gemeinsam gingen sie ins Museum. Das Produktionsteam hatte anscheinend schon für die Eintrittskarten gesorgt, denn die kleine Gruppe wurde ohne großes Aufsehen durchgewunken.

Wie üblich war das *Art Institute* gut besucht. Eine Schülerklasse tummelte sich im Eingangsbereich und unzählige Touristen. Manche Besucher warfen ihnen neugierige Blicke zu. Andere schienen sie sogar zu erkennen, näherten sich jedoch nicht, weil das Kamerateam um sie herumschwirrte.

Johns Augen funkelten. »Was möchtest du als Erstes sehen?«

»Die Malereien im *Rice Building*«, antwortete Claire wie aus der Pistole geschossen.

»Ich nehme an, du kennst den Weg?«

Claire strahlte ihn an. »Ich war schon ein paarmal hier.«

John hob eine Braue. »Wie oft?«

In Gedanken überschlug sie die ungefähre Anzahl ihrer Besuche. »So etwa dreihundert Mal?«

»Wenn das so ist, freue ich mich auf eine persönliche Führung.«

Claire grinste. »Sie dürfen gespannt sein, Mister Bricks.«

John lachte vergnügt auf, ein Laut, der ihr durch und durch ging. Zumindest, bis seine Antwort kam, die sie beinahe aus den Riemchensandalen fegte. »Das bin ich, Miss Bricks. Das bin ich.«

Kichernd zog sie John mit sich. Sie führte ihn direkt in ihren Lieblingsraum mit Werken aus dem frühen zwanzigsten Jahrhundert – und dem Gemälde, das sie am meisten mochte.

John sah sich alle der Reihe nach an, während Claire – vom Zauber des Ortes gepackt – begann, über die Künstler und ihre Arbeiten zu referieren. Dabei genoss sie es, zu beobachten, wie John auf die verschiedenen Werke reagierte.

Unzählige Male verengten sich seine Lider, neigte er den Kopf oder ging ein Stück zurück, um die Bilder, die ihn interessierten, aus einer anderen Perspektive zu betrachten. Manchmal runzelte er auch die Stirn, als könnte er nicht ganz verstehen, warum ein bestimmtes Werk ausgerechnet zur Kunst gezählt wurde. Dies entlockte Claire immer wieder ein amüsiertes Lächeln.

Oft fragte er sie nach Details zu diesem und jenem Bild, fast so, als hätte er gar keine Zweifel, dass sie die Antworten auf all seine Fragen kannte. Meistens war das auch so, wie sie nicht ohne einen gewissen Stolz registrierte.

Als sie schließlich vor *Mother and Child* aus dem Jahr 1921 stehen blieben, betrachtete John eine Weile nachdenklich das Bild, schaute zurück zu anderen Werken, die sie bereits von Pablo Picasso gesehen hatten, und sah Claire fragend an. »Wieso ist dieses hier anders als die anderen?«

»Die anderen Bilder gehören zum Kubismus«, erklärte Claire. »Bei diesem hier kehrte Picasso zurück zum Klassizismus.«

Wie eine Musterschülerin ratterte sie sämtliche Informationen herunter, sie waren noch immer tief in ihrem Hirn verankert. Dabei versuchte sie, die Melancholie zu ignorieren, die erneut von ihr Besitz ergriff. Früher hatte ihre Mom mit Brian oft ganz ähnlich dagesessen, während Claire auf dem Boden lag und zeichnete. Es waren wundervolle, entspannte Momente gewesen, die sie in ihrem Herzen bewahrte. Trotzdem tat es auch heute noch weh, sich daran zu erinnern. Also quasselte sie weiter und weiter.

John lauschte gebannt ihren Worten, während er das Gemälde bestaunte.

»Willst du Kinder?«, unterbrach er sie irgendwann unvermittelt.

Claire zuckte zusammen. Irgendwo im Hintergrund schnappte Frank nach Luft. Sie hatte ganz vergessen, dass das Fernsehteam auch noch da war. Sie glotzte John an, als hätte er Chinesisch gesprochen. »Äh, wie bitte?«

»Möchtest du Kinder haben?«, wiederholte er mit undurchdringlicher Miene, bevor seine Lippen zu einem schockierend scheuen Lächeln wurden. »Eines Tages, meine ich.«

»Ja …«, antwortete sie langsam. »Eines Tages hätte ich gern welche.«

John neigte den Kopf und betrachte nun sie, als wäre sie ein faszinierendes Kunstwerk. »Warum ist das hier dein Lieblingsbild?«

»Woher weißt du das?«

»Du betrachtest es anders und dein Ton ist sanfter, wenn du darüber redest.«

»Ich weiß nicht genau.« Verlegen zuckte Claire mit den Schultern. »Vermutlich erinnert es mich einfach an meine eigene Kindheit.«

Mitfühlend ruhte sein Blick auf ihr, und für einen kurzen Moment schien er es zu bereuen, sie vor laufender Kamera danach gefragt zu haben. Behutsam umfasste er ihre Schultern und strich hauchzart mit seinen Lippen über ihre, als wollte er sie für seine Neugier stumm um Verzeihung bitten. Oder sie ablenken?

Bei der Vorstellung zog sich Claires Brust zusammen. Trotzdem ließ sie es geschehen, als er den Kuss vertiefte. Wie auch in der Nacht zuvor zerstreute sich ihr Kummer. Sie vergaß alles um sich herum. Die Vergangenheit. Die Gegenwart. Die Zukunft.

Alles, was noch zählte, war John. Seine weichen Lippen, seine Arme, die sie besitzergreifend festhielten, der Rausch, den er in ihr auslöste.

Beinahe hätte sie vor Empörung aufgeschrien, als er sich mit einem letzten federleichten Kuss von ihr löste und sie voller Genugtuung anlächelte. »Und warum hat der Typ sich jetzt noch gleich das Ohr abgeschnitten?«

»Das war van Gogh«, korrigierte sie atemlos. »Den lernst du jetzt kennen. Allerdings muss ich an dieser Stelle betonen, dass der Vorfall nie vollständig aufgeklärt werden konnte. Man munkelt, sein Kollege Gauguin«, Claire deutete auf ein riesiges kunterbuntes Gemälde am Ende des nächsten Raumes, »sei nicht ganz unbeteiligt an der Sache gewesen.«

In gespieltem Entsetzen riss John die Augen auf. »Skandalös.«

»O ja«, pflichtete Claire ihm bei und kicherte, bevor sie gemeinsam den Saal mit verschiedenen expressionistischen Werken abschritten.

Auch hier nahmen sie sich alle Zeit der Welt und gingen schon bald dazu über, leise miteinander zu tuscheln und zu lachen. John schien plötzlich fest entschlossen zu sein, das Gespräch nicht noch einmal in eine sentimentale Richtung abdriften zu lassen.

Als sie zwei Stunden später das Gebäude verließen, war Frank überaus zufrieden mit den Aufnahmen und entschied, für heute Feierabend zu machen.

»Und was machen wir jetzt?«, fragte John, als sie in seinem Wagen saßen.

Erschöpft lehnte Claire sich zurück. Obwohl sie heute gar nicht im Büro gewesen war, fühlte sie sich seltsam erschöpft. Andererseits hatten sie in der letzten Nacht ja auch nicht unbedingt viel Schlaf abbekommen.

Bei der Erinnerung daran spürte Claire ein sehnsüchtiges Ziehen im Unterleib. Ob John diese Nacht ebenso gern wiederholen wollte wie sie?

»Wir könnten irgendwo etwas essen gehen«, schlug Claire vor und warf ihm einen unsicheren Seitenblick zu. »Oder wir bestellen einfach etwas zum Liefern.«

Verlangen blitzte unverkennbar in Johns Augen auf. O ja, er wollte definitiv eine Wiederholung. Trotzdem fragte er schmeichelnd: »Worauf hast du denn Lust?«

Klasse! Was sollte Claire jetzt sagen? Wir könnten noch eine Runde vögeln, wenn du Bock hast? Klang das zu direkt? »Wir könnten noch einmal auf das Thema mit der Reizwäsche zurückkommen, wenn du willst.«

John warf den Kopf in den Nacken und lachte.

Hitze flammte siedend heiß in Claires Wangen auf. »Weißt du was, vergiss es. Heute Abend kommt *Iron Man drei*. Den habe ich schon ewig nicht mehr gesehen.«

»Du glaubst doch nicht ernsthaft, dass du dir nach diesem Vorschlag einen Film angucken darfst.«

»Nicht?«

Langsam schüttelte John den Kopf, während er sie intensiv musterte. »Ganz sicher nicht!«

»Oh – okay.«

John schaltete das Radio ein, steuerte den Wagen aus der Tiefgarage und fuhr über die Interstate zur Stadt hinaus.

Beide sagten kein Wort, während die Radiomusik leise vor sich hin dudelte. Kurz erwog Claire, John zu fragen, was die Nacht für ihn bedeutete. Aber sie entschied sich dagegen. Denn die traurige Wahrheit war, dass sie mehr für ihn sein wollte als eine Freundin oder Ehefrau mit gewissen Vorzügen. Und sie war nicht sicher, ob sie es ertragen könnte, wenn John anderer Ansicht war.

Obwohl also im Grunde genommen nichts zwischen ihnen geklärt war, lud sich die Stimmung zwischen ihnen mit jeder Meile auf, die sie zurücklegten.

John hielt das Lenkrad fest umklammert, während Claire mit wachsender Nervosität auf ihrem Sitz herumrutschte. Sobald John den Wagen endlich eingeparkt hatte, sprang Claire aus dem Wagen.

Sie schob mit zittrigen Fingern den Haustürschlüssel ins Schloss. Dabei hatte sie beinahe Angst, etwas von dem Metall zu berühren. Nicht dass noch ein paar Funken flogen.

John stellte sich dicht hinter sie, legte die Hände auf ihre Taille und platzierte federleichte Küsse auf ihren Hals.

Claire keuchte, flehte die Tür im Stillen an, endlich aufzugehen. Klickend entriegelte sich die Tür, Claire stolperte vorwärts in die Villa. Ihre Handtasche und die Schlüssel fielen geräuschvoll zu Boden, als John sie herumwirbelte.

Ohne zu zögern, legte er die Lippen auf ihren Mund. Sein Kuss war ungeduldig, gierig und fordernd. Er drängte sie gegen die Kommode, fegte den Dekokram herunter und setzte sie darauf.

Sofort zog Claire ihn zwischen die Beine und begann, hektisch sein Hemd aufzuknöpfen. Seine Hände schlüpften unter den Saum ihres Kleides und wanderten betörend langsam nach oben.

»Das ist übrigens ein sehr hübsches Kleid«, murmelte er an ihren Lippen. »Trotzdem muss ich es dir jetzt ausziehen.«

Claire nickte eifrig. Ihre Lider schlossen sich flatternd, als sein Daumen über den zarten Spitzenstoff ihres Höschens strich. Gott! Diese Finger machten sie echt fertig. Und erst der

Mann dazu. So schnell würde sie wohl nicht genug von ihm haben.

Aber für den Augenblick war das vollkommen in Ordnung.

~ *JONATHAN* ~

Claire.

Am Montag im Büro konnte John an nichts anderes denken als an sie. Alles, was in seinem Kopf herumspukte, hatte mit ihr zu tun. Wirklich alles. Sogar die Zeilen auf seinem Computerbildschirm verschwammen immer wieder zu einem Schemen, der ihr Gesicht formte. Ihr Gesicht, mit jenem Lächeln auf den Lippen, mit dem sie ihn nun jeden Morgen begrüßte.

Es war verrückt.

Seit sie vor gut einer Woche zum ersten Mal miteinander im Bett gelandet waren, hatte weder er noch sie die rasante Entwicklung zwischen ihnen angesprochen. Klar war ihm nur, dass es kein One-Night-Stand mehr war. Zumindest konnten sie seither kaum die Finger voneinander lassen, und am Wochenende hatte dieser Zustand noch einmal völlig neue Dimensionen erreicht. Sie waren kaum aus dem Bett gekommen und hatten sich nur angezogen, als Frank mit seinen Jungs vorbeikam. Vielleicht war es also eher ein One-Week-Stand?

Das versuchte er sich jedenfalls einzureden, doch ihm war bewusst, dass er damit nur die Wahrheit umging. In Wahrheit war er nämlich drauf und dran, sich auf die erste Liebesbeziehung seines Lebens einzulassen. Die erste *wirkliche* Beziehung. So mit Schmetterlingsflattern und Herzrasen und dem ganzen Zeug.

Nun hatte es ihn also erwischt. Nachdem er jahrelang darauf bedacht gewesen war, jede Frau auf Abstand zu halten, hatte sich doch eine in sein Herz geschlichen. Und das

Überraschende war, dass er das Rauschen der Gefühle ganz und gar wundervoll fand. Er wollte nicht, dass es jemals endete. Er wollte es genießen, auskosten. Mit Claire in den Armen wollte er gar die Zeit anhalten, weil es sich richtig anfühlte.

Johns Verstand setzte nur in Momenten ein, in denen er alleine war. So wie jetzt betrachtete er dann das Flattern und Rasen in seinem Inneren mit dem kritischen Auge seiner Vergangenheit. Durch jenes Auge geblickt, machte ihm das Ganze ziemliche Sorgen. Und zwar zum Großteil, weil er schlichtweg keine Kontrolle über all die Emotionen hatte, die Claire in ihm auslöste. Er war ihr verfallen, ausgeliefert. Und genau das machte ihm Angst. Dazu kam, dass er nun erst recht nicht mehr wusste, was er mit seinem Leben eigentlich anfangen wollte. Ihm kam es wahrlich so vor, als hätte er den Boden unter den Füßen verloren.

Was willst du, John?

Claire.

Die Antwort war immer wieder dieselbe. Sein Herz flüsterte ihm beständig zu, dass er mit Claire an seiner Seite alles überstehen könnte. Dass er mit ihr gemeinsam seinen Lebensweg finden würde.

Doch was, wenn sie das nicht wollte?

In genau einer Woche fand das große Showfinale statt. Was, wenn sie die Annullierungsfrist der Ehe wahrnahm und einfach wieder aus seinem Leben verschwand?

Dann würde er in einen Abgrund stürzen, dessen Tiefe er zum jetzigen Zeitpunkt nicht einmal annähernd abschätzen konnte.

John ächzte und massierte sich den Nacken, in dem sich stechende Schmerzen bemerkbar machten. Dabei fiel sein Blick auf eine Zeitschrift, die aus seiner Tasche hervorlugte. Das Titelbild war ihm heute Morgen regelrecht ins Auge gesprungen.

Immerhin war er selbst im Großformat zu sehen. Auf einem der beliebtesten Klatschmagazine Chicagos …

Der dazugehörige Artikel war schmeichelnd und erschreckend zugleich. Er wurde nämlich zum *Sexiest Husband* des Jahres gekürt. Hochtrabende Worte erklärten, warum er der Traum jeder heiratswilligen Frau wäre und wie glücklich seine Showgemahlin sich schätzen konnte. Gleichzeitig wurde angezweifelt, dass Claire und er mithilfe der Formel zusammengewürfelt worden waren. Denn sie passten ja offensichtlich gar nicht zusammen. Wie sollte er auch zu einer verträumten Empfangsdame passen? Er, der Mann mit Charme, Verstand und einem Haufen Kohle, der stets wusste, was er wollte.

Genau. So sah die Welt ihn. So hatte die Welt ihn immer gesehen.

Und davon hatte er die Nase gestrichen voll.

***

Der Arbeitstag verging schleppend wie lange nicht mehr, und John fühlte sich völlig ausgelaugt, als er mit dem Fahrstuhl in die Tiefgarage fuhr. Diese dauerhafte Grübelei war weit anstrengender als eine ganze Woche Dauerstress im Job.

Die Tiefgarage präsentierte sich mäßig gefüllt und lag lautlos da. Nur das Klackern von Damenabsätzen unterbrach die beinahe andächtige Stille. John verließ den Aufzug und sortierte seinen Schlüsselbund. Zu spät bemerkte er, dass sich die klackernden Absätze genau in seine Richtung bewegten.

Er stieß mit der dazugehörigen Frau unsanft zusammen, wodurch ihre Handtasche zu Boden segelte und sich der gesamte Inhalt klimpernd über den glatten Betonboden verteilte.

»O nein!« Hastig ging die Frau in die Hocke, um ihr Hab und Gut einzusammeln.

»Verzeihung!«, beeilte John sich zu sagen. Er stellte seine Aktentasche ab und bückte sich ebenfalls. »Das tut mir wirklich leid.«

»Ach, halb so wild.«

Die Frau strich sich eine Strähne des goldblonden Haares zurück und lächelte John an. Er erwiderte ihr Lächeln freundlich und wunderte sich, dass er sie hier noch nie gesehen hatte. Natürlich kannte er bei Weitem nicht jeden, der in dem riesigen Gebäude tätig war, doch sie war von jenem Typ Frau, den wohl kein Mann übersah.

Blondes, leicht gewelltes Haar, blaue Augen, rot geschminkte Lippen … dazu eine Hammerfigur, die sich eindrucksvoll zeigte, als die Dame sich in ihrem hautengen Etuikleid in einer geschmeidigen Bewegung vor ihm aufrichtete und abermals das Haar zurückstrich. Für eine Millisekunde verlagerte sich Johns Denkvermögen doch glatt in andere Gefilde, aber dieser Anflug ging so schnell vorbei, dass er ihn kaum bemerkt hatte.

Er stand ebenfalls auf und reichte ihr den Lippenstift, der vom Tascheninhalt zuletzt auf dem Boden verblieben war. »Ich bitte nochmals um Entschuldigung.«

»Entschuldigung angenommen.« Sie musterte ihn mit geneigtem Kopf. Ihr Lächeln wurde verschmitzt. »Wobei … wenn ich es mir recht überlege, dann kann mich wohl nur ein Kaffee so richtig entschädigen.«

Ihr einladender Blick, ihre Körperhaltung sprachen eine ganz eindeutige Sprache. Die Blondine wusste genau, wie sie ihre Reize einzusetzen hatte, und machte keinen Hehl daraus, dass ein Kaffee nur der Anfang wäre. Ein höfliches Synonym für ein Treffen völlig anderer Art.

John kannte diese Spielchen immerhin in- und auswendig. »Dann muss ich mich wohl noch einmal entschuldigen«, sagte er und hob erklärend die rechte Hand.

Sie sah kurz auf den Ring an seinem Finger. »Nun, solche Kleinigkeiten haben mich noch nie gestört …«

»Mich schon«, erwiderte John bestimmt. Er nickte ihr knapp, aber freundlich zu, bevor er einfach an ihr vorbeiging. »Einen schönen Abend noch, Miss.«

Das Lächeln der Blondine verrutschte allenfalls einen Millimeter. Obwohl sie sicherlich nicht oft abgewiesen wurde, nahm sie seinen Korb mit Würde. Das musste man ihr lassen.

»Sie kann sich wirklich glücklich schätzen!«, rief sie ihm noch hinterher.

John wandte sich nochmals um und erhaschte einen letzten Blick auf sie, bevor sich die Fahrstuhltüren vor ihr schlossen. Sie zwinkerte kess.

Er sah die Metalltüren an und fragte sich, was eigentlich eben geschehen war. Erst jetzt wurde ihm bewusst, mit welcher Selbstverständlichkeit er ihre Einladung ausgeschlagen hatte. Nicht mal ein Hauch von Interesse an einem Abenteuer hatte sich in ihm geregt. Seine Erklärung an sie war ganz automatisch erfolgt, aber im Nachhinein wurde ihm klar, dass es die reine Wahrheit gewesen war. Er wollte viel lieber nach Hause, als sich in ein kleines Techtelmechtel für zwischendurch zu stürzen.

Er wollte nach Hause, zu seiner Ehefrau.

Zu Claire.

Das war eine spannende Erkenntnis, und die heizte seine Grübeleien von Neuem an.

Wo soll das hinführen, John?, fragte er sich, als er in den Jeep kletterte.

So verworren seine Gedanken auch waren, sobald er die Einfahrt zur Villa erblickte, lichtete sich der Nebel. Das letzte Grollen des Wrangler, das vom Motor in der Garage widerhallte, kam einem Startschuss gleich. Als würde er ab diesem Zeitpunkt in die Rolle eines gänzlich anderen Jonathan schlüpfen. Eines Jonathan, den er weit mehr mochte als den, der das Zündschloss herumgedreht hatte.

Freudige Erwartung flutete sein Herz, während er durch den gepflegten Vorgarten auf die Haustür zuschritt. Nachdem Claire und er quasi jede Minute des vergangenen Wochenendes miteinander verbracht hatten, war er bis zum Feierabend vor Sehnsucht beinahe ausgeflippt. Er hatte sie vermisst, als lägen nicht ein paar Stunden, sondern Monate zwischen ihnen.

John schritt durch die Haustür und unterdrückte nur mit Mühe sein obligatorisches Schaaatz-ich-bin-zu-Haaause. Dabei grinste er über sich selbst, dass ihm dieser Satz überhaupt auf der Zunge lag. Gleichzeitig wunderte er sich, wie normal ihm diese Worte erschienen.

Er fand Claire am Esstisch, der vollständig mit aufgeschlagenen Zeitungen bedeckt war. Sie trug Kopfhörer, wippte mit den Füßen und kaute am Ende eines Kugelschreibers, während sie die gedruckten Zeilen überflog.

Bisher hatte sie John nicht bemerkt. Er verharrte einen Moment im Türrahmen und betrachtete Claire eingehend. Auf den ersten Blick wirkte sie vollauf konzentriert. Motiviert, hätte man meinen können. Allerdings entging ihm nicht, dass sich eine tiefe Falte auf ihrer Stirn gebildet hatte und ihre Haare zerzaust waren, so als wäre sie mehrfach nervös hindurchgefahren.

Plötzlich hob sie den Kopf und starrte ihn mit großen Augen an. Ihr erster Schreck legte sich innerhalb eines Wimpernschlags, und der nachdenkliche Gesichtsausdruck wich diesem einen Lächeln, das unwillkürlich Johns Herz zum Stolpern brachte.

»Hi!« Sie zupfte die Ohrstöpsel heraus und stand auf. »Wie lange beobachtest du mich denn schon?«

»Nicht lange genug«, antwortete John schelmisch.

Er stieß sich vom Türrahmen ab. Sie näherten sich einander mit leichter Verunsicherung. So als müssten sie erst abwägen, ob die letzten Stunden der Trennung vielleicht irgendetwas verändert hätten. Ihr Blick vermittelte ihm eigentlich, dass dem nicht so war, und doch legte er seine Vorsicht erst ab, als sie sich ihm entgegenreckte, um ihn zu küssen.

John zog Claire in die Arme und sog begierig ihren Duft ein. Beinahe verzweifelt hielt er sie umschlungen, bis die Sehnsucht nach ihrer Nähe weitestgehend gestillt war. Trotzdem fühlte es sich irgendwie falsch an, als er sie sanft freigab und einen letzten Kuss auf ihre Stirn hauchte.

»Na, wie war dein Tag?«, fragte Claire.

Schrecklich, schmerzhaft, unvollständig, dachte er.

»Eintönig, wie immer«, erwiderte er jedoch gleichmütig. Er deutete mit dem Kinn zu den Zeitungen. »Und? Hast du ein interessantes Jobangebot gefunden?«

»Ich hab mir ein paar Adressen rausgeschrieben«, erklärte sie und ging zurück zum Tisch. »Morgen fahr ich zu Olivia, um meine Bewerbungen zu tippen.«

»Du kannst gerne meinen Laptop benutzen.« John setzte sich ihr gegenüber und spähte auf die Liste der notierten Angebote. Allesamt Jobs, die mit wenig Gehalt und noch weniger Aufstiegsmöglichkeiten aufwarteten.

»Ach, das wäre ja noch besser, dann muss ich nicht bis morgen warten.«

Sie versuchte offenbar, fröhlich zu klingen, doch das gelang ihr nicht. Sie klang einfach einen Tick zu gefasst, als dass er es hätte glauben können. Er hob den Blick von der Liste und forschte intensiv in ihrer Miene, während sie fast schon nebenbei eine Anzeige einkringelte.

»Sag mal, Claire«, begann er vorsichtig. »Wenn Brian versorgt wäre, was würdest du dann mit der Gage machen?«

Sofort verhärtete sich ihre Miene. »Er ist aber *nicht* versorgt.«

»Natürlich, aber nur mal angenommen«, hakte John nach. »Du würdest nicht wahllos Stellenangebote herauspicken, oder?«

Claire lehnte sich zurück und musterte ihn eine Weile, bevor sie antwortete: »Nein, würde ich nicht.«

»Du würdest studieren, nicht wahr?«

»Wahrscheinlich.« Wieder trat die Abgeklärtheit in ihren Blick. »Aber die Frage stellt sich nicht.«

Ihre Stimmlage warnte ihn eindringlich, dass er im Begriff war, ihre sorgsam gehütete Grenze zu überschreiten. Trotzdem wagte er sich noch einen Schritt weiter.

»Wenn du genug Geld für alles hättest – würdest du dann studieren?«

»Natürlich!«, sagte sie laut. »Aber das habe ich nun mal nicht. Selbst wenn wir die Show gewinnen, würde mein Anteil dafür nicht …«

»Ich brauche meinen Anteil nicht«, warf John dazwischen.

Sie stockte und hob skeptisch ihre Brauen. »Wie bitte?«

»Ich brauche ihn nicht«, wiederholte er ruhig. »Darum möchte ich ihn dir schenken.«

Claire starrte ihn völlig perplex an. Einen Moment fürchtete er sogar, sie würde vor Schreck vom Stuhl plumpsen. Er lächelte aufmunternd, was sie aus ihrer Schockstarre holte.

»Das kann ich nicht annehmen!«, schnaufte sie und schnappte noch einmal nach Luft.

John nickte vergnügt, denn mit genau dieser Antwort hatte er gerechnet. Sie wäre nicht Claire gewesen, wenn sie etwas anderes gesagt hätte. Obwohl ihr gesamtes Leben von Geldnot beherrscht wurde, hatte sie nie einen Versuch unternommen, an seinem Vermögen teilzuhaben. Im Gegenteil sogar.

»Du weißt, dass ich nicht wegen des Geldes hier bin«, sagte er in geschäftsmäßigem Ton. »Tatsache ist, dass ich ohnehin vorhatte, meine Gage für einen wohltätigen Zweck zu spenden.

Und wäre es denn kein wohltätiger Zweck, jemandem zu seinem größten Traum zu verhelfen?« Claire war sprachlos. Er konnte sehen, wie es hinter ihrer Stirn arbeitete, darum fügte er noch an: »Und wenn du es nicht für dich annehmen kannst, dann wenigstens für Brian.«

Fassungslos schüttelte sie langsam den Kopf. »Ich ... Das ist zu viel ... Ich kann nicht ...«

»Okay, dann ein anderer Vorschlag«, sagte er schnell. »Nimm es als zinslosen Kredit, den du mir zurückzahlen kannst, wann immer du möchtest.«

Sie antwortete nicht. John sah ihr fest in die Augen. »Ich habe absolut keine Ahnung, was ich wirklich aus meinem Leben machen will. Du hingegen weißt das genau und hattest nie die Möglichkeit dazu. Verstehst du, worauf ich hinauswill?«

Claire seufzte und strich sich die Haare hinter die Ohren. »Ich weiß nicht, was ich dazu sagen soll ...«

»Ich werde darüber nachdenken.«

»Was?«

Er lachte schelmisch. »Sag: Ich werde darüber nachdenken. Das reicht.«

»Gut.« Sie atmete tief durch. »Ich werde darüber nachdenken.«

John lächelte zufrieden. Seit dem Museumsbesuch hatte er dieses Gespräch mehrfach durchgespielt, und es war genauso verlaufen, wie er vermutet hatte. Wie Claire sich letztlich entschied, konnte er nicht einschätzen. Er konnte nur hoffen, dass sie sein Angebot annahm. Ob nun als Geschenk oder als Kredit, das war ihm egal.

Hauptsache, Claire würde glücklich sein.

~ Das 8. Interview ~

Nur noch wenige Tage bis zum großen Finale. Bist du schon aufgeregt?

Claire: »Ein kleines bisschen vielleicht.«

John: »Darüber mache ich mir eigentlich kaum Gedanken.«

Sei ehrlich – habt ihr schon darüber gesprochen, wie ihr euch entscheiden werdet?

Claire: »Selbst wenn, dann dürfte ich das doch gar nicht verraten, oder?«

John: »Soll ich etwa die ganze Spannung verderben?«

Hast du schon Pläne geschmiedet, was du im Fall der Fälle mit der Siegerprämie anstellen würdest?

Claire: »Darüber werde ich erst nachdenken, wenn es so weit ist.«

John: »Ich würde sie spenden und habe schon einen entsprechenden Empfänger ins Auge gefasst.«

Zufall oder Wissenschaft – was denkst du?

Claire: »Definitiv Wissenschaft.«

John: »Eindeutig Schicksal.«

15

~ *Claire* ~

In gewisser Weise war Claire schon immer Expertin darin gewesen, Gefühle zu verdrängen, die sie in die Enge trieben. Nach dem Tod ihrer Eltern hatte sie sich beispielsweise keinen Moment der Trauer zugestanden, um ihren Verlust zu bewältigen. Die Sorge um Brian und ihre unsichere Zukunft waren das einzig Wichtige gewesen. Auch als sie ihr Studium und ihr Zuhause aufgeben musste, nahm sie sich keine Zeit, Trübsal zu blasen. Stattdessen versuchte sie, nach vorn zu sehen und die Vergangenheit ruhen zu lassen.

Sie war eine Macherin gewesen. Jemand, der aktiv sein Leben gestaltete und darum kämpfte, das Beste aus den widrigsten Umständen herauszuholen.

Eine Weile ging das auch gut. Sie war glücklich mit dem Teenager, zu dem Brian heranreifte. Und auch wenn sie sich keinen Luxus leisten konnten, fehlte es ihnen durch ihre Jobs immerhin nicht am Notwendigsten.

Erst als Brian zunehmend in den falschen Kreisen verkehrte, spürte Claire die ganze Macht ihrer Grenzen. Trotzdem arbeitete sie unermüdlich an einem Ausweg, hielt an der Hoffnung fest, dass sie ihren Bruder eines Tages von den Fesseln der sozialen Unterschicht befreien könnte.

Nun war ihr Ziel zum Greifen nahe, doch zum ersten Mal machten ihr die Gedanken an die Zukunft Angst. Sie steckte total fest.

Im wahrsten Sinne des Wortes. »Äh. Hilfe?«

Olivia drehte sich um und brach in Gelächter aus, als sie sah, dass Claire in einer Kinderwippe festhing. Sie warf die Spielzeuge, die sie eingesammelt hatte, in die dafür vorgesehene Aufbewahrungsbox und kam zu ihrer Rettung herbeigeeilt.

Mit einem Ruck zog sie Claire auf die Füße.

»Das ist ja lebensgefährlich«, knurrte sie und rieb sich den schmerzenden Hintern.

Olivia kicherte. »Für dich vielleicht. Also mach dich endlich nützlich, damit die kleinen Racker später wieder alles ins Chaos stürzen können.«

Lustlos half sie ihrer Freundin dabei, die verteilten Spielsachen aus dem Sandkasten zusammenzusuchen. Es war einer dieser herrlichen Sommertage, nicht zu heiß, nicht zu kühl. Vögel zwitscherten in den Bäumen, die den Spielplatz umgaben, und durch die Wipfel fielen warme Sonnenstrahlen auf den Spielbereich.

Im Moment war Mittagsruhe in dem Kindergarten, in dem Olivia als Erzieherin arbeitete. Deshalb leistete Claire ihr Gesellschaft. Und weil sie es in der Villa keine Sekunde länger ausgehalten hatte.

»Hast du endlich mit John geredet?«, erkundigte Olivia sich prompt in beiläufigem Ton.

Claire fühlte, wie ihr die Hitze in die Wangen schoss. Sie hockte sich hin, um ein paar Sandförmchen auszugraben. »Noch nicht.«

Im Augenwinkel sah sie, wie Olivia sie musterte. »Dir ist aber schon klar, dass das Finale in drei Tagen stattfindet, oder?«

Claire schluckte. Wie hätte sie das vergessen können? Der kommende Montag hing wie ein Damoklesschwert über ihrer

Beziehung zu John. Es war zwar schon immer da gewesen. Doch mit jedem Tag, der verstrich, konnte sie es deutlicher sehen.

Olivia seufzte. »Ich nehme an, er hat auch nichts gesagt?«

Ratlos schaute Claire auf. »Kein Wort.«

Verständnislos schüttelte Olivia den Kopf. »*Redet* ihr auch noch miteinander oder eifert ihr nur noch euren notgeilen Nachbarn nach?«

»Oh, wir reden sehr viel«, antwortete Claire sofort, auch wenn sie es inzwischen locker mit Sandy und Justin aufnehmen konnten. »Über Johns Arbeit, die neusten Stellenausschreibungen, auf die ich mich beworben habe, das Essen, das wir kochen wollen, die Filmaufnahmen …«

»Und über die Zukunft?«, unterbrach Olivia sie ungeduldig.

Schweigend biss Claire die Zähne zusammen.

»Nein? Okay. Wie wäre es dann wenigstens mit eurer Gefühlslage in der Gegenwart?«

»Ja, klar, Liv. Nichts leichter als das.«

Olivia runzelte die Stirn. »Ich verstehe dich einfach nicht, Claire. Wir sind seit dem Studienbeginn miteinander befreundet, wir haben damals jeden Tag in diesem winzigen Wohnheimzimmer zusammen rumgehangen, und bei allem, was dir in den letzten Jahren widerfahren ist, habe ich nie erlebt, dass du eine schwierige Situation einfach aussitzt. Diese Passivität passt überhaupt nicht zu dir. Normalerweise klärst du jeden Konflikt, so schnell es geht.«

»Aber es ist ja gar kein richtiger Konflikt!«, rief Claire frustriert. »Jedes Mal, wenn wir zusammen sind, ist es einfach nur wundervoll. John kommt von der Arbeit, wir essen gemeinsam, schauen Filme oder sind mit dem Produktionsteam unterwegs. Wir reden, lachen, haben phänomenalen Sex und schlafen irgendwann aneinandergekuschelt ein. Es ist beinahe unerträglich perfekt.«

»Aber es ist nicht echt, Claire.«

»Glaubst du, das ist mir nicht bewusst?« Claire raufte sich die Haare. »John und ich, wir wissen beide, dass unsere Uhr tickt. Aber das macht die Seifenblase, in der wir uns im Moment befinden, nicht weniger schön. Ein falsches Wort, und sie zerplatzt. Ich meine, wer will das schon?«

Olivia warf die Spielsachen, die sie in der Hand hielt, achtlos in die Box, setzte sich Claire gegenüber in den Sand und zog die Beine zum Schneidersitz an. »Wovor hast du eigentlich solche Angst?«, fragte sie sanft.

Claires Kehle zog sich zusammen. »Wenn ich das wüsste.«

»Hast du überhaupt eine Ahnung, was *du* willst?«

Betreten schüttelte Claire den Kopf. »Vor *The Wedding Project* wollte ich einfach nur weg. Ich habe sogar mit dem Gedanken gespielt, in irgendeinem Kaff in Kentucky ganz von vorne anzufangen. Ich hätte uns einen kleinen Bungalow in der Pampa gemietet, den sogar ich mir leisten kann. Brian wäre auf eine Highschool mit einer aberwitzigen Kriminalitätsrate gegangen und ich hätte mir einen Job in der Nähe gesucht.«

Bei diesem Geständnis kniff Olivia missbilligend die Augen zusammen, behielt ihren Kommentar jedoch für sich.

»Aber jetzt ist John da«, fuhr Claire fort, zog die Beine an die Brust und legte die Arme um die Knie. »Ich fühle mich so zerrissen. Manchmal denke ich, dass das mit uns auch langfristig funktionieren könnte. Aber dann versuche ich, mir unsere Zukunft vorzustellen. Wir beide leben in vollkommen unterschiedlichen Welten und Brian wird für mich immer an erster Stelle stehen. Das sind keine besonders guten Voraussetzungen für eine dauerhafte Familienidylle.«

»Okay.« Olivia ließ den Nacken knacken, woraufhin Claire zusammenzuckte. »Spielen wir ein kleines Spiel.«

»Und was für eins?«

»Ich stelle dir jetzt ein paar Fragen. Du antwortest mit dem ersten Wort, das dir einfällt.« Ihre Augen funkelten aufgeregt. »Bereit?«

»Von mir aus.«

»Ach, komm schon. Zeig mal ein bisschen mehr Begeisterung.«

Claire zwang sich zu einem Lächeln, das Olivias Gesichtsausdruck nach jedoch gründlich misslang.

»Schließ die Augen«, verlangte Olivia in hypnotischer Stimmlage. »Konzentriere dich ganz auf deinen ersten Impuls.«

Claire verbiss sich das Lachen und lauschte gespannt den Fragen ihrer Freundin.

»Fisch oder Fleisch?«

»Fleisch.«

»Chips oder Gummibärchen?«

»Chips.«

»Hund oder Katze?«

»Hund.«

»Meerschweinchen oder Hund?«

»Hund.«

»Hund oder Hamster?«

Claire blinzelte. »Echt jetzt?«

Olivia zuckte mit den Schultern. »Brian hat mich gebeten, mal ein gutes Wort bei dir einzulegen. Er hätte irre gern einen Labrador. Ich wollte dir damit nur verdeutlichen, dass du das tief in dir auch willst. Jetzt beantworte die Frage.«

»Immer noch Hund«, knurrte Claire.

»Dein Bruder wird sich freuen, das zu hören.« Olivia nickte schmunzelnd in ihre Richtung. »Augen zu! Holz oder Plastik?«

Ergeben kniff Claire die Lider zusammen. »Holz.«

»Tee oder Kaffee?«

»Kaffee.«

»Singen oder malen?«

»Malen.«

»Davis oder Bricks?«

»Bricks.«

Claire riss die Augen auf und begegnete dem triumphierenden Grinsen ihrer Freundin.

»Okay«, meinte Olivia gedehnt und wischte sich lässig ein imaginäres Staubkorn von der Schulter. »Was du in Wirklichkeit willst, hätten wir schon mal rausgefunden. Du kannst mir später dafür danken.«

Claire lachte rau. »Ich will dir echt nicht die Freude verderben, aber ich fürchte, die Erkenntnis, dass ich offenbar doch nichts dagegen hätte, weiter mit John verheiratet zu sein, bringt mich leider kein Stück weiter.«

»Und wieso nicht?«, fragte Olivia verwirrt.

»Weil *er* das vielleicht gar nicht möchte.« Diese Vorstellung machte sie ziemlich traurig.

»Claire.« Olivia rieb sich die Schläfen, als bekäme sie eine Migräne. »Dieser Mann ist ohne jeden Zweifel total verknallt in dich.«

»Ach ja?«

»Natürlich! Glaubst du ernsthaft, ein Kerl marschiert einfach so in die Schule eines fremden Kindes und staucht den Direktor zusammen?« Olivia lehnte sich weiter vor. »Ganz nebenbei: Brian hat gar nicht mehr aufgehört, von Johns Auftritt zu schwärmen. Er war schwer beeindruckt von ihm und gibt sich seither wirklich Mühe.«

Claire lächelte. »Ich weiß. Er hat mir gestern erzählt, dass er jetzt sogar in Mathe durchblickt.«

»Na, weil er ein cleveres Kerlchen ist.«

»Ja, das ist er.« Nachdenklich biss Claire sich auf die Lippe. »Ich fasse es immer noch nicht richtig, dass John das wirklich getan hat. Das hat alles zwischen uns verändert.«

»Nicht unbedingt zum Schlechten«, merkte Olivia an.

Claire seufzte. »Das ist noch nicht alles.«

»Nicht?« Olivia schürzte die Lippen. »Was kann denn bitte noch krasser sein als diese Aktion?«

»Er will mir seine Gage überlassen.«

Olivia klappte den Mund auf wie ein Goldfisch. »Du verarschst mich.«

»Nope.« Claire zuckte mit den Schultern. »Er meinte, er würde mir liebend gern das Geld schenken oder leihen, oder wie auch immer ich es nennen will.«

»Oh, mein Gott!«, quietschte Olivia und griff sich ans Herz. »Das ist ja so romantisch. Jetzt müsst ihr euch nur noch eure Liebe gestehen, und dann könnt ihr glücklich bis ans Ende aller Tage zusammenleben.«

Diese Vorstellung beschleunigte sofort Claires Puls. »Du liest zu viele Märchen.«

»Weil sie auf wahren Begebenheiten beruhen«, erwiderte Olivia ungerührt und nickte in Richtung des Kindergartengebäudes. »Und weil mich die Satansbrut da drin lebendig häuten würde, käme ich ihnen mit einer Abhandlung über autoritäre Erziehungskonzepte.«

Claire kicherte. »Ach so.«

Olivia legte den Kopf schief. »Also, Claire Bricks, wirst du deinen hübschen Hintern zusammenkneifen und deinem Ehemann endlich deine wahren Gefühle offenbaren?«

»Das sollte ich wohl, was?« Nervös kämmte Claire sich eine Haarsträhne hinters Ohr. »Ich meine, wenn er es schon nicht tut.«

»Ich hab dir immer gesagt, dass er ein Psycho ist. Wahrscheinlich quält er sich mit den gleichen Hirngespinsten herum wie du, weshalb ihr paradoxerweise perfekt zueinander passt.«

»Du glaubst also, wir sind das Formelpaar?«, fragte Claire überrascht.

»Machst du Witze? Ihr beide seid das pure Chaos.«

Wieder musste Claire lachen. »Ja, denke ich auch.«

»Letztlich spielt es doch sowieso keine Rolle, solange ihr euch liebt.« Sie senkte den Kopf, um Claires Blick einzufangen. »Und ihr liebt euch. Definitiv.«

Olivia sprach dies mit so viel Überzeugung aus, dass ein beachtlicher Teil der Anspannung von Claire abfiel. Olivia hatte recht. Sie musste noch vor der Finalshow mit John über das reden, was zwischen ihnen war.

Egal, wie schwer es ihr fiel, ihm ihr Herz zu öffnen.

»Frank hat uns gestern eine Nachricht geschickt. Am Wochenende wird nicht mehr gedreht und wir sollen die Zeit vor dem großen Finale allein genießen. Vielleicht wäre Sonntagabend ein guter Zeitpunkt.«

Olivia schnaubte. »Es wäre der letztmögliche Zeitpunkt.«

Claire verdrehte die Augen, auch wenn ihr Puls in schwindelerregende Höhen schoss. Ein Schwarm von Schmetterlingen wirbelte in ihrem Magen herum. »Also gut. Dann heute Abend.«

Zufrieden hob Olivia den Daumen. »Das klingt schon viel besser. Und wenn du jetzt noch aufhörst, so zu schauen, als müsstest du dich gleich übergeben, steht eurem kleinen privaten Showdown mitsamt Happy End nichts mehr im Weg.«

~ *Jonathan* ~

Freitag – noch drei Tage.

Nur noch drei mickrige Tage bis zur Finalshow, in der so viel mehr entschieden werden würde als der Gewinner im klassischen Sinne.

Für John stellte sich nämlich immer noch eine gänzlich andere Frage: Wie sollte es danach weitergehen?

Claire und er hatten es bis dato nicht auf die Reihe gekriegt, dieses wichtige Thema anzusprechen. Sie sprachen nicht einmal über die Finalshow an sich, weil sie dadurch wohl unweigerlich zu dem vermiedenen Thema gelangen würden. Im Grunde sprachen sie gar nicht mehr über die Show und hatten sich nicht mal die letzte Sendung angesehen. Irgendwie waren sie beide dazu übergegangen, einfach so zu tun, als wäre ihr Leben in der Villa völlig normal und vor allem endlos.

Ehe oder Annullierung?

So oder so ähnlich würde die große Frage lauten, die man ihnen in der Show stellen würde. Unabhängig davon, wer von den Zuschauern zum Traumpaar gekürt wurde.

John zerbrach sich stundenlang den Kopf darüber, warum Claire eigentlich dieses Thema mied. Dabei gab es anscheinend zwei Erklärungen. Entweder, sie hatte ebenso Angst vor Zurückweisung wie er selbst, oder sie wollte definitiv danach wieder getrennte Wege gehen und sah deswegen keinen Grund, die Sache zu klären.

Letzteres war freilich die Horrorvorstellung, die seine Ängste überhaupt schürten. Inzwischen trieb ihn die Ungewissheit geradezu in den Wahnsinn, sodass er nach einer schlaflosen Nacht beschlossen hatte, nach der Arbeit endlich Klartext zu reden.

Seit dem Morgen waren seine Nerven darum schon zum Zerreißen gespannt. Gegen Mittag war er gar versucht gewesen, auf seine restliche Agenda zu pfeifen und zu Claire zu fahren. Die Welt hatte sich aber anscheinend völlig gegen ihn verschworen, denn ausgerechnet heute schien die gesamte Firma mit diversen Problemchen bei ihm anzutanzen. Dazwischen unterbrachen ihn ständig irgendwelche Telefonate, sodass sich die Arbeit eher anhäufte, als weniger zu werden.

Der ganze Tag war also schon zum Kotzen, und genau in dem Moment, als John wenigstens einen Bruchteil seiner nicht vollzogenen Mittagspause nachholen wollte, rief einer seiner

Mitarbeiter vom Außendienst an und berichtete von einem geplatzten Deal.

»Was zum Teufel ist passiert?«, schrie John aufgebracht in den Hörer. »Das Ding hatten wir doch längst in der Tasche!«

»Dachte ich auch, aber soeben wurde mir mitgeteilt, dass der Konkurrent im letzten Moment fünf Prozent draufgepackt hat.«

»Dann pack noch mal fünf dazu.«

»Aber sie haben schon …«

»WOFÜR BEZAHL ICH DICH EIGENTLICH?«

Betretenes Schweigen antwortete ihm. John war selbst über seine Lautstärke erschrocken und rieb sich hart über die Stirn, bevor er in gepresstem Tonfall sagte: »Wir gehen maximal acht Prozent rauf. Und jetzt sieh zu, dass du das Ruder noch herumreißt.«

John wartete keine Erwiderung ab, sondern knallte den Hörer auf den Apparat. Seine Finger zitterten vor aufgestauter Wut. Er hätte jetzt dringend einen Boxsack gebraucht, um seiner Aggression ein Ventil zu geben.

»Guten Tag, Jonathan.«

Allein der Klang der Stimme ließ John augenblicklich erstarren. Er brauchte eine gefühlte Ewigkeit, bis er es wagte, den Kopf zu heben. Noch ein wenig länger dauerte es, bis sich der Kloß in seinem Hals gelöst hatte.

»Dad.«

Mehr brachte er nicht heraus. Er hatte keine Ahnung, wie lange sein Vater bereits reglos im Zimmer verharrte. Vermutlich war er während des lautstarken Telefonats eingetreten, weshalb John ihn nicht bemerkt hatte.

Sinclair Bricks näherte sich dem Schreibtisch, mit seiner eindrucksvollen Statur ragte er wie ein enormer Schatten vor John auf. Er trug ein schwarzes Hemd zu einem dunkelgrauen Anzug, der beinahe dieselbe Farbe hatte wie sein sorgfältig geschnittenes Haar. Wie immer strahlte sein Teint sonnengebräunt, und die wenigen Falten in seinem Gesicht ließen kaum erahnen, dass er die Sechzigermarke längst überschritten hatte. Die Miene seines Vaters blieb vollkommen ausdruckslos. So wie meistens, weshalb sich vermutlich überhaupt so wenige Fältchen gebildet hatten.

Die eisblauen Augen fixierten John. Kalt, streng, gnadenlos … Bei dem Blick wurde ihm eng um die Brust. Sinclair brauchte gar nicht erst auszusprechen, warum er hier war. Es war offensichtlich.

Schweigend warf er eine Zeitschrift vor John auf die Arbeitsplatte.

Sexiest Husband.

John holte tief Luft und stellte sich abermals den Augen seines Vaters. Tausend Mal hatte er sich diese Szene bereits vorgestellt, und nun hatte er trotz aller Vorbereitung keine Ahnung, was er sagen sollte.

»Warum?«, fragte Sinclair schlicht.

Trotzdem fuhr John zusammen, als hätte er ihn angeschrien. Er schluckte schwer und riss sich eilig zusammen. Er reckte das Kinn. »Warum nicht?«

Sinclairs Augen verengten sich kaum merklich. »Weil dir klar sein sollte, welches Licht das auf dich wirft.« Seine Stimme wurde noch leiser, was ein deutliches Zeichen dafür war, dass er kurz vor einem Wutausbruch stand. »Du hast dich zum Gespött der ganzen Stadt gemacht.«

»Tatsächlich behandeln die meisten mich eher wie einen Star«, entgegnete John salopp.

»Du bist ein Idiot, sonst nichts!«, fauchte Sinclair.

Ein spitzer Dolch bohrte sich in Johns Herz. Es war, als würde die Klinge ein Loch in das zum Bersten gefüllte Fass voller Wut in ihm stoßen, all die angestauten Emotionen drängten aufgepeitscht wie ein Gebirgsfluss hervor, um wild durch seine Adern zu preschen. Jeder einzelne Muskel seines Körpers vibrierte, als er sich langsam von seinem Stuhl erhob. Zu voller Größe aufgerichtet überragte er seinen Vater sogar ein wenig. Damit verschwand dieses Gefühl der Unterlegenheit automatisch ein wenig, was John erleichterte, seinem Dad endlich die Stirn zu bieten.

»Ich bin kein Idiot«, sagte er mit bebender Stimme. »Das war ich noch nie und werde ich auch nie sein.«

Sinclair hob eine Augenbraue und neigte leicht den Kopf, als würden ihn die Worte seines Sohnes eher erheitern denn in irgendeiner Weise interessieren.

John fiel es sehr schwer, in einigermaßen gefasster Lautstärke weiterzusprechen. »Ich habe es so satt, mich ständig als solchen hinstellen zu lassen. Egal, was ich in der Vergangenheit alles erreicht habe, es war nie gut genug für dich.« Er ging um den Schreibtisch herum und deutete wild mit den Händen in alle Richtungen. »Sieh dich doch mal um! Ich meine – was willst du überhaupt? Was soll ich deiner Meinung denn noch besser machen?«

Sein Vater schnaubte leise. »Glaubst du denn, du wärst jetzt hier, wenn ich so gedacht hätte wie du? Pass auf, was du sagst. Alles, was du hast, hast du nur mir zu verdanken.«

»Einen Scheiß verdank ich dir!«, entfuhr es John, worauf Sinclair schockiert die Augen aufriss. »Das Einzige, was ich dir verdanke, ist eine verkorkste Jugend, bestehend aus Leistungsdruck und Frustration. Eine beschissene Scheinwelt, die nur existiert, solange der Glamour sie von außen anstrahlt. Was bleibt denn übrig, wenn dieser Scheinwerfer ausgeknipst wird? Eine Familie, in der sich im Grunde alle verabscheuen.«

»Was erlaubst du dir eigentlich?« Sinclair schnappte nach Luft. »Dass du es überhaupt wagst, so mit mir zu sprechen. Nach allem, was ich …«

»Was du für mich getan hast?«, fiel John ihm ins Wort. Er lachte bitter. »Was genau hast du denn für mich getan, *Daddy*?«

»Was ich …? Du weißt genau, wie viel Schweiß und Blut ich gelassen habe, um diese Firma aufzubauen! Mein Leben hab ich dafür geopfert!«

»Und jetzt opferst du mein Leben.«

Sinclair hielt verdutzt inne. »Wie bitte?«

»Du hast schon richtig gehört.«

John ballte die Fäuste. Pure Verständnislosigkeit spiegelte sich im Blick seines Vaters, und das schmerzte ihn weit mehr, als beleidigende Worte es gekonnt hätten. Sinclair Bricks hatte keine Ahnung, was sein Sohn ihm vorwarf. Im Gegenteil. Je länger sie sich ansahen, desto härter wurden die eisblauen Augen seines Vaters.

»Wie kannst du nur so undankbar sein?«, fragte Sinclair schließlich leise. »Immerhin wird all dies einmal dir gehören. Das ist dein Erbe. Ist das denn gar nichts wert?«

Fassungslos starrte John seinen Vater an. Schuldgefühle wollten sich nach oben drängen, doch die Wut war mächtiger.

»Weißt du was?«, sagte er aufgebracht. »Behalt dein Erbe. Ich will es nicht.«

Er wandte sich um und zerrte sein Jackett vom Haken.

»Was soll denn das bedeuten?«, fragte Sinclair.

John schnappte sich seine Aktentasche, ging erhobenen Hauptes an seinem Vater vorbei und riss die Tür auf. Bevor er sein Büro verließ, wandte er sich noch einmal um und zischte: »Ich kündige!«

***

Während John den Wrangler über die Interstate jagte, explodierte er beinahe, zu viele verschiedene Emotionen liefen in seinem Inneren Amok. Zorn und Angst, aber auch befreiende Erleichterung tobten in seiner Brust. Ein totales Chaos, in das er schnellstens Ordnung bringen wollte, bevor er gänzlich den Verstand verlor. Der einzig klare Gedanke war, dass es nur einen Menschen gab, der ihn retten konnte.

Claire.

Sie würde ihn verstehen. Ihn auffangen. Ihm helfen, den Boden unter den Füßen wiederzufinden.

Eigentlich konnte er noch gar nicht fassen, was eben geschehen war. Immerhin hatte er absolut keinen Plan, was er nun machen sollte. Rein arbeitstechnisch gesehen. Der Verstand sagte ihm, dass er mit seiner Ausbildung kaum auf der Straße landen würde. Auch tat es ihm nicht weh – ganz im Gegenteil –, vom Erbschein der Familie Bricks gestrichen zu werden. Er hatte bei *Bricks & Sons* nämlich ein standesgemäßes Gehalt bezogen, weshalb sein Konto sehenswerte Rücklagen aufwies.

Nein, er brauchte das Erbe nicht. Und er brauchte die Familie Bricks nicht.

Alles, was er brauchte, war Claire.

In seinem Gefühlschaos pfiff John auf sämtliche Geschwindigkeitsbegrenzungen. Gleichzeitig lenkte er fahrig und fuhr mit verschwommenem Blick. Eine gefährliche Kombination, doch das Kontingent für Vernunft war in seinem Gehirn momentan wahrlich erschöpft.

Die Reifen quietschten leise, als er viel zu schwungvoll in die Einfahrt zur Villa preschte. Um ein Haar hätte er sogar das Garagentor mit der Stoßstange erwischt, doch er kam gerade noch rechtzeitig zum Stehen. John wartete nicht darauf, bis das Tor sich öffnete, sondern sprang aus dem Wagen und rannte schon fast durch den Vorgarten, als würde sein Leben davon abhängen.

Mit zittrigen Händen pfriemelte er irgendwie den Schlüssel ins Schloss, ließ im Flur seine Aktentasche fallen und hetzte suchend in Richtung Küche.

Hoffentlich war Claire überhaupt daheim. Nicht dass sie noch bei Olivia war. Immerhin hatte er ihr gesagt, dass er es vor sechzehn Uhr nicht nach Hause schaffen würde.

Die Küche war leer. Allerdings stand die Terrassentür weit offen. Hoffnungsvoll eilte er darauf zu.

»John?«, hörte er Claire jedoch hinter sich rufen, noch bevor er die Tür erreichte.

Erleichtert drehte er sich um. Sie schien gerade geduscht zu haben, denn sie rubbelte sich mit einem Handtuch die Haare trocken, während sie ihn musterte. Sie wirkte überrascht, wenn nicht gar erschrocken, dass er schon zu Hause war. Vielleicht war es aber auch sein Auftritt an sich, denn er gab sicherlich einen äußerst zerstreuten Anblick ab.

Da war sie also – seine Rettung. Sein Anker. Ein erleichterter Seufzer bahnte sich den Weg seine Kehle hoch. Gleichzeitig drängten Tränen der Vergangenheit an die Oberfläche und verlangten, endlich hinausströmen zu dürfen. Zum ersten Mal seit vielen Jahren wollte John sie nicht zurückhalten. Vor Claire musste er sich nicht schämen. Das wusste er tief im Inneren.

»Hey, danke für … oh!«

Wem gehörte plötzlich diese männliche Stimme?

John musste heftig blinzeln, um den aufgekeimten Schleier vor seinen Augen niederzuringen. Schockiert starrte er den fremden Mann an, den er daraufhin allmählich sehen konnte.

Er war jung, er war braun gebrannt und er war von oben bis unten durchtrainiert. Was John deshalb so detailliert sehen konnte, weil der Typ nur Shorts trug. Die blonden Haare waren zerstrubbelt und glänzten feucht. Ein Handtuch ruhte lässig über seiner rechten Schulter. Er schaute ähnlich erschrocken wie Claire zuvor. Nun ergab dies aber einen entsetzlichen Sinn.

Eisige Kälte packte John. Mit einem Schlag war das Chaos in seinem Inneren bewältigt. Es verschmolz zu einem einzigen Klumpen aus purer Enttäuschung.

John verbannte jegliche Regung aus seinem Gesicht, bevor er sich wieder zu Claire wandte.

»Sorry, dass ich eure kleine Poolparty gestört habe.«

Claire schnappte hörbar nach Luft. »Nein! Es ist nicht …«

»… das, wonach es aussieht. Schon klar.«

Seine Beine trugen ihn ganz von selbst in Richtung Flur.

Claire eilte ihm hinterher. »Warte doch!«, bettelte sie. »Du verstehst das falsch. Wirklich! Hör mir doch erst mal zu!«

John blieb nicht stehen. Beim Gehen hangelte er nach seiner Aktentasche und eilte mit starrem Blick zur Tür hinaus.

»Verdammt noch mal, Jonathan, lass es mich doch bitte erklären!«

»Das musst du nicht«, sagte er, ohne sich umzudrehen. Er warf seine Tasche in den Jeep und sprang auf den Fahrersitz.

Claire umklammerte den offenen Fensterrahmen, als wollte sie den Wagen so am Wegrollen hindern. »Bitte, John, das ist doch lächerlich. Warum sollte ich …?«

»Ist schon in Ordnung, Claire.« Er drehte den Schlüssel im Zündschloss. »Du bist mir keine Erklärung schuldig. Ich meine, wir sind beide nur wegen der Gage hier, nicht wahr?«

Ihre Antwort ging im Donnern des Achtzylinders unter. John sah noch, wie ihre Finger vom Rahmen glitten, als er das Fahrzeug zurücksetzte.

Er warf keinen einzigen Blick zurück, während er auf der Straße den Vorwärtsgang einlegte und das Gaspedal durchtrat.

Sein Kopf war wie leergefegt. Sein Herz auch.

Mit quietschenden Reifen preschte er los.

Wohin auch immer.

16

~ *Claire* ~

Im Fernsehstudio herrschte reges Treiben. Unzählige Leute wuselten in der Maske um Claire herum, riefen einander Befehle zu. Aber kein Wort davon gelangte auch nur ansatzweise in ihren Verstand.

Sie stand unter Schock.

»O je, Schätzchen«, seufzte eine Frau mittleren Alters und stemmte die Hände in die Seiten. »Um diese Augenringe zu kaschieren, werde ich harte Geschütze auffahren müssen.«

Claire begriff, dass sie es war, die sich ihr vor ein paar Minuten als Visagistin vorgestellt hatte. Die Frau drückte sie auf einen Stuhl, stellte ihre Tasche auf den schmalen Ablagetisch und kramte emsig in ihr herum.

Unterdessen warf Claire einen teilnahmslosen Blick in den Spiegel und stellte fest, dass die Visagistin recht hatte. Abgesehen von einer romantischen Frisur, welche ihr die Hairstylistin in den vergangenen zwei Stunden auf den Kopf gezaubert hatte, sah sie in dem weißen Umhang, der ihr Kleid vor Kosmetikflecken schützte, aus wie ein Gespenst. Bleich und mit dunklen Schatten unter den Augen. Was wohl auch kein Wunder war angesichts der Tatsache, dass sie seit Freitag kaum noch geschlafen hatte. Seit Johns Verschwinden.

Noch immer konnte Claire nicht glauben, wie alles so hatte den Bach runtergehen können. In einem Moment war sie noch im Wohnzimmer auf und ab marschiert und hatte ihre Liebeserklärung geprobt – im nächsten waren all ihre Träume und Hoffnungen tatsächlich wie Seifenblasen zerplatzt.

Anfangs war sie furchtbar verletzt gewesen, weil John ihr nach allem, was sie zusammen durchgemacht hatten, unterstellte, untreu zu sein. Als er am Freitagabend nicht zurückkam, fing sie an, sich Sorgen zu machen. Sie rief ihn an. Unzählige Male. Aber er hob nicht ab und hatte sich auch sonst nicht mehr gemeldet.

In ihrer Verzweiflung wandte sie sich irgendwann an Steven, doch der erreichte auch nichts bei John.

Und heute, am Tag des großen Showfinales, fehlte von ihrem Ehemann noch immer jede Spur.

Die Visagistin hatte ihre Locken mit einer Haarkralle aus dem Gesicht geklemmt und tupfte und puderte herum, bis ihr Teint glatt und ebenmäßig war. Als sie sich dem Lidschatten widmete, kam Olivia zur Tür hereingestürzt.

Sofort richtete Claire sich auf, doch der mitleidige Blick ihrer Freundin machte es unnötig, sie zu fragen, ob sie bei ihrer Exkursion durch das Studio ihren Ehemann aufgespürt hatte.

Angespannt schüttelte Olivia den Kopf. »Entschuldige, dass es so lange gedauert hat. Ich habe Steven getroffen. Er schaut sich noch einmal auf den Toiletten um.«

Claire sackte in sich zusammen. »Frank wird durchdrehen.«

»Und ich werde John umbringen«, presste Olivia zähneknirschend hervor und ließ sich auf einen freien Stuhl etwas abseits fallen, um der Visagistin nicht im Weg zu stehen. »Ich kann echt nicht glauben, dass er dich hängen lässt.«

Das konnte Claire auch nicht. Wieder und wieder war sie die ganze Szene am Freitag in Gedanken durchgegangen. John hatte völlig neben sich gestanden, schon bevor er den Poolboy überhaupt entdeckt hatte. Irgendetwas musste zuvor passiert sein. Nur hatte sie leider keinen blassen Schimmer, was. Weil John ja lieber schmollte, anstatt mit ihr zu reden.

Allmählich mischte sich Zorn in ihre Verzweiflung. Das war gut, denn es tat weniger weh als die Enttäuschung, die ihr beinahe das Herz zerriss.

Steven kam mit dem Handy am Ohr in die Maske geeilt. »Sollte er sich noch einmal melden, ruf mich bitte umgehend zurück, ja? Danke, Lynn.« Er beendete das Gespräch, bevor er Claire ansah. »John hat gekündigt.«

Claire schnappte nach Luft. »Was? Wann?«

»Freitagmittag. Ich habe es gerade von seiner Assistentin erfahren.«

»Das erklärt, weshalb er so aufgelöst war«, erwiderte Claire und wollte am liebsten das Gesicht in den Händen vergraben. Allerdings hielt die Visagistin sie rechtzeitig davon ab.

»Ich bin gleich fertig«, informierte sie und tupfte schneller. »Wir haben ohnehin nicht mehr viel Zeit.«

»Er wird kommen«, sagte Steven im Brustton der Überzeugung. Allerdings war Claire nicht sicher, wen Johns Freund beruhigen wollte. Sie oder sich selbst.

»Wie kannst du dir da so sicher sein?«, fragte Olivia kühl. »Du hast ihn doch auch nicht erreicht.«

»Ich kenne John«, erwiderte er. »Er mag eine Auszeit gebraucht haben, um sich über ein paar Sachen klar zu werden, aber er wird Claire nicht im Stich lassen.«

Den Tränen nahe, senkte Claire den Blick. »Das hat er schon.«

Olivia schnaubte. »Dein Kumpel hat echt das beschissenste Timing der Showgeschichte.«

Steven nickte mit gequältem Lächeln. »Da kann ich dir leider nur beipflichten. Trotzdem glaube ich an ihn.«

»Claire!«, donnerte plötzlich Franks Stimme durch die Luft.

Sie zuckte zusammen und erntete erneut einen mitleidigen Blick von der Visagistin, die natürlich alles mitbekommen hatte, sich jedoch dezent zurückhielt.

Frank stürmte zur Tür herein und sah sich suchend um. »Wo zum Teufel steckt dein Mann?«

»Ich weiß es nicht«, krächzte Claire.

»Was?« Frank wurde puterrot im Gesicht. »Was soll das heißen, du weißt es nicht? Das hier ist keine verdammte Daily Soap, sondern eine Liveshow, Claire! Und sie beginnt in wenigen Minuten … vor einem Millionenpublikum!«

Steven schob sich vor den aufgebrachten Produktionsleiter, als wollte er Claire beschützen. »Das ist nicht sonderlich hilfreich, Frank«, sagte er in einem Ton, den er wahrscheinlich auch immer vor Gericht anschlug.

»Nicht hilfreich?« Falls das möglich war, wurde Frank sogar noch dunkler im Gesicht. Er schüttelte empört den Kopf. »Wir müssen jetzt ins Studio.«

Hastig zog die Visagistin die Klammern aus Claires Haaren, zupfte ein paar rote Locken in Form und entfernte den Schutzumhang. »Fertig.«

Mit wackeligen Beinen stand Claire auf und schaute Frank unsicher an.

»Ich glaube das einfach nicht«, knurrte dieser und hob ein Funkgerät an den Mund. »John ist immer noch nicht da. Monica soll sich Zeit mit der Begrüßung lassen und erst die Experten vorstellen.« Er ließ das Gerät sinken und starrte Claire so vorwurfsvoll an, als trüge sie allein die Schuld an Johns Abwesenheit. »Gehen wir!«

Claires Füße fühlten sich bleischwer an, als sie Frank folgte. Da nützte es auch nichts, dass sie hübsch herausgeputzt war, Olivia ihre Hand hielt und Steven sie auf der anderen Seite flankierte.

Die Vorstellung, gleich ohne John vor das Publikum treten zu müssen, war Furcht einflößend. Doch das war nichts im Vergleich zu den Gefühlen gegenüber John, die in ihr wüteten. Ihr Puls raste, während ihr Herz zwischen Sorge, Angst und Wut hin und her geschleudert wurde.

Als die Tür mit der Aufschrift *Studio 2* in Sichtweite rückte, war Claire kurz davor, zu hyperventilieren.

Sandy und Justin standen mit ihrem Gefolge neben der Tür, eng umschlungen und fröhlich wie immer. Ein siegessicheres Lächeln stahl sich auf Sandys Lippen, sobald sie bemerkte, dass John fehlte.

Aus dem Studio ertönte tosender Applaus.

Auf Franks Stirn hatten sich zahlreiche Schweißperlen gebildet, er sah auf die Uhr. »Wenn er in einer Minute nicht da ist, ziehen wir die Sendung ohne ihn durch.«

Claire nickte. Etwas anderes blieb ihr ja auch nicht übrig. Schließlich war sie umringt von Leuten, die den wachsamen Mienen nach bereits mit ihrer Flucht rechneten.

Im Geiste sah Claire sich einsam und verlassen vor den Fernsehkameras sitzen, gedemütigt vor dem ganzen Land.

»Das wird ein Nachspiel haben!«, bellte Frank, bevor er einem seiner Assistenten ein Zeichen gab. Die Tür zum Studio wurde geöffnet.

Als sich der Pulk in Bewegung setzte, ließ Olivia Claire notgedrungen los.

»Es tut mir leid«, murmelte Claire, bevor Frank ohne eine Erwiderung davoneilte.

Sie konzentrierte sich darauf, einen Fuß vor den anderen durch den schmalen Gang zu setzen, der um die Bühne herumführte.

Plötzlich spürte sie erneut Olivias Hand und musste trotz allem lächeln, weil ihre Freundin sich wieder nach vorn gedrängelt hatte. Erst mit etwas Verzögerung realisierte sie, dass die Finger, die ihre umschlangen, viel größer waren.

Irritiert blickte Claire hinab. Eine starke Hand, die jeden Zentimeter ihrer Haut erkundet hatte, hielt sie fest. Beinahe hätte Claire vor Erleichterung aufgeschrien.

John lief neben ihr her, den Blick starr auf die Nische gerichtet, vor der Frank ungeduldig wartete.

»Begrüßen wir nun unser Ehepaar Nummer eins«, ertönte eine gut gelaunte, weibliche Stimme von drinnen. »Mister und Mrs Bricks.«

»Rein mit euch«, zischte Frank und schob sie über die Schwelle.

Es kam Claire vor, als hätte sie ein Déjà-vu. Scheinwerfer blendeten sie. Zugleich drohte ihr das Herz jeden Moment aus der Brust zu springen.

Monica Murphy, die regelmäßig verschiedene Liveformate des Senders moderierte, trug ein elegantes knallrotes Abendkleid, war perfekt gestylt und begrüßte sie mit einem strahlenden Lächeln.

»Wie geht es euch heute Abend?«, fragte sie und zwinkerte Claire wissend zu. »Ich schätze, ihr seid schrecklich nervös.«

Claire bekam keinen Ton heraus. Ihre Kehle fühlte sich an wie zugeschnürt, während ihr Blick scheu über die voll besetzte Zuschauertribüne und die Kameras schweifte.

»Natürlich sind wir das«, antwortete John souverän. Zum ersten Mal seit drei Tagen hörte Claire seine Stimme. Dann lachte er dieses raue, sinnliche Lachen, bei dem sie stets ein Kribbeln verspürte. »Schließlich steht man nicht jeden Abend vor einem Livepublikum.«

Monica kicherte. »Nicht nur das, John. Wie ihr wisst, haben wir auch einige Experten eingeladen, die eure Beziehung auf Herz und Nieren prüfen werden, bevor das Gewinnerpaar gekürt wird.«

Nein, das wussten sie nicht.

Entsetzt musterte Claire die Bühne. Vor einem gigantischen Herzen aus Pappmaché, in das ein Monitor integriert war, standen zwei Sofas.

Auf der rechten Seite waren zwei Stehpulte erkennbar. Allerdings hatte Claire keine Ahnung, wozu die gut sein sollten.

Links von ihnen befand sich ein Podest mit drei Personen, die offenbar die Expertenjury bildeten und sie wie Versuchskaninchen betrachteten. An jedem Pult standen der Name sowie die jeweilige Berufung. Der ältere Herr mit Hornbrille namens Albert Gripp war Psychoanalytiker. Neben ihm saß Sofia Montez, offenbar Professorin für Sozialwissenschaften. Und zu guter Letzt gab es mit Theodore Walden einen *Sexualforscher.*

Gütiger Himmel!

John legte Claire den Arm um die Schulter. »Eine ganz besondere Erfahrung habe ich bereits gewonnen.«

Entzücktes Seufzen erhob sich im Publikum und auch Monica wirkte sichtlich erfreut. »Das ist schön zu hören, John. Und nun nehmt bitte Platz, damit wir loslegen können.«

Da Claire noch immer völlig neben sich stand, führte John sie die zwei Stufen hinauf zu dem linken Sofa. Sobald sie sich gesetzt hatten, schaute sie John an.

Er erwiderte ihren Blick nicht. Stattdessen saß er entspannt da, hielt ihre Hand und verfolgte mit einem smarten Lächeln, wie Monica die Frinkmans begrüßte.

Ebenjenes Lächeln behielt er auch während der folgenden dreißig Minuten bei, während Monica durch die Sendung und die einzelnen Programmpunkte führte.

Für den Anfang wurden verschiedene Szenen eingeblendet, die von den Experten analysiert und lebhaft diskutiert wurden. Alle waren sich einig, dass beide Paare hervorragend zueinander passten. Sandy und Justin, weil Gleich und Gleich sich gern gesellte – Claire und John, weil Gegensätze sich anzogen. So ganz wurde Claire nicht schlau aus den Fachkommentaren.

John nahm alle Bemerkungen mit einem selbstsicheren Lächeln hin. Er zeigte sich eloquent, witzig und berührte sie bei jeder Gelegenheit auf eine Weise, die ihr Herz höher schlagen ließ.

Nur dass er gewissermaßen durch sie hindurchsah, wenn er sie anlächelte, bewies Claire, dass sie es hier allenfalls mit dem Show-John zu tun hatte, während ihr der echte John nach wie vor Dinge vorwarf, die sie niemals getan hatte.

Und das machte sie unfassbar wütend.

~ *Jonathan* ~

Nachdem Monica die erste Werbepause eingeläutet hatte, ging der Applaus des Publikums in ausgelassenes Getratsche über, das wie das Summen eines gewaltigen Bienenschwarms von den Rängen auf die Bühne schallte. Auf der großen Leinwand liefen die Werbespots ab, die im Fernsehen ausgestrahlt wurden. Eine Maskenbildnerin eilte zur Moderatorin und puderte ihr im Gesicht herum. Die Ehepaare bekamen Wassergläser mit Strohhalmen in die Hand gedrückt.

John wahrte weiterhin seine Miene aus Selbstsicherheit und stoischer Ruhe. Dabei pochte ihm das Herz eigentlich bis zum Hals. Und sein Pulsschlag hatte sich sozusagen vervierfacht, seit die Werbepause eingeläutet worden war. Da hatte Claire sich ihm nämlich energisch zugewandt und starrte ihn nun unentwegt an.

Aus dem Augenwinkel heraus konnte er ihr ansehen, dass sie kurz vor einer Explosion stand. Er atmete ein paarmal tief durch und stellte sich schließlich ihrem Blick. Vorsorglich legte er eine Hand über das winzige Mikrofon an seinem Hemdkragen.

»Die können uns immer noch sehen«, warnte er mit zusammenpressten Zähnen durch sein aufgesetztes Lächeln hindurch.

Claire schnaufte, schraubte sich allerdings ebenfalls ein Grinsen ins Gesicht und schnappte nach ihrem Mikro, als wollte sie es in der Hand zermalmen.

»Wo bist du gewesen?«, fauchte sie.

»Zu Hause«, antwortete er.

Sie grinsten beide, während aus ihren Augen wütende Funken stoben.

»Das hättest du mir ruhig mal sagen können!«

Er versuchte, das verkrampfte Zucken in seinen Mundwinkeln zu unterdrücken. »Du kannst dich beruhigen. Ich bin hier, oder nicht?«

»Ich soll mich …? Sag mal, hast du sie noch alle? Ich hab mir Sorgen um dich gemacht, Herrgott noch mal!«

Die Maskenbildnerin wuselte mit ihrer Puderquaste an ihnen vorbei und staubte ihnen bei der Gelegenheit noch gleich die Nasen mit ab. John wartete, bis sie außer Hörweite war, dann grinste er Claire wieder an. »Ich wüsste nicht, weshalb du dir Sorgen um mich machen solltest.«

Ihr klappte empört der Mund auf.

»Noch eine Minute!«, rief irgendjemand.

Die Wassergläser wurden ihnen entrissen.

Claire erinnerte sich offenbar sogleich an ihre Showmiene. Sie verlagerte die Sitzposition und neigte sich ihm ein Stück entgegen. »Du rennst völlig überstürzt aus dem Haus, bist drei Tage wie vom Erdboden verschluckt und weißt nicht, warum ich mich deshalb gesorgt habe?«

John sog leise die Luft ein. Sie vergnügte sich in seiner Abwesenheit mit irgendeinem Sunnyboy, und nun machte sie

IHM Vorwürfe? Was dachte sie denn, wie es ihm in den letzten drei Tagen ergangen war? Dass er Party gemacht hatte, oder was?

Dabei war er Freitag bis kurz vor Mitternacht völlig orientierungslos in der Gegend herumgefahren, bis er irgendwie in seinem Apartment landete. Dort war er dann geblieben. Siebenundsechzig Stunden lang. Viertausendzwanzig Minuten hatte er damit verbracht, die Scherben seines Herzens zusammenzufegen. Zweihunderteinundvierzigtausendzweihundert Sekunden hatte er gebraucht, um sich aus dem tiefen Loch zu graben, in das er gestürzt war. Zumindest so weit, dass er sich anziehen und ins Studio fahren konnte, um den Fall *The Wedding Project* mit Würde abzuschließen.

Darum war er jetzt nämlich hier. Um die Akte zu schließen und für immer im Schrank zu verstauen.

»Alle auf Position!«, tönte es. »Zehn, neun, acht …«

Claire und John wandten sich gezwungenermaßen dem Publikum zu und zeigten nun wieder ihre falsche Zufriedenheit.

»Willkommen zurück!«, trällerte die Moderatorin. »Während der Werbepause konnten wir zahlreiche Telefonstimmen registrieren. Lasst uns doch mal einen Blick auf das Ranking werfen …«

Die Frinkmans lagen immer noch in Führung. Allerdings hatte sich ihr Vorsprung erheblich verringert. Woran das wohl lag? Ließen die Zuschauer sich tatsächlich von dieser Jury aus Pseudosachverständigen beeinflussen? Dabei gaben diese Leute im Grunde nur gequirlte Scheiße von sich. Auch von der geschauspielerten Liebelei zwischen Claire und ihm ließen sich diese sogenannten Tiefenpsychologen an der Nase herumführen. Genau wie das Durchschnittspublikum, anders waren ihre schlauen Analysen nicht zu erklären.

Die Moderatorin plauderte munter weiter. John hatte Mühe, ihren Worten zu folgen, und noch mehr Mühe hatte er, seine Showmiene aufrechtzuerhalten, denn im Grunde wollte alles in ihm einfach nur Reißaus nehmen. Weg von dieser blöden Show, von den dämlichen Kommentaren. Weg von dieser Farce. Weg von Claire …

»… wir haben die Trauzeugen befragt«, beendete die Moderatorin ihre Überleitung.

John horchte auf. Die Frage hatte er nicht gehört, aber schon flimmerte eine Aufzeichnung von Olivia und Steven über die Leinwand. Sie saßen entspannt in gemütlichen Ohrensesseln und sprachen mit jemandem hinter der Kamera. Vermutlich Frank.

»Ich kenne Claire schon sehr lange«, sagte Olivia lächelnd. »Sie ist wie eine Schwester für mich, und ich muss ehrlich sagen, dass ich ihr damals den Vogel gezeigt hab, als sie mir von *The Wedding Project* erzählte. Für mich klang das gesamte Konzept einfach nur fragwürdig. Außerdem ist Claire nicht gerade eine Rampensau.«

Claire neben ihm verbarg das Gesicht hinter den Händen. Er konnte nicht recht sagen, ob sie lachte oder Mordfantasien gegen ihre Trauzeugin hegte.

»Nun ja«, sagte Steven auf der Leinwand dazu, »John steht schon gerne im Rampenlicht. Von daher hat es mich nicht sonderlich verwundert, dass er sich beworben hat. In ihm schlummerte schon immer ein Starlett.«

John schaute erbost zur vordersten Zuschauerreihe, wo Steven neben Olivia hockte und sich einen abgrinste. Hastig verbannte John seinen Ärger gleich wieder und gluckste gekünstelt.

Olivia war wieder zu hören. »Als ich dann John zum ersten Mal sah, dachte ich: Oh, mein Gott! Der Kerl ist so was von nicht ihr Typ!« Sie schlug die Beine übereinander und beugte sich ein Stück in Richtung Kamera. »Soll ich ehrlich sein? Ich hab den beiden maximal vier Wochen gegeben, bis einer von ihnen das Handtuch wirft.«

Steven lachte laut auf. »Ich auch! Obwohl ich mehr befürchtet habe, dass Claire die Nase voll bekommt und das Experiment beendet. John würde das niemals tun, dafür ist er viel zu stur.«

»In diesem Punkt sind sich die beiden extrem ähnlich, oder?«, witzelte Olivia. »Auf jeden Fall hab ich das Ganze sehr kritisch beobachtet. Jemanden heiraten, den man noch nie zuvor gesehen hat. Dann noch mit einem Wildfremden in einem Bett schlafen … Ich fand das gruselig. Aber Claire hat die Sache wirklich sehr entschlossen durchgezogen. Zumindest hab ich das so von ihr gehört.«

»Wenn man Johns Erzählungen Glauben schenken darf, dann hat sie das«, bestätigte Steven.

Was zum …?

Was redete Steven denn da für einen Bockmist? Und was hatte Claire ihrer Freundin überhaupt erzählt?

Die Trauzeugen lachten fröhlich in die Linse. Sie tauschten einen Blick, den man schon fast als verschwörerisch bezeichnen konnte. Irgendwie bekam John das Gefühl, dass sich die beiden vor diesem Interview ganz genau beratschlagt hatten, was sie vor der Kamera zum Besten geben würden.

»Als die ersten vier Wochen dann rum waren, musste ich mir etwas eingestehen«, erzählte Olivia weiter. »Ich habe mich geirrt. Und zwar ganz gewaltig. Nicht nur, was Claires Typ Mann betrifft, sondern auch, was dieses Experiment angeht.«

»Da kann ich mich voll und ganz anschließen«, meinte Steven und nickte weise. »Ich hätte es ja nicht gedacht, aber das Ergebnis ist eindeutig.«

»Ob nun Wissenschaft oder Zufall …«, begann Olivia ernst.

Und Steven beendete ihren Satz: »Die beiden haben ohne jeden Zweifel die wahre Liebe gefunden.«

John starrte schockiert auf die Leinwand und fragte sich, wie viel Fake nun in diesem Interview steckte. Hatten die Trauzeugen ihre Worte so gewählt, um ihnen zum Sieg zu verhelfen? Oder war es ihre wahre Einschätzung?

Die Trauzeugen der Frinkmans wurden eingeblendet, doch John hörte nicht wirklich, was sie erzählten. Nur nebenbei bekam er mit, dass die beiden ihr Ehepaar in den Himmel hinauflobten. Hier wurde allerdings gleich klar, worauf die Lobeshymne abzielte und wie glaubwürdig die Schilderungen waren.

Neben ihm rutschte Claire unruhig hin und her. Was war denn los mit ihr? Bekam sie vielleicht ein schlechtes Gewissen? Hatten die Trauzeugen sie zum Nachdenken angeregt?

Grimmig kaute John an der Innenseite seiner Wange. *Wahre Liebe …* Gut, dass er nie so weit gegangen war, die Sache zwischen ihnen so zu betiteln. Er hatte ja nie an so was geglaubt.

Nun fühlte er sich darin bestätigt, dass jeglicher Anflug von dem, was man gemeinhin *Liebe* nannte, einfach nur scheiße war.

~ Claire ~

»Nach diesen Interviews ist die Spannung natürlich noch weiter gestiegen«, verkündete Monica und klatschte aufgeregt in die Hände. »Zufall oder Wissenschaft? Welches Paar verkörpert für unsere Zuschauer die wahre Liebe? Und vor allem: Ehe oder Scheidung?«

Bei dem letzten Wort zuckte Claire zusammen. Noch vor zwei Monaten hatte sie diesen paar Buchstaben nicht sonderlich viel Bedeutung beigemessen. Ebenso wie es für die

Eheschließung bloß einer Unterschrift bedurft hatte, war nichts weiter als eine Unterschrift für die Aufhebung ebenjener Ehe nötig.

Aber nun lagen die Dinge anders. Claire hatte sich mit jeder Faser ihres Herzens in diesen widersprüchlichen Mann an ihrer Seite verliebt und die drohende Scheidung machte das Ende ihrer Beziehung schmerzhaft real. Andererseits war sie inzwischen wohl unvermeidbar.

»Bevor wir diese Fragen klären, haben wir noch einen kleinen Show Act für euch«, fuhr Monica fröhlich fort. »Applaus für die Coopers mit ihrem neuen und sehr passenden Titel *Would You Stay*!«

Während die Band die Bühne rockte, saß Claire wie versteinert da und versuchte, das quälende Ziehen in der Brust zu ignorieren. Es kostete sie sämtliche Kraft, ihr falsches Lächeln aufrechtzuerhalten.

John räusperte sich und rückte kaum merklich ein Stück von ihr ab, so als könnte er ihre Nähe kaum mehr ertragen.

Ein Wimmern kam ihr über die Lippen, das zum Glück von der Band übertönt wurde.

Unter tosendem Applaus verklang die Bassgitarre der Coopers, und die Band zog sich winkend zurück

Monica bat erneut um Aufmerksamkeit und ging zum entscheidenden Teil des Finales über. »Jaja, wird sie bleiben oder gehen?«, säuselte sie und wandte sich an Justin. »Was meinst du?«

»Selbstverständlich wird meine Sandy bei mir bleiben«, erwiderte er, ohne zu zögern.

»Und was denkst du, John?«

Er lächelte geheimnisvoll. »Ich hoffe sehr, Claire will das Gleiche wie ich.«

Ich will dich, du blöder Dickkopf. Und was, verdammt noch mal, willst du?, hätte Claire am liebsten gebrüllt. Aber natürlich tat sie das nicht.

»Ein gutes Stichwort«, meinte Monica und deutete zum ersten Mal auf die rechte Bühnenhälfte, wo sich die Stehpulte befanden. »Um es für das Publikum noch klarer zu machen, wie nahe ihr euch in den letzten Wochen gekommen seid, haben wir ein kleines Spiel für euch vorbereitet. Selbstverständlich fließen auch diese Ergebnisse in das Voting mit ein.«

Auch das noch!

Widerstrebend folgte Claire ihrem Mann und den Frinkmans zu den Pulten. Sie stellten sich einander gegenüber auf und blickten abwartend zu Monica, die mit ihrer Erklärung einsetzte: »Ich werde euch nun ein paar Fragen stellen, die ihr wahrheitsgetreu beantworten müsst. Dazu habt ihr hier Tafeln, auf die ihr bitte eure Antworten schreibt.«

Eine Zwischenwand fuhr aus dem Pult hoch, sodass Claire nur noch Johns Gesicht sehen konnte. Er ließ sich nichts anmerken, allerdings war sie sich sicher, dass er ebenso entsetzt über diesen Teil der Show war.

Frank hatte zuvor versteckte Andeutungen gemacht, was noch nie ein gutes Zeichen gewesen war, dennoch hatten sie wohl beide keine Vorstellung davon gehabt, was ihnen hier blühte.

»Beginnen wir mit etwas Leichtem«, sagte Monica und grinste süffisant. »Seide oder Spitze, Slip oder String – welche Unterwäsche trägt deine Frau am liebsten?«

Kichern und Glucksen wehte vom Publikum heran, während Claires Wangen glühend heiß wurden. Dennoch schrieb sie gut leserlich die Worte *Spitze* und *Pantys* auf.

»Seid ihr so weit?«, fragte Monica. »Dann hebt die Tafeln.«

Mit klopfendem Herzen entzifferte Claire Johns krakelige Handschrift.

»*Spitzenpantys* bei Claire und *Stringtangas* bei Sandy – Einstimmigkeit bei beiden Paaren!«, jubelte Monica und animierte das Publikum zu applaudieren. »Nächste Frage: Wovor hat dein Mann am meisten Angst?«

Claire versteifte sich. Nie im Leben würde sie Johns Ängste vor laufender Kamera offenbaren. Das ging eindeutig zu weit. In ihrer Not schrieb sie das Erste auf, was ihr einfiel.

Wieder verlangte Monica die Ergebnisse. »John fürchtet sich am meisten davor … enttäuscht zu werden«, las sie vor.

Überrascht hob Claire den Kopf und traf auf Johns ausdruckslose Miene. Nur in seinen Augen schimmerte ein Schmerz, der verriet, wie sehr er von ihrer Untreue überzeugt war.

Claire schüttelte kaum merklich den Kopf, flehte ihn stumm an, ihr zu glauben. Doch er sah weg.

Monica seufzte. »Nun, das kann wohl jeder nachvollziehen, John.« Plötzlich brach sie in Gelächter aus. »Außer deiner Frau, wie es scheint. *Fleisch*, Claire? Ernsthaft?«

»Du wärst überrascht, Monica.« Claire gackerte aufgesetzt und wollte sich gern die Tafel vor den Kopf schlagen.

»Und wovor fürchtet sich Justin?« Monica neigte den Kopf. »Vor einer *Privatinsolvenz*. Richtig, Sandy. Ein Punkt für die Frinkmans.«

Claire seufzte leise. Hoffentlich war die nächste Frage weniger intim.

War sie aber leider doch. Monica erkundigte sich nach ihren Träumen, nach ihren größten Erfolgen und schließlich nach den Familienverhältnissen der Eheleute. Da dies allesamt Fragen waren, die Claire auf keinen Fall in aller Öffentlichkeit beantworten wollte, schrieb sie irgendwelchen Quatsch auf.

John tat es ihr gleich, obwohl er jede Frage hätte beantworten können.

Die Antworten der Frinkmans glichen sich wie ein Ei dem anderen, als hätten sie zuvor geprobt. Einzig bei der Frage, wer in ihrer Ehe für die Verhütung sorgt, herrschte interessanterweise Uneinigkeit.

Am Ende des Duells hatten die Bricks nicht einmal die Hälfte aller Fragen übereinstimmend beantwortet, wohingegen die Frinkmans wieder einmal brillierten. Ein anschließender Blick auf das Voting zeigte, dass sie ihren Vorsprung weiter vergrößert hatten.

Was für ein Desaster.

Dennoch regte sich leise Hoffnung in Claire. Wenn John diese Chance nicht nutzte, um sie vor laufender Kamera bloßzustellen, war ja vielleicht doch nicht alles verloren.

»Liebe Zuschauer zu Hause auf den Sofas!«, rief Monica. »Sind Sie der Ansicht, dass John und Claire trotz ihrer Unterschiede perfekt zueinander passen? Oder haben Sandy und Justin Ihr Herz im Sturm erobert? Rufen Sie an und stimmen Sie ab. Nach einer kurzen Pause sind wir zurück.«

Die Scheinwerfer reduzierten die Lichtintensität und wieder wuselten die Regieassistenten um sie herum.

Nervös legte Claire die Hand auf das Mikrofon und lehnte sich zu John hinüber. »Ich habe dich nicht hintergangen, John. Ich würde dein Vertrauen niemals missbrauchen.«

Auch John verdeckte sein Mikro. »Ich weiß, was ich gesehen habe«, erwiderte er kühl. »Also spar dir am besten die Mühe. Wir bringen das hier zu Ende, und danach sind wir fertig miteinander.«

Seine Worte fühlten sich an wie viele kleine Messerstiche mitten ins Herz. Tränen der Verzweiflung brannten ihr in den Augen.

»Aber du irrst dich, du Idiot!«, rief sie, weil ihre Emotionen nun endgültig überkochten. Als sie bemerkte, dass einige Leute neugierig den Kopf in ihre Richtung drehten, zog sie die

Schultern ein. »Ich weiß, dass es völlig absurd klingt. Aber der Kerl wollte nur den Filter am Pool überprüfen. Dabei hat er das Gleichgewicht verloren und uns beide aus Versehen ins Wasser gezerrt.«

John lachte kalt. »Scheint ja echt ein Profi gewesen zu sein.«

»John, bitte. Das ist alles nur ein Missverständnis.«

Mit angespanntem Ausdruck schaute er sie an. »Er hat dich also nicht angemacht?«

»Nein.«

Vielsagend hob er die Braue.

»Vielleicht ein bisschen«, stammelte sie. »Trotzdem …«

»Danke. Die restlichen Details brauche ich nicht zu wissen.«

»Noch zehn Sekunden!«, rief jemand aus dem Hintergrund.

Verdammt, ihr rannte die Zeit davon. »Ich wollte nicht ihn, sondern ich will dich«, sagte sie so schnell, dass ihr die Stimme unter der Last ihrer Gefühle brach. »Das habe ich ihm klipp und klar gesagt. Bitte glaub mir doch.«

Der Blick aus den schönen blauen Augen hätte nicht eisiger ausfallen können, bevor er sich abwandte. Im selben Moment, als das Intro der Show erklang, hoben sich seine Mundwinkel wieder zu einem Lächeln.

»Willkommen zurück«, begrüßte Monica das Publikum. »Vor der Werbepause haben wir festgestellt, dass sich der Vorsprung der Eheleute Frinkman nach unserem Paarquiz erheblich vergrößert hat. Nun wollen wir natürlich auch wissen, was unsere Experten aus dem Fragespiel deuten.« Die Scheinwerfer fokussierten auf die Expertenrunde. »Professor Doktor Montez, was sagen Sie als Sozialwissenschaftlerin zu den Antworten unserer Kandidaten?«

Die ältere Dame lächelte milde. »Claire und John scheinen ein großes Bedürfnis zu hegen, sich gegenseitig zu beschützen. So etwas ist heutzutage sehr selten.«

»Auch die sexuelle Anziehung zwischen den beiden ist in besonderem Maße ausgeprägt«, pflichtete Theodore Walden seiner Kollegin bei. »Man kann die Leidenschaft förmlich spüren, die zwischen den beiden brodelt.«

Albert Gripp räusperte sich vernehmlich. »Für Sie ist es Leidenschaft, werter Kollege. Auf mich wirkt es eher wie eine tief sitzende Feindseligkeit. Aus meiner Sicht sind die Frinkmans eindeutig das Paar mit dem größten Potenzial.«

Professor Montez schnaubte verächtlich. »Ein paar einstudierte Antworten auf Standardfragen, wie sie auf jeder zweiten Frauen-Website zu finden sind, sind noch lange kein Indiz dafür, dass zwei Menschen gut miteinander harmonieren. Letztlich geht es immer darum, was zwischen den Zeilen steht.«

»Und was wäre das, geschätzte Kollegin?«, schoss Gripp zurück und schob seine Hornbrille zurecht.

»Liebe natürlich.«

Justins Glucksen unterbrach das Streitgespräch der beiden Koryphäen. »Aber ich liebe meine Sandy wirklich von ganzem Herzen.«

»Und ich meinen Justin«, stimmte Sandy sofort ein.

Sofia Montez lächelte dünn. »Ganz bestimmt.«

»Sind Sie auch bereit, ein Leben lang für Ihren Partner einzustehen?«, erkundigte Walden sich nun, der auch eher Befürworter von ihr und John zu sein schien, wie die Skepsis in seiner Miene verriet. »Ihre eigenen Bedürfnisse Ihrem Partner zuliebe zurückzustellen und Opfer zu bringen?«

»Selbstverständlich«, antworteten die beiden unisono.

»Und wie steht es mit Treue?«, hakte Walden nach.

Sandys Lächeln wackelte ein wenig, während Justin großspurig verkündete: »Wer liebt, ist natürlich auch treu.«

»Eine interessante Frage, die wir uns ebenfalls gestellt haben, Theodore«, mischte Monica sich unvermittelt ein und grinste in die Kamera. »Deshalb haben wir unsere Paare einfach getestet.«

Bevor Claire diese Ansage verarbeiten konnte, wurde ein Film in dem großen Herzen eingespielt. Er zeigte, wie sie den Poolboy durch den Garten führte.

Ihr Pulsschlag beschleunigte sich, als sie erkannte, dass dies ihr Treuetest gewesen war. Sie hatte gewusst, dass das Produktionsteam keine versteckten Aufnahmen im Haus macht, und deshalb so etwas noch nicht einmal in Erwägung gezogen. Andererseits waren sie ja streng genommen nicht direkt *im* Haus gewesen.

Ganz genau wusste Claire nicht mehr, was der Typ an jenem Nachmittag zu ihr gesagt hatte. Aber in gewisser Weise war sie froh über seine Ablenkung gewesen, weil ihre Nerven aufgrund der bevorstehenden Aussprache mit John völlig blank gelegen hatten.

Nur war es dazu nie mehr gekommen.

Ein Raunen ging durch den Saal, als der Typ sich das Shirt über den Kopf zog, als wäre er einer von den *Chippendales*. Stolz präsentierte er seinen durchtrainierten Oberkörper, den Claire überhaupt nicht wahrgenommen hatte.

Plötzlich ruderte er mit den Armen in der Luft herum, erwischte sie an der Seite, und sie landeten beide kopfüber im Pool.

Die Kamera zoomte näher heran.

»Das tut mir furchtbar leid«, entschuldigte der Typ sich mit einem Grinsen, das seine Worte Lügen strafte, und schwamm näher zu ihr.

»Schon gut«, wiegelte Claire leicht verärgert über sein Missgeschick ab und wollte sich zur Treppe wenden.

»Warte doch! Wenn wir beide schon mal hier gelandet sind, könnten wir uns doch noch ein bisschen amüsieren.«

Als er unter Wasser ihre Taille umschlang, um sie näher zu sich heranzuziehen, zuckte sie sofort zurück.

»Ich bin verheiratet«, stieß sie empört hervor und paddelte zur Leiter an der Seite.

Sobald sie aus dem Wasser gestiegen war, erklang seine Stimme erneut: »Okay, okay. Tut mir leid. Ich dachte, ich versuche einfach mal mein Glück. Einer schönen Frau konnte ich noch nie widerstehen.«

Neben Claire stieß John ein Knurren aus.

Der Film zeigte nicht mehr, wie der Poolboy sich noch einmal wortreich entschuldigte und sie schließlich um ein Handtuch bat. Stattdessen wurde das Logo von *The Wedding Project* eingeblendet.

»Claire scheint das Thema ›Treue‹ sehr ernst zu nehmen«, stellte Monica fröhlich fest, als hätte diese Szene ihr nicht solch unermessliches Leid zugefügt. »Und wie sieht es mit ihrem Ehemann aus?«

Obwohl sie keine Zweifel an Johns Treue hegte, lehnte Claire sich vor, als der nächste Film eingespielt wurde.

Knallrote Stöckelschuhe flanierten über schmutzigen Beton. Die Kamera zoomte zurück und präsentierte eine wunderschöne Blondine in einer menschenleeren Tiefgarage. Rein äußerlich war sie das komplette Gegenteil von Claire. Eigentlich der Typ Frau, der perfekt zu John passte.

Sekunden später bog er auch schon um die Ecke.

Claire kniff die Augen zusammen, als die Blondine mit voller Absicht in ihn hineinrannte und der Inhalt ihrer Handtasche filmreif durch die Luft flog.

Natürlich half John beim Einsammeln ihrer Habseligkeiten. Zweifellos bemerkte er auch, wie attraktiv sie war.

Eifersucht brodelte in Claires Magen, obwohl sie wusste, dass diese ganze Szene fingiert war und es sich bei der Dame um eine Schauspielerin handelte. Sie beruhigte sich erst, als John ihre mehrdeutige Einladung ausschlug und sie grinsend stehen ließ.

Das Publikum applaudierte.

»Chapeau, John!«, rief Monica. »Treuetest ebenfalls mit Bravour bestanden. Und wie sieht es mit Sandy aus?«

Dieses Mal befand sich der Zuschauer im Garten der Frinkmans. Offenbar hatte sich das Produktionsteam mangels Einfallsreichtum an dieselben Darsteller gehalten. Nur war es diesmal Sandy, die mit dem Poolboy im Wasser endete.

Sie ließ sich von ihm heranziehen und legte die Hände auf seine breite Brust, schien sichtlich mit sich zu ringen. Allerdings musste Claire ihr zugutehalten, dass sie sich letztlich doch von dem attraktiven Poolboy löste.

Was man von ihrem Ehemann nicht gerade behaupten konnte. Justin spendierte der hübschen Blondine nicht nur ein Essen. Er entschied sich sogar dazu, sie zum Nachtisch zu verspeisen.

Als alle Welt mit ansah, wie er die Blondine gegen eine Hauswand drückte und ihr die Zunge in den Hals steckte, kreischte Sandy ohrenbetäubend auf. »Du schwanzgesteuertes Arschloch!«

»Was hast du denn erwartet?«, brüllte Justin mit hochrotem Kopf zurück und zeigte vorwurfsvoll mit dem Finger auf seine Frau. »Von deinem Gejaule habe ich inzwischen einen Tinnitus!«

Laute Musik wurde eingespielt und ein Werbespot eingeblendet, um wenigstens das Publikum vor den Fernsehgeräten herauszuhalten.

Fassungslos und auch ein wenig belustigt beobachtete Claire, was sich zwischen den Frinkmans abspielte. Bis ihr schlagartig klar wurde, dass John nun endlich die Wahrheit kannte.

John starrte immer noch auf die Leinwand. Sein Puls schlug so schnell, dass die Schläge fließend ineinander überzugehen schienen.

Claire hatte die Wahrheit gesagt.

Sie hatte ihn nicht betrogen. Ganz im Gegenteil.

Sandys Geschrei drängelte sich durch seine Fassungslosigkeit. Sie und Justin waren aufgesprungen und brüllten sich an. Mehrere Leute des Senders waren herangeeilt. Unter ihnen Frank, der alle Hände voll zu tun hatte, um eine völlige Eskalation des Ehestreits zu verhindern. Was nicht einfach war, denn ein Security-Mitarbeiter musste Sandy an der Hüfte packen, damit sie ihrem Ehemann nicht das Gesicht zerkratzte.

Trotz des ungemeinen Aufruhrs blieben Claire und er wie versteinert nebeneinander sitzen. Stumm verfolgten sie die Szenen.

»Glaubst du mir jetzt?«, hörte er Claire flüstern.

Plötzlich fühlte John sich wie nach einem Marathon. Müde, entkräftet, doch zugleich erfüllt von tiefster Zufriedenheit. Er schloss erschöpft die Augen.

»Es tut mir leid«, sagte er leise. »Ich war … keine Ahnung.«

Er spürte, dass Claire ihre Hand auf seine legte. Diese simple Berührung beinhaltete so viel Zuneigung und Verständnis, dass es keiner weiteren Worte bedurfte.

John öffnete die Lider und wurde mit diesem wundervollen Lächeln beschenkt, das es nur ein Mal auf dieser Welt gab.

»Sollen wir die Pause verlängern?«, rief ein Mann mit Headset hektisch über ihre Köpfe hinweg.

»NEIN!«, wetterte Frank. Sein Gesicht war puterrot. Er fuchtelte mit dem Zeigefinger vor den Frinkmans herum, die sich zumindest nicht mehr gegenseitig an die Gurgel gehen wollten. »Reißt euch gefälligst zusammen! Wenn ihr jetzt abhaut, könnt ihr euch die Gage in die Haare schmieren, verstanden?«

»Noch eine Minute!«

Franks Drohung reichte natürlich völlig aus, damit Sandy und Justin sich bockig auf das Sofa fallen ließen. Beide mit verschränkten Armen, so weit auseinander wie nur möglich und mit trotzig vorgeschobenem Kinn.

»Zehn, neun, acht …«

John hielt Claires Hand fest. Er spürte, dass sich von ganz allein ein Strahlen in seinem Gesicht festsetzte. Diesmal war es echt.

»Willkommen zurück!«, begann die Moderatorin. »Hui, ui, ui … mit diesen Enthüllungen hat wohl keiner gerechnet, was? Ich bin gespannt, ob sie sich auf das Ranking ausgewirkt haben …«

Hatten sie. Natürlich. Wie sollte es auch anders sein? Die Bricks lagen sogar um Hauslängen vorn. John bezweifelte, dass dies in so kurzer Zeit durch die Anrufe geschehen sein konnte. Beim Ranking hatte der Sender wohl gewaltig seine Finger im Spiel.

Das war gut. Eigentlich sogar perfekt, denn ihm wurde klar, dass sie den Sieg im Grunde bereits in der Tasche hatten. Niemand würde es wagen, ein treuloses Ehepaar zum Sieger zu küren …

Trotzdem wurde ein Riesentamtam um die endgültige Abstimmung veranstaltet. Die Expertenjury gab nochmals eine Einschätzung zu den Paaren zum Besten und schließlich eine eigene elektronische Stimme ab, die auf einer Grafik live in das Zuschauerranking einfloss.

Obwohl die Sachlage klar war, fühlte John, wie Claires Hand vor Aufregung erzitterte. Das konnte er verstehen.

Immerhin hing ihre und Brians gesamte Zukunft von diesem Geld ab.

»Und die Gewinner sind … die Bricks!«

Claire stieß einen spitzen Freudenschrei aus. Ehe John sichs versah, umarmte sie ihn so schwungvoll, dass sie beinahe beide vom Sofa gerutscht wären. Er hielt sie fest, so fest er nur konnte, und lauschte ihrem glücklichen Lachen, unter das sich immer wieder leise Schluchzer der Erleichterung schlichen.

»Wir haben gewonnen«, wisperte sie in sein Ohr. »Wir haben tatsächlich gewonnen!«

»Hast du etwa daran gezweifelt?«, erwiderte er verschmitzt und strich ihr zärtlich übers Haar.

Sie wich ein Stück zurück und betrachtete ihn ernst. Das Glück stand nach wie vor in ihren grünen Augen, doch dazu gesellte sich nun merkliche Befangenheit. Claire wollte etwas sagen, aber im gleichen Moment meldete sich die Moderatorin zu Wort, und die beiden wurden jäh daran erinnert, dass mehrere Hundert Augenpaare auf sie gerichtet waren. Bedröppelt rückten sie auseinander und sortierten ihre Orientierung. Claire wischte sich verstohlen die Freudentränen von den Wangen.

»Unser Gewinnerpaar steht nun also fest«, plauderte die Moderatorin, »doch der wahre Gewinn dieses Experiments besteht ja eigentlich nicht aus Geld. Die Frage der Fragen steht noch offen, und es wird Zeit, sie an euch zu richten. Ich bitte beide Ehepaare darum, sich nach vorne zu den Entscheidungspulten zu begeben.«

Augenblicklich liefen Johns Gehirnwindungen Amok. Die Siegprämie setzte nämlich nicht voraus, dass das erwählte Traumpaar sich nun gegen die Annullierung entschied. Das wäre laut Frank freilich wünschenswert, aber man wollte schließlich nicht, dass die Paare nur des Geldes wegen zusammenblieben. So erklärte es auch die Moderatorin in einer ausschweifenden Ansprache, während die Ehepaare sich zu ihren Pulten begaben.

Dort mussten sich die Ehepartner wieder gegenüber aufstellen. Auf der Tischplatte waren vor jedem ein roter und ein grüner Taster angebracht, deren Bedeutung sich selbst erklärte. Zwischen den Partnern fuhr erneut die Trennwand hoch, sodass das jeweilige Gegenüber nicht sehen konnte, auf welchen Taster der andere seine Hand legte.

John umklammerte die Tischplatte mit den Fingern, weil er das Gefühl hatte, einer Ohnmacht nahe zu sein. Er war heute mit dem festen Entschluss hergekommen, die Ehe mit Claire zu beenden. Die Enthüllung des Treuetests hatte indes alles verändert. Mit einem Schlag stand er wieder vor dem Gefühlschaos, mit dem er vor drei Tagen die Villa betreten hatte.

Was sollte er jetzt tun?

Hatten Claire und John Bricks eine gemeinsame Zukunft vor sich?

Was, wenn Claire das gar nicht wollte?

Die Moderatorin brabbelte munter vor sich hin. John wagte erst nach etlichen Atemzügen, über die Trennwand hinweg zu Claire zu blicken.

Sie sah ihn direkt an. Beklommen, verunsichert …

Mit einem Schlag wurde ihm bewusst, was sich in diesem Moment in ihrem Kopf abspielte. Er legte seinen Finger auf einen Buzzer. Sein Mund fühlte sich unwillkürlich staubtrocken an und der Anflug von Panik schnürte ihm die Kehle zu.

»Seid ihr bereit?«, fragte Monica, ohne überhaupt eine Antwort zu erwarten. »Trefft eure Wahl in: fünf, vier, drei, zwei, eins … jetzt!«

John hielt den Atem an. Claires Augen weiteten sich.

Ihm war, als stünde die Zeit still.

Nach einer gefühlten Ewigkeit regnete es plötzlich rote Glitterherzen auf seine Schultern. Gleichzeitig begann das Pult, an dem er mit Claire stand, grün zu blinken, und donnernder Applaus brandete im Studio auf.

Claire und John brauchten beide einen Moment, um diese Zeichen richtig zu deuten. Sie starrten sich an, als könnten sie das Ergebnis nicht glauben. Synchron schnappten sie nach Luft. Claire lachte und schlug sich die Hände vor den Mund. John fiel in ihr Lachen mit ein und fuhr sich befreit mit den Fingern durchs Haar.

»Die Bricks haben sich für die Ehe entschieden!«, jubelte die Moderatorin. »Wie wundervoll! Das Ergebnis der Frinkmans ist zwar traurig, kommt aber nicht ganz überraschend. Sie werden sicher auch bald jeweils ihr perfektes Gegenstück finden.«

Das perfekte Gegenstück, wiederholte John in Gedanken und schaute Claire glücklich an, die immer noch die Hände an die Lippen presste.

Er achtete nicht länger auf Monicas Gerede, sondern ging langsam um das Pult herum zu Claire. Zärtlich umfasste er ihre Finger und drückte sie sanft gegen seine Brust. Sie hielt vollkommen still und blickte wie gebannt zu ihm auf. Das Grün ihrer Augen erstrahlte wie nie zuvor.

»Ich liebe dich, Claire«, sagte John frei heraus.

»Ich liebe dich auch«, antwortete sie mit fester Stimme.

Das schönste Lächeln der Welt erschien, und John beugte sich hinab, um es mit seinen Lippen bis in die Ewigkeit zu versiegeln.

»Das ist wahre Liebe!«, tönte plötzlich die Moderatorin direkt neben ihnen.

Gezwungenermaßen löste John sich von Claire, zog sie aber sogleich fest an seine Seite. Voller Stolz standen sie Arm in Arm dem Publikum zugewandt da. Die ganze Welt sollte sehen, dass sie beide zusammengehörten.

»Hach, unser Traumpaar«, schwärmte die Moderatorin entzückt. »Nun sollten wir uns allmählich der letzten Frage zuwenden: Zufall oder Wissenschaft? Ich bin sehr gespannt auf die Antwort!«

Ein Beitrag wurde auf der Leinwand eingeblendet. Darin erläuterten die Experten in hochtrabenden Tönen, welche Faktoren bei der großen Liebe zu beachten wären und wie streng die Auswahl der Kandidaten doch erfolgt war. Am Ende wurden unter großem Trara zwei Fotos der Paare nebeneinander gezeigt und nach nervenzerreißendem Trommelwirbel das Ergebnis enthüllt: Das Formelpaar waren … Claire und John!

Verblüfft tauschte John mit Claire einen Blick.

»Wer hätte das gedacht?«, fragte sie lachend.

»Ja, wer hätte das gedacht?«, erwiderte John.

Berauscht von purem Glück, begleitet vom Jubel der Zuschauer, beugte er sich abermals zu ihr hinab. Nun in der festen Entschlossenheit, diesen Kuss niemals wieder enden zu lassen.

EPILOG

Der Schulgong hallte durch die Korridore. Die Klassenzimmertüren flogen auf, und Scharen von Schülern strömten hinaus. Die eben noch herrschende Stille verwandelte sich schlagartig in ein völliges Wirrwarr aus lautstarken Gesprächen, Gelächter und übermütigem Geschrei. Ein Szenario, wie es nach Unterrichtsschluss wohl in jeder Schule dieses Planeten vorzufinden war.

Auch in Brians früherer Schule war es so gewesen. Nur anders. Hier hingegen wirkte alles systematischer. Sogar das Gewühl der lärmenden Schüler auf dem Weg zu ihren Spinden war irgendwie geordnet. So kam es Brian zumindest vor.

Geduckt schlängelte er sich durch die vielen Grüppchen. Obwohl er umgeben von Leuten war, fühlte er sich schrecklich alleine. Fremd. Na gut, heute war sein erster Tag gewesen. Trotzdem hegte er riesige Zweifel, dass er sich in dieser völlig neuen Welt jemals zurechtfinden könnte.

Er biss sich auf die Unterlippe. Nein, er durfte nicht von vornherein den Mut verlieren. Er war kein Schwächling. Nicht mehr. Er war stark und selbstbewusst! Und …

»Hoppla!«

Brian wich erschrocken zur Seite und starrte ein blondes Mädchen an, das er soeben unsanft angerempelt hatte. Das Mädchen schien es ihm nicht übel zu nehmen, denn es lachte ihn fröhlich an.

»'tschuldigung«, brummelte er und ergriff gleichzeitig die Flucht.

Weit kam er nicht, denn sein Spind befand sich noch genau zwei Schritte entfernt. Er angelte den Schlüssel aus seiner Hosentasche und stutzte, als das Mädchen sagte: »Du heißt Brian, richtig?«

Die Unbekannte öffnete die Spindtür direkt neben seinem Spind und verstaute ihre Bücher. Ihre blonden Locken wurden von einem dunkelblauen Haarband gehalten, das perfekt zur Schuluniform passte. Sie war wirklich hübsch. Brian starrte sie an, bis ihre gerunzelte Stirn ihn daran erinnerte, dass sie ihm ja eine Frage gestellt hatte.

»Äh, ja. Genau. Brian.« Eilig schloss er seinen eigenen Spind auf. Am liebsten hätte er sich die Metalltür gegen die Stirn geschlagen, weil er sich wahrscheinlich gerade wie der größte Idiot auf Erden anstellte.

»Ich bin Sarah«, sagte sie jedoch weiterhin freundlich. »Wir haben zusammen Mathe.«

Vorsichtig blickte Brian wieder zu ihr. Er konnte gar nicht fassen, dass sie ihn immer noch anlächelte.

»Cool«, erwiderte er überfordert. Er holte tief Luft. »Freut mich, dich kennenzulernen!«

Sarah schmunzelte. »Der erste Tag an einer neuen Schule ist bestimmt nicht einfach. Wo warst du denn vorher?«

Brian öffnete den Mund, wusste aber absolut nicht, was er jetzt sagen sollte. Er wollte nicht gleich am ersten Tag wieder als der Problemfall eingestuft werden, der er immer gewesen war. Er hatte hart dafür gekämpft, ein völlig neues Leben zu beginnen.

»Das ist … äh … eine lange Geschichte«, erklärte er schließlich.

»Klingt interessant«, meinte Sarah und zwinkerte ihm zu. »Ich mag lange Geschichten. Bis morgen, Brian!«

Sie drehte sich um, ging los und wurde sogleich von der fliehenden Schülerschar verschluckt. Brian starrte noch eine Weile ihre Spindtür an. Dann verwandelten sich seine Lippen wie von selbst in ein Lächeln.

Er packte seine Bücher weg und ließ sich von der Masse nach draußen treiben. Warme Frühlingsluft schlug ihm entgegen. Der Aprilhimmel zeigte sich strahlend blau und wolkenklar. Ein wenig höhnisch, denn in der vergangenen Ferienwoche hatte es quasi noch durchgehend wie aus Eimern geschüttet. Brian hatte das schlechte Wetter aber recht willkommen geheißen, denn er brütete bis zuletzt über seinen Büchern, um sich bestmöglich in den Lehrplan der neuen Schule einzuarbeiten, weil er einiges aufzuholen hatte.

Er.

Freiwillig.

Manchmal fragte Brian sich schon, ob er während seiner Psychotherapie einer geheimen Gehirnwäsche unterzogen worden war. So was in der Art war auf jeden Fall geschehen, denn er erkannte sich oft selbst nicht wieder. Eigentlich tagtäglich nicht. Zum Beispiel, wenn er in den Spiegel sah. Dann war er jedes Mal aufs Neue überrascht, wer ihm da entgegenblickte. Der neue Brian sah gut aus. Gesund und kräftig. Zielstrebig. Zufrieden.

Es fühlte sich toll an, dieser neue Brian zu sein.

Obwohl seine Vergangenheit ihn nach wie vor umgab wie eine Nebelschliere, würde er sein neues Ich nie wieder aufgeben. Ab und zu befiel ihn zwar die Furcht, von den alten Schatten wieder eingeholt zu werden. Eine Furcht, die ihn wohl noch länger begleiten würde. Doch Furcht war etwas, das man besiegen konnte.

Brian streckte sich, um über die vielen Köpfe hinwegzusehen. Eigentlich war er auf der Suche nach den Schulbussen, doch dann blieb sein Blick an einem schwarzen Geländewagen hängen, der am Gehweg wartete und in der Sonne blitzte.

Überrascht beschleunigte Brian seine Schritte. Er musste sich durch eine ganze Horde quasselnder Kids quetschen, weshalb er leicht außer Atem war, als er bei dem Mann ankam, der am Kotflügel des Wrangler lehnte.

»Was machst du denn hier?«, fragte Brian erfreut.

»Na, ich hole dich ab«, antwortete John und schob seine Sonnenbrille lässig ins Haar. »Wonach sieht's denn sonst aus?«

»Ich hab doch gesagt, dass ich mit dem Bus fahre. Das wäre nicht nötig gewesen.«

»Ich weiß. Aber ich war gerade in der Gegend, also …« Er zuckte mit den Achseln und stieß sich lässig ab.

Brian schmunzelte. Ihm war klar, dass John ganz gewiss nicht zufällig hier vorbeigekommen war.

John machte Anstalten, um den Wagen herumzugehen, hielt jedoch plötzlich inne. »Ach, weißt du was? Ich hab gerade irgendwie keine Lust auf Autofahren.«

Er drückte dem verdutzten Brian die Schlüssel in die Hand und kletterte auf den Beifahrersitz.

Brian stierte ihn sprachlos durch das offene Seitenfenster an.

»Ist das dein Ernst?«, presste er irgendwann hervor.

»Jap. Und jetzt los. Deine Schwester wartet bestimmt schon auf uns.«

Brian schwebte in einer Art Schockzustand um den Geländewagen und öffnete die Fahrertür. Bis jetzt hatte er nie zu fragen gewagt, ob er Johns heiß geliebten Wrangler fahren dürfte.

Ganz vorsichtig stieg er ein und steckte den Schlüssel ins Zündschloss. Bevor er ihn umdrehte, strich er mit einer Hand ehrfürchtig über das Lenkrad.

»John?«

»Hm?«

»Danke«, sagte Brian leise und meinte damit so vieles mehr als nur diesen Moment.

»Gern geschehen«, antwortete John, der genau zu wissen schien, was in Brians Kopf gerade vorging. Eigentlich schien er dies immer genau zu wissen. »Jo, und jetzt drück drauf, Bro!«

Brian schüttelte lachend den Kopf und ließ den V8 ergrollen. Johns Pseudogangsterslang war wirklich witzig. Allerdings beinhaltete der Ausdruck *Bro* doch sehr viel Wahrheit.

John war für Brian weit mehr als nur der Ehemann seiner Schwester. Er war ihm zu einem Vorbild geworden. Zu jemandem, zu dem er aufsehen konnte. Der ihm die Hand reichte, wenn er sie brauchte. Er war etwas für ihn, das Claire trotz ihrer Anstrengungen nie hätte sein können.

Ein großer Bruder.

In den letzten Monaten war Brian mehr und mehr klar geworden, was Claire alles für ihn geopfert hatte. Sie würde ihm natürlich niemals Vorwürfe machen. Umso härter hatte ihn indes die Selbsterkenntnis getroffen. Es tat ihm alles so unendlich leid. Er schämte sich zutiefst für seinen Egoismus, und er hätte viel dafür gegeben, die Zeit zurückdrehen zu können.

Vor einigen Wochen hatte er sie gefragt, ob er das alles jemals wiedergutmachen könnte.

»Das hast du doch längst«, antwortete sie.

Das war, kurz bevor er seine Therapie abschloss, die ihm dabei geholfen hatte, auch ohne den verzehrenden Wunsch nach der Taubheit klarzukommen.

Ihren Gesichtsausdruck dabei würde er wohl niemals vergessen. Erleichtert, glücklich, stolz. Seine Schwester sollte ihn nie wieder anders ansehen.

Während der Fahrt hielt Brian sich verbissen an die Verkehrsregeln und dirigierte den Jeep in höchster Konzentration über die Straßen. John schien nicht viel von seiner verkrampften Anstrengung mitzubekommen, denn ein wichtiger Anruf aus dem Büro lenkte ihn ab. Johns eigene Firma war richtig gut angelaufen. Er hatte eine Immobiliengesellschaft gegründet, die sich auf Sozial- und Gesundheitseinrichtungen spezialisierte und deren Gewinne großzügig in einen eigenen Fonds für sozial benachteiligte Jugendliche flossen. Trotzdem blieb noch genügend Einkommen übrig, um den Bricks ein überaus bequemes Leben zu ermöglichen. So viel, dass Claire sich endlich dazu entschlossen hatte, sich voll und ganz auf ihren großen Traum zu konzentrieren. Sie hatte ihr Kunststudium wiederaufgenommen.

Claire hatte sehr lange mit dieser Entscheidung gehadert. Brian wusste, dass dies ihm zuzuschreiben war. Seine Schwester wollte die Gage der Show zurückhalten. Für ihn. Für einen eventuellen Rückfall – sollte ein zweites Mal ein teurer Therapieplatz vonnöten sein.

Als Brian das kapierte, hätte ihm die Schuld beinahe das Herz zerrissen. Claire und er hatten viel miteinander geredet in dieser Zeit. Und viel geweint. Bis zu dem Tag, als er seine Schwester um ein Versprechen bat. Sie musste ihm versprechen, sich ihren großen Traum zu erfüllen. Er hatte so vieles in ihrem Leben versaut, und nun wünschte er sich nichts mehr, als dass sie glücklich würde.

»Sorry«, sagte John und riss Brian damit aus seinen Gedanken. Er seufzte, nachdem er sein Handy verstaut hatte. »Eigentlich habe ich gesagt, dass ich heute nicht mehr erreichbar bin.«

»Kein Problem. Waren es wenigstens gute Neuigkeiten?«

»Sehr gute sogar. Aber lass uns nicht über Arbeit reden, okay?«

Natürlich nicht. Brian wusste, dass es für John äußerst wichtig war, seine Arbeit im Büro zu lassen. Da war er sehr konsequent. Claire hatte ihm mal verraten, dass das vor nicht allzu langer Zeit noch ganz anders war, aber das konnte Brian sich irgendwie kaum vorstellen.

Brian fuhr in eine breite Alleestraße ein. Hinter den breiten Gehwegen reihten sich gemütliche Einfamilienhäuser mit einladenden Gärten aneinander. Bei der Einfahrt mit dem kunterbunten Briefkasten bog er ein und stellte den Jeep vor dem Garagentor ab.

Nicht zu fassen, dass dies jetzt sein Zuhause war.

Claire und John hatten das hübsche Haus nach langer, langer Suche gekauft. Ihre Anstrengung hatte sich gelohnt, denn es war einfach nur fantastisch. Um einiges größer, als es von außen den Anschein hatte. Sogar mit einer separaten Einliegerwohnung, die er bewohnen durfte, als wäre es das Selbstverständlichste der Welt.

Brian folgte John durch den Vorgarten zur Haustür.

»Schatz, wir sind da!«, rief John in den Flur hinein, kaum dass er über die Schwelle getreten war.

»Oh!«, antwortete Claires Stimme von irgendwoher. Die Tür zu ihrem Atelier war nur angelehnt und hastiges Geklapper war daraus zu vernehmen. So viel zum Thema *Deine Schwester wartet bestimmt schon auf uns.*

Brian und John tauschten einen weisen Blick. Sie wussten beide, was passierte, sobald Claire in ihr Malzimmer ging. Es war jedes Mal, als tauchte sie in ihre eigene kleine Welt ein, in der auch die Zeit anderen Gesetzen folgte. Wenn sie dann nach vielen Stunden wieder auftauchte, hatte sie stets diesen verklärten Ausdruck in den Augen. Als wäre sie berauscht vom Lauf ihrer eigenen Kreativität.

Ebendieses glückselige Lächeln trug sie auch zur Schau, als sie nun auf den Flur kam. Wobei Brian nicht ganz sagen konnte, ob es nicht auch an Johns Anblick hätte liegen können. Er übte nämlich eine ähnliche Wirkung auf seine Schwester aus wie die Malerei.

Sie schwebte mehr oder weniger auf ihren Ehemann zu. Da sie in ihrer über und über mit Farbe bespritzten Latzhose steckte, ihr die Haare im wahrsten Sinne zu Berge standen und sie zudem einen frischen Kleckser Lila auf der Wange trug, musste Brian einen Lachanfall unterdrücken.

John blickte ihr dennoch entgegen, als wäre sie das schönste Wesen der Welt. Es kümmerte ihn auch nicht, dass etwas von der Farbe eventuell seine Kleidung erreichen könnte. Er zog sie ohne Zögern in die Arme und küsste sie, als hätten sie sich seit Wochen nicht gesehen.

Brian rollte hingebungsvoll mit den Augen. Natürlich freute er sich inständig für seine Schwester, aber da die beiden demnächst ihren ersten Hochzeitstag feierten, mussten sie sich doch nicht mehr ganz so benehmen wie frisch verliebte Teenager, oder?

Er versuchte, sich unauffällig an den Turteltauben vorbeizuquetschen und in die Wohnküche zu retten, aber Claire packte ihn blitzschnell am Ärmel.

»Warte mal!« Sie löste sich von John und ließ einen kritischen Blick über Brian schweifen. »Wie war dein erster Tag?«

»Super!«, sagte er, doch ihre Augenbrauen zogen sich sofort skeptisch zusammen. Brian grinste schief und antwortete: »Es war seltsam. Alles ist so anders. Ich muss mich erst noch daran gewöhnen, aber das pack ich schon.«

Claire lächelte warmherzig. »Das wirst du. Ganz bestimmt.«

Sie breitete die Arme aus. Hastig wich Brian ein Stück zurück. »Hey! Ruinier mir bitte nicht meine neue Schuluniform!«

Ratlos blickte sie an sich herab, als hätte sie ganz vergessen, wie sie eigentlich aussah. Im Hintergrund sah Brian, wie John alarmiert seine eigene Kleidung untersuchte. Brian nutzte die Ablenkung und huschte in die Küche, bevor Claire einen erneuten Kuschelangriff startete.

»Dreimal darfst du raten, wer heute angerufen hat«, sagte sie fröhlich zu John.

»Clint Eastwood, Donald Trump, Angela Merkel? Okay, dreimal falsch. Wer war es?«

Claire kicherte albern. Sie kam zu Brian in die Küche und hangelte nach ihrem Tablet, das auf dem Esstisch lag. »Nahe dran, es war Frank.«

»Frank?«, wiederholte John und holte sich ein Wasser aus dem Kühlschrank. »Der Produktionsleiter Frank?«

»Genau der.«

Claire tippte konzentriert auf dem Tablet herum, darum hakte John ungeduldig nach: »Ja, und was wollte er?«

»Er möchte ein Interview mit uns machen, weil … hier, sieh selbst!«

Sie drehte das Gerät, sodass John darauf schauen konnte. Brian beugte sich neugierig vor und betrachtete die abgespielte Videosequenz

Liebe auf das erste Jawort?
Hochzeit auf den ersten Blick?
Kann das funktionieren?

Welche Formel bestimmt,
ob ein Paar füreinander geschaffen ist?

Die Wissenschaft hat sie gefunden!

Ein Jahr ist es nun her, seit wir die ultimative Gleichung für die große Liebe auf die Probe gestellt haben.
Mit einem phänomenalen Ergebnis, das Claire und John Bricks' Herzen nach wie vor höher schlagen lässt.

Und dafür suchen wir SIE!
Wird die Wissenschaft ein zweites Mal recht behalten?

Bewerben Sie sich jetzt für die Neuauflage der romantischsten Doppelblindstudie aller Zeiten:

THE WEDDING PROJECT
Staffel 2